瑞雲飛翔

第六三四海軍航空隊水爆瑞雲隊　戦闘記録

謹んで

在天の御英霊に

本書を捧げ

鎮魂の誠を尽さん

飛翔

↑傾けた写真で気分は急降下

↑空輸中の瑞雲一一型　82 号機

↑昭和19年8月31日、高松宮殿下台覧の下、航空戦艦伊勢から射出された瑞雲『634-74』号機。この日は伊勢から18機の急速射出が行なわれた

↑同日、伊勢からの射出の後、編隊を組んで伊予灘を飛行する瑞雲「634-78」号機。けっきょく、伊勢からの射出訓練はこの日が最後となった

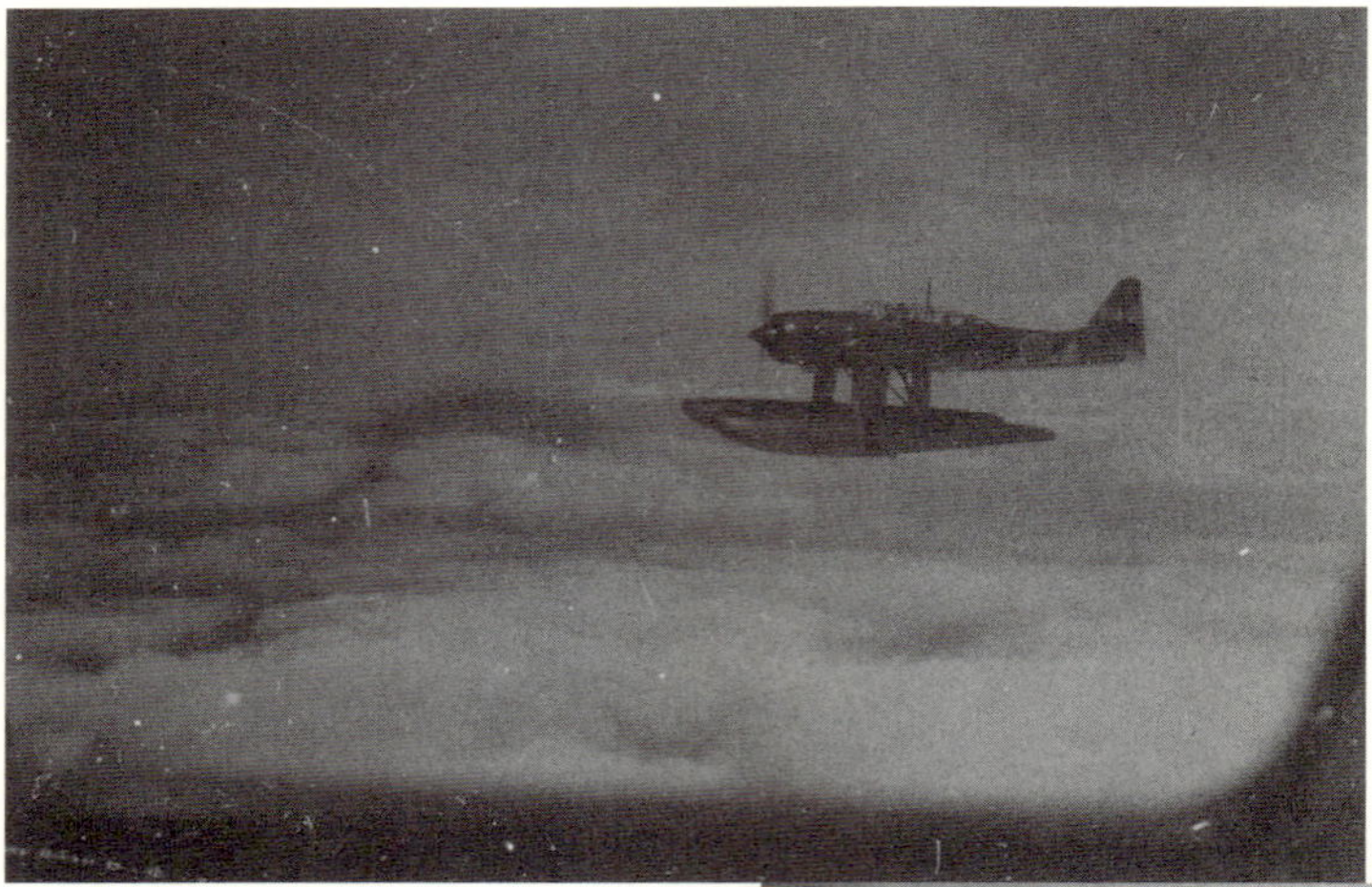

↑飛行中の瑞雲「634-52」号機

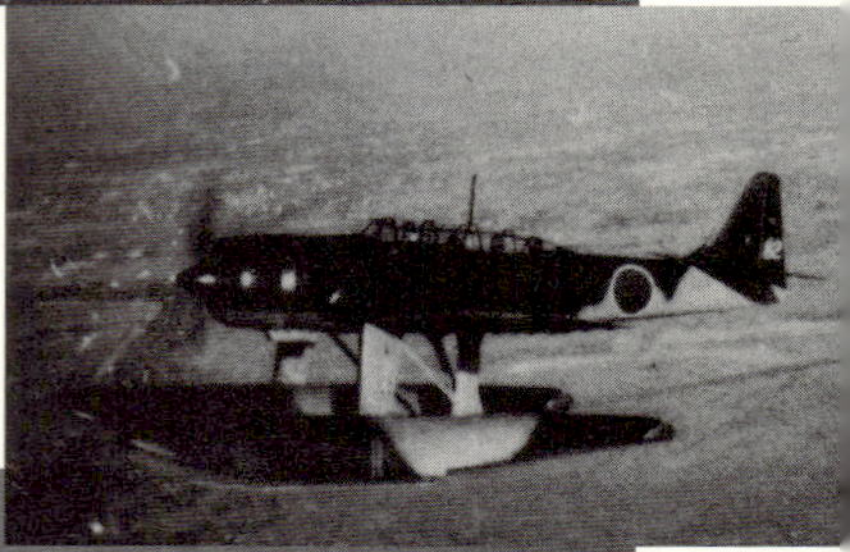

→内地上空を飛行する瑞雲 82 号機

↓飛行中の瑞雲「634-78」号機

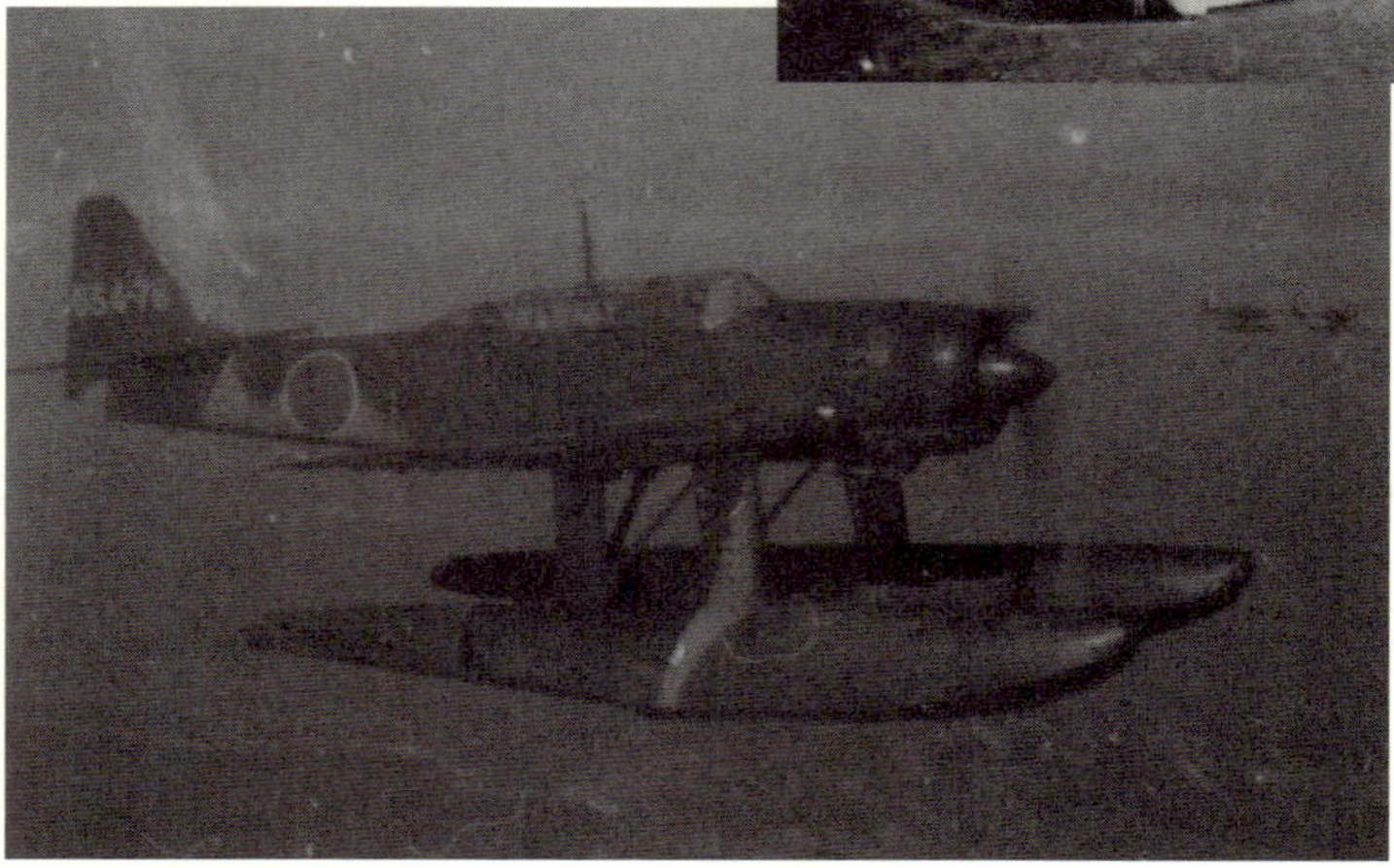

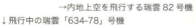

↑瑞雲
偵察員席
（後席）から
見た愛知航空機
の工場。総計 256
機生産された瑞雲だが、
ここ愛知航空機では 197
機が生産された。受領した機
体はここから空輸された

↓呉基地の指揮所（天幕内）
右より水井中尉、西浦少尉、古谷飛曹長

↑←呉基地での訓練前の説明風景二態

←整備中の瑞雲と
加藤正俊中尉

↑第六三四航空隊瑞雲隊　比島進出第一陣搭乗員記念写真

瑞雲隊出撃

↓第六三四航空隊瑞雲隊　比島進出第二陣搭乗員記念写真

↑第六三四航空隊瑞雲隊　十三期飛行予備学生（士官）搭乗員記念写真

↓偵察三〇一飛行隊　搭乗員記念写真

↑偵察三〇二飛行隊　搭乗員記念写真

↓偵察三〇二飛行隊　搭乗員（偵察員）記念写真

↑偵察三〇一飛行隊　搭乗員
記念写真(昭和 20 年玄界基地)

鈴木上飛曹　松平上飛曹
米沢上飛曹
原　一飛曹　梅原少尉
杉浦上飛曹
可香上飛曹　阿川中尉
脇山上飛曹
中井一飛曹　相沢中尉
小玉上飛曹
石田一飛曹　井藤飛曹長
大倉一飛曹
杉浦一飛曹　城上飛曹

↓偵察三〇二飛行隊　瑞雲隊搭乗員記念写真

偵察三〇一飛行隊　東港基地にて
↑中村飛曹長　↑梅原飛曹長　↑白石大尉　↑山内少佐（飛行隊長）

↑東港林辺基地より正面に東港基地を見る（戦後撮影）

←マニラ湾の夕焼け　水平線上左手にキャビテ基地がある（戦後撮影）

整備班の方々

↑呉基地にて
右　整備分隊長　木下幹夫中尉
左　軍医　斎藤文一中尉

↑出撃前　岩国基地にて
整備長　岩元盛高少佐

↓整備科記念写真　腰掛けているのは瑞雲の台車　前列中央が渡辺元夫少尉

↑第六三四航空隊瑞雲隊　整備科記念写真（下士官以上）

↓航空戦艦『日向』乗り組み予定とされた　第六三四航空隊瑞雲隊　整備科第９班記念写真。この後、整備の都合上、瑞雲はすべて航空戦艦『伊勢』に搭載されることとなり、『日向』には彗星が搭載されることとなった。
昭和 19 年８月１日撮影　呉基地にて

昭和19年8月　呉基地にて
加藤少尉（予学13期）　相沢少尉（予学13期）
斎藤中尉（海兵71期）　田所飛曹長（甲飛3期）
難波中尉（海兵72期）

↑玄界基地における偵察三〇二飛行隊の瑞雲

↑桜島基地にて主翼を折りたたんで偽装、整備中の瑞雲

はじめに

「馬鹿たれ！　何を考えとるんだ、よりによってサーカスの真似をする飛行機乗りとは何事だ！　阿呆んだら！　学校に行き勉強しろ、嫌なら百姓しろ」と河内弁で怒鳴り散らされて許してもらえなかった。

その後、素直に勉強していたら、父から叱られることはなかったが、時間が経つと小さいときからの思いが頭を持ち上げ、よ～し、今度こそ海軍に入ってみせると心は燃えていた。

昭和一六年の初夏、純白の水兵服の右腕に飛行機の形のマークをつけた先輩が学校に来ていた。

「お～い、陸海軍の学校を受験する者は集まれ、おい、梶山は兵学校か、それなら※甲飛を受験して飛行機乗りになれ、死ぬとは限らんが、どうせ一度は死ぬんだからでかいことをやれ、進級も早く待遇もよいぞ、入隊してから兵学校へ行く登龍門が開かれているので、飛行学生になれば更によいぞ」

と説明を受け、海軍の素晴らしさを吹聴されていた。

いよいよ俺の出番だと、早速、役場に行って父母には内緒で、願書を提出して受験することにした。

昭和一七年二月の寒い日に、第一次試験の身体検査が大阪府立天王寺師範学校で行なわれた。

試験当日の朝は早い目に家を出て試験場に行くと、たくさん受験に来ていたので驚いた。体力に自信があったので頑張り、受験者約五〇〇人程の中から三〇〇人余り不合格者がでた。

続いて学科試験は、身体検査に合格した者に対して、同年四月に大阪城大手門の金蘭会高等女学校で行なわれた。

学科試験科目（旧制中学四年二学期終了程度とす）

代数、幾何（平面）、英語（和訳、英訳、文法）、国語、漢文、作文、日本歴史、

物理、化学（無機）、地理、（日本及び外国）……口頭試験

第一次試験の合格は、第二次試験の通知が届いたら合格となり、第二次試験場所がわかることになっていた。

その当時は、ハンコ屋さんに行って印鑑を買うことは大変なことで、受験願書には父母に内緒で認印を押して提出していたので合格不合格に関わらず大変なことになるところだった。

役場に足繁く通って合格の通知はいつ頃になるのか確かめにいった。

六月始めに合格通知を手にして嬉しかったが、第二次試験場所が広島県岩国海軍航空隊となっており試験期間は六日間とのこと、どうして父に話をすればよいのか困ってしまった。

とにかく母に話をして「どうしても海軍に入って飛行機に乗りたいので、どうか父にうまく取り

なしてほしい」と頼み込んだ。

数日してから父は「出来てしまったことは仕方がないが、お前の一生を左右することを事前に相談もせずに自分で決めるとは何事だ、馬鹿もん！　行くだけは行け、不合格を祈っている」と叱られたが受験に行くことを許していただいたのでホッとした。

許しが出たので、役場に行き色々と説明を受けて旅費を戴き、意気揚々と家に帰った。

七月、鬱陶しい梅雨も晴れ上がって青空となり、勇んで岩国航空隊に向かった。

出発に、父は「誰にも負けるな、元気で力一杯頑張ってこいお前ならやれる」と励ましてくれ、母は小さな声で「身体に気をつけて、合格してくるように」との優しい言葉をいただいた。

六日間は試験場以外は何処にも行けなかったが、飛行場から小さな飛行機が舞い上がるので、時々引率誘導される下士官が「君たちもあんな飛行機に乗るんだ、あれが世界一強い零式艦上戦闘機だ、ハワイを空襲した飛行機だ」と説明を受けたときは、私だけでなくみんなの顔に強い決意が伺えた。

試験の結果は毎日の夕方発表され、不合格者はその日に故郷に帰された。

六日間の試験も無事に終わり、やっと岩国航空隊から開放されたときは、心の底から明日の大空を目指す喜びと嬉しさが込み上げていた。

折角ここまで来たのだからと、友達になった都島工業学校生の松岡清治君と錦帯橋を見て帰ることにした（入隊して一年六ヵ月後の昭和一九年五月、四航戦第六三四航空隊が編成され、本隊は岩国航空隊でその隊に転勤となり、呉基地で訓練をして、訓練が行き届いた頃の夏、岩国航空隊に集まって図上演習が行なわれた際、この錦帯橋と再会できた思い出のある名橋だった）。

岩国から帰ってすぐさま父母に一週間の出来事を話し、無事に試験を終えたことを報告すると、父は「無事に終わってよかった、よく頑張った」と言われただけで、父は始めから航空隊に入ることは時節がら国のため仕方ないと諦めておられたようだった。

九月になると、役場から合格通知と入隊先通知が届いた。

「一〇月一日、土浦海軍航空隊に入隊すべし」と記載されており、手に握り締めて感激一杯だった。

その後、入隊先変更通知が来て「三重海軍航空隊に入隊すべし」と、新設の日本一の広さを誇る練習航空隊だった。

開隊された新設航空隊の一期生として入隊したので、教育方針はスパルタ教育で「土浦航空隊を追い越せ」の伝統作りの厳しい教育を受けた。

訓練は、週間予定表と日課予定表ですすめられ、午前は学科で午後が体育武道だった。

そして、甲飛は一年二ヵ月で卒業して飛行練習生（飛練）となり、飛行作業で飛行の諸条件を体得して実施部隊に巣立って行くのである。

この間は、朝から晩まで厳しい訓練によって海鷲としての不屈の精神が培われたことは勿論、海軍機搭乗員として、我身を挺して国に殉ずることは男子の本懐とするところで、だから、苦しいことも辛いことも耐え忍んで頑張っていた。

思えば、海軍生活三年で敗戦となり、不本意にも命じられるままに父母の許に帰ることになったが、どうして良いのやら、頭の中は千々に乱れて、よい考えが及ばなかった。

復員して一晩家で寝ただけで、小学校同級生の山本義治君（中学から受験、乙飛一六期生）と相談の結果、南アルプス山系の福井県永平寺近くの奥越山中で、一年半の山籠もりをすることに決めた。

荒廃した日本の姿を見て「祖国の復興はまず燃料から」と決め込んで、何の経験もなかった二人が亜炭掘りを始め、山深く、峰と峰の谷間から見える少しの青空を仰いでは、イタドリの葉を巻いた煙草を吸っては、毎日飽きもせず、過ぎし日の大空で戦った話に夢中で心を癒していた。

山本義治君が愛した零戦以上に、私は水爆瑞雲をこよなく愛していた。

所属した六三四空は、強いムサシ航空隊とも言われ、また「無惨な死」航空隊とも言う人もいたが、比島戦、沖縄戦を通じて、双舟の水上機で不利な戦いを強いられつつ、よく海軍の作戦を支え悔いのない苛烈な戦いを勇敢に戦った。

不幸にして戦闘詳報が失われた為に、その戦いの歴史は世に残されていなかったが、ここに瑞雲隊の日々を「水爆瑞雲戦闘記録」として綴れたことで、欠落していた海軍史を埋めることが出来た。人生最終の務めを果たせた喜びと、併せて発表出来たことに感謝している。

梶山治（著者）
（比島に出撃時、呉基地にて。当時一九歳）

※甲飛／甲種予科飛行練習生の略称。旧制中学卒業程度（4年より受験可）の学力で下士官搭乗員となり、従来の予科練習生（乙種）より進級が早かった。

第一章　栄光の誕生

航空戦の状況

昭和一六年一二月の開戦以来、破竹の進撃を続けていた我軍は、広大な戦線を広げる結果となり、この地域の守備とこれを支える戦略物資の補給は一段と困難の度を増していった。

国内だけに限らず、最前線を除く占領地域の前線でも、まだ戦勝気分が漂っていて、前線における苦労などは到底感じ取られているようには思えない空気であった。

これも、毎日配達される新聞の紙面には、大々的に戦果報告が一面を飾っており、調子の良いものばかりで国民に安心感を与えていたのも一因だったといえよう。

開戦六ヵ月になろうとする昭和一七年六月五日、ミッドウェイ海戦によって虎の子ともいうべき、航空母艦「赤城、加賀、蒼龍、飛龍」の四隻を喪失、それに加えて歴戦の搭乗員多数を失ったことで、海軍の首脳部は大慌てで戦力の補充に取り付かれていた。

敵はこの好機を逃すことなく、各前線での米軍の反撃が顕著になってきていたのである。

しかし、軍部はミッドウェイ海戦の失敗を隠して、実情を国民に知らせることなく、新聞の紙面はいつもの調子で大々的に戦果が掲載されていたのである。

海軍の上層部では戦力の全般にわたって補強に奔走すると共に、第一に航空戦力の増強が図られ、喪失した四空母の補充を早急にしなければ、太平洋上での作戦はできなくなり、なんとしてもこの補強に全力が注がれたのである。

空母の建艦には相当の年月がかかることでもあり、早急に間に合いそうもないので、大型、中型商船を改装して空母としたがこれでも不足とされ、そこで、戦艦の後部砲塔を取り除き飛行甲板とすることによって戦力の増強が考えられた（昭和一七年八月航空戦艦改装決定）。

ミッドウェイ海戦のひと月前、昭和一七年五月五日、伊予灘で砲熕演習中の戦艦「日向」の五番砲塔が爆発して天蓋が脱落する事故が発生し、五〇人余りの死傷者がでた。

直ちに呉で修理を実施して五番砲塔は臨時に取り外されて鉄板で覆う応急処理がなされ、火力として二五㎜機銃四基が仮装備され、艦隊に復帰してミッドウェイ作戦に参加することになった。

ミッドウェイ海戦の惨敗により、戦艦の後部砲塔を取り除き飛行甲板とすることによって、航空戦力の増強が図られ、戦艦「伊勢」が、昭和一八年三月一六日呉海軍工廠にドック入りし、七月一日に航空戦艦への改装が完了、つづいて「日向」もドック入りして、一一月三〇日に完成をみた

（戦艦「日向」の五番砲塔の事故が後部砲塔を撤去して航空戦艦になる遠因になったと思われる）。

また、搭乗員の養成による戦力の増強として、④計画に基づき新設の予科練教育隊として八月一日三重海軍航空隊が開隊され、続いて改⑤計画で実用航空隊は、常設航空隊五二隊、特設航空隊五三隊、飛行隊三四七隊、飛行機七八三二機とし、練習航空隊は、航空隊四五隊、飛行隊一八三隊、飛行機四九三九機とし、艦載航空兵力は、飛行隊一二九隊、飛行機二四六七機、輸送機九二六機の編成が行なわれた。

とくにソロモン方面の戦闘が、食うか食われるかの瀬戸際を迎え、対米濠の激闘が昼夜を別たずに行なわれており、ソロモンの海底は双方艦船の沈船で鉄の山と言われるほどの激戦を展開、第一次、第二次、第三次ソロモン海戦と続き、果てしない彼我の攻防による消耗戦は止どまるところを知らず、物資、機材の補給に不利な我軍は苦しい闘いを強いられていたのである。

そして、一〇月、南太平洋海戦では、米空母ホーネットを撃沈、エンタープライズを損傷させたが、我方も空母翔鶴、瑞鳳損傷、この攻撃で百名近い練度の高い優秀な搭乗員を失ったことは今後の洋上作戦に大きな痛手となったのである。

我軍は、その苦しい条件下にあっても、ラバウル航空基地を中心に果敢な攻防戦の展開を続けていたが、米軍の反撃を食い止めるには至らず、我軍の劣勢は如何ともできなかった。

昭和一八年の新春を迎えても、前線ではガダルカナル島を巡っての攻防は激しく続いており、投入される航空隊のめざましい活躍はあったが、日増しに激しくなる空の死闘は果てしなく続き、二月一日に至ってついにガダルカナル島の守備を断念、放棄したがために、ガダルカナルの飛行場の使用を本格化した米軍はさらに膨大な物量を投入して反撃してきた。

この戦況の中で、昭和一八年四月三日、連合艦隊司令長官山本五十六大将は、宇垣参謀長らの幕僚とともに、トラック島から飛行艇でラバウル基地に進出され、第三艦隊の空母機二二四機、第一一航空艦隊所属の一九五機、計四一九機を動員して、ソロモン航空撃滅戦の「い」号作戦を自ら陣頭指揮につかれ、出撃の搭乗員を激励されていた。

言語を絶する航空戦を展開中であったが、物量を頼む敵を撃滅するに至らず四月一六日「い」号作戦は終了したものの、その後の航空機材の補給は思うようにゆかず「一機でも多く前線へ」と叫ばれていたのはちょうどこの頃であった。

ガタルカナル島戦以来の敗北と日本海軍の退勢をよく熟知されていた山本長官は、積極的作戦によって体勢の挽回を図るために、最前線に行き士気を鼓舞されていた。

運命の四月一八日、山本長官はこの実情を胸にラバウル基地からバラレ、ショートランドを経てブインの各航空基地を視察と激励に一式陸攻に搭乗されて向かわれたが、すでにこの視察は敵に察知され、敵のP‐38戦闘機の攻撃によりブイン基地まじかのジャングル上空で機上戦死された。

この重大な戦局の最中に、長官を喪ったことの哀しみを祕して海軍部隊の戦意は昂揚し、思い通りの機材の補給を受けられなかったが、死力を尽くしての激闘が続けられていた。

五月以降、ガタルカナル島近辺の敵の航空兵力は千機に達しており、さらに増強されつつあった。

日増しに増大する敵に対して我軍は、ラバウル、ムンダ、バラレ、ブインの各航空基地から飛び立って敵殲滅の邀撃戦を展開、また、敵上陸の艦船を攻撃してかなりの戦果を挙げていたが、物量を誇る敵連合軍を阻止することができず、次第に制空権を狭められて、敵はソロモンからニューギニアへと飛び石に北進を続け、やがて、比島上陸も間近と察知されるような状況下になってきた。

また、敵の機動部隊は、中部太平洋にまで進出し、九月大鳥島に攻撃を始め一一月になるとマーシャル、ギルバート方面に空襲を開始、ギルバート航空戦は一一月二二日の第一次から二九日までの第四次まで続けられたがほとんど戦果は得られず、徒に我が方の損害が大きく、戦力消耗につながり、敵はマキン、タラワの両島に上陸、これを迎え撃って勇猛果敢に闘った我が守備隊は玉砕に至った。

敵の進攻が内南洋に迫って来たことに対して、我が連合航空艦隊は急速に航空部隊の整備増強に全力を尽くし、内南洋の警備を固めるとともに、航空部隊の編成と新機材の投入が図られた。

このような状況下で新しく兵器採用されたなかに、瑞雲一一型（一四試二座水偵）があり、ここに画期的な、世界に類のない空戦可能な水上機の急降下爆撃機が誕生。第一機動部隊の第四航空戦隊第六三四航空隊水上爆撃機瑞雲隊として、彗星艦爆隊とともに航空戦艦「伊勢と日向」に搭載され、戦列に加わることになった。

瑞雲一一型（E16A1）

製作所：愛知航空機、日本飛行機

型式　単葉低翼、双舟水上機
乗員　二名
全長　一〇・八四m
全幅　一二・八〇m
エンジン　三菱金星五四型、一二〇〇馬力
燃料　一二〇〇ℓ
潤滑油　五〇ℓ

最大速度　四四八km（実戦で五〇〇km）
巡航速度　三五〇km
航続距離　二五三五km
航続時間　六時間一九分
上昇限度　一〇二八〇m
兵装　二〇mm固定銃二門（操縦席）
一三mm旋回機銃一挺（偵察席）
爆弾　二五〇kg（又は六〇kg二個）
（沖縄戦では二七号ロケット弾
二発追加搭載）
昭和一七年　三月三一日　試作一号機完成
五月二二日　初飛行
一一月一〇日　採用内定
昭和一八年　八月一日　制式採用（瑞雲一一型）

↓呉基地格納庫前の瑞雲 77 号機

昭和一九年　二月五日　量産一号機完成

量産型の実験中に、各部分の改修が行なわれた。発動機の金星五一型を五四型に換装、補助翼改修他、支柱の強化等が行なわれ、特筆すべきは燃料タンクに自動消火装置が追加装備された。兵装関係では、二〇㎜固定砲二門、一三㎜旋回銃一挺に強化された。

実施部隊で訓練中に空中分解の事故が発生した為、フロート支柱の補強と制動板（エアブレーキ）に穴開けの改修がなされ、その他に操縦桿への振動防止のため空戦フラップにピン止めを施された（昭和二〇年、発動機を金星六二型へと換装した瑞雲一二型の試作があったが、量産に至らなかった）。

水上爆撃機「瑞雲」（前期生産型）

イラスト／胃袋豊彦

水上爆撃機「瑞雲」（後期生産型）

↑瑞雲増加試作機「コ -A25」号機

↓後方から見た「コ -A25」号機。制動板（ダイブブレーキ）が開いていることが分かる

水上爆撃機「瑞雲」計器盤（操縦席）

(1)　九八式射爆照準器二型
(2)　高度計
(3)　旋回傾斜計
(4)　昇降度計
(5)　速度計
(6)　水平計
(7)　航空羅針儀
(8)　加速度計
(9)　前後傾斜計
(10)　緊急ブースト操作レバー
(11)　燃圧警告灯
(12)　ブースト計
(13)　吸気温度計
(14)　回転計
(15)　シリンダー温度計
(16)　排気温度計
(17)　燃料ポンプ切り替えスイッチ
(18)　発動機マグネットスイッチ
(19)　油温計
(20)　油圧計
(21)　１番燃料タンク計
(22)　燃料タンク切り替えコック
(23)　２番燃料タンク計
(24)　燃料タンク切り替えコック
(25)
(26)　燃料タンク計
(27)　燃料警告灯
(28)　燃料タンク切り替えコック
(29)
(30)　三式空一号無線機操作箱
(31)　急降下制動板操作スイッチ
(32)　水圧計
(33)　航空時計
(34)　急降下制動板開度表示計
(35)　フラップ開度表示計
(36)　暖気取り入れ操作レバー
(37)　カウルフラップ操作ハンドル
(38)　燃圧計

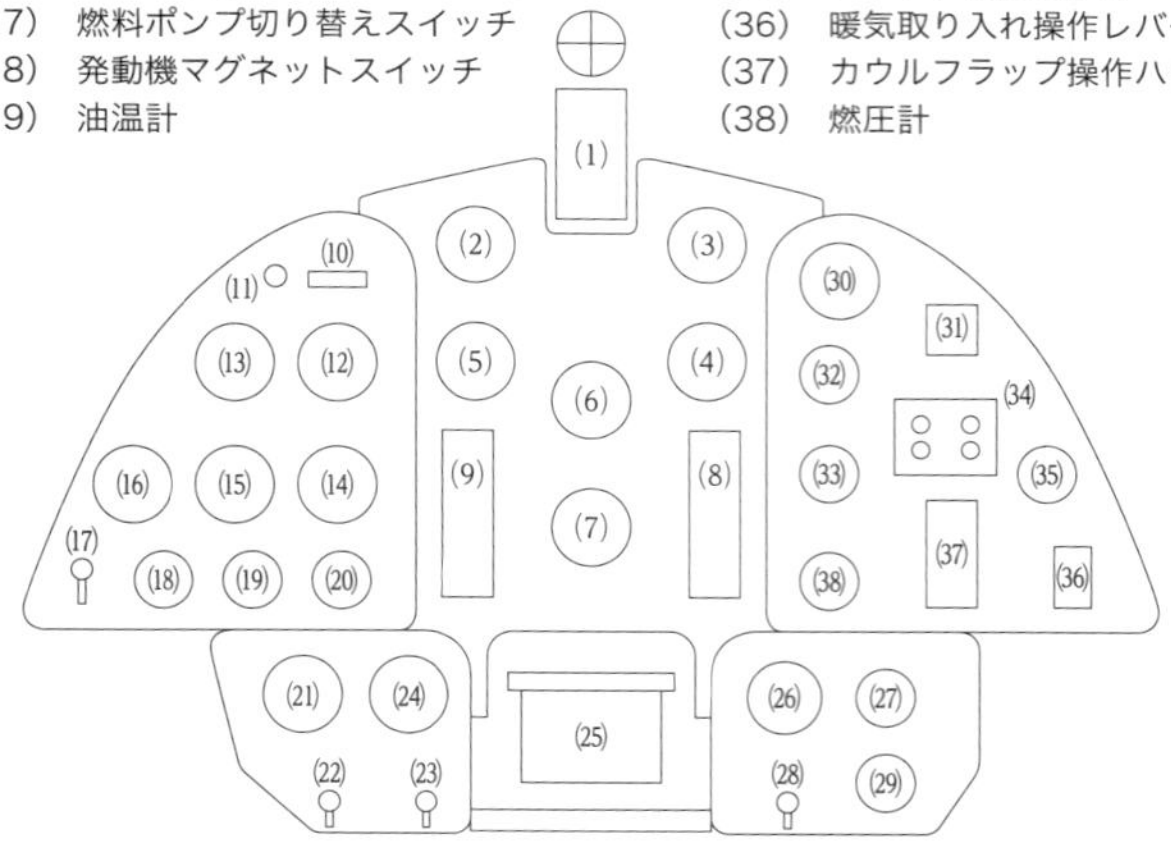

水上爆撃機「瑞雲」機内諸装置（操縦席…左右側面・床面）

①　床面
(1)　操縦桿
(2)　方向舵ペダル
(3)　右舷機銃給弾スイッチ
(4)　左舷機銃給弾スイッチ
(5)　機銃切り替えスイッチ
②　右舷
(1)　酸素ボンベ２本
(2)　手動式燃料ポンプ
(3)　配電盤
(4)　炭酸ガスボンベ２本
③　左舷
(1)　酸素ボンベ２本
(2)　復水器
(3)　スロットルレバー
(4)　固定機銃管制装置
(5)　兵装制御版
(6)　急降下制動板操作レバー
(7)　昇降舵トリムタブ
(8)　主翼側爆弾管制装置
(9)　座席調節レバー

水上爆撃機「瑞雲」計器盤（偵察席）

(1)　ク式無線帰投装置空中線
(2)　航空羅針儀
(3)　計器板
(4)　配電盤
(5)　ク式無線帰投装置側波器
(6)　航法図板（折りたたみ式）
(7)　九六式二号無線機
(8)　電鍵
(9)　電熱服制禦装置
(10)　ク式無線帰投装置
(11)　燃料供給切り替え装置
(12)　燃料供給切り替え装置
(13)　足の台
(14)　足の台
(15)　一式空三号無線用発電機
(16)　九六式空二号無線用発電機
(17)　ク式無線帰投装置用発電機
(18)　九六式空二号無線機

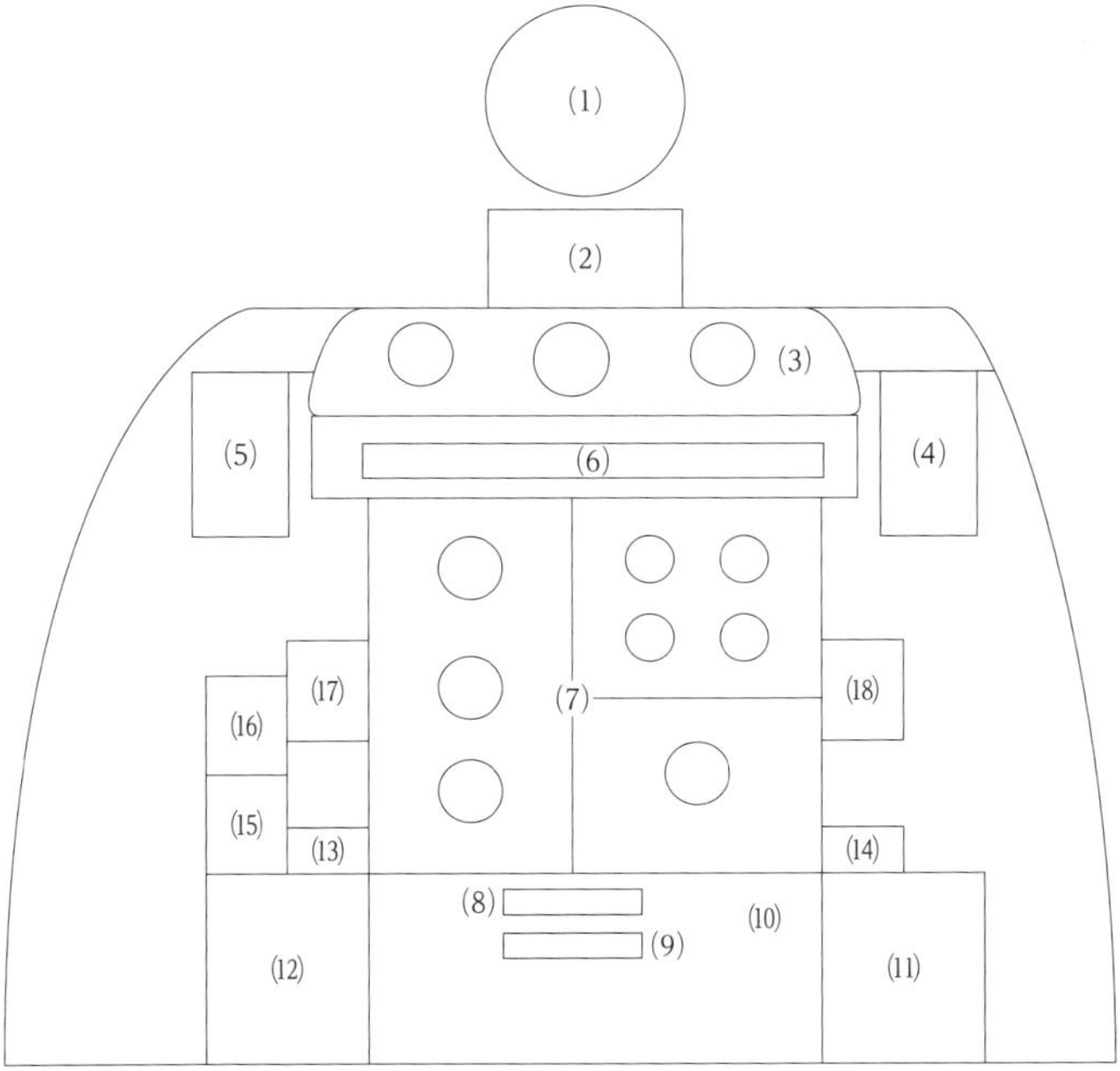

水上爆撃機「瑞雲」機内諸装置（偵察席…左右側面・床面）

① 床面
(1)　航法、爆撃照準孔
(2)　九六式空二号無線機用変圧器
(3)　偵察員席
(4)　機銃マウント（銃架）
(5)　機銃（13㎜旋回銃）

② 右舷
(1)　配電盤
(2)　偵察用具入れ
(3)　エンジン始動ハンドル
(4)　炭酸ガスボンベ２本

③ 左舷
(1)　無線機管制装置
(2)　垂下空中線垂下筒
(3)　垂下空中線巻き上げ装置
(4)　九七式爆撃照準器

第六三四海軍航空隊の誕生

昭和一六年一二月八日の開戦から数えて三回目の昭和一九年の正月を迎え、前線の逼迫した死闘の場に比べて物資の不足は目立ってきたが、表面は毎年のように日本の正月に変わりはなく、日の丸の旗が鮮やかに町々に溢れて平和な姿を醸し出していた。

この平和な島々に敵の反攻の兆しが徐々に近づいているとは、誰しも考えていないのではなかろうかと思われるほど、国民の気持ちは案外平静で、新年を祝っていた。

前線の各航空隊や艦船等でも、正月の祝い酒は交わされていたが、最前線のラバウル航空基地では敵の戦爆連合一〇〇機の空襲を受け、翌二日にショートランド基地も敵爆撃機八〇機の空襲を受けており、七日以降は主としてラバウル航空基地に、ほとんど連日の如く二〇〇機以上の大空襲があって、その都度我が戦闘機隊は果敢な邀撃戦を展開して打撃を与えていた。

しかし、連日の大空襲で我が戦力も消耗による低下を防ぐことができず、機材の補給も計画通りに望めず次第に制空権も狭められ、無念の涙を噛みしめていたラバウル航空基地であった。

二月一七日、一八日の両日、ラバウル方面の後方支援基地でもあったトラック諸島が米機動部隊艦上機約四五〇機の空襲により壊滅的打撃を受けた。航空機や軍需物資、輸送船舶を大量に失い、航空隊の奮戦も及ばず、後方支援を失ったラバウルは戦略的価値を喪失してしまった。

もはやこれ以上の航空戦力の消耗を避けないと、敵の進攻を阻止する次の作戦の支障になると判断され、二月二〇日に我が航空兵力はトラック、テニアンに後退を完了。以後二五航戦司令官が基地整備と地上防衛に当たることになったが、それでも、三月に入っても敵の空襲は延べ八〇〇機に達し、ラバウル航空基地の息の根を止めようと、敵は執拗に空襲を続けてきた。

ラバウル方面で戦力を消耗してしまった航空兵力の再建をすみやかに行なわねばならない状況下にあって、連合艦隊は、三月一日、第二、第三艦隊をもって第一機動艦隊を編成。三個の航空戦隊とし、司令長官小沢治三郎中将が直率、ここに至ってようやく航空主兵が明確となった。

この第一機動艦隊とマリアナ方面に展開中の第一航空艦隊の基地航空兵力との協同作戦によって、敵の主力を捕捉殲滅する方針が決定された。

↑航空母艦「瑞鶴」

第一機動部隊
第一航空戦隊
空母「大鳳」「瑞鶴」「翔鶴」
第六〇一航空隊
第二航空戦隊
空母「隼鷹」「飛鷹」「龍鳳」
第六五二航空隊
第三航空戦隊
空母「千歳」「千代田」「瑞鳳」
第六五三航空隊

さらに五月一日、航空戦艦に改装された「伊勢」「日向」を加え、「第六三四航空隊」を配備して、第四航空戦隊が編成され、第一機動部隊は四個の航空戦隊に増強された。総力を挙げて

↑航空母艦「龍鳳」

↑航空母艦「隼鷹」

敵の進攻部隊を撃破せんとするもので、当面の作戦は、マリアナ方面に来攻すると予測される敵の侵攻を駆逐する「あ号作戦」が、五月三日に発令された。

第四航空戦隊

航空戦艦「伊勢」「日向」

第六三四航空隊

昭和一九年五月一日、第四航空戦隊編成のために、第六三四航空隊編成が急がれて、司令兼副長に天谷孝久中佐（海兵五一期）が発令された。

保有機

瑞雲：一八機（常用）、六機（補用）

彗星：一八機（常用）、六機（補用）

基地

岩国海軍航空基地

↑航空戦艦伊勢

第六三四航空隊　役職官名表

役職＼年月日	昭和19年 5月 6月 7月 8月 9月 10月 11月 12月／昭和20年 1月 2月 3月 4月 5月 6月 7月 8月	摘　　要
司令	中佐　天谷孝久（10/15大佐進級）　11/5～中佐　江村日雄　7/3～大佐　立見孝太郎	
副長	兼任中佐　天谷孝久　兼任中佐　江村日雄　兼任大佐　立見孝太郎	
飛行長	少佐　江村日雄　12/3～　少佐　古川明　6/25～少佐 伊藤敦夫	
飛行長 伊勢 日向	6/5～8/1　司令　中佐　天谷孝久 〃　副長　少佐　江村日雄	4/10～5/1 少佐 江村日雄 伊勢飛行長兼日向飛行長
整備主任	大尉　岩元盛高　11/5～少佐　法岡正一　11/15～大尉 岩元盛高(のち少佐に進級)	
第１飛行隊長（彗星）	10/24 大尉　木塚忠治 戦死	3飛行隊長が同時期に相次いで戦死したため、瑞雲隊のみ江村司令の下に残り、彗星隊、零戦隊、天山隊は在比の各航空隊に吸収された。
第２飛行隊長（瑞雲）	10/26 大尉　田村与志男 戦死	
戦闘163／167 飛行隊長(零戦)	7/10～10/24 大尉 福田澄夫 戦死	
艦攻隊（天山）飛行隊長	飛行隊長　不在　8/5～11/15　先任分隊長　大尉　渡辺譲	
偵察301飛行隊（瑞雲）	10/24比島に進出　11/11少佐 堀端武司 戦死　12/3～少佐 山内順之助(赴任12/22頃)	11月頃より江村司令の指揮下で共同作戦。昭和20年1/1　634空に編入。
偵察302飛行隊（瑞雲）	3/26天号作戦で攻撃待機、沖縄戦に突入して活躍。少佐 伊藤敦夫　6/25～少佐 坂本照道	昭和20年6月頃より江村司令の指揮下で共同作戦。7/1　634空に編入。

《原図作成　昭和51年12月　梶山治》

続々と隊員集まる

第六三四航空隊編成に伴い、司令の天谷孝久中佐（海兵五一期）は戦局の重大さに決意を強くされ、急いで岩国空に着任し人員の掌握に取り掛かられた。

だが、飛行長の着任が遅れていたので、とりあえず着任の幹部を集め打合せを進めていた。

飛行長の江村日雄少佐（海兵五七期）は、ソロモン方面の戦闘に参加後、航空本部づきとなり、続いて土浦空の第一三期飛行予備学生の教育主任を務め、昭和一九年二月、第一三期飛行予備学生の卒業後、郡山空飛行長を拝命、特に郡山空周辺の航空基地の建設に従事中の五月一日、第六三四航空隊飛行長として辞令を受け、岩国空に着任されることになった。

途中、航空本部に立ち寄り本部長大西瀧治郎中将に伺候して「江村少佐です、第四航空戦隊の飛行長として赴任します」と報告。

大西本部長「重大な局面に至っているので、四航戦は新規編成だから大変と思うが、宜しく頼む」

江村少佐「本部長お願いですが、ご期待に沿うべく粉骨砕身致しますので、特に優秀な搭乗員と隊員の御配慮をお願いします」

大西本部長「心配しなくてもよい、人事局にそのように人選せよと申してあるよ」と気軽に言われたので一安心して、本部長室を退室された。

退室後、人事局を尋ねられたら、寺井、松崎局員から「本部長から厳命されておりますので、最優秀の人材を配員完了しております」と告げられ、本部長の手回しの早いことに驚き感謝し、急いで岩国空に向かい五月三日、江村飛行長の着任となった。

五月四日には、「瑞雲」搭乗員として、最古参の搭乗員に続いて元気一杯の若手の中堅搭乗員が続々と集まり、五月一〇日頃には搭乗員始め隊員の大部分が岩国基地に着任を完了していた。

新機材の水上爆撃機「瑞雲」に不安と期待を織り混ぜながら、また、新鋭機の艦上爆撃機「彗星」も同様だったが、各人に搭乗の機種選定をさせ、時局を十分に自覚した頼もしい戦闘集団がここに誕生した。

ほとんど編成は終わっていたが、瑞雲隊の飛行隊長田村與志男大尉の着任が遅れており、司令の天谷中佐も、特に飛行長の江村少佐は気をもんで、無事到着を待たれていた。

田村大尉は、早稲田大学卒で、在学中に一等操縦士と二等航空士の免許を持った航空予備学生出身（第四期予備飛行学生）で、空を飛ぶことが最大の希望だった空の男であった。

昭和一二年日支事変に参加以来、南方進攻作戦に続いてミッドウェイ作戦にも参加、その後九三四空でアンボンに、北濠に面したアラフラ海のマイコールで基地指揮官として活躍されていたところ、四航戦編成に当たって急拠帰国されたもので、久し振りの内地帰還ではあったが、ゆっくり休養する間もなく、五月一五日岩国空に着任された。

田村大尉は、南方のマイコール基地から、同じく第六三四空に転勤の枝上飛曹、佐々木上飛曹を伴って、内地便の空輸機を乗り継いでの帰国で、旅の疲れも取れない内に岩国基地に直行され、かなり疲労されていた様子が察せられたが、笑顔で接しておられた。

すでに、隊内の編成も終わって、搭乗員の振り分けもできており、瑞雲隊の飛行隊長として、集まった初対面の部下の搭乗員に元気に挨拶された。初めて接する飛行隊長の長身で日焼けした逞しい立派な姿に、搭乗員の面々は無言の決意と自信を感じとり、ここに、瑞雲機搭乗員としての固い絆が出来上り、その翌日の一六日には、瑞雲隊は呉基地にて訓練開始することになり移動した。

（資料）

第六三四航空隊　戦時日誌より（職員）

職	主務	官	氏名
司令兼副長	司令兼副長	中佐	天谷孝久
飛行長	飛行長兼通信長代理	少佐	江村日雄
軍医長兼分隊長	軍医長兼第一三分隊長	少佐	池田太郎
分隊長	第一〇、一二分隊長兼修補長、内務長代理	大尉	池田與宗衛
主計長兼分隊長	主計長兼第一四分隊長	大尉	原　稔（副官代理）
分隊長	第七分隊長兼整備主任	大尉	岩元盛高
飛行隊長	第二飛行隊長	大尉	田村與志男
飛行隊長	第一飛行隊長	大尉	木塚忠治
分隊長	第一分隊長兼衛兵司令	大尉	米田信雄

（五月）

（一）一日　第六三四海軍航空隊編成発令

所属　第四航空戦隊

司令兼副長　海軍中佐　天谷孝久

飛行機　瑞雲　一八機、予備　六機

彗星　一八機、予備　六機
基地　岩国航空基地
（二）八日　隊員ノ大部、基地着
隊内編成、器材受入レニ着手
（三）一六日　呉基地設営（水爆瑞雲隊）
（四）彗星、瑞雲共ニ発動機油温過昇ノ問題アリ、之ガ解決マデ補給ノ見込ミ立タズ、五月一〇日以降九九艦爆ノ旧器材ヲ整備シテ一部訓練ヲ開始スルト共ニ基幹員ヲ横空ニ派遣、飛行並ビニ整備講習ヲ実施ス
（五）五月二一日、六三四空司令、司令部に来たり、搭載区分は司令部、艦長、司令と研究の結果、
伊勢　瑞雲　一四機、彗星　八機
日向　彗星　一四機、瑞雲　八機
（さらに後日、搭載区分を検討され、整備・機材並びに射出時の諸問題を考慮の上、伊勢には瑞雲二四機、日向には彗星二四機に決定した）
六三四空・司令兼日向飛行長　海軍中佐　天谷孝久（海兵五一期・茨城県）
六三四空・飛行長兼伊勢飛行長　海軍少佐　江村日雄（海兵五七期・福岡県）

（資料）
飛行科分隊
◉瑞雲隊搭乗員名簿（士官）……編成時とその後の状況
飛行隊長　大尉　田村与志男（戦死）予備学生　第四期

分隊長　中尉　水井　宗友（〃）偵練　第二一期
〃　中尉　石野　正治（〃）偵練　第二一期
飛行士　中尉　斎藤　松紀（〃）海兵　第七一期
分隊士　中尉　難波　経弘（〃）〃　第七二期
〃　少尉　西浦　三治（〃）乙飛　第三期
〃　少尉　山岸　正三（〃）操練　第二一期
〃　少尉　阿川　孝行　予備学生　第一三期
〃　少尉　相沢　正文　〃　〃
〃　少尉　今成　洸次　〃　〃
〃　少尉　鬼武　良忠（戦死）〃　〃
〃　少尉　加藤　正俊　〃　〃
〃　少尉　飯井　敏雄　〃　〃
〃　少尉　黒田　之明（戦死）〃　〃
〃　少尉　桜井　三男　〃　〃
分隊士　少尉　堀川　哲司（戦死）〃　〃
〃　少尉　松井　清（〃）〃　〃
〃　少尉　松本　義雄（〃）〃　〃
〃　少尉　小林　茂弥（〃）〃　〃

〃　飛曹長　古谷　博志（〃）　甲飛　第一期
〃　飛曹長　吉野平八郎（殉職）　〃　第二期
〃　飛曹長　田所　作衛（戦死）　〃　第三期
〃　飛曹長　中村　正光（〃）　〃　第三期
（二三名中、戦死一六名、殉職一名、生存者六名）

◉瑞雲隊搭乗員名簿（下士官、兵）……編成時とその後の状況

一三分隊　一組（分隊長・石野中尉）

上飛曹　井藤　弥一　偵練　第五二期
〃　富永　義雄（戦死）　乙飛　第八期
〃　枝　林（〃）　操練　第五六期
〃　小松　馬吉（〃）　〃　第五六期
〃　千頭　茂（〃）　甲飛　第六期
上飛曹　稲葉　実（戦死）　乙飛　第一二期
〃　山口　隆　〃　第一四期
〃　新井　一雄（戦死）　〃　第一四期
〃　小玉　晴幸　丙飛　第四期
〃　西山　房勝（戦死）　甲飛　第八期
〃　大野　睦弘（〃）　〃　第八期

〃　　新井　守衛（〃）　　〃　　第九期
〃　　鈴木　定男（殉職）　乙飛　第一三期
一飛曹　志戸　義治　　〃　　第一五期
〃　　横江　靖夫（戦死）　〃　　第一六期
〃　　中村　元章（殉職）　甲飛　第一〇期
〃　　吉原　懋　　〃　　第一〇期
二飛曹　山本　利治（戦死）　丙飛　第一一期
〃　　福丸富士夫　　〃　　第一二期
〃　　中園　稔（殉職）　甲飛　第一一期
飛長　吉本　芳忠　　丙飛　第一五期
〃　　竹元　武徳（殉職）　〃　　第一一期特
上飛　上島　勝（戦死）　〃　　第一四期

（二三名中、戦死一二名、殉職四名、生存者七名）

一四分隊　一組（分隊長・水井中尉）
上飛曹　松原　五郎（戦死）　操練　第四四期
〃　　落合　正則（〃）　偵練　第四四期
〃　　大野　一三（〃）　乙飛　第一〇期

〃	丹辺　基雄	（〃）	甲飛	第六期
〃	佐々木基治	（〃）	丙飛	第一期
〃	檀上　光男	（〃）	乙飛	第一三期
〃	川嶋　健一		丙飛	第三期
〃	加藤政治郎	（戦死）	乙飛	第一四期
〃	守山　智徳	（〃）	甲飛	第八期
〃	古賀　実	（〃）	〃	第八期
〃	松永憲二郎		〃	第八期
一飛曹	羽田野洋平	（戦死）	乙飛	第一五期
〃	野口　敏一	（〃）	〃	第一六期
〃	伊藤　圭作	（〃）	〃	第一六期
〃	森江　章雄	（殉職）	〃	第一六期
二飛曹	内田　幸重	（戦死）	丙飛	第八期
〃	橋本　保二	（〃）	〃	第一二期
〃	今泉　朝治	（戦死）	丙飛	第一二期
〃	皆上　次男	（殉職）	〃	第八期
〃	梶山　治		甲飛	第一一期
〃	原　有峰	（戦死）	〃	第一一期
飛長	小山　重雄	（〃）	丙飛	第一二期

〃　　　　田坂　昌平（〃）　　　　〃　　　第一二期
（一三名中、戦死一八名、殉職二名、生存者三名）

一三分隊　二組（分隊長・石野中尉）
上飛曹　兵頭　尚（戦死）　乙飛　第一一期
〃　坪内　重徳（〃）　甲飛　第九期
一飛曹　江取　喜芳（〃）　乙飛　第一五期
〃　澤飯　俊雄（〃）　予備練　第一四期
〃　中島　宏　甲飛　第九期
〃　松尾　福三　乙飛　第一六期
二飛曹　手打　幸広（戦死）　甲飛　第一一期
〃　石原　輝夫（戦死）　甲飛　第一一期
〃　西村　清作（〃）　〃　第一一期
〃　米田　次郎（〃）　〃　第一一期
〃　手島　栄一（〃）　〃　第一一期
〃　安田　博（〃）　〃　第一一期
〃　竹林千代吉（〃）　乙飛　第一七期
〃　高橋　利次（〃）　〃　第一七期

〃	中桐　一夫	（〃）	〃	第一七期
〃	内村　邦夫	（〃）	〃	第一七期
〃	新井　清	（〃）	〃	第一七期
飛長	中井　堰		丙飛	第一四期
〃	西原　秀夫	（戦死）	〃	第一五期
〃	石田　三郎		〃	第一五期

（二〇名中、戦死一六名、生存者四名）

一四分隊　二組（分隊長・水井中尉）

上飛曹	沖　義雄	（戦死）	乙飛	第一二期
一飛曹	大久保和一		〃	第一六期
二飛曹	可香鶴太郎		丙飛	第一〇期
〃	永渕　実雄	（戦死）	甲飛	第一一期
〃	松平　直矩		〃	第一一期
〃	塚本　省三		〃	第一一期
〃	米村　正巳	（戦死）	乙飛	第一七期
〃	宿野　信義	（〃）	〃	第一七期
〃	青木　幹彦	（〃）	〃	第一七期
〃	小関　富雄	（〃）	〃	第一七期

〃　　須藤　一郎（〃）　　　　丙飛　第一五期

飛長　　伊藤　忠男　　　　　〃　　第一五期

（一二名、戦死七名、生存者五名）

（飛行科総員　一〇一名中、戦死六九名、殉職者七名、生存者二五名）

六三四空水爆瑞雲隊飛行科（搭乗員）の状況

昭和一九年五月第一陣部隊（一組）の編成をおわって訓練を開始、昭和一九年九月には第二陣部隊（二組）を編成、ここに第六三四空水爆瑞雲隊の新鋭機約五〇機の搭乗員編成が完了した。

いままで、海軍水上機部隊で、搭乗員約一〇〇名を越える航空部隊は無かった。

搭乗員名簿は、その当時のものが現存しているので、ほぼ、確実に把握できた。

生死については、昭和二〇年八月一五日終戦時の生死状況で、「戦没者名簿」に全員を記載。

↑昭和 19 年 5 月搭乗員名簿（第一陣部隊）

↑昭和 19 年 9 月搭乗員名簿

水上爆撃機瑞雲隊の訓練始まる

昭和一九年五月一六日、呉航空隊に瑞雲隊の訓練基地設営をおわり、呉航空隊の練成訓練域の格納庫、スベリ（滑走台）の大半を使用して訓練を開始した。田村隊長を中心に、水井・石野の両分隊長以下分隊士と搭乗員の約七〇名は一丸となって訓練に励んだ。

瑞雲の生産は、初期の問題が完全に解決しないため捗らなかった。機材の補給もままならず、保有機の故障も生じて、訓練に使用できるのはわずかに数機、これとて何時故障が発生するかもしれず、搭乗員の不安は常に大きな精神的負担となっていた。

それでも、整備隊員の努力によって一部訓練を続行することができ、また、基幹隊員を横須賀航空隊に派遣、飛行作業並びに整備講習を実施できるように取り図られていた。

六三四空の編制後一ヵ月経過、天候は梅雨期に入って雨天に左右されて訓練も思うように進まなかったが、少々の天候不良であっても別段気にすることもなく訓練は続けられた。

既に、航空戦艦「伊勢・日向」への搭載機数も六月五日に決定されており、搭乗員の乗艦配備も六月一三日に決まっていた。

訓練の実施は、操縦員の慣熟飛行（離着水）と偵察員の航法・爆撃・通信訓練が行なわれており、瑞雲に対する自信が訓練を重ねるごとにたかまってゆき、爆音高く逞しく白波をかき分けての離水は見事で、新鋭機の名にふさわしく、頼もしい力強さを発揮していた。

訓練に制限無しの如く、休養の外出も十日に一回。ぎっしりと訓練項目は一杯で、午前、午後の飛行作業にもかかわらず、隊員達はただひたすらに、早く練度の向上を目指しての猛訓練であった。

呉空本隊における錬成中の搭乗員も、我々の訓練に支障とならないように配慮されていた。

訓練の成績も徐々に向上してきた昭和一九年六月一五日、敵はサイパン島に上陸を開始してきた。

これを撃破するために「あ号作戦」が発令された。戦雲は身近に迫り、我が六三四空もこれに呼応して出撃準備を完了させたが、出撃機数は彗星艦爆五機、九九艦爆九機、瑞雲一五機の計二九機のみで、まだ約三〇機が不足していた。その上に、母艦の伊勢、日向の対空機銃を増強する追加工事も行なわれ、六三四空への新機材の補給もままならず、飛行訓練計画も遅れており、その上、母艦に搭乗してのカタパルト射出の訓練もできていないために、六月一九日と二〇日の両日にわたったマリアナ沖海戦には、上層部の判断で第四航空戦隊の参加は無理と判断されて出撃を解除された。

出撃は中止となったが何時ものように変わりなく、その後の訓練は続いていた。

六月二三日、第一回の各艦合同訓練が実施されることになった。

伊勢、日向にそれぞれ瑞雲六機、彗星四機を搭載して、カタパルト射出訓練を実施したところ、規定方針通りの成績を収めることができたことで上層部は満足しており、この訓練に参加した搭乗員も無事に帰隊して、従来のように和やかな搭乗員室になっていた。

そして、その三日後に悲しい最初の犠牲者が出た六月二六日がやって来た。

この日は朝からやや曇天で、雲が少しばかり多かったが、視界は普通だったので、飛行作業は予定表にしたがって開始されていた。

午後になっても天候は良くならず、雲量八ぐらいで若干不安に思われたが、誰一人としてそのような気配を見せる者もおらず、搭乗割りにしたがって飛行作業は進められていた。

訓練は、基地発進後、航法訓練のために周防灘から伊予灘に飛び、帰投する訓練コースだった。

所定の帰投時間になっても一機が帰投せず、隊長は飛行作業を中止、捜索機の発進を命じられた。

戦友の無事帰投を願って、南の空を見つめていたが、時間は経過して不安は募っていた。

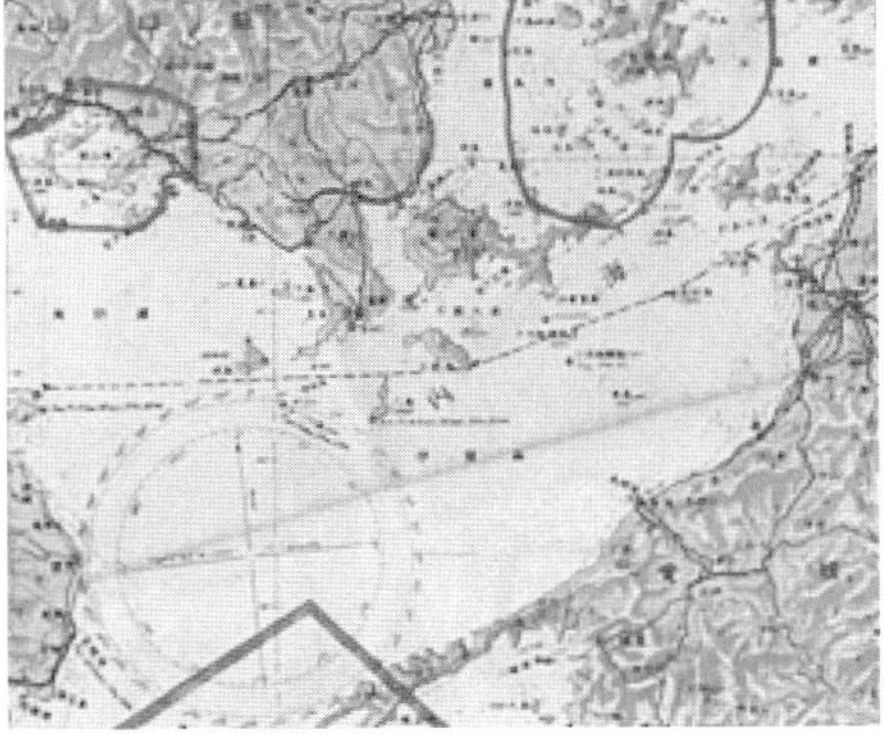
↑六三四空瑞雲隊訓練空域（海軍航空図第２号）

搜索機は、四国西端の三机半島から海岸線に沿って低空飛行して捜索されたが、遭難機は発見できず、ここに水爆瑞雲隊最初の犠牲者となり、その後も海陸両面の捜索が続いた。
同期生の中園君を失ったことは、真に残念だった。

六月二六日

殉職者：飛行兵長・竹元武徳（広島県）、二飛曹・中園　稔（大分県）

（資料）

六三四航空隊戦時日誌より

（一）艦爆（彗星）隊ハ岩国、水爆（瑞雲）隊ハ呉基地、訓練ニ従事ス

（二）六月一五日　サイパンニ敵上陸、応急出動準備ヲ完成ス

（完成機数彗星五機、九九艦爆九機、瑞雲一五機）

（三）第一回射出訓練ヲ実施ス、各艦彗星四機、瑞雲六機

（四）水爆瑞雲一機、航法訓練中内海西部ニオイテ行方不明

（五）機材整備（供給）約一ヵ月遅延シツツアリ

月末可動機数彗星六機、九九艦爆一〇機、瑞雲一六機

機材は当初の予定より約一ヵ月の遅延であって、六月末の整備完了状況は瑞雲一六機で、早急の補給を強く要請されていた。

東号作戦で移動そしてまた訓練（空中分解事故）

この年は梅雨時の雨が少なかったことが訓練に幸いし、飛行訓練は連日のように行なわれたが、機材の補給もままならない中で、少ない保有機の完全整備に努力する整備科の苦労も大変だった。

初夏の風が感じられるような頃となり、肌に汗が流れても心地好く感じられて、明るく逞しいエンジンの爆音に、瑞雲基地では皆一生懸命に飛行作業を続けていたが、それでも、あ号作戦以来急激に戦雲が身近に迫っていることを、それぞれが感じ取っていたように窺えた。

六月一九日、二〇日の「あ号作戦」では敵機動部隊に一矢を報いることができずに終わり、あまつさえ空母では大鳳、翔鶴と飛鷹を失い、加えて飛行機隊の大部分を失って作戦は惨敗に終わった。

ここに至って、米軍の我が本土への空襲攻撃はもはや避けられない状況をむかえつつあった。

六月二二日、サイパン島のアスリート飛行場の使用を開始した米軍は、その二日後には硫黄島を空襲、いよいよ、我が近海に及ぶに至り警戒中のところ、七月三日敵機動部隊が硫黄島に来襲した。

七月五日「東」号作戦が発令された。

我が第四航空戦隊は、東号作戦電令作戦二号に基づき作戦第一号を発令、直ちに瑞雲隊は横須賀基地に、彗星隊は香取基地に進出を命じられた。

七月五日、天候は快晴にして、我が瑞雲隊は直ちに呼応、呉基地を午前九時に一九機が、次々と沖の倉橋島に向かってスベリを離れ、情島を右に見て東に機首を変針、水煙をたてて一際大きく爆音を轟かせて離水、旋回しつつ編隊を組み各小隊ごとに横須賀基地に向かった。

気持ちの良い我が水爆瑞雲隊の出陣だった。

ほどなく今泉二飛曹、梶山二飛曹搭乗の一機がエンジン不調で呉基地に帰投してきた。

天候は快晴、雲量二で、美しく輝く海面に浮かぶ瀬戸内海の島々を眼下に眺めての編隊飛行は素晴らしく、飛行機野郎の世界であったといえよう。

航空の難所と言われる鈴鹿山脈を瑞雲一八機は無事に越えたが、前方の伊勢湾が霞んで天候悪化の兆しが予測され、知多半島を過ぎ駿河湾にかかる頃から天候は急激に悪化、雲量多く視界は極めて不良となり、編隊飛行の列機の視認も困難となり危険を感じられるようになった。

横須賀基地を目指して飛び続けていたところ、伊豆半島を越えて相模湾に達すると天候は更に悪化。それでも瑞雲は逞しく飛び続け東京湾に達し、横浜空基地沖付近でエンジン不調で一機が不時着したが、操縦員と偵察員は救助された。

（偵察員の伊藤圭作一飛曹（埼玉県）は重傷でその後戦傷死となる）

七月五日

戦死：一飛曹・伊藤圭作（埼玉県）、不明

残る一七機は、横須賀基地に無事に到着した。

到着後、田村隊長はすぐさま司令宛てに到着報告と、一機浜空沖に不時着機の救助方を打電され、呉基地からは整備科の分隊士間瀬信好中尉が整備員を引率、現場に急行して救助にあたった。

この作戦に参加した彗星隊は、香取航空基地（千葉県）に到着していたが途中一機不時着していた。我が海軍は全航空兵力を挙げて、敵機動部隊との一大決戦を挑み、これを撃破するために、海軍航空のメッカと言われる神奈川県、茨城県、千葉県の各航空基地に集結したのである。

この香取航空基地に集まった各機種の海軍機は八〇〇機を越えるもので、一大航空ショーを見る如く壮観であったと、戦後の語り草になったほどであった。

敵機動部隊は、硫黄島を空襲後南下して、九州方面に来攻の算大なりとの警報により、七月八日、再び岩国、呉基地に全機帰投することになった。

この東号作戦は、我が瑞雲隊にとっては好機の訓練飛行と言うべき、よい体験だった。

天候に左右されながら、長時間の飛行は搭乗員にとっては、神経の疲れる大変なものであったが、練度が向上していることに強い自信を与えてくれた。

帰隊後は何時もの通りまた飛行作業が始まった。

訓練予定では、七月上旬、中旬に標的艦「摂津」への爆撃訓練となっていたが、「東」号作戦発動により延期されていたのが七月一二日に実施されることになった。

一kg演習爆弾を装着して、伊予灘を航行中の「摂津」に急降下爆撃を行ない投弾する訓練で、今迄の成果を試す好機だったので皆は張り切って従事していた。

その訓練中、一機が急降下中に機体が空中分解して、伊予灘に突入するという事故が発生、惜しくも尊い犠牲者がでた。

七月一二日

殉職者：飛曹長・吉野平八郎（鹿児島県）

痛ましく悲しい事故であったが、機体が海没したため原因の究明が出来ずに終わり、事故の再発につながらなければ良いと、誰の心の片隅にも一抹の不安はあった。

その後も訓練は続けられていたが、その二週間後の七月二六日に呉航空基地にて、降爆訓練中に再び空中分解の事故が発生し、遂に懸念されていた事故の再発が起こった。

この日の天候は晴、南東の風三m、視界は極めて良好であった。

訓練は、一個小隊三機の編隊離着水、編隊降爆訓練が行なわれており、高度六千mから緩降下で降爆態勢に入り、四千mで機首をさげて急降下、千mで「よーい」六〇〇mで「てぇ（撃て）」で投弾、機首を引き起こす（この時の高度は三〇〇～四〇〇m位になっている）。

飛行指揮所の天幕内の椅子に、田村隊長、水井分隊長、西浦分隊士、古谷分隊士等が談笑されており、外の長椅子に待機中の搭乗員が僚機の急降下態勢に入る北の空を眺めていた。

上島上飛が「三機、急降下に入ります」と大声で叫んだので、田村隊長以下みな天幕から離れて北の空を仰視、急降下角度測定板で突入角度の測定をしていた梶山二飛曹が「降下角度四五度」と聞こえるように大声で叫んでいた。

三機が高度八〇〇m位のところで、一番機はそのまま、二番機は右に逃げたように思われた瞬間、呉空庁舎と格納庫の中間上空付近で三番機の主翼と胴体の付け根付近から白色の小片がパラパラと飛び散ると同時に、双舟（フロート）が飛び散ったのが一瞬の出来事だった。

水井分隊長が突差に「やった！　危ない逃げろ！」と声を掛けられたので、搭乗員も整備員も格納庫や近くの遮蔽物のあるところに一目散に駆け込み避難した。

フロートは、格納庫の屋根に物凄い衝撃音をたてて落下。機体は操縦員と共に陸上班の滑走路付近に突入、偵察席から落下傘が飛び出し開いたが、落下傘バンドを結合しておらず、偵察員は二〇〇m先の海面に落下した。

田村隊長、分隊長、分隊士等と、私と数名の搭乗員は避難せずに、天幕のところで一部始終を見ており、隊長は「直ちに救助に向かえ」と指示された。

指揮所の天幕の側にいた私と搭乗員は、直ちに一目散に飛行場に走り救助活動に務めた。

基地内は、沈黙から生き返った如く騒然となったが、田村隊長は冷静に指示され「飛行作業は中止、全員で搭乗員の救出を行ない、整備科は落下物を洩れなく収集せよ」と命令された。

機体は飛行場に大穴をあけてめりこみ、黒煙を上げてくすぶっており、主翼も尾翼も飛び散って、あたり一面は大小の破片が散乱して、凄しい光景を展開しており、私と駆けつけた者で鈴木飛曹を座席から引き出すのに時間が掛かったが、救出した時は手も足も頭も見当らない無惨な姿で、真っ黒焦げの即死の状態であった。

整備科の木下分隊長も到着されて、隊員の写真班に現場保存用の写真撮影を指示。そして、機体の消火と散乱している各部品の収集を命じられ、その後、斎藤軍医中尉の検視がすみ、遺体を白布で包んで柩に入れ陸上班の格納庫に安置した。

↑訓練風景（指揮所）

偵察員の救出は整備科員で行なわれたが、内臓の破裂だったのであろうか遺体の損傷はなく、柩に入れて操縦員と並べて安置された。

七月二六日

殉職：上飛曹・鈴木定男（鹿児島県）、上飛曹・中村元章（福岡県）

午後四時頃、岩国の本隊から零式水上偵察機で、天谷司令と江村飛行長が呉航空基地に到着され、田村飛行隊長から事故の報告を受けられて後、すぐさま対策本部が設置された。

その夜は、天谷司令以下瑞雲隊員全員参加でお通夜が格納庫で営まれたが、一度ならず二度の空中分解事故で、優秀な仲間を失った搭乗員の打撃は大きく、悲痛に包まれていた。

翌日、陸上班の格納庫内でご遺族参列の下で、軍艦旗で飾られた柩の前で海軍葬が営まれた。

今回の空中分解後、飛行訓練は一時中止となり、直ちに空技廠、愛知航空機から技術員が派遣されて原因の究明が行なわれた。

その間の十日程は、田村隊長の座学を受けることになった。

毎日飛んでいれば気が楽であったが、椅子に座って講義を受けるのは、苦手の連中ばかりで毎日が思いやられるような気配だった。

ちょうど、上手い具合にこの時期の天候は雨の日が多く、飛行作業も中止になるので座学でも仕方のないところで田村隊長の講義を、分隊長、分隊士、下士官、兵の搭乗員が揃って受けることになった。

午前講義か、午後講義のいずれかで、半日は休養だった。

講義の中で、特に印象に残っているのは次の二点だった。

（一）空中分解について。

二回も空中分解して立派な搭乗員を亡くしたことは、誠に申し訳ないと思っている。

この瑞雲は、これからの航空決戦に活躍を期待されており、この重大な戦局を乗り越えねばならない。皆が飛行中に、特に降下訓練の際に異常と思った点があったと、思い出したらどんな些細なことであっても報告してほしい。

いま、事故の究明について、整備科と空技廠、愛知航空機の技師が懸命に調査しており、やがてなんらかの対策と処置がなされると思う。

飛行作業は、完全に改良されて絶対大丈夫が確認されてから開始するつもりだ。

（二）戦訓について。

九三四空のマイコール基地で、毎日哨戒飛行をしていたが、その時の体験を皆に述べるから参考にしてもらいたい。

晴れ上がった南の空を哨戒飛行に出ると気分も晴ればれするが、敵さんの双発B24哨戒機とぶつかる時があって、敵は投弾してから逃げるのでその時に、こちらは零観の複葉だが小回りして攻撃を掛けると一目散に遁走する。

これが、グラマンだったらこちらが逃げねば墜とされる、だから哨戒に限らず飛んでいる場合は、よく見張りをすることが一番大切である。

敵戦闘機に遭遇したら、まず逃げるか大きく迂回して敵の攻撃を避けねばならない。

飛行中は、様々な雲に出会うが、雲ほどありがたいものはなく、敵戦闘機に出会っても雲に逃げ込めば逃れることが出来るが、雲のない場合もあって、絶対に気は許せない、この果てしない空の何処かに、自分を狙っている敵戦闘機の居ることを思うと油断出来ない。

だから、見張りを十分にして先に敵を見つけることが一番肝要である。

今度は、伊勢、日向に搭載、洋上を飛んで敵空母を沈める任務を全うしなければならない、だからどんなことがあっても、敵艦を沈めるまでに敵戦闘機に墜されてはならない。

立派に闘える瑞雲だからその威力を発揮してほしい。

その他、種々の講義を受けた毎日であったが、自然と気がゆるむのか居眠りする者もいたが、田村隊長は知らぬ顔の半兵衛で、別に叱るわけでもなく、淡々と話をされていた。

講義の時間も聞き手の様子で早く切り上げられる場合もあって、押し付けの講義は一切なかった。

講義が終わると「よく休養を取るように、この機会に身辺整理も忘れないようにしておくこと」と目を細めてニッコリ笑顔になられるのが印象に残っている。

講義が済むと搭乗員はやれやれだが、隊長はすぐさま格納庫に行き、事故対策の整備科隊員と空技廠、愛知航空機の技師たちに労をねぎらわれ、ともどもに対策に打ち込まれていたのであった。

最終的に、瑞雲隊と空技廠、愛知航空機の三者の結論として、フラップの間隙による操縦桿への振動と、フロート前支柱の空気抵抗板の気流が渦気流となって空気を攪乱、その結果空中分解につながるものと判定された。

直ちに改良されることになり、前方の支柱に装備されている空気抵抗板が急降下時左右に九〇度に開いてブレーキの役目を果たすが、この抵抗板に円形の風穴を開けることで、渦気流をなくそうと考えられ、片側に一八個の風穴を開けて、計三六個開けられた。

また、操縦桿への異常な振動はフラップの間隙に、ピンを挿入することで振動が止められると確信され、原因の究明も終わったので、試飛行することになった。

この試飛行に田村隊長が搭乗され、偵察席に整備の奥野義雄上整曹が記録の為に搭乗、皆の注目の中を飛び立った。

改良されたとは言え、いつ空中分解するかもしれない改良の瑞雲での急降下に、総員固唾を飲んで見守っていたが、無事に試飛行が終わった時は、全員ホッとした安堵の笑顔が見受けられた。

試飛行の結果、主翼の振動が操縦桿に伝わることも判明し、最終的には二枚で出来ているフラップの親フラップと空戦フラップの継目の間隙を固定する装置（ピンを挿入）を装備することによって、操縦桿に伝わる振動は解決された。

空中分解の原因も解決をみたので、直ちに全機の改修工事が行なわれ、従来の活気に満ちた基地の姿を取り戻し、改修された瑞雲に搭乗しての飛行作業がいよいよ始まった。

↑制動板（ダイブブレーキ）が改修された瑞雲 77 号機

（資料）
第六三四航空隊　戦時日誌より
（七月）
（一）前月ニ引キ続キ艦爆（彗星）隊ハ岩国、水爆（瑞雲）隊ハ基地、訓練ニ従事ス
（二）自五日至七日東号作戦部隊電令作二号及四航戦電令作第一号ニ依リ香取海軍航空基地（彗星六機、九九艦爆九機）並ニ横須賀海軍航空隊（瑞雲一九隊）ニ展開作戦ニ従事ス
（三）上旬、中旬対摂津爆撃訓練予定ノ處東号作戦発動及ビ彗星機材不整備瑞雲空中分解事故ノタメ実施回数三
（四）下旬、戦斗一六三飛行隊予定者及ビ機材ノ一部配属アリ準備訓練ヲ開始ス

航空決戦に備えて猛訓練は続く

あ号作戦の惨敗による航空部隊建て直しの編成替えが急いで行なわれた。
第三艦隊は七月一〇日に編成替えを行なったが、「捷号作戦」に基づき八月一〇日に再々編成が行なわれた。

（新編成）
第一航空戦隊　　航空母艦　　天城、雲龍、

航空部隊　第六〇一航空隊

第三航空戦隊
航空母艦　瑞鶴、瑞鳳、千歳、千代田、
航空部隊　第六五三航空隊

第四航空戦隊
航空母艦　伊勢、日向、隼鷹、龍鳳
航空部隊　第六三四航空隊

隼鷹が第四航空戦隊に編入されたため、搭載の艦上戦闘機隊の戦闘第一六三飛行隊が六三四空所属となり、飛行隊長に福田澄夫大尉、その後八月一〇日に龍鳳も編入されたため、さらに戦闘第一六七飛行隊が加わり、福田飛行隊長が両飛行隊を兼務することとなった。

また、天山艦攻隊も付加され飛行長として園山善吉少佐が着任されたので、第六三四空飛行長として艦上機全般を担当、江村日雄飛行長は副長となって、瑞雲隊と全飛行隊を担当することとなった。

ここに機動部隊としての陣容も整い、各飛行隊の猛訓練が始まった。

瑞雲隊は呉基地、彗星隊は岩国基地、戦闘機隊は徳島基地、天山艦攻隊は第二美保基地に移動して、錬成訓練を開始した。

また、作戦実施に伴い、航空隊の大改変が行なわれた。

即ち、甲航空隊（番号航空隊）に飛行隊を配属させ、乙航空隊（地区名冠称）建制上飛行隊を配置せず、基地任務を主とし、同基地に飛行隊進出した場合は該飛行隊を指揮作戦することになった。（全面空地分離制度が採用される…七月一〇日）

ちょうどこの改変の時期に、横須賀航空隊で攻撃五〇一飛行隊（陸爆銀河隊）戦闘七〇一飛行隊（紫電戦闘機隊）と共に、偵察三〇一飛行隊（瑞雲・零水隊）が編成され、横須賀、指宿の両基地で訓練を開始した（瑞雲：二四機、零式三座水偵：五機）。

後日、この偵察三〇一飛行隊が比島に進出して、第六三四空瑞雲隊江村司令の指揮下に入って比島戦を共に闘うことになるのである。

このように、改変、再編、再々編と目まぐるしく替わる航空部隊編制の中で、呉基地の瑞雲隊の基地員はこの再編成に影響されることなく、田村隊長を中心に訓練は続けられていた。

江村副長は、全飛行隊と瑞雲隊を担当することになっていたが、呉基地に余り来られず、呉基地の掌握は田村飛行隊長に托されていた。

隊長の指揮官先頭、不言実行の姿勢をよく知っている部下の搭乗員は、全幅の信頼をもって黙々と訓練に励んでいたのである。

このように、呉基地は田村隊長中心に訓練は続いていたが、整備科の苦労は大変であった。整備科の努力で訓練の使用機もかなり増えて、訓練は順調に進んでいたが、それでもまだ不足していた。

愛知航空機では、増産に努力されてはいたが、瑞雲の月産は三〇機程度であった。

この頃に第二陣の瑞雲隊が編成されることになり、新しい搭乗員が続々と転隊してきたので、搭乗員室が賑やかになり、搭乗員は一〇〇名程の大きな部隊に膨れ上がった。

訓練も一段と活気付き、編隊離着水も見事に白い六条の白線を海面にとどめ、気持ちの良いものであった。

そうしたなかで、訓練中事故発生のため、操縦員一名が殉職した。

八月二日

殉職者：少尉・小林茂弥（静岡県）

八月二九日、岩国基地に於いて四航戦幹部以下飛行科の搭乗員と整備科、通信科が集まって戦技図上演習が行なわれることになり、陸路で岩国航空基地に向かった。途中、広島駅で乗り換えるために下車、ホームを歩いていた時に豪州軍の捕虜輸送列車が止まっていたので、梶山二飛曹は乗車してどのような様子かなと覗ったら、私の顔をみて「シガレット」と言ってきたのでタバコを与えると喜んで火をつけ吸いだした。同行していた福丸兵曹もタバコを分け与えており、皆笑顔であったのが心に残っている。

僅かな時間であったが、これから外国人と戦うと思うと、何とも言えない複雑な気分であった。

岩国航空基地に到着、広い講堂で日米双方の機動部隊を配して、江村副長の細長い指揮棒が図上を駆け巡っているのが印象に残り、実戦さながらの戦技に、階上より眺める搭乗員は緊張感と臨場感を覚え、初めて目にする図上演習の作戦の成行きを見守っていた。

翌三〇日、岩国沖にて飛行機の搭載が行なわれ、伊勢に瑞雲一八機、日向に彗星一八機の搭載が終わり、整備員も乗艦、その後夕刻に搭乗員もそれぞれ乗艦した。

翌三一日、四航戦の機動部隊、伊勢、日向、隼鷹、龍鳳が伊予灘に出動、天候は快晴で微風が広い海面を撫でるような穏やかさの中を、四空母が輪形陣を組んで前後微速で進んでいた。

威風堂々の航空戦艦「伊勢」の甲板と格納庫には整備の整った瑞雲が待機、甲板上の瑞雲は心地好い爆音を轟かしカタパルト射出の時間を待っている。

乗組員のほとんどが上甲板の構造物に鈴なりとなり、目は後甲板に注がれ緊張の空気が充満する中で、整備科の号笛が飛び交う熱気の漂う甲板に、すべての隊員は配置について射出の時間待ちであった。

射出は、約三〇秒間隔で一機を射出。この日は右舷側の射出機のみを使用して全機射出に約三〇分を要した。戦場では一分一秒の猶予も許されない勝利につながる一瞬と言える闘いである。

伊勢の艦橋に、高松宮殿下がお成りになっており、搭乗員には江村飛行長よりその旨知らされていたので、GOサインの直前に殿下に敬礼すると、純白の第二種軍服を召された殿下は温かい眼差しの笑顔で挙手の答礼をされた。

（資料）
航空艤装　射出機　型式　一式二号一一型：二機（右舷、左舷に各一機）
動力　火薬
全長　二五・六m（有効滑走距離二一・〇m）
軌道巾　一・二m
速度　毎秒三一・〇m
射出　一基当たり間隔：三〇秒
加速度　二・七G
昇降機（エレベータ）　一基
揚収機（クレーン）　一基
格納　甲板：一三機　庫内：九機

白旗が振り下ろされると、エンジン全開の瑞雲を乗せた発射台は走る、火薬による射出で瑞雲は母艦を離れ、空中に浮かんで飛行、次々と射出が続き、既に上空では編隊が組まれており、次の訓練の編隊急降下爆撃が実施されるのである。

この機会に高々度上昇して、高角砲の届かない高度八五〇〇mまで上昇してみることにした。高度八〇〇〇m近くになると、少し身体はダルく感じられたが、酸素マスクを装着する程でもないので我慢していたが、下界は、箱庭の如くに太平洋、四国、瀬戸内海、本州、日本海と眼下に見下ろすことが出来、実に美しい日本の姿を見ることが出来たのは嬉しかった。

この日に、高度八五〇〇mを経験したのが、後日比島沖航空戦（サマール島沖）で役立った。

思えば、射出時の事故も無く、一機の失敗も無く、全機無事に訓練が終わり、我が瑞雲隊の輝かしい歴史を飾った日であった。

防暑服に汗がにじむような暑さも、少し楽になったように思われる頃、訓練のお陰で搭乗員達の気持ちも落ちつき、自信に溢れているような余裕たっぷりと見受けられた頃だった。

この頃、和気藹々の雰囲気の搭乗員室で流行ったのが、コックリさんをお呼びして願い事をお願いする遊びであった。

「戊年の者はおらんな、おったら出ていけよ」と、部屋でする者、防空壕でする者、汗を垂らして蚊に食われての憩いのひと時であった。

いま、記憶に残っているのは、「出撃はどの方面で何時頃か、伊勢に搭載か基地になるのか」と願い事をしたように覚えており、その答えは「秋に南方基地に出撃」だった。

ちょうどこの頃は、航空決戦が身近に迫ってきていることを各搭乗員は肌で感じており、その覚悟も出来ていたと思われた。

九月に入ると残暑も余り気にならないようになったが、そのようなことに関係なく訓練は間断なく続いていた。

既に七月二二日、「連合艦隊の準拠すべき当面の作戦方針」が指示されており、二六日にはこの作戦を「捷号作戦」と呼称された。

捷一号作戦……比島方面
捷二号作戦……九州南部より台湾方面
捷三号作戦……本州、四国、九州方面、状況により小笠原方面
捷四号作戦……北海道方面

九月一〇日、「捷一号作戦警戒」が発令され、飛行機隊基地作戦可能のものも応急進出準備せよ

との命により全機発進の準備は完了していた。

呉航空基地では、「訓練に制限無し」の如く第一、第二陣の日夜にわたる訓練飛行は続いていた。

ところが九月二五日、午前の飛行訓練での編隊離水の際、情島の方向から滑走台に向かって離水した三機のうち、一番機と三番機が広町の東大川の河口付近高度約二〇mにて、翼端が接触して失速状態となり、三番機が一瞬の内に海面に墜落。滑走台からの距離はいくらでもなかったので、直ちに救助されたが二人とも頭部裂傷で既に呼吸は停まっていた。

せっかくここまで共に頑張って訓練に励んできたのに、尊い殉職者を出したことは残念でならなかった。

九月二五日

殉職者：一飛曹・皆上次男（熊本県）、一飛曹・森江章雄（群馬県）

それでも訓練は続き、薄暮飛行、夜間飛行と行なわれて、搭乗員の錬度は向上していった。

また、降爆訓練も、信頼のおける瑞雲機に命を托して、思い切った急降下角度をとって行なわれ、滑走台から約三〇〇m沖の、四斗樽に赤旗を立てて浮かべた標的に、一kg演習爆弾を搭載して急降下爆撃訓練が行なわれていた。

急降下角度は下で測定されており、弾着は白煙が上がるので赤旗の遠近左右で視認され、誤魔化しは出来なかった。

最初の日の第一回目は、田村隊長が降爆の模範を示されて見事に命中し、驚くと同時にさすがに瑞雲隊の至宝、降爆の名人、我等が隊長に敬意を表した。

急降下爆撃は、降下角度と機速、風速、投下高度の諸表によって着弾が決るのであって、一瞬の内に計算して命中させねばならない。

搭乗員も回を重ねるごとに段々と至近弾となり、命中するようになってきて、自信が持てるようになり、弾着精度も良くなっていた。

いよいよ第二陣部隊の飛行訓練も始まり、一日中呉基地は爆音の絶える間もないほどの訓練だった。

また、この頃から瑞雲機の補充のために、名古屋の愛知航空機へ出向いて空輸が開始された。

国鉄呉線の広駅から三組の六名で乗車、久方ぶりの汽車の旅で懐かしい大阪の街に近づき、淀川を渡るとき右岸に淡黄レンガの母校が目に入り嬉しかった。

大阪駅に到着、駅頭から東の彼方に生駒山系が見え、ああ、あの手前が我が故郷と思うと目頭が熱くなった。

父母や兄弟姉妹はどうしているだろうと、何故かホームシックの弱気になった。

列車は大阪を出て京都を過ぎ、目的地の名古屋駅に到着した。

名古屋で熱田神宮脇の旅館に宿泊、毎日愛知航空機に通って一日も早く完成機の受領に心掛けた。

そんなある夜、名古屋の街を散策に出掛けたが、街全体が燈下管制で暗く、歩道に待避壕が二m近く掘られており、知らずに落ち込んでしまった。

待避壕の底は水がたまっていたので、折角の第三種軍装も泥々になってしまい、泥の中から今泉兵曹が梶山兵曹を引き揚げて無事だった。

ちょうど壕の前の理髪店主が走ってこられ、このご主人の好意で風呂に入れていただき、その間に軍服の洗濯とアイロン掛けをしていただいて助かった。

壕に落ちたが幸いに身体に怪我がなく、今泉兵曹等が迎えにきてくれたので、理髪店のご主人にお礼をして旅館に帰った。

翌日から、また、川を艀で渡って対岸の愛知航空機に出向いて瑞雲の完成を待った。

愛知航空機の工場の外壁に「前線はE16A1を渇望している」とペンキで書かれていたらしいが、目にしたかもしれないが、はっきりした記憶は残っていない。

工場内では、学徒動員の諸君達が、馴れない仕事にもかかわらず、真剣に瑞雲の増産に取り組んでいる姿をみて、目頭が熱くなり感謝の言葉を懸けると、逆に「このＥ16Ａ１で敵の空母を沈めて下さい」と励まされた。

仮ナンバーが尾翼に描かれた完成機が出来ると、各所の点検の為に試飛行を実施、調子が良ければ受領して、そのまま帰隊した。（仮ナンバーはそのまま機体番号に使用されたようだった。）

帰投コースは、伊勢湾を南下して鈴鹿越えで大阪湾に入り瀬戸内海を西にすすむのだが、奈良盆地を過ぎると、高度六〇〇ｍ程の生駒山系が見えてくる、少し左に南下すると我家だったので、今後は南方の戦場に行くことになる、だから、郷土の上を飛ぶ機会は無いと思われ、見納めに我が家の上空を旋回し、別れを告げることが出来たことは感無量だった。

その後、大阪市街の上空を飛び大阪湾に出て、淡路島の中央を横切って、好天の瀬戸内海を西に、一路呉基地に向かって飛んで帰った、空輸の楽しい思い出が残っている。

空輸により瑞雲の保有機数も増え、訓練も順調に進み、飛行作業にも一段と気合いが入った。

（資料）

（一）第六三四航空隊　戦時日誌より

（八月）

（一）前月ニ引続キ艦爆（彗星）隊ハ岩国、水爆（瑞雲）隊ハ基地ニテ訓練ニ従事ス

（二）自一日至九日、自十二日至十九日、機密四航戦日令第一〇号ニ依リ航空戦教練（対摂津動的爆撃訓練）ヲ実施ス

（三）八月一日戦闘第一六三飛行隊、八月一〇日戦闘一六七飛行隊編入、岩国基地ニ於テ訓練ヲ開始ス

（四）八月中旬天山隊配属アリ岩国基地ニ於テ訓練ヲ開始ス

（五）三一日第三回射出訓練ヲ実施ス

（九月）

（一）前月ニ引続キ艦爆（彗星）隊ハ岩国、水爆（瑞雲）隊ハ呉基地ニテ訓練ニ従事ス

（二）九月自一〇日至一一日「捷一号作戦警戒」発令飛行機隊基地作戦可能ノモノ応急進出準備完成

（三）九月一一日ヨリ戦闘機隊（一六三、一六七飛行隊）徳島基地ニテ訓練開始ス

（四）九月二五日ヨリ天山隊第二美保航空基地ニテ訓練開始ス

（六三四航空隊の戦時日誌は昭和一九年五月から九月までしか記録されておらず、それ以降は記録無し、六三四航空隊水爆瑞雲隊は、続いて比島に進出してきた偵三〇一飛行隊を指揮下に加えて共に闘ったが、その戦闘日誌、戦闘詳報も行方知れず紛失されてしまった）

(二) 搭乗員飛行時間（昭和一九年九月一日現在）

第六三四海軍航空隊　水爆瑞雲隊　搭乗員飛行時間状況（昭和19年５月１日＝第１陣編成）

操偵別 / 時間	操縦員				偵察員			
飛行時間	人員	総飛行時間	夜間飛行時間	射出回数(カタパルト)	人員	総飛行時間	夜間飛行時間	夜間飛行時間
2000時間以上～	1	2485	94	53				
1500～2000	2	3596	144	57	1	1609	48	2
1000～1500	3	3986	116	18				
500～1000	10	7568	262	46	7	5039	81	14
300～500	7	3386	220	28	3	1089	41	3
200～300					3	682	14	3
100～200					4	677	20	3
0～100								
計	23	21021	836	202	18	9096	204	25
一人当たり		914	36	9		505	11	15

① 昭和19年5月編成時の第一陣搭乗員が呉基地にて5月16日より訓練開始し、約4ケ月経過した昭和19年9月1日現在に於ける下士官・兵の飛行時間の集計で、士官は含まず。

第六三四海軍航空隊　水爆瑞雲隊　搭乗員飛行時間状況（昭和19年９月１日＝第２陣編成）

操偵別 / 時間	操縦員				偵察員			
飛行時間	人員	総飛行時間	夜間飛行時間	射出回数(カタパルト)	人員	総飛行時間	夜間飛行時間	夜間飛行時間
2000時間以上～								
1500～2000								
1000～1500								
500～1000	2	1426	45	12	1	581	3	0
300～500	8	2859	105	6				
200～300					2	496	20	0
100～200	4	628	18	3	5	699	12	0
0～100	5	469	16	0	4	288	12	0
								0
計	19	5382	184	21	12	2064	47	0
一人当たり		283	10	1		172	4	0

① 昭和19年５月編成時の第一陣搭乗員が呉基地にて5月16日より訓練開始、その２ケ月後の昭和19年7月頃より第２陣部隊の編成が逐次行なわれていた。
② ９月１日をもって第２陣の編成が終了した時点に於ける下士官・兵の飛行時間の集計で、士官は含まれていない。

(三) 学徒勤労動員で「瑞雲」を作る

新潟市在住で医師会に所属されている「森田利哉」氏が、昭和一九年八月学徒勤労動員で名古屋の愛知航空機株式会社で、海軍機「瑞雲」水上爆撃機の生産に参加された。森田氏は、「現在の新潟市医師会、新潟県医師会の会員の方で、新潟中学四~五年生時代に、学徒勤労動員令により、愛知航空機で空きっ腹をかかえて、遂には瑞雲学徒号を組み立てた人が少なくない」と確信しておられる。

皆が心血を注いだ「瑞雲」がどのような活躍をし、どのような運命を辿ったのかと追求、いろいろの記録書や、戦記図書を調べられたが、瑞雲の活躍は発見できなかった。それ以後は、とりつかれての調査を始められた。

その努力の結果を、「新潟市医師会報」第一三四号(昭和五七年五月号)~第一四九号(昭和五八年八月号)に寄稿、発表されている。

内容は実に詳細に渡って調べておられ、全く敬服する次第です。

緒戦の戦況から、南太平洋のソロモン海域の闘い、北太平洋のアッツ、キスカの攻防戦、連合軍の反撃が活気づいてきた比島方面、中部太平洋の島嶼作戦と広範囲に亘る敵の反攻が述べられ、その中で瑞雲の所属している四航戦第六三四航空隊の行動を調べ、続いて偵察三〇一飛行隊、偵察三〇二飛行隊の活躍も綴られている。

また、画家の南村喬之先生に「洋上を飛ぶ瑞雲」と「航空戦艦伊勢から射出された瑞雲」を依頼される程の熱の入れようだったが、瑞雲隊員にとっては、このご厚情に深く感謝して止まないところである。

瑞雲生産状況

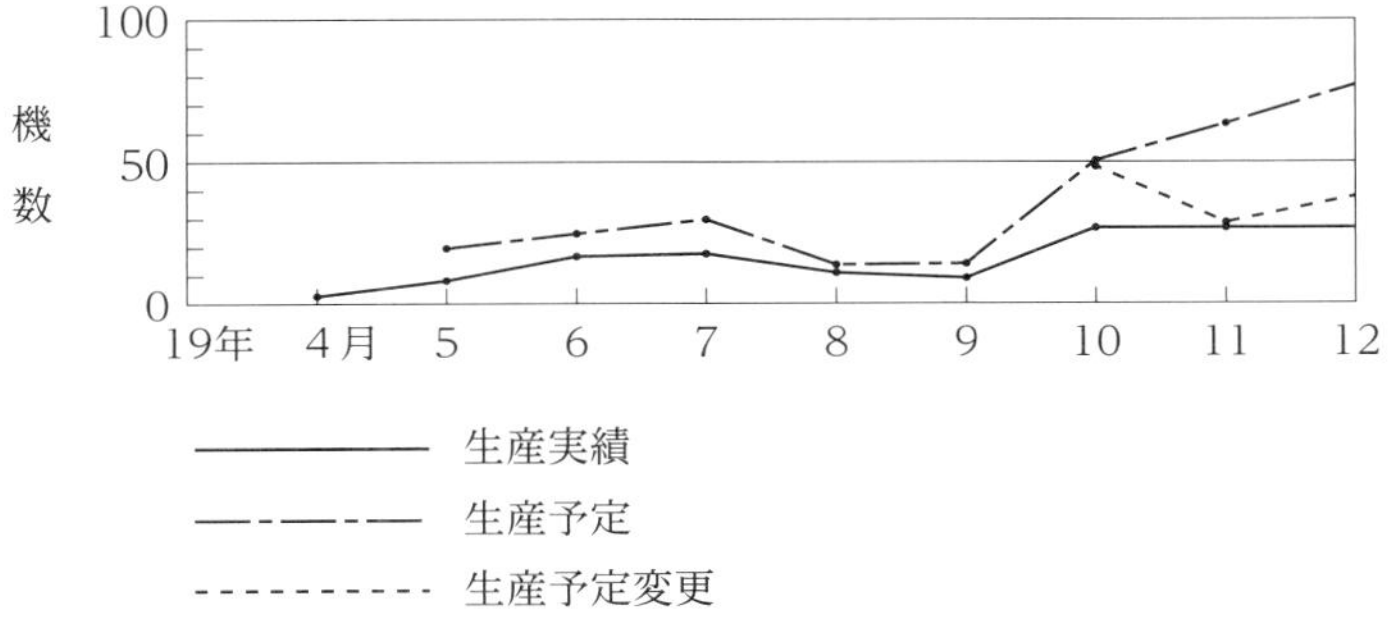

E16A1　196號機完成豫定表（4月22日～5月5日）

（蒼鷹より）

新中企画係作成

號＼日	22	23	24	25	26	27	28	29	30	1	2	3	4	5
192			△							◎				
193	○					△					◎			
194				○				△						◎
195						○					△			
196									○				△	
記事大略	板金・エンヂン フラップ 罐詰作業	線・タンク フラップ 罐詰・徹夜作業	全員罐詰作業	電気・線・リーマ フラップ・エンヂン 罐詰・徹夜作業	電気・線・爆弾 フラップ・エンヂン 罐詰作業	全員罐詰作業	全員罐詰作業	全員罐詰作業	全員徹夜作業	引続キ作業続行	板金・電気罐詰作業	全員罐詰・徹夜作業	全員徹夜作業・目標完遂!!	休日、次ノ目標達成ヘ重大ナル休養

◎＝空輸
○＝浮舟取付完
△＝完成

罐詰作業＝朝七時半ヨリ夜十一時半マデ作業ヲ続行スル事ヲ言フ

（四）航空戦艦「伊勢」に乗艦記

昭和一九年の夏、防暑服にたっぷりと汗がしみ込む暑い日に、呉軍港よりランチに乗船して柱島沖に向かった。

潮風に頬をなでられ戦友たちと談笑のうちに、船足の遅いランチもすでに港外に達しようとしていた。

軍港を沖合から一望するのも初めてのことであり、呉の街並みを包む山なみを眺めながら、新鮮な空気を満喫しつつ落ち着いた気分にひたっていた。

船足は潮流に乗ったのか、幾分か早く進んでいるように感じられ、白い泡だちが大きく小さく入り交じっては消えてゆく。

狭い水道を過ぎると急に視界が開けて前方に黒い艦影が波穏やかな柱島海面のあちこちに投錨している姿が目に入ってきた。

巨大な鉄の浮城、我が連合艦隊と、四航戦母艦群の泊地だった。

「日向」に向かう彗星の搭乗員達が乗っているランチに手を振って別れる頃には、航空戦艦「伊勢」の間近に達しており、威風堂々の容姿に感動の眼を向け、身の引き締まる思いであった。

思えば、小学三年生の時、受持の長野先生が海軍三等兵曹、「伊勢」乗組員だったのでよく戦艦「伊勢」の話を聞かされた。

そのころから、私は将来海軍に入って軍艦に乗るんだと子供心に決めて、憧れと夢を抱き勉強に励んで、そして予科練へ。

その夢が九年後に恩師と同じ戦艦「伊勢」乗艦とは予想だにしなかったことで、不思議な運命の糸が私を手繰り寄せたのかも知れないと思っていた。

（予科練の教育課程の中に、どのクラスも艦務実習があった。夏の休暇前に呉の柱島に停泊の戦艦陸奥、山城、扶桑等に乗艦することになっていたが、昭和一八年六月八日に原因不明の爆発で戦艦陸奥は爆沈、乗艦していた土浦空の同期生甲一一期生の一三〇名の内生存者は一〇数名だった。この事故以降は予科練教育の課程から艦務実習は取り除かれ、土浦空に続いて三重

空の甲一一期生は艦務実習はなくなった)

乗艦後、飛行甲板に整列のうえ諸事項を守るようにと申し渡されて解散する。

早速と格納庫に行って愛機の瑞雲を確認した。

艦内の床は、艦尾のエレベーターから左右に艦首に向かってレールが敷かれており、その上に台車に乗った瑞雲が両翼を折り畳んで鎮座している。

明日の射出訓練に備えて、蒸し風呂のような熱気が充満したなかで、流れる汗の拭く間も惜しげに、薄暗い灯かりのもとで油に塗れて動き回る整備員達の真剣な姿に感謝、移動用レールの間を越えて左舷の艦尾に近い位置で発射台に鎮座する愛機瑞雲87号のそばにより、フロートを軽く叩きながら「明日は頑張ってくれよ」と心で念じつつ整備員に力をあわせて機体整備に汗を流した。

作業の区切りで、余りの暑さに飛行甲板に上がって一息入れたが、早くも日没が迫っており、あたり一面は壮大な落日に輝く茜色の風景だった。

空母「隼鷹」は真っ赤に映え、「日向」のマストは冲天を突くごとく印象的なシルエットを空間に造形しており、我が「伊勢」も一面に朱を流したように夕日が映えて素晴らしい栄光に輝く勇姿を横たえていた。

なんと美しい一時であろう。

やがて周囲は闇に包まれて、今日のあわただしい一日も終わりを告げようとしている。

はじめての艦内生活で勝手がわからず不自由さを感じていた。

音ばかりが耳につく一台の扇風機では万遍なく涼風を得られず、舷窓を開けることは厳禁、寝苦しい一夜であった。

翌朝、搭乗員整列の号令で格納庫に整列、江村飛行長より訓示を受けた。

「本日の戦闘訓練、カタパルト射出である。かしこくも高松宮殿下が艦橋よりご覧になる。よく艦橋に注意せよ。貴重な射出訓練であるから全力を集中せよ」

「かゝれ!」の号令が発せられると、それぞれの愛機に機敏に搭乗してエレベーターを待つた。

今までの静けさが一変して、号笛、号令、叱咤が各所で飛び交い、慌ただしさの活気あふれる艦内を、規則正しく迅速に、次から次へとエレベーターの位置に搬送される。

チンチンと甲高い昇降音の響きが整然と聞こえるのは、整備科の適切な働きによるものであろう。

飛行甲板に出た瑞雲は、心地よい爆音を轟かし、全乗組員注視の中で発射が始まった。

射出機に押し出されて艦橋に向かって敬礼、純白の軍服を召された高松宮殿下の答礼を受けて「よし」の合図を送る。

一番機発射、二番機発射と瑞雲は飛んでいく。

いよいよ我が機の番だ。発射の手旗は振られた。

一瞬滑るがごとくシューと前に押し出され、先端でドーンと射出された。

ほとんどショックもなく浮かび上がるように軽く飛び上がった。

「やった、成功だ」一瞬のこととは言え緊張の連続だった。

やっと平静な気分に戻って緊張がとれたとき母艦の「伊勢」が小さく遠ざかっていた。

やがて近いうちに「伊勢」で出撃することになるが、その時は敵機動部隊との決戦であって、航空戦艦の威力が存分に発揮されるときで、攻撃後は再び「伊勢」に戻れない片道飛行だと覚悟はできていた。

それが、戦局の進展により基地航空隊として比島の空へ出撃することとなり、「伊勢」に搭載の日はなくなってしまった。

再びその勇姿にあうことはなかったが、捷号作戦で連合艦隊のレイテ突入を成功させるために、小沢機動部隊の囮作戦に従事した「伊勢」の戦闘ぶりは記録として残されており、輝く戦艦の歴史を後世に伝えてくれることは最大の喜びで、「伊勢」

乗組員戦没者に捧げられる餞けになると信じている。

（軍艦「伊勢」より、梶山上飛曹の手記）

↑伊勢のカタパルトから射出された直後の瑞雲

↑日向のカタパルトから射出される彗星隊の彗星二二型６号機

第二章　比島周辺の航空戦

台湾沖航空戦から比島の空へ

呉基地における我が瑞雲隊の訓練は、カタパルト射出訓練も済み、予定の訓練項目に到達していたが、いつものごとく日々の飛行訓練は絶え間なく続いていた。

しかしながら、マリアナ沖海戦で受けた航空兵力の打撃は、大きく南方戦線に影響が出ていた。敵の米機動部隊は、比島の各所の我が軍事基地並びにダバオ、マニラの都市にも空襲をかけ、比島上陸の前触れと受け取れるような攻撃を南比、中比方面の広範囲にわたって仕掛け、これらの空襲によって、中比方面に展開中の一航艦は大打撃を受けた。

このような状況下の一〇月一〇日、敵は沖縄、奄美大島、宮古島、南大東島に三五〇機で空襲してき

第六三四空の現勢　一〇月一日現在

機種	機数		搭乗員組数		所在地
	実働	保有	実働	保有	
彗星 九九艦爆	六 九	一七 一〇	五四	五八	岩国
瑞雲	一六	一八	四〇	四一	呉
零戦	四三	五九	六四	一〇〇	徳島
天山	九	一七	二二	三二	美保

たので、我が航空部隊は邀撃戦を展開したが、大した戦果を得られず飛行機五〇機、艦艇二二隻を失った。ちょうどこの時、比島視察中の豊田連合艦隊司令長官は台北に在って帰国できず、直ちに「捷号作戦、基地航空部隊捷一号、二号作戦警戒」を発令。

五一航戦は関東に、第三艦隊は南九州に進出するように下命された。

敵は一〇月一一日、北ルソン島のアパリ飛行場を空襲、一二日は台湾の南部が空襲を受け、豊田長官は、「捷号作戦基地航空部隊捷一号、二号作戦」を下令された。

捷号作戦の発令により、我が第六三四空は南九州に展開進撃することになった。

一三日、水爆瑞雲隊は、〇七〇〇に一八機呉基地を発進、〇九二〇指宿基地に到着して待機。

一三〇〇指宿基地収容力無きために瑞雲八機を呉基地に帰投させた。

彗星隊、零戦隊、天山隊は、鹿屋基地に進出していた。

一四日、水爆瑞雲隊は一一三〇指宿基地発、五機呉基地に帰投、一五〇五指宿基地発、二機呉基地に帰投した。

一五日、〇七〇〇瑞雲一機呉基地より指宿基地に斎藤飛行士要務飛行、一四〇〇指宿基地発二機呉基地に帰投した。

一六日、一〇一〇瑞雲一機、指宿基地を発進し、奄美大島の古仁屋基地を経由して台湾北部の淡水基地に向かう（西浦三治少尉、沖　義雄上飛曹）。

一八日、西浦機台湾南部の東港基地に到着する。

飛行艇三機で整備員を東港基地に空輸する。

台湾沖航空戦は、一二日から一六日に渡って行なわれ、六三四空は稼働全機の戦闘機四〇機に、彗星九機、天山一〇機、瑞雲一八機は第六基地航空部隊に入り、鹿屋基地配備の一航艦、二航艦の精鋭を集めた「※T部隊」（第七六二航空隊）に続き、一四日、一五日と基地航空部隊と共同で敵機動部隊を攻撃した。

第一制空隊として活躍した六三四空戦闘機隊も、第二次攻撃隊に参加した彗星隊、天山隊も共に多数の自爆、未帰還機がでた。

※注／T部隊とは、昼夜を問わず台風の最中でも飛べる搭乗員を配したもので、この決戦に期待が寄せられていたが、結果は、戦果の重複、誤認が重なって誇大な戦果報告となり、事後の作戦に影響を与えることとなった

敵に与えた損害は飛行機が一〇〇機程度、敵艦船の損害は空母三、巡洋艦四隻程度で、我が方の損害は飛行機約三〇〇機と、錬成のなった多数の搭乗員を失うに至っては、今後の航空戦に大きな影響を及ぼすことになった。敵機動部隊の南下によって、次の決戦場は比島東方海面並びにレイテ島方面に移って行き、我が六三四空も沖縄、台湾を経由して逐次比島に進出して、一〇月二三日、

艦上機の全機が比島クラークフィルド基地群に、水爆瑞雲隊はキャビテ基地に展開を終えた。

指宿基地に進出していた瑞雲隊は、一五日に全機呉基地に帰投したが、うち一機の西浦分隊士と沖上飛曹は、天谷司令から命を受けて、一六日指宿基地から淡水基地を経由して東港基地へ飛び、瑞雲隊進出の受入れ準備の先遣として派遣されていた。

江村副長は、一七日の朝、搭乗員を格納庫の前に集め「敵機動部隊は比島方面に南下、捷一号作戦により我が水爆瑞雲隊の第一陣部隊は、一九日〇七〇〇呉基地を発進して比島に進撃する」と命令、いよいよ来るべき時来ると、搭乗員の決意は堅い表情に包まれて、興奮している様子が伺えた。

続いて田村隊長は、「先発機の西浦分隊士と沖　兵曹は既に古仁屋基地を経由して、淡水基地に到着し、一八日に東港基地に到着の予定で、整備隊員も飛行艇三機で出発、同日到着の予定であるが、我が瑞雲隊は、一九日〇七〇〇第一陣攻撃部隊一七機、呉基地を発進して東港基地に向かうが、台湾沖航空戦の後であり、南西諸島海面、台湾沖海面を飛行するので特に厳重な見張りをするように。飛行中にトラブル発生したら古仁屋、淡水に降りよ。決して無理をしないようにしてもらいたい」と指示された。

一九日、〇六三〇搭乗員整列。

天候快晴でほとんど風無し、雲量〇、「出撃機の瑞雲一七機整備完了、異常なし」と副長に報告された。

江村副長は「瑞雲隊の神髄を発揮するときが来た。全機、比島キャビテ航空基地に無事進出を祈る」とギョロ目で皆を見廻してから号令台を下りられた。

晴れの出撃の秋は刻々と近づいていた。

征く者、残って見送る者の顔々は、出撃の緊張に包まれた朝を厳粛に迎えていた。

このような中で、整列した搭乗員の顔にも、何時もと違う決意が漲っていた。

田村隊長は、「昨日申した通り、厳重な見張りを行ない、飛行中は寸分の油断もするな、各小隊ごとに東港基地に飛び、洋上にでれば機銃の試射を忘れないこと、出発掛かれ！」と号令された。

出撃機一七機の爆音は一際高く響き渡る中、一小隊、一番機田村隊長機に続いて二番機、三番機、スベリを離れ、次々と各小隊の瑞雲は続き、水上滑走に移る。

第六三四空の基地員、呉空隊員、関係者の、ちぎれんばかりの帽振れに見送られ、一際豪快な爆音を轟かせ、水煙をたてて隊長機の一小隊から編隊離水が始まった。

第一陣出発

↑一番機（田村飛行隊長機）

↑残留者の見送りを受けて

↑出撃の朝（呉基地における第一陣隊員達）

各小隊ごとに離水を終わり、呉基地上空で旋回しつつ編隊を組み、全機一七機は瀬戸内海を越えて台湾東港航空基地を目指す洋上飛行が始まった。

我が小隊の一番機は山岸少尉と大野上飛曹、二番機は加藤上飛曹と羽多野一飛曹、三番機は今泉一飛曹と梶山一飛曹であった。

呉基地から宇和島を過ぎて、日向灘を南下して都井岬に至り、都井岬を発動点として二三〇度で針路をとると、眼下に屋久島、種子島の海岸線がブルーに輝き美しく目に飛び込んできた。

奄美大島、沖縄本島を左に見て宮古島、石垣島に飛ぶ。宮古島を過ぎる頃合いに二番機がバンクして右旋回、編隊から離れてしまった。恐らく調子が悪くなって淡水基地に向かうと思われたので、しばらく追従飛行して様子を見届けて別れることにした。

我が機は大分遅れてしまい、一番機の姿が見えなくなってしまったので、警戒を厳重にして見張りを続けて単機で飛んだ。

やがて右前方に、でかい山が目に飛び込んできた。

初めてみる台湾の「新高山」だった。

高度計は四〇〇〇mを指しており、チャートに記されている高さと、全く同じ高さだったことが、出撃飛行中の第一の感動だった。

↑海軍航空図第２号

ほどなく台東に到着、変針して機首を東港航空基地にとると、前方に輝いている東港の湖面が見えてきたので、無事に到達することが出来たのが嬉しく、我が愛機「瑞雲」八七号機の逞しさに感謝と自信を与えてくれたことに、今後の運命を托すことにした。

一二〇〇瑞雲五機東港基地に到着、一一機は淡水基地に着き、台湾までの進出は無事に終わった（福丸兵曹機は、エンジン不調で古仁屋基地に不時着、その後呉基地に帰投した）。

二〇日に、淡水基地に到達した一一機が東港基地に進出してきた。

東港基地に一六機勢揃いしたが、東港基地隊員たちが次々と、着水・接岸してくる逞しい水爆瑞雲を見て、初めて接する新鋭機に驚嘆の歓声を挙げて出迎えてくれた。

敵米軍機の空襲に備えて、滑走台に収容することなく、対岸の「林辺村」に近い湖岸に繋留して遮蔽物でカムフラージュして待機することになった。

東港湖の背面は東支那海の荒海で、過ぐる日我が先輩達が渡洋爆撃行で、漢口、重慶爆撃に越えた海であった。

その海を、捷号作戦の発令により、九州、沖縄方面、台湾北部から戦闘機、艦爆、艦攻、九六陸攻、銀河陸爆、一式陸攻、九七大艇等あらゆる機種のおびただしい編隊が、絶えることなく比島めざして続々と飛んで行くのを見て、身震いするほどの興奮と感激を覚え、俺達も続いて行くぞ、頑張ってくれよと帽を振って見送った。

二二日、瑞雲隊一六機の内、隊長機他四機がキャビテ基地に進出した。

二三日、瑞雲一〇機、キャビテ基地に発進したが、石野正治中尉、枝林上飛曹搭乗の一機が、水上滑走中「ブイ」に接触して、フロート大破の為に進出を取り止めた。

また、志戸義治一飛曹、横江靖男一飛曹の搭乗機が、バターン半島付近で不時着した。

二四日、瑞雲隊二機、東港基地を発進したが、その内の一機、斎藤松紀中尉（飛行士）、小松馬吉上飛曹搭乗機はエンジン不調のために引き渡し、今泉義治一飛曹と梶山治一飛曹の搭乗機と交換して、先行の僚機に追いつくために慌ただしく離水して南に向かったが、惜しくも北比の北サンフェルナンド上空で敵グラマン戦闘機と交戦、自爆された。

一〇月二四日
戦死：中尉・斎藤　松紀（富山県）、上飛曹・小松　馬吉（新潟県）

斎藤飛行士に愛機八七号を渡して見送ったが、その一時間後が信頼していた愛機の最後だったとはその時は夢にも知らなかった。

そして、二ヵ月後の昭和二〇年一月二日、別府海軍病院に戦傷送還の途次、この北サンフェルナンド港外でＰ-38戦闘機に沈められ、不思議にも愛機八七号に呼び寄せられたのか、何か見えない糸で繋がっていたのかも知れない。

今泉義治一飛曹と梶山治一飛曹の比島進出は大日本航空の輸送機、九七大艇三機の便で、整備分隊長木下幹夫中尉と整備基地員等と共に分乗してキャビテ航空基地に向かった。

バシー海峡を越えて比島に達し、いよいよ危険空域になったので、尾部の機銃配置について間もなく、「敵機発見」のブザーが鳴った。機内は一瞬緊張に包まれた。

老練な日航のキャプテンが「多数の敵グラマン戦闘機がマニラ上空にいる、東シナ海に避退する」と伝言があった。さっそくコクピットに行き双眼鏡を借用して覗いて見ると、敵グラマン戦闘機が群れになって飛んでおり、初めて敵機との遭遇だったので、一瞬ゾッーと恐怖が走り、いよいよ戦地に着いた実感がした。

一時間程の避退で敵機が去ったのでマニラ湾に向かい、夕闇迫る頃にはキャビテ基地に着水した。

指揮所に行き江村副長に到着を報告したが、エプロンに飛行機と搭乗員の姿は見当たらず、全機が比島沖、レイテ島方面の索敵攻撃に出撃しており、到着早々に戦場が身近に迫っていることを強く意識した。

↑キャビテ基地のスケッチ
（三輪兆勢先生画）

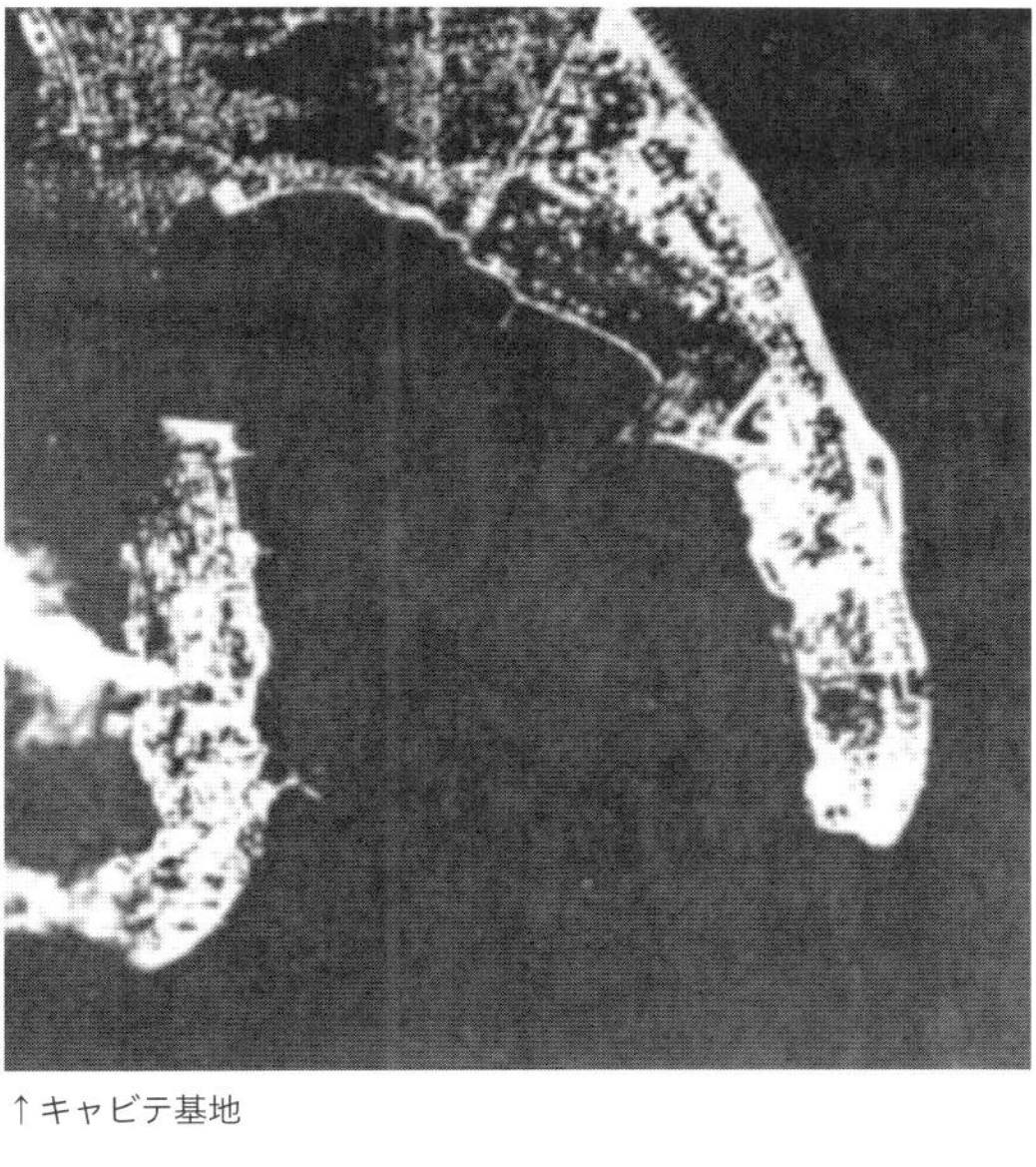

↑キャビテ基地

航空戦比島に移る

昭和一九年六月一五日、あ号作戦が発動されて連合艦隊が出撃。六月一九日に米機動部隊をサイパン島の二六〇度一五〇海里に発見。我が攻撃隊三〇七機が発進したが、攻撃は成功に到らずに、母艦に収容出来たものは約一〇〇機程度であつた。

開戦時以来歴戦の航空母艦「翔鶴」と新鋭装甲空母として期待された「大鳳」を失い、翌二〇日の夕刻米艦上機一四五機の攻撃を受けて空中戦となったが、航空母艦「飛鷹」沈没、残存母艦航空兵力は僅かに二五機で、完全なる敗北であった。

主要な水上兵力の損失は航空母艦三隻であったが、母艦搭載機と搭乗員の多くを失ったことは致命的な打撃で、今後の航空戦に支障を来すことは勿論、我が防衛線の後退は必至となった。

母艦搭載機の搭乗員は熟練を要するもので、一朝一夕にして養成出来るものではなく、母艦搭乗員の養成は至難となった。

このため、今後の方針として基地航空部隊に全力を注いで、航空部隊の再建を図り、陸軍航空部隊の協力を得て、フィリッピン、台湾、沖縄、南九州に航空兵力を配備して、米機動部隊を撃破せんと計画され、陸海航空部隊の配備が急がれた。

一〇月一〇日から一四日まで、米機動部隊は沖縄、台湾と北フィリッピンの我が陸海軍の各航空基地を襲い、大きな被害を受けた。

このような状況下で台湾沖航空戦が戦われた。

この戦闘は、「マリアナ沖海戦」の教訓を生かして、敵の防空戦闘機を封じるために、夜間攻撃を主としたので、その戦果確認が重複した報告等によって過大となり、幻の大戦果となった。

しかし、実際は米機動部隊は健在で、かえって日本側航空戦力の弱体化を知った米軍は、次の戦場と考えられる比島への上陸作戦を二ヵ月早めることになった。

一〇月七日、米軍はレイテ湾入口の小さなスルアン島の我が監視所に上陸を開始し、我が監視員は敵上陸の電報を打って玉砕した

これにより、本格的に比島に上陸作戦を行なうものと判断した大本営海軍部は、比島方面での決戦を定めた。

一〇月一七日、レイテ島周辺に台風が接近しており、激しい風雨を突いてレイテ東方海上に集結した敵の数は、第七七任務部隊一八三隻、戦闘艦隊一五七隻、輸送船四二〇隻、特務艦一五七隻の大艦隊で、総数九一七隻に及んでいた。

一〇月一八日、「捷号作戦実施方面を比島方面とす」と、大本営から発信された。

一〇月一九日、連合艦隊司令長官は、午前零時を期して捷一号作戦を発動した。
この時、既に作戦指導のために次の電報が発令されていたのである。
（一）第一遊撃部隊（栗田艦隊）はサンベルナルジノ海峡より進撃、敵攻略部隊を殲滅する。
（二）機動部隊（小沢艦隊）は第一遊撃部隊のレイテ湾突入に策応して、敵を北方に牽制すると共に、好機に乗じて敗敵を撃滅する。
（三）第二遊撃部隊（志摩艦隊）及び第一六戦隊を南西方面艦隊に編入、逆上陸の骨幹とする。
（四）基地航空部隊は比島に集中し、敵空母を徹底的に撃滅する。
（五）先遣部隊（潜水艦二九隻）は全力をもって敵損傷艦の処理と敵輸送船の撃滅を計る。
（六）第一遊撃部隊の上陸点突入をX日とし、機動部隊はX－一ないし、X－二日、ルソン島東方海面に進出する。
（七）X日は特命する。ただいまのところ二四日と概定する。機動部隊の出撃は右に応ずるよう、機動艦隊長官これを決める。
ミッドウェイ作戦、あ号作戦（マリアナ沖海戦）、台湾沖航空戦の惨敗に続いて、日本の運命を懸ける決戦がレイテ沖を中心に、比島全域で苛烈な航空戦が迫っていたのである。

一〇月一九日、捷一号作戦発令により、我が航空部隊の主力を急遽比島に進出、展開することになった。

比島における一航艦は、一七、一八日の米艦載機の来襲により、甚大な被害を受けており、保有機は五〇機程度という兵力で、陸軍第四航空軍兵力も三〇機程度で、陸海の航空兵力あわせても一〇〇機に満たず、微弱なものであった。

この時機に、一航艦長官が寺岡謹平中将から大西瀧治郎中将にかわった。

大西長官は、このような状態では、とても戦えるような決戦は出来ないことを痛感し、一〇月一九日長官は、統率の外道と知りつつ断腸の思いで、この難局を乗り越えるために、神風特別攻撃隊の編成を決断されると共に、一刻も早く航空兵力の増強を待望されていた。

このような状況から、在台湾の二航艦は直ちに比島に進出してきた。

二航艦の三航戦、四航戦（三五九機）、T部隊（一〇〇機）、三航艦（七〇機）、一航艦（五〇機）、機動部隊（一一六機）の計七三一機と陸軍航空兵力七一六機と見込まれていたが、実際の可動機はその七割程度である。

比島進出の各航空部隊は、続々と比島の各基地に集結したが、到着しても休養する間もなく、すぐに索敵、攻撃に出なければならない程、急迫した戦況であった。

それでも、この状況を把握している搭乗員は、こぞって飛び立っていったのであった。

我が六三四空水爆瑞雲隊の戦闘空域は、主として中比から南比にかけた太平洋海面とミンダナオ島より以北のスール海一帯として考えられていた。

この広域で作戦をするので、どうしても燃料の補給基地が必要となり、次の基地が開設されていた。

【燃料補給基地】

タバコ基地：キャビテ基地から一一五度三二〇㎞のタバコの海岸に設置されており、太平洋上の索敵攻撃、レイテ湾内の敵艦船攻撃に利用していた。

セブ基地：キャビテ基地から一四〇度六〇〇㎞のセブ島セブ市の東側、マクタン島の南に位置する小さな三角の形をした「カウイ島」に設置され、搭乗員の間では「乙女島」と呼ばれていたが、瑞雲数機の受け入れで一杯だった。

サンホセ基地：キャビテ基地から一七五度二五〇㎞のミンドロ島南端のサンホセ基地も利用されていた。

↑セブ基地

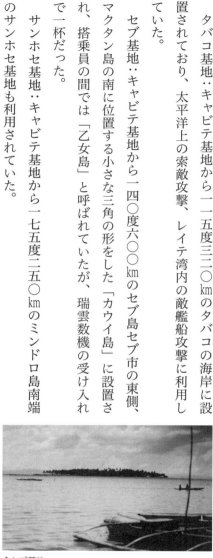

ラモン湾東方海面の敵機動部隊攻撃

連日の如く敵艦載機の空襲が続き、比島東方洋上に敵機動部隊が遊弋していることは察知されていたが未だに発見に至らず、我が偵察部隊はその捕捉に躍起となっていた。

この敵機動部隊を第一遊撃隊（栗田艦隊）のレイテ湾突入までに撃破しておかねば、我が艦隊は全滅の危機にさらされることは明白で、捷一号作戦は達成出来ない。

敵機動部隊を求めて必死の索敵が続けられていたところ、二四日、一一四空偵察第三飛行隊の索敵機彗星一機（豊島飛曹長、神橋一飛曹）が、マニラ東方のラモン湾東方洋上で、敵戦闘機の防禦陣を巧みに突破して敵機動部隊を発見、正確な位置を打電した。この発見は敵機動部隊を北方へ誘引する任務を帯びた、我が小沢機動部隊に有効な情報をもたらす結果となった事は勿論、我が基地航空部隊の攻撃発進に役立つことが出来た。

一航艦はまだ航空部隊が展開中であって、この敵機動部隊を攻撃するに足る在比の部隊は少なく、既に優秀な航空兵力を持って展開している六三四空（戦闘機隊、艦攻隊、艦爆隊、水爆隊）と六五三空に攻撃を命令した。

第四航空戦隊所属の六三四空と第三航空戦隊所属の第六五三空の攻撃隊は二〇一空と二〇三空戦

闘機隊の援護を受けてシャーマン隊、ボーガン隊、デヴィソン隊の三群からなる米機動部隊の攻撃に発進した。

この日、キャビテ基地の瑞雲隊はレイテ湾の敵艦船とタクロバン飛行場の攻撃に出ており、基地に待機中の八機に、江村基地指揮官は第一次攻撃隊として黎明の索敵攻撃を命じた。天候は晴れ、雲量二、雲高三〇〇〇m位で、瑞雲八機は、まだ夜の明けない黎明攻撃に発進、キャビテ基地より真東九〇度のラモン湾東方の米機動部隊を目指して突進した。

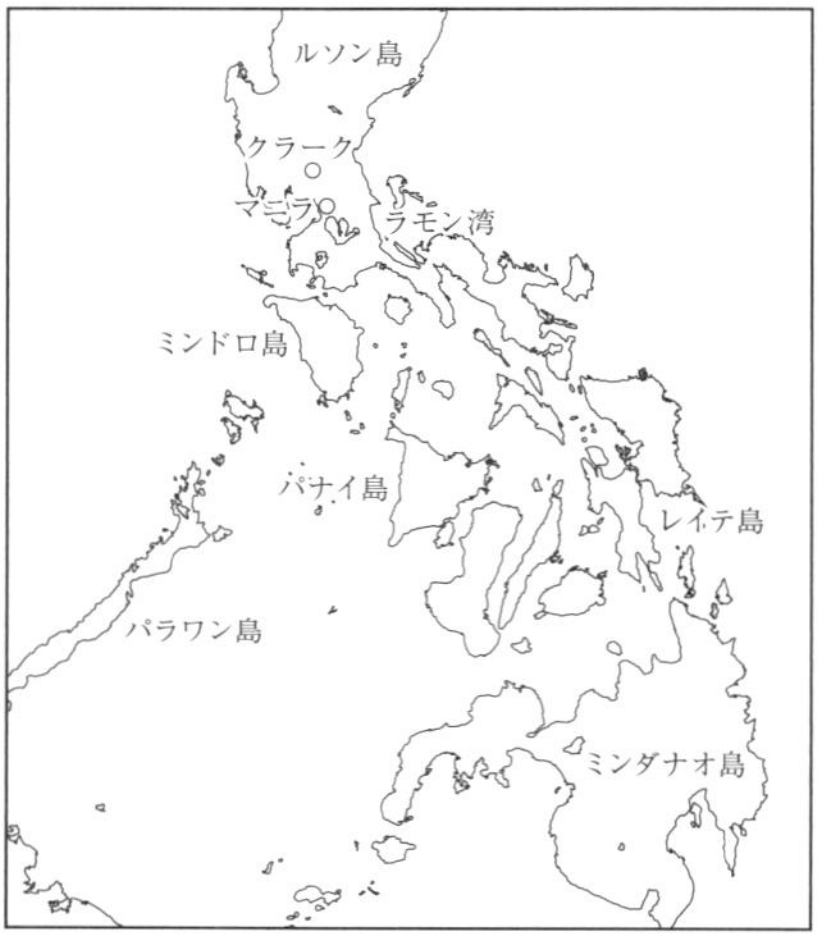

↑ラモン湾のホマリング島

間もなく、一番機の水井分隊長より「敵空母発見、われ接触中」と打電してきたが、その後の連絡は途絶え、未帰還機となる。

また、この日の夕方に六機が薄暮攻撃に発進したが、その内の一機が「敵空母の第一群を発見、攻撃」と報じ、そのまま遂に未帰還機となった。

この日の黎明索敵攻撃、薄暮索敵攻撃で、三機が未帰還となり、惜しくもベテランの分隊長と古参の搭乗員達を失ない、比島航空戦で瑞雲隊最初の戦没者となった。

一〇月二四日

戦死者：上飛曹・松原　五郎（兵庫県）、中　尉・水井　宗友（福岡県）

上飛曹・千頭　　茂（高知県）、上飛曹・守山　智徳（福岡県）

上飛曹・壇上　光男（広島県）、上飛曹・新井　守衛（栃木県）

一〇月二四日、捷号作戦によりレイテ湾に突入すべく、ブルネイ泊地を発進した我が栗田艦隊は、シブヤン海を進撃中、ラモン湾東方の三群からなる米機動部隊の二六〇機からの攻撃を受けた。不沈戦艦と言われた「武蔵」が沈められ、栗田艦隊はいったん反転した後、再びシブヤン海を東進し、サンベルナルジノ海峡にむかいサマール島東岸を南下、レイテ湾に向かって進撃を開始した。

この時期には、我が基地航空部隊と小沢中将麾下の第三航空戦隊（瑞鶴、瑞鳳、千歳、千代田）の第六五三空と、第四航空戦隊（伊勢、日向、隼鷹、龍鳳）の六三四空の一一六機は、米機動部隊の三群に向かい、勇猛果敢に攻撃を実施し、敵を北方に誘引する囮作戦を成功させた。

（資料）

一、小沢艦隊の空母搭載機数

艦戦（零戦）五二機、戦爆（零戦）二八機、艦攻（天山）二五機、艦攻（九七）四機、

艦爆（彗星）七機、合計一一六機

二、七〇一空の戦闘記録より

マニラの九一度二五〇カイリの敵機動部隊索敵攻撃のため〇七一五マバラカット東飛行場発進。

三、二〇三空の戦闘記録より

ラモン湾東方敵機動部隊攻撃の艦爆隊を直掩。（六三四空、六五三空と協同攻撃）

ポリロ島東方八浬付近にて我が方零戦五六機と敵戦闘機F６F一〇〇機と空戦。

四、六五三空の戦闘記録より

〇六五八瑞鶴の九番索敵機より「敵水上艦艇見ユ、空母三隻」打電後、索敵機未帰還。

五、六三四空の戦闘記録なし

戦闘詳報の紛失により、全戦闘の記録は不明。

（爾後、本書編纂に際して再調査した結果、ほぼ、瑞雲隊の戦闘記録が判明した）

また、この二四日と翌日の二五日の両日に、八〇一空の偵察三〇一飛行隊の瑞雲隊二四機が堀端少佐指揮の下、全機がキャビテ基地に進出、六三四空副長江村少佐の指揮下に入った。

比島沖航空戦、敵機動部隊攻撃（栗田艦隊の反転）

我が連合艦隊は、二三日、レイテ湾の米上陸軍を粉砕すべく、ボルネオのブルネイ泊地を出撃、基地航空部隊は、これに呼応して、二三日を航空決戦と定めて、全力を挙げて米艦船、機動部隊攻撃を実施することになっていた。

捷一号作戦艦隊の編制（昭和一九年七月二一日現在の編制で、その後再々編成された）

第一遊撃部隊（第二艦隊）
　第一部隊（栗田健男中将）
　　戦艦　大和、武蔵
　　重巡　愛宕、高雄、摩耶、鳥海、妙高、羽黒
　　軽巡　能代
　　駆逐艦　九隻
第二部隊（鈴木義尾中将）

戦艦　金剛、榛名
重巡　熊野、鈴谷、利根、筑摩
軽巡　矢矧
駆逐艦　六隻
第三部隊（西村祥治中将）
戦艦　山城、扶桑
重巡　最上
駆逐艦　四隻

第二遊撃部隊
第五艦隊（志摩清英中将）
重巡　那智、足柄
軽巡　阿武隈
駆逐艦　四隻

先遣部隊
第六艦隊（三輪筏義中将）
潜水艦　一三隻

機動部隊本部
第三艦隊（小沢治三郎中将）
第三航空戦隊（小沢中将直率）
空母　瑞鶴、瑞鳳、千歳、千代田
（戦闘機四八、戦爆二八、艦爆八、艦攻二四、計一〇八機）
第四航空戦隊（松田千秋少将）
航空戦艦　伊勢、日向（瑞雲二四、彗星二四）
軽巡　大淀、多摩
第三一水雷戦隊（江戸兵太郎少将）
軽巡　五十鈴
駆逐艦　八隻

この頃、比島東方洋上には、一～三群からなる敵機動部隊を、我が偵察機によって捕捉しており、一航艦、二航艦は、この機動部隊攻撃に全機発進を命じ、航空殲滅の火蓋が切られた。

だが、天候不良で雨天となり、作戦は困難の度を増し、打ち切られて断念することになった。

二四日、前日同様に天候は不良だったが、レイテ東方の敵機動部隊に総攻撃を決行した。

二五日、サンベルナジノ海峡を通過した我が連合艦隊のレイテ湾突入を支援すべく、基地航空部隊は全力を挙げて、レイテ湾の敵艦船攻撃と比島沖の空へと出撃していた。

我が瑞雲隊もこれに呼応して、二五日黎明索敵攻撃に六機発進し、その他の機はレイテ湾敵艦船攻撃、ドラグ飛行場、タクロバン飛行場の昼間攻撃を間断無く続行していた。

また、我が栗田艦隊のレイテ湾突入を阻止せんとする、敵機動部隊を攻撃せよとの命令により、我が瑞雲隊も昼間攻撃隊が編成された。

第一次攻撃隊三機、一番機山岸少尉、大野上飛曹、二番機羽田野上飛曹、加藤上飛曹、三番機今泉一飛曹、梶山一飛曹が出撃することになった。

江村指揮官は、「レイテ湾突入の我が栗田艦隊を支援して、サマール島東方海面の敵機動部隊を攻撃、遺憾なくこの敵を撃滅せよ、我が連合艦隊は南側に、敵機動部隊は北側に位置し、間違わないように、天候は快晴、出発一一〇〇、掛かれ」と命令された。

既に攻撃隊各機の打合わせは終わっているので、それぞれ愛機に搭乗して、各部を点検した。

ＧＯサインを送ると、スベリに出て台車から離れ、そのまま三機は編隊離水のコースに水上滑走して爆音を轟かして離水。基地上空を旋回して機首を一一八度、サマール島東端のブンガ岬に向かって飛び、敵の戦闘機を警戒して見張りを厳重にした。

海も陸地も美しい緑とプールで彩られ、紺壁の空を背負って飛んでいるが、これから血みどろの戦場に命を捨てに行くとは、とても思えない平和な風景を見渡して、何だか自分の気持ちが変だった。

一番機も二番機も、きっと同じ思いかもしれない。たったの三機で敵空母の輪型陣の真ん中に突入すれば、敵は好餌来たると集中攻撃してくるだろう。もう三機の運命は決っていることだし、とても生還は望めないのだから、思い切ったダイブでぶつかればよいと決めていた。

この時、瞬間的だったが「これで、俺一代が終わりなんだ、俺の血を継いでくれる者がいない」と、一抹の淋しさが走ったことが思い出される。

後は運賦天賦、愛機もろとも火だるまになっても、たとえ息が絶えても喰いついて、地獄の道連れにしてやると、気分を切り換えて見張りを厳重に、目は雲間の敵機を求め探していた。

飛ぶこと一時間三〇分程でブンガ岬に到達。太平洋上に出てサマール島に沿って洋上を南下すると、前方洋上に艦影らしきものを視認と着色弾（黄、青、緑、赤色）の水柱がその周辺に立ち上がっており、その上空に敵Ｆ６Ｆ戦闘機六機を発見。すぐさま二〇㎜機銃を発射して一番機と二番機に合図した。

同時に一番機も敵機を確認したのか了解の合図を送ってきた。

編隊を崩さずに一番機にしたがって大きく迂回、その一瞬の時に敵戦闘機の攻撃を受けた二番機が、火を吹き白煙を引いて洋上に吸い込まれるように墜落して行く。

加藤上飛曹の顔がこちらを見ていたように思われ、白いマフラーが目に食い込み白さだけが空しく悲しく認められた。

さらに警戒して一番機にしたがって飛んでいると、一番機山岸分隊士から手信号にて突入の指示がなされ、大野兵曹から手信号で解散の指示を受け、フリー攻撃となったので同じやるなら一番でっかい艦船を狙うことにした。

高度八〇〇〇から急降下の態勢を整えた時、敵Ｆ６Ｆグラマン戦闘機の六機のうち三機は一番機の山岸機へ、残る三機から攻撃を受けて、梶山一飛曹は左足大腿部に機銃弾創、左足が生温かくなって一時的に激痛が走った。

飛行靴内に血が溜まり出したので、すぐさま千人針の手拭いで、きつく止血して二撃目のグラマンに照準を合わし、照準器の真ん中に入った時に、この野郎と引金を引いたら、まともに命中した。「お〜い、梶さん墜ちよったぞ、よくやった、足は大丈夫か」「うん、大丈夫だ、大きい奴を血祭りにしよう」と返事した。

そのまま急降下を続け、高度四〇〇〇mで、狙っている眼下のでっかい艦船は味方の旗艦「大和」と視認、「しまった、大和だ」と気付いた。そこで九〇度に変針、南のスルアン島東南端の洋上に黒煙を上げている艦船に接近。敵空母と判断し、そのまま降爆して二五番を離したら、吸い込まれるように飛行甲板のエレベーター付近（飛行機の昇降機）に命中したが、何故か炸裂せず不発弾だった。

ちょうどこの時間の直前に、神風特別攻撃隊敷島隊が、特攻攻撃を敢行して敵空母に体当りして大戦果を挙げていた（神風特別攻撃隊の編成は知らされておらず、また、比島沖航空戦に参加している味方の攻撃航空部隊名も機種、機数も知らされていなかった）。

攻撃後、スルアン島を右に見て高度約三〇mにて飛ぶが、敵弾により方向舵の索を切断されたのか方向舵の自由がきかず、機首を帰投針路の〇度にたてられず、機はレイテ湾の方向に向かって流されていた。

レイテ湾内には、敵艦船約三〇〇隻の存在を確認できたが、敵は特攻機と思ったのか、米駆逐艦が煙幕を張り出し、視界をさえぎろうと躍気になって走っているのが見えた。

このまま飛べば、レイテ湾の敵艦船に突入するしか仕方ないが、爆弾も無い機体だけでは大した戦果も挙げられずに、あの世行きとなってしまう。

どんなことがあっても栗田艦隊の反転を知らせないと、味方攻撃隊と同士討ちになる。

そう思い、何としても帰投しなければとバンクで機体を揺すっていると、やっとのことで針路〇度に向いてくれ、愛機はレイテ湾に面したサマール島西側を、海面すれすれに飛んでいた。

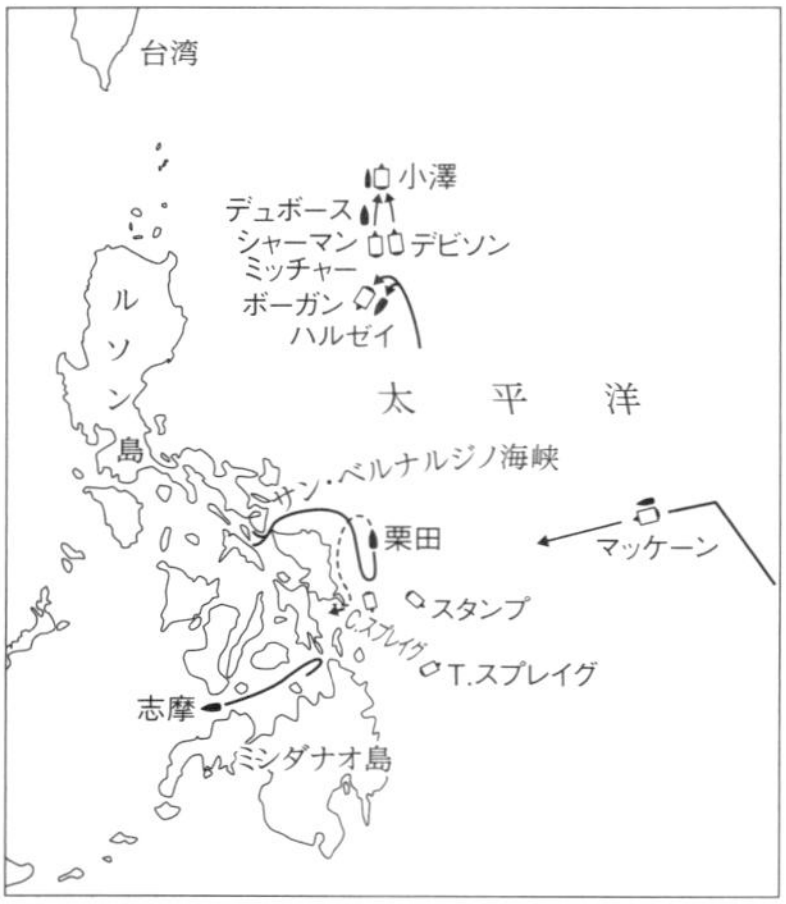

↑ 10 月 25 日の日米艦隊

レイテ湾内の敵艦船もハッキリと目に入っており、恐らく砲身、銃身はこちらに照準されていることだろう。

左側にレイテ島の米軍ドラグ、タクロバン航空基地が見えており、出来るだけサマール島の上を飛んで危険から脱することを考えていた。

その時、敵F6Fグラマン戦闘機一機が右後方の三機長程の間隔に接近追尾してきたので、もう駄目かなと思っていたら、どうしたものか攻撃してこなかった。

その数分後に反転して去ったので、墜されずにすんでよかったとほっと一息つくことが出来た。機はよろめきながらサマール海を越え、針路三三五度に機首を向けた。

やがて栗田艦隊が帰路にこのサンベルナルジノ海峡を通過するだろうが、無事に通過できるように祈りながら、我が機も一飛びしてそのまま燃料補給基地のタバコに向かった。

燃料の残量僅かなところでタバコ基地に到達した。着水後はそのまま砂浜に乗り上げて停止すると、整備員がましらの如くフロートから脚の支柱を伝って翼に駆け上がり「大丈夫ですか、私の首に手でぶらさがって下さい」と言って機上から降ろしてくれて、簡単なニッパ小屋に寝かしてくれた。

越中褌だけの整備兵長がすぐさま飛行服を裂いて、傷口に救急箱のヨードチンキをぶっかけて毛布で足を包み、応急の手当てをしてくれたので、「ありがとう、すまんなぁ」と礼をいった。

横になり身体を休めて、今泉兵曹とタバコを吹かしながら、どうして栗田艦隊があの位置にいたのかと話し合ったが、戦況の変化とはいえ、とても考えられない事だった。

もし、味方の大和を誤爆していたら、一生の不覚で生涯苦しまねばならないが、四〇〇〇mで判別出来たことは良かったと喜びあっていた。

ほどなく瑞雲一機が着水してきたので、一番機の山岸分隊士と大野兵曹が無事に帰ってこられたのかと思っていたら、第二次攻撃隊の小玉兵曹機であった。

小柄な小玉兵曹は元気な声で、「お梶、大丈夫か」と心配して声を掛けていただいたので、「大丈夫ですよ」と返事したら、「よし、俺がキャビテ基地まで運ぶからすぐに乗れ」と言われ、そして整備員に「座席に背負って運んでくれ」と指示されていた。

小玉機の後部座席に乗せてくれた整備兵長が「よく、あのような飛行機で帰れましたね、フロート、翼、機体に敵機銃弾が二八発当たっていてボロボロでしたよ。キャビテ基地に帰られたら早く治られて、また元気で飛んできて下さい」と言った笑顔が心に焼きつき、「ありがとう、色々とお世話になったが、君達こそ元気で頑張ってくれよ」と残りの煙草を手渡してお礼を言って敬礼して別れた。

燃料補給基地とはいえ、整備員二名が居るだけで、日除けの一坪位のニッパ椰子の葉で吹いた小屋の後の草むらに燃料満タンのドラム缶がゴロゴロ置かれているだけで、飲料水も無ければ他に何の設備もなかった。

タバコの海岸線は湾曲した砂浜が美しく続き、何事もなければ若い男女が海水浴でもして青春を楽しんでいる平和な処だろうなぁと思われた。

「お梶、少しの辛抱だ、離水するぞ」と、声の終わらないうちに浜辺からそのまま沖に向かって離水、すぐに左旋回をして機首を二九〇度、キャビテ基地に向かって飛んだ。

フイリッピン富士と言われているマヨン山に近づいた頃、マニラ付近の我が基地を攻撃しての帰途なのか、前方より黒胡麻を空に蒔いたように、敵F6Fグラマン戦闘機約三〇〇機ほどがワンサとこちらに向かってきた。いよいよ駄目かなと思った瞬間、上下前後左右はグラマンばかりが反行してゆく。何時墜されるかと思うと生きた心地はしなかった。

やっと、グラマンが通り過ぎるとパァーと周囲が明るくなり、「先任、助かりましたね」、「おう、生きた心地がしなかったぞ」と話し合った。

ラグナ湖も過ぎ、キャビテ基地が見えてきたので、これで助かったと思い小玉兵曹に助かりましたと感謝の声をかけた。

スベリに接岸すると、小玉兵曹が立ち上がって「梶山兵曹が足をやられている」と叫んだので、その声を聞いて石野分隊長が翼に駆け上がって「大丈夫か、俺の肩にぶら下がれ」と申されて背を向けられたので肩に両手を掛け、ぶらさがって機外に出してもらって地上に降ろされた。

江村指揮官が「すぐタンカに乗せて指揮所へ運べ」と指示されていた。

指揮所に入って立ち上がろうとすると「そのままでよい、戦況はどうだったか」と聞かれ、寝たままの姿勢で敬礼して戦果報告した。

「一一三〇サマール島のブンガ岬に到達、針路一八〇度に変針、サマール島に沿って南下。前方洋上に艦隊らしきもの発見。周辺に水柱がたちあがっており、その上空に敵F6Fグラマン戦闘機六機を発見。すぐさま二〇㎜を発射、編隊を崩さずにグラマンを警戒しながら大きく迂回するとその一瞬の時にグラマンの攻撃を受けて二番機が撃墜され、一番機より解散突入せよと指示があり、次の敵からの攻撃を受けるまでに高度八〇〇〇mから突入しました。しかしグラマンの攻撃で左足をやられ、二撃目のグラマン一番機を撃墜。そのまま突入して高度四〇〇〇mで敵艦隊と思ったものが味方の艦隊と気づき「大和」に誤爆するところでしたが、味方と敵の位置が入れ換わったものと判断。右旋回して一八〇度に変針、スルアン島東南の位置に黒煙を上げている艦船に接近。敵空母と判断して突入、弾着は、後部飛行甲板のエレベータに命中しましたが、炸裂せず不発弾と確認。帰投時、レイテ湾内に敵艦船約三〇〇隻を視認しました、報告終わり」と告げた。

江村指揮官は「そんな馬鹿なことが。栗田艦隊はレイテ突入のはずだが、間違いないか」と再質問されたので、「絶対に間違いありません」と答えると、第二次攻撃隊の小玉兵曹に向かって「小玉兵曹どうだったか」、「ハイ、その位置に連合艦隊がおり、自分は鈴谷に突入しました」と答えられると、「よし、よくわかった、瑞雲隊が索敵攻撃に発進以来、搭乗員から戦果報告を受けたのは梶山兵曹が初めてだ。よくやった、梶山兵曹をすぐ病院に運べ、第四次攻撃隊は中止する、二航艦に電話を繋げ」と荒げた声で怒鳴っておられた。

一〇月二五日

戦死者：上飛曹・加藤政治郎（北海道）、上飛曹、羽田野洋平（愛知県）

このレイテ島をめぐる攻防戦は、我が陸海軍の総力を挙げての闘いで、まさに乾坤一擲の正念場だった。

レイテ島守備軍三万、海軍艦艇七五隻、航空兵力延べ千五〇〇機を投入しての決戦だった。

これらは、すべて捷一号作戦の命令にしたがって行動していたのである。

しかるに、栗田艦隊に艦隊決戦を選択することが出来たとしても、航空兵力の支援なしで闘えることが出来ないことは、これまでの海戦で実証されており、前日の二四日、シブヤン海で「武蔵」を沈められたことでも判るはずなのに、栗田艦隊はレイテ突入の目前で反転した。

艦隊同士の決戦は日露戦争の日本海々戦で終わり、近代戦では航空兵力を伴わない艦隊決戦は考えられないことは、レイテ戦に至るまでの各戦場で証明済である。

栗田艦隊のレイテ突入を容易にするため、小沢機動部隊は空母四隻を犠牲にしてまで、米機動部隊を北東方へのおびきだしに成功し、その犠牲たるや悲痛無念で一杯だったであろう。

基地航空部隊に至っては「一機一艦」の神風特別攻撃隊を編成して、敵艦と刺し違えて散華。

この作戦に従って我が瑞雲隊も、苛酷と思われる程の攻撃を繰り返し、少ない機数で、ラモン湾、サマール島沖、スール海、レイテ湾へと索敵攻撃を続行、キャビテ基地の可動機の瑞雲は全機飛んでいた。

敵グラマン戦闘機の群れ飛ぶ中をくぐり抜けて、機銃満弾、二五〇kg爆弾（二五番）を抱いて、僅か三機位で敵機動部隊に突入、または単機で敵艦船、敵の基地を攻撃していた。

激しく打ち上げてくる弾幕にひるむことなく、急降下爆撃を敢行、引き起こしては海面スレスレで二〇㎜機銃を目前の敵艦船にぶっ放しながらの攻撃であった。

言語を絶する敵の弾幕で命運尽きたら愛機もろとも敵に体当りして自爆、尊い命を捧げた若者たちの壮絶無比の姿だった。

この仲間達を思うと、栗田艦隊の反転は如何なる理由があっても断じて許されるものではない。

実在しない敵機動部隊を追っての反転で、栗田艦隊を誤爆した我が航空部隊の攻撃は、その位置にいないはずの我が栗田艦隊が、反転したことによって生じたものであって、攻撃隊に責任を問うべきではない。

栗田艦隊の小柳参謀長が戦後の昭和三一年六月に刊行された著書『栗田艦隊』のなかで、「この頃の搭乗員は、内地で速成教育を受け、日本の軍艦すら見たことがないのである。練度低下の一証左である」と記されているが、これほど航空部隊の搭乗員を馬鹿にした言葉を許してよいだろうか、断じてこの言葉を容認することは出来ない。

あわや誤爆に至る直前に「大和」と確認出来たことは幸いであったことと、このことに関して戦後五〇年余経っても、これからも海軍の上位者に憤激を覚える。

高度二〇〇〇mや四〇〇〇m位で飛行すると、高角機銃や高角砲の射程内で墜されるから、射程外の八〇〇〇m以上で飛び、敵を物色して急降下態勢に入るのであって、高度八〇〇〇mで敵か味方かを識別できるのであれば、それこそ神業である。

また、「レイテ湾内のアメリカ輸送船団に対しては、初めからなんらの魅力をも感じていなかった、どうせ、全滅するなら全滅をしてもっとも意義あらしめたい。それには状況の許す限り、敵艦隊の中枢たる機動部隊に体当りすべきである」とも述べられている。

これでは、捷号作戦を頭から否定し、連合艦隊の艦船を私物化するもので、レイテ湾突入を取り止めて反転したことは、正に敵前逃亡と抗命罪、艦船乗組員の部下と基地搭乗員並びにレイテ島陸海軍守備軍を多く殺した殺人罪の謗は避けられないであろう。

「一将功を得んが為に万骨枯る」とは、このことではないだろうか、かかる愚将達の下で死んでいった幾百万の部下達を、どのようにお慰めしてよいのか、落涙留める処を知らず全く悲しい限りで、これこそ日本海軍の終焉であり、華々しい栄光の海軍とはいえないと思われる。

この当時の幕僚の中には、情報欲しさに搭乗員に対して、無理難題に等しいような暴言があった。

レイテ偵察行（抜萃）

一四一空　偵察第四飛行隊　　一飛曹　田中　康雄

索敵機彗星一機（多根一飛曹、田中一飛曹）が、「オルモックの味方輸送船団の揚陸後の状況、オルモック付近の陸戦状況を偵察せよ」と命令を受けて、暗闇のバンバン基地から約一七〇度で目的地に向かった。

レイテ島に到着、一瞬気を引き締めて直ちに任務に入る。

高度一〇〇〇m、全速でオルモック湾口に達し、付近は一面の油で、この二日間の特攻の跡と思い特攻の御霊に瞬時黙祷を捧げる。

湾内には揚陸完了か不明だったが炎上中の一隻を確認して、オルモック市街の上空を低空で偵察したが、市街は完全に焦土と化していた。

再び炎上中の輸送船上に低空で飛んだが、白煙に包まれている船体を、暗夜に確認するのがやっとだった。

敵の夜間戦闘機に遭遇することなく、オルモックにおける偵察の任務も終わったので退避に入る。帰投中、セブ島北端で我が輸送船を発見、マニラまでの無事帰還を祈った。四隻の船団中二隻を確認し、高度を上げて雲中飛行に入って一息ついた。

基地に無事帰投して、分隊長に迎えられて旭山司令部へ報告に行く。

報告の後、福留、大西中将及び幕僚の質問に答え、最後に炎上中の輸送船の舟番を聞かれたが、確認できずと答えたところ、参謀より「偵察隊の報告は長官、軍令部総長に次期作戦の指示を与えるもので、舟番が判れば次の搭載物件が今から策定できる。分隊長は若い搭乗員には教育を徹底するように」と分隊長にまで叱言があったので、誠に申し訳なかった。

参謀としては、詳細な報告が欲しいところであろうが、漆黒の闇の中に白煙を上げて炎上する船名（舟番号）を、懐中電灯で照らして見てこいと要求するに等しい言葉、分隊長に若い搭乗員をもっと教育しろの発言には無性に腹が立ち涙の出るほど口惜しかった。

（資料）

軍艦「熊野」の記録から

何時頃であったか、上空見張員の報告。

「零式水偵三機、左一五〇度二五〇、近づく」機影が大きくなった。

零水らしい。「日の丸が見える」

誰もが安心しきって思い思いの方角に目をやっていた。

ダダーンという音にはっとしてみると、中部の左舷から数十mの海面に水柱が上がり、続いて艦橋前方を、爆音高らかに上昇していく水上機が目に入った。

艦尾から降下爆撃をした。

「日の丸を付けているが零水ではない」と見張員が報告した。

「打ち方始め」間髪を入れず人見艦長が下令した。

爆撃した二機が左前方数千mを左に旋回している。

横姿が私の記憶を呼び起こした。

「艦長、瑞雲という水爆のようですが」と私はいった。

「かまわん、射て」

前部の機銃が火を吹き、高角砲も一、二斉射打ち上げたが、二機はたちまち遠ざかった。

瑞雲は新しい水上爆撃機で零水と良く似ているがエンジン、尾部に相違点がある。

間もなく見張長の東　繁松兵曹長が味方識別資料を持ってきて人見艦長に、今のは瑞雲のようでしたと報告した。

私は一年前に横須賀航空隊で見ていたが、乗組員には初めてだったのである。とも角怪しからんと話し合ったのであるが、ものの一時間もたたぬ内に、また同じような事が起こったのだから実に奇怪至極な話であった。

今度は爆装した天山艦攻一機で、気づかぬ内に投弾され、お義理にも至近弾とは言えないほど離れて弾着した。

瑞雲が落とした爆弾のかなり大きな破片が一つ後甲板に飛び込んでいた。

もし、命中していたらと思うと慄然たるものがある。

単艦になって味方機に気をつけてもらわねばと、一番砲塔の上に大きな日の丸が展張された。

人見艦長は一三：四〇次の電報を発信した。

「ワレ二回ニワタリ味方機（瑞雲、天山）ノ爆撃ヲ受ク　異常ナシ」

この記録は誤爆を物語っており、栗田艦隊の反転によるもので、同士討にならなくてよかった。

その後、第六基地航空部隊指揮官（福留長官）は、「熊野、友軍ニヨリ二回ニ渡リ誤爆撃ヲ受ケル異常ナカリシモ味方識別ニ関シ厳ニ注意セヨ」と発信され、二〇〇〇福留長官は「今夜ノ航空攻撃ヲ取リ止メヨ、味方打チ多シ」と発信された。

この頃栗田艦隊はレイテ湾突入を止めて反転、サンベルナルジノ海峡を通過していた頃であった。

二一三五、海峡を無事に通過した栗田艦隊は、シブヤン海を過ぎミンドロ島のクーヨ水道を夜のうちに通過して、二六日の朝を迎えたが、ハルゼー艦隊の二五〇機の追撃をうけ、さらにB-24爆撃機四七機の空襲をうけて、軽巡「能代」駆逐艦「早霜、野分、藤波」の四隻を失った。

ようやく敵の空襲から脱した栗田艦隊は、損傷の熊野と燃料欠乏の駆逐艦をコロン基地に回航し、大和以下は二八日の二一三〇にブルネイに帰投した。

思えば、戦艦七隻、重巡一一隻、軽巡二隻、駆逐艦一九隻の威風堂々たる三九隻、我が連合艦隊の勇ましい進撃の面影は消えて、戦艦四隻、重巡三隻、軽巡一隻、駆逐艦九隻の一七隻が帰投したにすぎず、その一七隻の艦船も敵の攻撃により、満足な艦型を留めているのは皆無に等しく、もはや連合艦隊は幻の艦隊になっていた。

ここに、栗田艦隊のレイテ湾突入は失敗に終わり、多くの艦船と惜しみて止まない尊い犠牲を払い、「謎の反転」と言う汚名を日本海軍の歴史に残したのである。

この大和が反転した直後に、戦場に到達した一番機の山岸分隊士、大野兵曹も三番機の今泉兵曹と、梶山兵曹も、よもや我が栗田艦隊が真下に居るとは考えてもいなかったことだった。

一番機がF6Fグラマン三機に食い付かれ、その隙に三番機は突入できたが、それが味方の大和と判別でき、誤爆を避けられたことは、今でも気持ちが救われている。

陸海ともによく闘い、海軍の艦隊乗組員も陸戦隊員も航空部隊も全力を挙げたが、捷号作戦は無惨な敗北で終わり、ここに日本海軍の艦船はその姿を消してしまった。

日米の決戦場といわれた、レイテ島は雌雄を決する天王山の戦いであった。

昭和一九年六月、あ号作戦に敗れ、敵の侵攻に対処するため捷号作戦が立案され、我が陸海軍は総力を挙げて敵を撃滅する作戦を展開することになっていた。

その捷号作戦のX日を目指して我が陸海軍の航空部隊は総力をレイテ島並びに比島沖に向けていた。

しかし、この作戦の内容については末端の攻撃部隊の隊員にまでは知らされていたのだろうか、我が六三四空では「何処の方面に敵の艦隊がおるから攻撃せよ」と至極簡単な状況説明だった。

だから、我が方の攻撃部隊は、どこの隊で何機が攻撃に参加しているのか味方の状況も知らされなかった。

また、キャビテ基地からサマール島沖まで一時間三〇分かかったが無線封鎖が行なわれているので、受信は出来ても発信は出来なかった。

そして、攻撃終わってサマール島沖、レイテ湾内の敵情報告も発信出来ず、二時間余り飛んで基地に帰投してからの報告では敵の状況も変化しており、次の作戦もたてられないと思われた。

もっと情報の提供を下部末端まで周知徹底するべきだったと思う。

二五日の比島沖航空戦に参加、敵グラマン戦闘機と戦って負傷、キャビテ病舎で手当を受けて入院、その二日後の夜の消灯前に、看護長が「そのままで聞け、去る二五日の一二時四五分、海軍特別攻撃隊敷島隊の五機が比島沖の敵空母に突入、戦果は空母一隻に二機命中して撃沈、空母一隻に一機命中大破、軽巡一隻に一機命中して轟沈の戦果を挙げた」と知らされて初めて特別攻撃を知った。

その後、見舞いに来てくれる戦友にこのことを確かめたが誰も知らなかった。

また、栗田艦隊が特別攻撃隊による攻撃を事前に知っていれば、反転することなくレイテ湾に突入して戦果を挙げたであろうと思われるが、たとえ攻撃隊発進を事前に知っていなくても、捷号作戦を命令通り実施していれば良い結果が生み出されたと思われる。

栗田艦隊が特別攻撃隊の空母撃沈を受信したのが一六時だったが、すべて後の祭りで最大の好機を逃がすこととなった。

このように、作戦がめいめいが思うように進め、統一された作戦ではなかったことが悔やまれてならない。

捷号作戦での日本海軍の喪失艦船

航空母艦（正規）　一隻（瑞鶴）
〃　（軽）　三隻（瑞鳳、千歳、千代田）
戦艦　三隻（武蔵、山城、扶桑）
重巡洋艦　六隻（愛宕、摩耶、鳥海、筑摩、鈴谷、最上）
軽巡洋艦　三隻（能代、多摩、阿武隈）
駆逐艦　一〇隻（山雲、朝雲、満潮、野分、早霜、藤波、若葉、不知火、秋月、初月）
計：二六隻

（右記以外、無傷の駆逐艦は五隻で他は、大破五隻、中破五隻、小破五隻）

飛行隊長田村大尉機ラグナ湖上に散る

捷号作戦発令に基づき、各基地より急速に移動して、比島の各基地に展開した我が主要航空部隊は次の通りであった。

基地航空部隊

二〇一空（戦三〇一、三〇五、三〇六、三一一）
二〇三空（戦三〇三、三〇四）
二二一空（戦三一三）
二五四空
三四一空（戦四〇一、四〇二）
七〇一空（攻一〇二、一〇三、二五二）
七五二空（攻五、二五六、七〇二、七〇三）
七六一空（攻一〇五、二五一、四〇一、七〇四）
七六二空（攻三、四〇五、四〇六、七〇八）
八〇一空（偵三〇一）

一五三空（偵一〇二）
母艦部隊の航空隊
六〇一空（戦一六一、一六二、攻一六一、二六二）
六三四空（戦一六三、一六七、偵水爆瑞雲隊、攻彗星隊）
六五三空（戦一六四、一六五、一六六、攻二六三）

註　戦＝戦闘機飛行隊（零戦、雷電、紫電）
攻＝攻撃飛行隊（艦爆、艦攻、陸攻、陸爆）
偵＝偵察飛行隊（陸上機、水上機）
（九三六空、九五四空、九五五空の水上偵察機は、栗田艦隊の対潜哨戒を行なっていた）

比島における一航艦の保有機は陸海軍合わせて約七〇機程度で、捷号作戦発令までに航空兵力の増強が計られ、その結果二航艦の三航艦、四航戦で三五九機、T部隊一〇〇機、三航艦七〇機、機動部隊本隊一一六機、合計七三一機。

陸軍機は計七一六機、陸海軍総計一五〇〇機（実働兵力は一〇〇〇機程度）で、天王山と言われた比島決戦を迎えようとしているのであった。

二三日、二四日の両日で、航空殲滅戦を展開して、レイテ島の米上陸軍と米機動部隊、艦船の撃滅を期して総力を挙げての出撃だったが、すべて、天候に左右されて作戦は頓挫、あまつさえ航空兵力に大損害を受けたのである。

また、敵の機動部隊は三群ないし四群からなっており、比島沖海面に存在していることは確実であったが、敵F6Fグラマン戦闘機の防空警戒網と、加えて天候等に阻まれて捕捉できず、我が在比偵察部隊はその発見に躍起となっていた。

このような状況下の二五日の夜半、マニラ発進の九七大艇が、敵機動部隊発見を打電して来たので、福留長官は直ちに攻撃を発令、クラーク、レガスピー、セブ、ダバオ、キャビテの各基地から攻撃隊が発進したが、敵の機動部隊を発見するに至らなかった。

我が瑞雲隊の攻撃隊は田村隊長機他五機が夜半キャビテ基地を発進、それぞれの索敵海面をラモン湾東方からサマール島東方に至る海面を索敵攻撃を実施したが、敵の機動部隊を発見するに至らず、二六日〇三〇〇頃には全機任務を終了して燃料補給基地のタバコ基地に全機無事に帰投した。

その後、各機ごとにしばしの休息をとって、キャビテ基地に帰投することを田村隊長は指示された。

田村隊長機は、二六日の〇八〇〇頃二番機の古賀機と共にタバコ基地を発進、帰途につかれた。当日の天候は快晴ではあったが、空には断雲が一面に広がっており、その中を夜間飛行の疲れも見せずに、厳重な警戒の見張りを続けてキャビテ基地に向かっての帰投中だった。

前方にマニラ湾が朝の陽光に輝き、間もなくキャビテ基地が見える直前、ラグナ湖上空で敵のグラマン戦闘機六機を発見、直ちに二番機に手信号で敵グラマンを教え、待避せよと指示された瞬間、前後を挟まれて空戦となった。

水上機「瑞雲」の大きな二つのフロートは、空戦に不向きであることは、田村隊長は百も承知のうえでの空戦であった。

一匹の獲物を狙っての六機のグラマン戦闘機は、たかが水上機と侮っての空戦を挑んできたが、隊長は好機を逃がさずに腕前を発揮、一発の二〇㎜機銃弾も撃つことなく、身軽にスルリと体をかわしてグラマン同士の空中衝突で二機を撃墜された。

しかしその直後、次のグラマンの攻撃によって被弾、ラグナ湖上で惜しくも瑞雲隊長田村大尉と偵察員の古谷飛曹長が戦死された。

二番機は雲の切れ目から、空戦による二機撃墜の模様を見ており、次

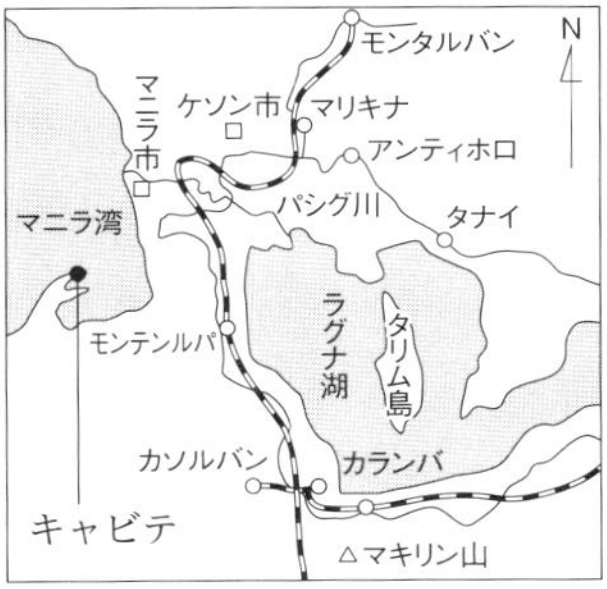

に雲から出てきた時は、ラグナ湖面に隊長機自爆の波紋跡が認められた。

二番機、帰投して江村指揮官に田村隊長機の見事な戦果と最期を報告する。

江村指揮官はすぐさま隊長機の救出を考えられたが、ラグナ湖周辺のゲリラの行動が活発で、救出は困難と思われ、無念の思いで中止された。

瑞雲隊にとって何者にも替えがたい田村飛行隊長の指揮官機を失くし、搭乗員達にとっては大きなショックであったが、心からご冥福を祈りつつ、哀しみをこらえての弔い合戦に戦場へと出撃していった。

既に二四日の攻撃で六三四空の艦爆彗星隊飛行隊長木塚大尉、零戦隊飛行隊長福田大尉の二飛行隊長も未帰還機となり、その二日後に瑞雲隊の飛行隊長田村大尉を失い、飛行隊長不在の飛行隊となったが、戦意を喪失することなく、激闘の決戦場に攻撃を繰り返し、獅子奮迅の活躍が続いた。

この時の二番機偵察員の稲葉兵曹は機上戦死されていた（操縦員は生還）。

一〇月二六日
戦死者：大尉・田村与志男（北海道）、飛曹長・古谷　博志（兵庫県）
上飛曹・稲葉　実（東京都）

一〇月二五日　戦死者

↑加藤上飛曹

↑羽田上曹長

一〇月二六日　戦死者

↑田村大尉

↑古屋飛曹長

↑稲葉上飛曹

偵察三〇一飛行隊の進出

七月一〇日の航空部隊大編制替えによって、空地分離が行なわれ、作戦航空隊の飛行隊と基地任務航空隊とに分けられた結果、横須賀航空隊で同日に偵察三〇一飛行隊が編成を開始、横須賀、指宿の両基地で訓練を行なっていた。

そして、一〇月一〇日、基地航空部隊捷号作戦発動により、偵察三〇一飛行隊は横須賀航空隊から第三航空艦隊の八〇一航空隊に所属替となり、台湾沖航空戦で全機が指宿基地に進出していた。

一五日、奄美大島古仁屋経由で台湾南部の東港基地に進出したが、一六日には指宿基地に全機帰投して訓練をしていたところ、比島のレイテ島に敵が上陸したために、一〇月二四日、二五日の両日で二陣に分かれて、キャビテ基地に進出する事になった。

【編制時】

瑞雲隊搭乗員名簿（士官）

飛行隊長　少佐　堀端　武司　（戦死）　海兵六二期

大尉　峰松　秀男　海兵六四期

中尉	宮本平治郎	(戦死)	海兵七一期
〃	岡　俊夫	(〃)	海兵七一期
〃	小椋　巌	(〃)	偵練一八期
少尉	斎藤　忠一	(〃)	操練二八期
飛曹長	小野　安民	(〃)	乙飛　三期
〃	土山　重時	(戦死)	甲飛　二期
〃	川手　行夫	(〃)	甲飛　三期
〃	植木　正成	(〃)	甲飛　四期
〃	梅原　金吾		甲飛　四期
〃	吉川　松義	(戦死)	操練三九期
〃	戸川　一	(〃)	操練三九期
〃	桑原源太郎	(〃)	偵練三四期
〃	森　国雄	(〃)	偵練四〇期

(一五名中、戦死一三名、生存者二名)

瑞雲隊搭乗員名簿（下士官）

上飛曹	稲村　茂	（戦死）	丙飛一〇期
〃	野田　利幸		乙飛一〇期
〃	飯田　芳男	（戦死）	〃　一〇期
〃	工藤　与一	（〃）	〃　一五期
〃	野中　行雄	（〃）	〃　一四期
〃	桑島　良三	（〃）	操練五一期
〃	富松　博	（〃）	乙飛一一期
〃	反甫幸史郎	（戦死）	丙飛　三期
〃	岩永　時男	（〃）	乙飛一三期
〃	堀田　秀男	（〃）	偵練五六期
〃	中村　節実	（〃）	乙飛一六期
〃	長谷川惣吾	（〃）	甲飛　八期
〃	管　瀬一	（〃）	〃　一二期
〃	藤村　堅	（〃）	〃　一二期

〃　亀田　清一（〃）　偵練五二期
〃　宮本　進（〃）　〃　一二期
〃　大沼　健治（〃）　〃　一三期
〃　脇山　忠秀　甲飛　七期
〃　戸塚　三郎（戦死）　乙飛一五期
〃　島村　富計（〃）　〃　一三期
〃　押川　重光（〃）　丙飛　三期（一九年一〇月二三日　進出途中石垣島付近で戦死）
〃　伊藤　留一（〃）　丙飛　六期
〃　寺橋　重規（〃）　甲飛　八期
一飛曹　山崎　登（〃）　丙飛一〇期
〃　井上　一雄（〃）　〃　一〇期
〃　島崎　清（戦死）　乙飛一六期
〃　石賀　二一（〃）　丙飛　九期
〃　吉野　作造（〃）　乙飛一六期（一九年一〇月二三日　進出途中石垣島付近で戦死）
二飛曹　三島　尚道（〃）　甲飛一一期

〃　　　　奥野　公生（〃）　〃　一一期
一飛曹　　服部　英（〃）　乙飛一六期
（三二名中、戦死者三〇名、生存者二名）

飛行科（搭乗員）の状況
士　官：総員一五、戦死一三、生存二
下士官：総員三二、戦死三〇、生存二
計：四七名、四三名、四名

敵機動部隊の所在が確認できない状況の中で、全機での移動は困難と予測されたので、隊長機のみ編隊で進出することになり、他の機は単機で薄暮を利用してキャビテ基地に進出した。

キャビテ基地では六三四空の瑞雲隊が善戦中で、先任の航空部隊指揮官、六三四空江村日雄中佐の指揮下に入ることになった（偵察三〇一飛行隊の零式水偵隊は、新編制の偵察一一飛行隊に転任となった）。

六三四空の瑞雲隊は、日夜の別なく出撃して、敵を撃破、奮闘中だったが、機材も搭乗員も不足し、第二陣部隊の進出も期待通りにいかず、苦戦中のところに、偵察三〇一飛行隊の進出は大きな戦力となり、キャビテ基地に活気が漲っていた。

六三四空の瑞雲隊員と偵察三〇一の瑞雲隊員とがうち解けて話し合うという事もない程、戦局は目まぐるしく移り替わり、とても歓談するような時間はなかった。

攻撃は一航艦、三航艦司令部の要請により、江村指揮官から次々と攻撃命令が発せられ、基地に瑞雲があれば即座に出撃命令が出された。

攻撃から帰投して戦果報告を終えるとすぐ、出撃をしなければならないような状態であっても、搭乗員は不平を言う者もなく、笑顔を残して攻撃目標に向かって飛んでいった。

また、何時でも飛べるようにしておく基地整備員の苦労は大変なもので、敵機空襲の合間を縫って機材の整備、燃料搭載、機銃弾の満弾、二五番の搭載、フロートの水抜きから風防の清掃と、こまネズミの如くに動き廻っていた。縁の下の努力があったればこそ、逞しく瑞雲は出撃できたのである。

搭乗員のペアも戦死、戦傷等で自然と混成になったが、同じ瑞雲仲間だったので、支障なく皆は飛んでゆき任務を果たしていた。

日増しに増加する敵に対して、攻撃の度に未帰還機が数を増してゆき、命令する指揮官の心中は言えない苦痛があったとしても、搭乗員はじめ基地員の悲痛な思いは消えること無く、ただ出撃機の無事帰投を願う見送りの日々だった。

六三四空瑞雲隊が比島進出して、すぐ様その日にレイテ湾の敵艦船を攻撃したのと同じく、偵察三〇一飛行隊も同様で、一〇月二六日に「マニラの八五度二四〇浬に敵の大部隊発見」の報により、瑞雲四機黎明索敵攻撃に発進したが、敵を発見するまでに敵の防禦戦闘機の攻撃を受けて四機未帰還機となり、別の一機は味方の遊撃部隊の位置確認のためにキャビテ基地を発進したが、敵の戦闘機と交戦の結果、未帰還機となる。

尊い最初の戦死者を出し、老練古参の搭乗員が惜しくも自爆した。

戦死者：偵三〇一　飛曹長・川手　行夫（広島県）、上飛曹・寺橋　重親（宮崎県）
一飛曹・中村　節美（宮崎県）、〃　島村　冨計（高知県）
上飛曹・長谷川惣吾（千葉県）、一飛曹・小野　安民（山口県）
一飛曹・井上　一雄（埼玉県）、上飛曹・堀田　秀男（佐賀県）
飛曹長・吉川　松義（熊本県）、〃　野中　行雄（静岡県）

激闘続く索敵攻撃

捷号作戦の発令により、一〇月二二日、六三四空水爆瑞雲隊は、田村飛行隊長機はじめ全機比島キャビテ基地に進出を完了したが、翼を休める暇も無く索敵攻撃に発進、比島航空戦の渦中で活躍、また、続いて進出してきた偵察三〇一飛行隊堀端隊長以下全機も、六三四空江村指揮官の指揮下に入って、共どもに索敵攻撃に翼を連ねて勇躍攻撃に参加していた。

だが、敵撃滅の捷号作戦も悪天候に阻まれて不発に終わったため、敵上陸軍はタクロバン、ドラグの飛行場を整備して使用しはじめると、レイテ湾内の適艦船の攻撃も次第に困難の度を増した。さらに比島沖海面を遊弋する敵機動部隊の艦載機が我が航空基地を攻撃し、その都度基地の被害も甚大となって情勢はますます不利に陥っていた。

このような情勢に対処して、航空兵力を有効に使用するために、基地航空部隊では「一機で、一艦を沈める」の神風特別攻撃隊が編成され、大きな戦果を挙げてレイテの空に散って行ったのである。

我が六三四空の戦闘機隊分隊長尾辻是清中尉、大下春男飛長が先陣となって特攻出撃に加わり、続いて艦攻の天山隊、艦爆の彗星隊も特攻出撃し、護国の華として仲間達は散っていった。

やがて、我々の瑞雲隊にも特別攻撃隊編成の命令のあることを、搭乗員は覚悟していたが、江村指揮官は「一回の攻撃で立派な搭乗員を死に追いやることは出来ない、人それぞれには死に場所がある、死に場所は本人が選ぶことである」との信念をもっておられ、要請があっても頑強に上司に抵抗しておられた。

比島における特別攻撃隊の編成は、各搭乗員の志願によって攻撃隊員に加えられるものであって、上からの指名で編成されたものではなかった。

だから、搭乗員は競って挙手して意志表示、また、ある者は血書して志願を申し出た。

これに呼応して、我が瑞雲隊は昼夜の別なく、ほとんど単機で間断無く索敵攻撃を続けていた。

比島進出してわずか一週間ばかりで、瑞雲隊員二四名（六三四空一四名、偵三〇一飛行隊一〇名）の戦死者を数えたことは無念でならないが、特別攻撃隊と何らの遜色は無かった。

訓練を励んだ仲間たち、和気相合いの笑顔の仲間たち、比島に進出しても直ちに索敵攻撃に飛び立ち、再び顔を合わすこともなく、基地に帰ることなく散って征ってしまった。

我が六三四空水爆瑞雲隊の至宝と慕われた飛行隊長田村与志男大尉、支葉末障にこだわらず豪快な笑いで周囲を圧倒する分隊長水井宗友中尉、老練で細目な分隊長石野正治中尉も失い、先任搭乗員松原五郎上飛曹他、練達の優秀な搭乗員が次々と散ってゆき、ただ、命ぜられるままに昼も夜も天候に関係なく索敵攻撃に出撃。敵艦船に突入して散華してゆき、敵Ｆ６Ｆグラマン戦闘機と互角に渡りあっての空戦を続け、大空の勇壮な絵巻を展開、十分な闘いを敢行していた。

昼間の攻撃は無理だったと言う人もいるが、闘いに昼も夜も区別無く、何時でも出撃して闘えなくてはならない。

我が瑞雲は、敵Ｆ６Ｆグラマン戦闘機でも互角に闘えた優秀な飛行機であった。

昭和一九年一一月末頃までは、瑞雲一機でゆうゆうと比島沖、スール海、レイテ湾、タクロバン、ドラグ飛行場を昼間攻撃して戦果を挙げていたが、その後における飛行機の補充の差が、その立場を変えた。一二月に入ると敵の手に制空権が渡ると、昼間の単機による攻撃は困難になると共に、攻撃目標に達するまでに敵戦闘機一〇〇機～三〇〇機の防御陣によって、未帰還機が増えたことにより必然的に夜間攻撃になっていったのである。

第三章　敵撃滅の航空戦

レイテ島総攻撃戦

捷号作戦は、栗田艦隊がレイテ湾突入を取り止めて反転したことにより、ここに完全なる作戦の失敗と敗北を認めざるを得ない状況となり、更に苦戦を強いられることになった。

この失敗によりレイテ方面の航空戦は一段と激しさを増し、我が軍は総力を挙げてレイテ湾の敵艦船に猛攻撃を加えるべく、陸軍、海軍の神風特別攻撃隊の出撃は間断なく続き、基地航空部隊も負けじとレイテ湾に殺到して攻撃を加えていた。

我が瑞雲隊も他の攻撃隊に負けずに、レイテ湾、比島沖海面の索敵攻撃に出撃を続行していた。

一一月に入って間もなく、六三四空の第二陣部隊が進出してきたので、瑞雲隊の保有機が増え、基地は活気を帯び、搭乗員の顔も明るさが漲って、基地内は頼もしい爆音も響き渡っていた。

一一月二日、松永憲二郎上飛曹、小山二飛曹の搭乗機が天候不良の中レイテ湾敵艦船夜間攻撃のために発進したが、天候はますます悪くなり遂にマヨン山に激突、搭載の二五〇kg爆弾が炸裂して周囲の密林が焼き払われていた。

雨に打たれ、太陽にさらされて、奇蹟的に意識を回復した松永上飛曹は顔面の火傷と右腕を骨折していた。元気を取り戻してあたりを見渡すと、小山飛長は即死だったので死体を埋めて処理し、すぐさま暗号書と水晶発振子の始末を済ました。後で、土匪のゲリラに包囲され掴まり捕われたが、夜陰に乗じて脱出に成功して山を下り、幸運にも陸軍の歩哨線に辿りつき救出された。

戦死者：六三四空／二飛曹・小山　重雄（宮城県）、（松永上飛曹　生還）

一一月三日、我が瑞雲隊は、タクロバン敵飛行場夜間攻撃に出撃したが、敵グラマン夜間戦闘機と交戦のすえ自爆、未帰還となった。

戦死者：六三四空／中　尉・石野　正治（新潟県）、上飛曹・枝　林（栃木県）
偵三〇一／飛曹長・植木　正成（高知県）、（峰松少佐　生還）

一一月四日、瑞雲五機でタバコ基地中継で、ラモン湾方面の敵機動部隊を求めて、索敵攻撃に発進したが、一機未帰還機となる。

戦死者：六三四空／上飛曹・古賀　実（佐賀県）、上飛曹・野口　敏一（神奈川県）

一一月七日、瑞雲八機で、サマール島方面の敵機動部隊を求めて夜間索敵攻撃に発進、天候不良にて敵の機動部隊の発見は困難だったが、うち一機は「敵機動部隊発見、われ攻撃中」と打電後消息を絶ち未帰還機となる。

戦死者：六三四空／上飛曹・大野　睦弘（愛知県）、一飛曹・米田　次郎（大阪府）

我が水爆瑞雲隊の比島進出以来、息つぐ間もない激しい航空戦に参加して、赫々たる戦果を挙げて来たが、その陰には尊い犠牲が払われていた。

これまでの昼間攻撃に夜間攻撃を取り入れて、昼夜を問わない攻撃で若干の戦果は期待できたが、その分だけ損害も増えはじめていた。

一一月九日、第一航空艦隊大西長官がキャビテ基地に来られ、瑞雲隊員に激励の言葉を賜わったが、ほとんどの搭乗員は出撃しており、大西長官に拝顔する機会は得られ無かった。

一一月一一日、田村飛行隊長亡き後を引き継いだ堀端武司少佐（海兵六二期）は、何時もカイゼル髭を手でネジ上げながら笑顔を絶やさず、その態度は豪快で豪傑を思わす人だった。

この日、スルアン島一三〇度一二〇浬に敵の戦艦一〇隻、輸送船三〇隻を発見と入電あったので、六三四空瑞雲隊は直ちに七機発進して攻撃に向かったが、その内三機が未帰還機となった。

戦死者：六三四空／少尉・西浦　三治（兵庫県）、上飛曹・沖　義雄（静岡県）

〃　　一飛曹・内田　幸重（高知県）、飛長・上島　勝（大阪府）

戦死者：偵三〇一／少佐・堀端　武司（愛媛県）、（偵察員　不明）

江村指揮官は、六三四空の編制時から訓練を経て比島進出と、最も信頼をおいていた田村隊長の戦死に続いて堀端隊長を失い、両腕をもぎ取られた如く作戦上支障を来すので、困っておられた様子が伺えた。

一一月一五日、在比航空兵力の再編成が急がれて、六三四空は第二航空艦隊に編入、天谷司令は

↑キャビテ基地指揮所

←司令　江村中佐

↑飛行隊長堀端少佐　↑桑原飛曹長　↑梅原飛曹長　↑脇山上飛曹

←吉本一飛曹

↑田所飛曹長

↑佐々木上飛曹

→前列左から大野飛曹長、井藤飛曹長、志度上飛曹

↑キャビテ基地の瑞雲「634-87」号機

総攻撃
比島航空戦

※P156～P158までのキャビテ基地指揮所を除くすべての写真は、「日本ニュース第243号　海軍水上基地」より
画像提供：NHK

←瑞雲「06」号機

↓二十五番（250kg爆弾）搭載中

↓瑞雲「01」号機

↑レイテの空へ！出撃

↑離水直前の瑞雲。爆装しているのでフロートが深く沈んでいる

転任となり江村副長が司令に就任するとともに、偵察三〇一飛行隊は飛行隊長堀端少佐を失ったことで六三四空に付属することになった。

残存の戦闘機隊は二〇一空戦闘三〇三飛行隊に編入。

艦爆、艦攻隊は七〇一空攻二五六飛行隊に所属を移された。

従って、もと飛行長であった園山少佐は一五三空の飛行長に転出された。

ここに四航戦六三四航空隊は実質上、水上爆撃機の瑞雲隊のみとなった。

そこで、爾後の六三四空は旧六三四空の瑞雲隊と、偵察三〇一飛行隊の瑞雲隊と統合し、六三四海軍航空隊偵察三〇一飛行隊と呼称することになった。

搭乗員の活躍もさることながら、僅か一〇機にも満たない極少ない機数でやり繰り算段の攻撃の実施は、江村司令の心痛の悩みであったが、搭乗員に取っても拳を握り締めて切歯扼腕、飛ぶにも翼なくて僚機の帰投を待っているのが、この当時の実情だった。

一一月一五日、レイテ湾内の敵艦船夜間攻撃に瑞雲四機発進したが、天候不良で三機引き返したが、残る一機が攻撃目標に突入自爆

↑フィリピン空軍キャビテ基地内の標示板。「トラトラファイター」の出撃した基地として瑞雲隊の戦いぶりを賛辞している

して戦死、戦果は不明。

戦死者：上飛曹・工藤　与一（青森県）

一一月一六日、レイテ湾内の敵艦船に瑞雲四機で黎明攻撃を実施、輸送船一隻火災炎上、タクロバン飛行場火災炎上の戦果を挙げ、同日、レイテ湾内の敵艦船に瑞雲二機で薄暮攻撃を実施、ワシントン型戦艦に二弾命中、駆逐艦一隻に直撃弾の戦果を挙げて、この日攻撃は全機無事に帰投する。

一一月一七日、レイテ湾内の敵艦船を瑞雲三機で夜間攻撃にて、大型輸送船一隻火災炎上の戦果を挙げたが、瑞雲一機この攻撃で被弾、セブ基地に帰投して着水したが、機上で戦死する。

戦死者：一飛曹・今泉　朝治（茨城県）、同乗者不明

（編成以来よきペアとして死ぬ時は一緒と思っていたが、比島沖航空戦（サマール島沖航空戦）で私が左足の負傷後ペアが替り、今泉兵曹が戦死したことは誠に残念だった。昭和四〇年秋頃に茨城県の生家を訪ね、念願の墓参が叶い何よりも嬉しかった。合掌）

一一月一八日、瑞雲三機でレイテ湾内の敵艦船を夜間攻撃、敵大型輸送船一隻命中弾、火災炎上したが、二機自爆、一機不時着したが後日に生還した。

戦死者：上飛曹・反甫幸史郎（大阪府）、飛曹長・桑原源太郎（大分県）
　上飛曹・伊藤　留一（愛知県）、上飛曹・島崎　清（長野県）

一一月二〇日以来、我が瑞雲隊は第二次レイテ湾敵艦船攻撃の航空戦に呼応して、連日連夜レイテ湾とタクロバン敵飛行場を攻撃していたが、一一月二四日、レイテ湾敵艦船夜間攻撃に瑞雲四機で出撃したが、未帰還二機がでた。

戦死者：上飛曹・稲村　茂（千葉県）、上飛曹・大沼　健治（宮城県）
　上飛曹・宮本　進（茨城県）、一飛曹・石賀　二一（鳥取県）

一一月二七日、待望の瑞雲九機が、内地からキャビテ基地に無事に空輸されて戦力に加わり、レイテ島西岸のオルモックに我が陸軍の揚陸作戦の支障となる敵魚雷艇狩に活躍して、戦果を挙げていた。翌一一月二八日、瑞雲四機延べ八機で第六次多号作戦実施に伴う輸送船団支援のため、オルモック近海の敵魚雷艇夜間攻撃を実施したが、一機未帰還となる。

戦死者：一飛曹・石原　輝夫（愛知県）、少尉・堀川　哲司（長野県）

捷号作戦以来、六三四空瑞雲隊と偵三〇一飛行隊瑞雲隊は、通常の攻撃隊として江村指揮官（司令）の命令により比島沖、サマール島沖、レイテ湾内を昼夜の別なく連日索敵攻撃に出撃、大きな戦果を挙げてはいたが、その戦果の影には練達の搭乗員の尊い犠牲が払われていた。

また、比島進出の緒戦に率先陣頭で頑張ってこられた飛行隊長田村大尉の戦死、後任の飛行隊長として堀端少佐の豪傑飛行隊長も戦死されて両飛行隊長を失うことになったが、部下の搭乗員、基地隊員はよく両隊長の意を体して、索敵攻撃に出撃し期待に応えていたのである。

目まぐるしく変わる戦場で、飛行長、飛行隊長の補充はなかったが、一二月三日付で新飛行長に古川　明少佐（海兵六〇期）、新飛行隊長に山内順之助少佐（海兵六四期）が発令された。

古川新飛行長は、江村司令からの再三にわたる着任要請があったが、キャビテ基地に赴任せずに台湾の東港基地におられ、山内新飛行隊長は空路マニラに向かうことは最も危険だったが、マニラ空輸便に便乗されてキャビテ基地に一二月末に着任された。

激しい弾幕の中をくぐり抜けて突入して闘っている部下のことを考えられたら、速やかに着任すべきが当然のことである。

どんな事情や状況があっても、上司ならば速やかに部下が待っている処に着任すべきである。

立派な上司を持つことは、部下にとって一番幸せであることは勿論、全幅の信頼をもって使命達成に臨めたことは勿論であって、搭乗員一丸となって十分に活躍出来るものである。

従って、航空隊としては、体裁や職制を整えるような上司は不必要で、率先陣頭指揮の逞しい上司が必要とされ、最も要求される信頼関係が生れないことは勿論、その隊は力を誇示することもできずに戦う気力のない飛行隊になってしまう。

戦場では、瑞雲が遮二無二突っ込んでおり、そのために尊い犠牲者が毎日の如く、発生していることを忘れてはならない。

一二月八日、セブ基地発進してレイテ湾内の敵艦船を昼間攻撃の際に自爆。

戦死者：飛曹長・田所　作衛（埼玉県）、一飛曹・手島　栄一（静岡県）

一〇月二八日の多号作戦発令以来、我が瑞雲隊はレイテ島西岸のオルモック湾の敵艦船攻撃に力を注ぎ、特に敵魚雷艇狩に多大の戦果を挙げた。

一二月一五日、敵上陸部隊がミンドロ島サンホセに上陸するに及び、これを許せばマニラ湾の出入りを制扼されることになり、我々の戦場も自然とミンドロ島に移っていた。

ここはキャビテ基地から三〇分以内の近距離にあるので、攻撃も頻繁に行なわれ、ほとんど休む間のない攻撃が実施された。

一機でも多く保有を望み、新機材の到着を待っている時だったが、不幸にも一二月二六日、キャビテ基地に進出の途次、石垣島西方にて瑞雲一機行方不明となり消息を絶つ。

一二月二六日、キャビテ基地に進出のおり石垣島西方で行方不明。

戦死者：一飛曹・小関　富雄（徳島県）、一飛曹・安田　博（秋田県）

空母「雲龍」に兵員・物資を搭載して輸送

捷号作戦の体制挽回を図るべく、比島へ緊急に戦略物資の輸送に迫られ、空母「雲龍」によって輸送されることになった。

昭和一九年一二月一七日戦略物資を満載して、三隻の駆逐艦「檜、樅、時雨」に護衛されて呉軍港を出発した。

【搭載の兵員と物資】

兵員　乗組員、便乗者　約三〇〇〇名

六三四空関係　約四〇〇名

陸軍空挺隊関係　約九〇〇名

その他　約一七〇〇名

兵器　桜花（ロケット特攻機）　三二機

物資　武器、弾薬、糧食、医薬品

↑航空母艦「雲龍」

一二月一八日、門司港を出港して上海沖をめざして航行中、一二月一九日、北緯二八度一九分、東経一二三度四〇分の位置で米潜の魚雷攻撃で沈没した。

この時に救助された者は、荒天のため一四二名にすぎなかった（六三四空の軍需品は格納庫に満載されていたが、すべて海没したために、キャビテ基地隊員は終戦まで着のみ着のままで、被服の貸与、交換はなかった）。

多号作戦で活躍（オルモック輸送支援）

レイテ島守備の僅か三万の陸軍では敵の上陸軍一八万余を殲滅する作戦は非常に困難で、二年前のガタルカナル島と同じような情勢と判断、海上輸送の確保と制空権を握ることに全力を注がれる事になった。

陸軍では直ちに兵力の増強が計られ、マニラからレイテ島西岸のオルモック港までの二七〇㎞の海上緊急輸送が行なわれることになり、「多号作戦」が実施された。

だが、東海岸のタクロバン飛行基地を確保した敵は、機械力をフルに利用して基地の整備を行ない、多号作戦による我が補給輸送の阻止に全力攻撃をしてきた。

第一次、第二次の輸送は成功したが、敵機の攻撃と魚雷艇の出没が頻繁となったため揚陸は困難となり、その上、揚陸設備や船舶の被害により兵員の揚陸は出来ても武器、燃料、食料はほとんど揚陸に至らず海没し、海軍艦艇、輸送船をも失い事後の作戦が一層困難となった。

それでも、レイテ島防衛の有力部隊の主力である第一師団が上陸できたことは、友軍を元気づけて敵と対峙、レイテ戦の苛烈な闘いが続行していた。


一一月七日、オルモック上陸軍の支援に出撃した瑞雲一機、不時着の後搭乗員は地上戦で戦死。

戦死者：上飛曹・藤村　堅（山口県）、大尉・岡　俊夫（愛知県）

海陸空の協同作戦であったが、比島沖航空戦で多くの艦船を失い、航空戦も特攻と通常の攻撃戦を実施しても、敵を撃退することが出来ず消耗戦の様相となり、大きな犠牲を強いられることになった。

それでも、我が瑞雲隊は昼間、夜間を問わず不利な作戦であっても、数機または単機でカリガラ湾、レイテ湾、カモテス海の敵艦船攻撃に出撃を繰り返していた。

米側の戦史によれば、一一月三日、第七次上陸作戦で、セブ基地から飛んだ瑞雲一機が、敵の駆逐艦「サムナー」を撃破、一二月五日には、キャビテ基地から飛んだ瑞雲一機が、敵の駆逐艦「ドライドン」を撃破したと認めているが、実際はもっと損害を受けていても、敵も自隊の被害は過小に報告しており、その実態を掴むことは甚だ困難である。

特に我が瑞雲隊は、比島戦の当初より果敢な索敵攻撃を実施して多大の戦果を挙げ、また、栗田艦隊がレイテ湾突入を止めて反転、サンベルナルジノ海峡を通過し、シブヤン海を経てブルネイ帰港に至るまでの間、島影に潜む敵の魚雷艇を求めて低空で攻撃、大きな功績を残した。

また、多号作戦によるオルモック輸送船団護衛に活躍、昼夜を問わず敵の魚雷艇狩にも常時出撃、果敢な攻撃を実施して多大の戦果を挙げたことにより大西長官から三度の部隊感状と銀盃を受け、個人感状を受けた者十数名に及んでいる（個人感状は戦後に江村司令より聞く）。

多号作戦により、第一次〜第九次にわたるレイテ島の西岸オルモックへ、二七〇㎞を航空機の援護も充分に受けられず、その上に海軍艦艇の護衛も不十分で、大きな損害を越えての輸送の結果、レイテ島守備軍は七万名に達していたが、戦略物資の海没並びに銃爆撃による損失は、ガダルカナル島と同様に優秀な兵員を餓死に追い込み、自滅してゆく悲しい運命を辿る結果に至った。

一二月七日、米軍は八〇隻の船団でオルモックの南、三マイルの地点デポジト近くに逆上陸をしてきたので、これに対して、我が陸海軍は特攻機の攻撃と通常攻撃隊の航空攻撃を実施、我が六三四空は瑞雲八機、彗星一一機、戦闘機二〇機が出撃して、敵の上陸軍を攻撃した。

苛烈な航空戦の繰返しであるが、敵の侵攻を止めることが出来ず、早くも一〇日には米軍はオルモックに迫り、五〇日間の日米地上戦に終止符が打たれようとしていたのである。

我が軍の補給基地のオルモックが米軍一万余りの上陸軍で、前線で米軍と対峙している我軍の背後に致命的な打撃を加え、ここに戦局は大きく後退、潰滅の道を辿り悲惨な敗北に終わった。

このように、オルモックの守備が手薄であったのは、この日東海岸のブラウエン飛行場に突入作戦が実施されるので、第三五軍司令部、二六師団司令部が移動した為であり、オルモックは空き家同然であった。

一二月六日、瑞雲八機、夜間索敵攻撃に発進、オルモック南方に敵輸送船団八〇隻を発見攻撃の際に突入自爆。

戦死者：上飛曹・戸塚　三郎（静岡県）、上飛曹・服部　英（長野県）

〃　・飯田　芳男（茨城県）

一二月七日、瑞雲四機、オルモック湾内の敵艦船、輸送船団を夜間攻撃して、全機セブ基地に帰投したが、偵察員は戦死する。

戦死者：（操従員・不明）、中尉・難波　経弘（神奈川県）

一二月一二日、第十次多号作戦に備えて、瑞雲延べ一〇機でレイテ島西南海面を夜間索敵攻撃に出撃、オルモック南方一五浬に敵駆逐艦他艦船多数を発見、直ちに攻撃を加えて撃退したが、二機未帰還機となる。

戦死者：一飛曹・橋本　保二（山口県）、中尉・鬼武　良忠（山口県）
上飛曹・菊池　武久（千葉県）、少尉・松本　義雄（大阪府）

一二月一二日、オルモック南方一八浬地点で敵艦船を捕捉攻撃後、セブ島北端にて戦死。

戦死者：（操縦員・不明）、飛曹長・森　国雄（鹿児島県）

「レイテ島は天王山」の言葉通り、唯一の補給基地であった西岸のオルモックを失うことによって、レイテ島における我が陸軍の生命線とも言うべき補給の道を断たれ、随所で苦しい闘いを強いられ、七万余の陸海軍将兵は全滅してゆく結果となった。

この年の一二月七日は、内地の東海地方で大きな地震が発生し（東南海地震）、名古屋近辺の航空機工場が壊滅的な打撃を受け、瑞雲を生産中の愛知航空機工場は、甚大な被害を受けて操業停止となったが、幸いに、艦爆の生産に総力を挙げていた愛知航空機は、瑞雲の生産をすでに日本飛行機に移行しており、昭和一九年七月一〇日に、日飛の量産型の一号機が完成、終戦まで量産が続けられた。

この頃、激闘の続くオルモックに秘匿されていた瑞雲一機が、無傷のような状態で米軍に鹵獲されており、何故にこのオルモックにあったのかそれは分からないが、恐らくレイテ島西岸のオルモッ

↑オルモックの瑞雲 27 号機。多号作戦の我が上陸軍を支援する瑞雲隊の 1 機が不時着、陸軍の協力で瑞雲を遮蔽し、救出の機会を待っていた

ク湾に侵入してくる敵艦船並びに魚雷艇攻撃の折か、多号作戦に従事中になんらかの故障で不時着したものと考えられる。

完全にカモフラージュされていることで、搭乗員二人は無事であると証明されており、恐らく陸軍の応援を得て岸辺に引き揚げ、瑞雲隊からの救援を待っていたものと思われる。

その当時は、キャビテ基地の江村司令にこの出来事は知らされておらず、オルモックに瑞雲が存在したことは誰も知らなかった。

（資料）

瑞雲一一型（E16A1）の生産量

愛知航空機……………一九七機

日本飛行機…………　五九機

計二五六機

その頃に、陸軍の情報連絡将校がセブ基地に来られ、「不時着機の搭乗員は、海軍大尉岡俊夫と上飛曹藤村堅の両名（一一月七日の攻撃で不時着）で、無事に陸軍で保護されている」と報告があった。

でも、戦況から救出は無理だった。

遂に二人の搭乗員は救出されずに、陸軍と同様に悲惨な最後を辿り（注・一二月二三日付　地上戦にて戦死）、戦場の露と消えたのかと思うと断腸の口惜しさが残る（偵察三〇一飛行隊梅原飛曹長談）。

また、オルモックに不時着の瑞雲の写真は、第九次多号作戦のオルモックへの輸送船団で、上陸された海軍伊東戦車隊（水陸両用戦車隊海軍少佐　伊東徳夫＝海兵六四期）に所属し戦死された福田隊員のご子息様の福田清治様からご提供頂きました。

なお、本書編纂中に判明したことであるが、不時着した岡大尉（兵七一期）と藤村上飛曹（乙飛一二期）の二人を訪ねて話し合われた搭乗員が二人いた。攻撃七〇二飛行隊の一式陸攻搭乗員としてレイテ島タグロバン・ドラグ飛行場爆撃の際に被弾、不時着したペア八名中の生存者である豊島上飛曹（乙飛一六期）と辻二飛曹（甲飛一二期）の両名で、陸軍に救助されていた。

平成四年に編纂された記念誌『乙一六期の戦闘記録』に豊島上飛曹が寄稿されており、文中、不時着した瑞雲の搭乗員を訪ねたことが記されている。

『比島沖航空戦』　豊島不二男　著（抜粋）

レイテ島暮らし

「一一月二六、七日頃、少し離れた南の方に水偵が一機不時着しているとの事で、辻兵曹と二人で会いに行くと、海岸近くの椰子の木蔭に引き入れられた二座水偵があり、傍らの住民小屋に、上飛曹の搭乗員二名起居していた。

飛行機は瑞雲と称す新鋭機で、スリガオ海峡方面の敵艦船爆撃の折りに被弾、エンジン不調で漸くここに不時着したとのことで、お互いの情報交換をすると共に、脱出を期して励まし会う」

この後、双方の連絡は取られていたかは不明だが、豊島・辻兵曹の両名は一二月一日の〇一〇〇小輸送船団を護衛している駆潜艇に乗船して、イピル港から脱出されてマニラのニコルス基地に無事に帰投された。

ミンドロ島敵上陸軍並びに周辺攻撃

敵がレイテ島西岸のオルモックに逆上陸してから僅か一週間後の一二月一五日、米軍第六軍の第二四師団一万二〇〇〇名がミンドロ島の南端サンホセ（瑞雲隊の燃料補給基地）に上陸してきた。

米軍は、ルソン島制圧のためにはレイテ島では遠すぎるので、戦前に飛行場を有し日本軍に占領され、使用されてないミンドロ島サンホセ飛行場を占領する攻略を決めた。

一二月一二日、レイテ湾を出撃した敵の攻略部隊は、

一、輸送部隊

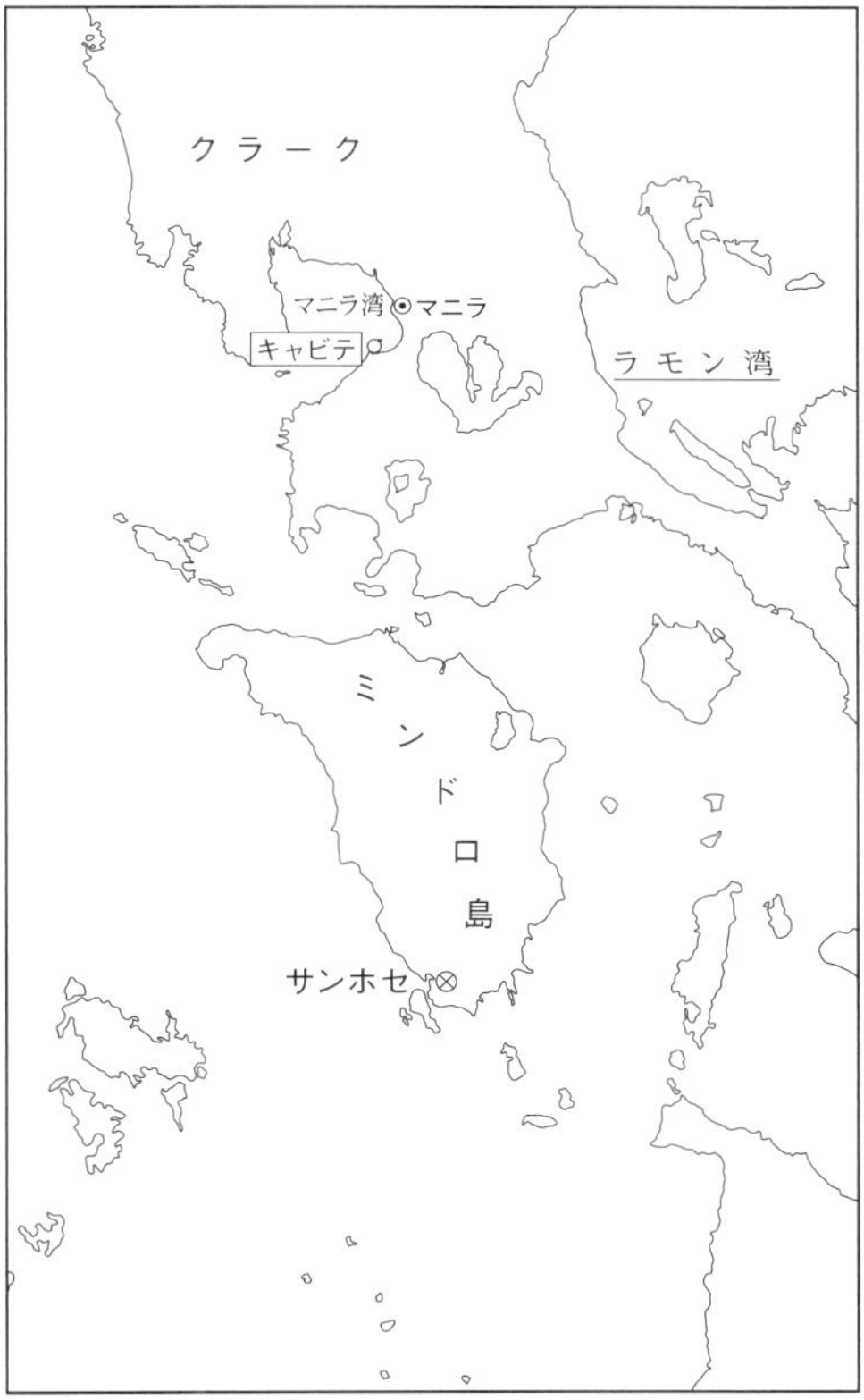

↑ミンドロ島付近の略図

（A・D・ストルーグル少将）
軽巡一、駆逐艦一二、輸送駆逐艦九、戦車揚陸艦三〇、中型上陸艇一二、歩兵上陸艇三一、掃海艇一六、その他小艦艇群

二、直掩隊
巡洋艦三、駆逐艦七、魚雷艇二一

三、支援空母隊
護衛空母六、戦艦三、軽巡洋艦三、駆逐艦一八

一二月一三日の朝、ミンダナオ海に進出してネグロス島南端を過ぎてスール海に入ってきた。

この八〇〇隻を越える敵の攻略部隊を、一四日に我が偵察機が、ネグロス島西方の洋上を北に向かう敵の大船団を発見、いよいよ敵はルソン島上陸を目指していると判断され、この船団攻撃に航空の総力を挙げて闘う方針となり、従ってレイテ島決戦はこの日で消えてしまい、これを食い止める一大航空決戦場がマニラ近くに迫ってきた。

一二月一五日、〇二〇〇キャビテ基地を発進、スール海黎明索敵攻撃の瑞雲二機（宮本大尉機他）は、〇五〇〇ミンドロ島サンホセに敵が上陸を開始している所を発見、「敵発見」が打電された。

キャビテ基地から一八〇度二五〇㎞のミンドロ島サンホセまで約三〇分位で到達出来る近距離で、一段と戦場は近くなり緊迫の度が加わり、特別攻撃隊と共に基地航空部隊として攻撃に従事した。

我が瑞雲隊は、数少ない保有機を最大限に活用、今まで以上に索敵攻撃の出撃が頻繁に行なわれた。

基地に帰投してもタバコ一服吸うのが精一杯で、爆弾、燃料の搭載が終われば、再び機上の人となって飛んでゆくほどの忙しさであった。

一二月一六日、瑞雲二機がキャビテ基地を一八五〇発進、ミンドロ島とイリン島の海峡に大型輸送船二隻、小型輸送船二隻を発見、攻撃した結果大型輸送船一隻炎上を打電後に一機未帰還となる。

戦死者：上飛曹・森田　恵三（大阪府）、上飛曹・西村　昇（兵庫県）

一二月一八日、瑞雲二機ミンドロ島夜間索敵攻撃に陸攻隊と協力して、敵飛行場を攻撃後にミンドロ島南端マンガリン沖に敵の魚雷艇二隻を発見、内一隻炎上中と打電してきた。

一二月一九日、瑞雲三機でミンドロ島サンホセの敵魚雷艇薄暮攻撃の際に未帰還機となる。

戦死者：上飛曹・佐々木基治（岐阜県）、少尉・松井　清（北海道）

一二月二二日、ミンドロ島サンホセの敵輸送船夜間攻撃の際に二機未帰還となる。

戦死者：一飛曹・奥野　公生（三重県）、上飛曹・富松　博（福岡県）

上飛曹・桑島　良三（茨城県）、中　尉・小椋　巌（石川県）

一二月二三日、ミンドロ島サンホセ北飛行場夜間攻撃、二ヵ所炎上の効果あったが、一機未帰還となる。

戦死者：上飛曹・山下　高士（京都府）、上飛曹・笠島　裕（石川県）

一二月三〇日、ミンドロ島サンホセに敵上陸輸送船団夜間攻撃の際に未帰還となる。

戦死者：上飛曹・須沢　正夫（長野県）、一飛曹・大田　勝次（静岡県）
　　　　上飛曹・東森　登（高知県）、一飛曹・高橋　邦雄（愛知県）

敵上陸の一二月一五日から翌年の一月二日までに、我が瑞雲隊は延べ八〇機に及ぶ攻撃を実施していた。二四日に仏印カムラン湾を出港した第二水雷戦隊の礼号作戦に呼応して、キャビテ基地を発進、敵魚雷艇狩りを行なった。

既に敵はサンホセ海岸近くに飛行場を設営して、レイテよりB-25爆撃機、P-38、P-40、P-47戦闘機約一一〇機が進出しており、その攻撃を受ける中、我が艦隊はサンホセに突入、雷撃、砲撃で輸送船と揚陸物資に打撃を与えた。

我方の損害は「清霜」が敵機の攻撃で火災発生その後沈没しただけで、駆逐艦「霞・朝霜・樫・榧・杉」と巡洋艦「足柄・大淀」は無事に仏印カムラン湾に帰港した。

米機動部隊艦載機のニコラス・クラーク両飛行場への強襲攻撃で壊滅的打撃を受け、その後の補強があったものの航空戦力の立て直しは遅く、比島上空の制空権は味方にとって日々不利な方向に傾いていった。

我が瑞雲隊の福丸冨士夫一飛曹のミンドロ島サンホセ爆撃行の実戦記

「サンホセ爆撃行と夜間戦闘機と遭遇」

六三四空の比島進出以来、昼夜を問わずの敵艦艇及び飛行場爆撃で、隊長以下優秀な隊員も戦果と共に失い損害も大きく、これまでの昼間攻撃を中止し、黎明、薄暮、夜間攻撃に変更された。

昭和一九年一二月一五日に敵がミンドロ島サンホセに上陸後は、レイテ島周辺の敵艦船や地上軍の攻撃からサンホセ周辺に攻撃が移り、連日連夜の攻撃を実施、レイテ周辺の攻撃と違って、距離が近く燃料欠乏の心配もなく、その点おおいに助かり十分に索敵攻撃が出来た。

サンホセ攻撃の当初の頃は、敵の艦載機は薄暮近くになると着艦が困難なのか早々と引き揚げていたので、その間隙を利して薄暮攻撃に発進していた。

しかし、敵はレイテ島のタクロバン飛行場を整備して、ミンドロ島周辺上空を早朝から薄暮まで飛来するようになったため、我が瑞雲の発進も夜間となった。

連夜の攻撃で瑞雲の消耗も激しく、内地からの空輸も充分でなく、攻撃発進の機数も四〜五機で、離水時の事故を防ぐため数分の間隔で離水したので、上空では全くの単機であった。

目的地のサンホセ周辺で索敵飛行していると、闇夜の空に猛烈な対空砲火が望見され、恐らく数分前に飛び立った僚機に対する敵の地上からの反撃であろうと察せられた。

どうか、無事に切り抜けてくれよと祈りながら、昼に倍した眼で闇夜との格闘で索敵飛行を続けていた。

何としても獲物を見つけねばと飛行を続けた結果、敵船団を発見し「加藤中尉、右方前方に船団」と知らし、先程の対空砲火地点から大分離れており、まだ敵は気付いていないのか撃ってこない、「加藤中尉、すごい船団です、電探欺瞞紙をまいて下さい」と告げると同時に右に旋回して「突入します」「よし」の応答を交わして、照準器の中に米艦をとらえて緩降下に移った。

目標まであと数秒と思った時、機の周辺が急に明るくなり凄い集中砲火に見舞われ、曳痕弾が唸りを挙げて飛んでくるが、今少しの辛抱だ負けてたまるか、加藤中尉の「ヨーイ、テイ」の声で、必中を祈りながら爆弾把柄を押すと、爆弾は機体からスウッと離れ闇黒の中に向かって落ちて行く、いま機首を上げると蜂の巣のように打ち抜かれる、対空砲火で海面が明るくなっており、その明るさを頼って海面を這うように飛ぶと、機の後が急に明るくなったと同時に、「命中」と知らされたが、執拗に追ってくる敵の弾幕を回避しながらの退避に全力を注いでいた。

瑞雲隊の連夜にわたる必死の爆撃で、サンホセかタクロバン飛行場からくるのか判らないが、敵の夜間戦闘機が待ち伏せしたり、キャビテ基地に飛来して、着水体勢の瑞雲を攻撃し始めたのもこの頃であった。

サンホセの米軍基地と艦船からは激しい砲火を浴びせられるが、高度二五〇〇mをとっていると機関砲は届かず、曳痕弾も線香花火のようで、それでも撃ってくるのを見ると物量の豊富を見せつけているのだろう。

それでも、瑞雲の爆音が消えぬとなると、高射砲のお見舞いで炸裂音が、ズシンズシンと腹わたに応えて、いい感じはしなかった。

おびただしい弾幕は、よくまあ命中しないものだと感心しながら、獲物の物色を続けていたが、何時もと違って何となく気になり、「加藤中尉、今夜はえらい静かですね」「そうだが、電探で探知されてるかもしれないから、電探の欺瞞紙を撒くよ」と返事が帰ってきた。

サンホセを左に見て右旋回した直後に、海岸に沿って魚雷艇らしきもの四隻発見と告げると同時に、「後方より飛行機接近」と声が掛かり、振り向くと友軍機と違い敵夜間戦闘機と直感、同時に銃弾が左に流れたので、直ちに急旋回しつつ降下して危機を逃れた。

敵の夜間戦闘機は照準をピタリと合わせながら接近していたに違いない。

加藤中尉の見張りで数呼吸発見が遅れていたら、敵の夜間戦闘機の餌食になっていたと思うとゾッとした。

これが、敵の夜間戦闘機との初めての遭遇であった。

攻撃はほとんど夜間であって、月の全くない闇夜は二〜三日位で、後は上弦か下弦の月明りで、島島の岸辺に打ち寄せる白い波の線が頼りにでき、相当に大きい操作をしても、機を立て直すことが出来た。

日を重ねる内に、搭乗員のわりに瑞雲が少なくなり、出撃も隔日交代で飛ぶようになったのはこの頃で、敵もキャビテ基地を察知して夜間戦闘機が飛来するようになった。従って、基地を出撃してゆくときも、帰投したおりも離着水には相当に神経を使い、よく周辺を観察してからの離着水であった。

サンホセの攻撃から帰投して指揮所で僚機の帰りを待っていたら、基地の上空で敵の夜間戦闘機らしき機影を発見、もう帰投する時刻が迫っている、敵の機影はない今がチャンスだが、どうか無事に着水してくれと祈っていた。

帰投機はマニラ方向に着水体勢に入った時、スウーと近づいてきた敵の夜間戦闘機から銃撃音、

「あっ危ない」と瞬間的に声が出た。着水の瑞雲の水しぶきを確認したが消えて、後は闇の世界で、救助の号令で基地は騒然となった。

三〇分程して、ずぶぬれで帰ってきたのは、軽傷を負った大久保一飛曹と永渕一飛曹で、無事を喜び合った。

生と死の紙一重の連続の日々だったので、せめてもう一度日本の山々を見たいと思ったのも、無理からぬことであった。

敵の空襲は日を追って激しくなり、少しの油断も隙もできなかった。

基地では、空襲から瑞雲を守り、その合間合間に完全に整備をしておき、作戦の支障にならないようにしておかねばならない整備員の苦労は並大抵ではない。

今日も、対岸のマニラは激しい空襲を受けており、その様子を望見していたら、突然一機が低空で滑走台をめがけて来たので、「敵機だ」と叫ぶと同時に窪地に飛び込んだら、銃撃と爆撃の轟音が頭上を越えて通り過ぎたので、伏せたまま頭を動かして周囲を見回すと、五~六m横にいた整備兵の姿が見当たらない、よく見ると服と肉片が立ち木にへばりついており、全く痛ましい姿に変わり果てていた。一瞬の出来事であったが、敵の小型爆弾によるもので、退避することが間に合わなかったのであろうか、戦場の常とは言いながら悲しい出来事に、しばし、呆然となった。

限られた瑞雲での闘いは、増大する敵を攻撃しても、敵の戦力にはほとんど影響がなく、ただ必然的に我方に犠牲者が多くなり、散って行く搭乗員の数が増え淋しく感じられるようになった。

昭和二〇年一月四日頃、リンガエン湾に上陸しようとする敵艦船を攻撃したおりに被弾し、不時着したコレヒドール島守備隊に救助され、翌々日の船便で基地に帰還出来たが、もし一週間帰るのが遅れていたら、六三四空が北比のツゲガラオに転進した後で、基地は比島人やゲリラに占領されており、私の運命は変わっていたであろう。

(昭和五三年梶山兵曹の呼掛けで、京都の霊山観音で瑞雲隊員三三回忌の慰霊法要を務めることが出来て良かったことと、五四年二月比島・台湾の戦跡をたずねて慰霊法要を行ない、全滅ともいえる六三四空瑞雲隊田村隊長並びに堀端隊長以下隊員の戦没者勇士をお慰め出来たことは何よりも積年の思いが達せられて嬉しかった。合掌)

元上飛曹　福丸冨士雄

飛行止となった飛行隊長

昭和一九年五月に、四航戦の第六三四海軍航空隊が編成され、水爆瑞雲隊は第二飛行隊だったが、飛行隊長は、海軍大尉田村与志男（北海道）であった。

訓練中、二回の空中分解で搭乗員に及ぼす影響を心配され、自ら改修された瑞雲に搭乗して試飛行に搭乗され、機の安全を確かめられたうえ、搭乗員に決して無理強いはされなかった。

従って搭乗員は隊長に全幅の信頼を寄せていた。

比島進出時も、攻撃の際も、卒先して飛ばれていたが、ラグナ湖上で惜しくも散華された。

この時点で、偵察三〇一飛行隊の瑞雲隊が進出してきており、江村司令の指揮下で戦っておった偵察三〇一飛行隊長の堀端武司海軍少佐（山口県）が六三四空瑞雲隊飛行隊長となられたが、惜しくも一一月一一日スルアン島南の敵輸送船団夜間攻撃で戦死されてしまった。

江村司令は、四航戦で二人の飛行隊長の戦死にあわれ、瑞雲隊でも、二人の飛行隊長を失い作戦上種々の支障が出てきており、そこで新飛行長として赴任される東港基地在の古川少佐に早く着任するように要請されていたが比島への便が無いとの理由で赴任されず、ちょうどほぼ同時期に発令された新飛行隊長山内少佐が危険を冒して一二月二二日頃に着任された。

江村司令は、新飛行隊長の着任に対して大変に喜ばれ、着任早々の新飛行隊長の山内少佐に対して、「今後は一切の攻撃発進を差し控えるように」と要請され、山内新飛行隊長も了承された。これがために山内新飛行隊長は、江村司令を補佐され作戦遂行に尽力されたのである。

この間の事情が搭乗員に通じていなかったために、山内新飛行隊長と事情を知らなかった搭乗員とは終戦まで信頼関係が生まれないままの不幸な結果となってしまった。

キャビテ病舎の閉鎖、マニラ海病から内地送還

基地から伝わってくる爆音で、今日は誰が出撃してゆくのであろうかと思うと、じっと爆音を逃すことなく耳をすまして想像し、いま、水上滑走しているな、いよいよ離水の爆音だなと勝手に思い、ぴたっと爆音が変わった時、無事に飛び上がったなと、爆音の強弱の変化で瑞雲を想像していた。

一一月中旬を過ぎる頃、敵の空襲は一段と激しさを増し、我が瑞雲隊基地も空襲を受けるようになってきており、基地に隣接している海軍病院キャビテ病舎を、敵は無差別攻撃をして来るようになり、空襲と共に避難しなければ危険になってきた。

ベッドに寝たままで身動き出来ないので、空襲があっても天井を眺めているしか仕方なかった。

ある日、キャビテ基地に敵機は猛烈な集中銃爆撃を仕掛けてきたが、身動き出来ない身体なので、どうでもなれと運を天にまかして諦めていた時、私の担当の柴田艶看護婦（日赤・鹿児島班＝奄美群島、加計呂麻島薩川出身）が、銃撃の中をくぐり抜けて、ベッドに来てくれ「早く私の肩につかまって」と体を抱き起こして救出に来てくれた。

銃撃の合間をみて、柴田看護婦の肩につかまり片足で歩き出した時、物凄い銃撃でピシピシと機銃弾が壁に打ち込まれ、もう駄目かなと思った時、私を部屋の隅に寝かすと同時に、その上から被いかぶさるようにして私を守っていただいた。

↑日赤従軍看護婦　柴田艶様

その翌日からは朝になると、担架で防空壕に運んでいただいた。
白衣の天使とよく聞いていたが、身を挺して守って頂いたことは生涯忘れることが出来ない。

また、この病舎で、もう一人の恩人がいた。

舞鶴鎮守府所属の永原兵曹（滋賀県綴喜郡笠縫村？）という人で、落下傘部隊の下士官で、全身に弾片数百が入っており、左足首が酷い傷でビッコ足でヒョッコリヒョッコリと歩く姿だった。同じ搭乗員ということもあったのか、私を弟の如く色々と面倒をみてくれ、白衣も毎日洗濯の出来たものを持ってきて、着替えさせてくれたり、食事も特別扱いだった。

私だけでなく皆の世話もよくされ、とにかく世話好きで、てきぱきと働く人だったので、医務科の軍医や看護婦さんの手助けに、惜しみなくよく動き回る人だった。

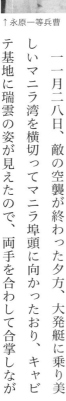

この人のお陰で、私はじめ多くの兵隊と軍属を救うことが出来たことは忘れられない。

↑永原一等兵曹

キャビテ病舎も毎日敵機の銃爆撃の危険にさらされ、近い内に敵の上陸も懸念されて、マニラ本院から閉室が通達され、医務科員関係者総員と患者は、マニラ本院に移されることになった。

一一月二八日、敵の空襲が終わった夕方、大発艇に乗り美しいマニラ湾を横切ってマニラ埠頭に向かったおり、キャビテ基地に瑞雲の姿が見えたので、両手を合わして合掌しながら、皆の健闘を祈っていたら涙が出てきた。

出撃でいそがしいのであろうか、最近は誰も面会に来てくれるものが無かった。

皆どうしているんだろうか、特にペアだった今泉兵曹のことが気になっていた。

今泉兵曹に頼んであった軍服と略帽に飛行靴は一一月はじめに届けに来てくれたが、その後は顔を見せてくれないのでとても心配だった。

届けてくれた飛行靴は、真っ白な競馬の騎手が履くようなもので、ちょっと変わっていた。

この真っ白な飛行靴は、後日ルソン島北端ツゲガラオ基地までの約六〇〇㎞の長旅に耐えてくれた。途中大きく開いた口を紐でくくったが、着いた頃には色の褪せた茶色い靴に変わっていた。

今日のマニラへの移送は基地の者は知らないだろう。

どうか、私が復帰するまで元気で頑張ってくれよと願っていた。

埠頭からトラックで運ばれたが、着いたところは本院ではなく、分院として利用されているマニラ女子大学校で、大部屋（講堂？）に一〇〇人近く入った。

キャビテ病舎と違ってマニラは食料事情が悪いのであろう、食事は朝は洋食皿に粥食が一杯、昼飯は空襲のため烹炊できないので無し、夕食はニギリ飯二個と味噌汁で、勿論診察は具合の悪くなった者は申し出て治療を受けることであった。

これでは、元気な者でも耐えられずに体が弱ってしまうが、逼迫しているマニラの状況では、患者は足手まといの邪魔者扱いにされても仕方のないところと思われた。

永原兵曹と相談したら、「梶山兵曹、これではいざという時に、栄養失調で動けんぞ、俺が退院して飯を運ぶから、なんでも交換できる物を銀蝿しておいてくれ、面会に来て合図したら塀の外に投げてくれれば良い、それを持って飯に換えてくる」と真剣に言い、その日のうちに退院してしまった（銀蝿＝ギンバイと言い、海軍では物品をちょっと失敬して誤魔化すことをいう）。

翌日ビッコの足を引きずりながら、笑顔で面会と称してやってきたので打合せ通り、塀の外に毛布を投げると、三時間程するとニギリ飯を両手に一杯下げて面会に来る。

翌日も、次ぎの日も続いて、よくも、こま目に動いてくれるのには感心した。

私は差し入れの握り飯を配分したが、一番食い盛りの若い特年兵に一個を与えて、目の前で食わせることにした。

そうしなければ上等兵や兵長に取り上げられるので、私の前で口に入れさせた。

つづいて一等兵と順番に渡したが、兵長以上は半分に減らし、下士官はほんの一口に留め、毎日同じ方法で配分していた。

一二月二〇日も過ぎて、クリスマスが近づくとマニラ最後の日が来るような、流言飛語が流れて、不安な気持ちになっていた頃、軍医長から申し渡しがあった。

「手足が自由に動くものは、特別根拠地部隊の陸戦隊員となること、不自由な者は明朝マニラ港から輸送船に便乗して、別府海軍病院に移れ、重傷患者はそのままここに留まること、乗船者名簿は壁に張って置く」と言われ、一〇〇〇名を越す人員だった。

名簿に私の名前がなかったので、軍医室に行き事情説明を求めると「梶山兵曹は過去に病院船で内地送還を拒否しているので、マニラに留まってもらう」と素気ない返答だった。

私は、「瑞雲隊と離れるのが嫌だったので、何とか現地で治して原隊復帰を望んでいただけである。今日では原隊がどうなっているかわからない、本隊は呉基地だから内地に帰れば復帰出来る」と申したが取り上げてもらえなかった。

飛行機乗りが地上では死ねない、何とかしなければと思案していると、永原兵曹が面会にやってきたので事状説明すると「梶山兵曹、マニラは死守することに決っているぞ、残ったら玉砕だ、何としても明日の船に一緒に乗ろう」と言ってくれたので、そのように決めた。

翌朝、トラックに便乗してマニラ港へ、岸壁には六隻の輸送船が軍需物資を船積みしており、永原兵曹を待っていると、ヒョッコリとビッコ足でやってきたから、お互いに手をさしのべ握手して「良かった」と喜びあった。

永原兵曹は、さて、どの船にしょうかなと、積み込みの物資を見てまわり、危険物の少ない一番大きな船がよい、どうせ無事に帰国出来る保障はないのだから、沈む時は一番大きな船が時間稼げるので安全と言いながら、積み込みの物資を船員に聞きに廻っておるほどの慎重な男だった。

「お～い、梶山兵曹、この船がよい、早く乗ろう」と指図してくれたので急いで乗船した。

船名は、「明隆丸」という四七三九t、明治海運所属の船で、六隻中一番大きく、あとの五隻は見るからにボロ船だった。

積み込まれている物資は、武器弾薬に燃料、食料品、医薬品だったが、途中のリンガエンに荷下ろしすることがわかった。

程なく積み込み完了、六隻の輸送船は海防艦四隻に守られて二六日マニラを出港した。

朝の敵機の空襲までに、早くマニラ湾外に出なければ危険と思っているのか、船足は全速で航行とのことであるが、私にとっては鈍速の鈍速にしか受け取れなかった。

コレヒドール島を前方に見える頃、左手に懐かしい我が瑞雲隊のキャビテ基地が見えてきた。

基地に向かって目を閉じて両手を合わせ、司令はじめ隊員達の武運を必死で祈った。

これから先の事はとても分からないが、出来ることなら瑞雲隊に復帰して皆と飛んでみたい思いで一杯だった。

それまで、皆元気でいてくれと、一人一人の顔を思い出して、武運を祈った。

単縦陣でコレヒドール島を過ぎ、右に変針して北に進路をとり、その外側に海防艦四隻で固めての航行だったが、何時敵の潜水艦の雷撃を受けるかも分からない危険水域なので、私は、患者の乗船者に「元気な者は甲板に出て、敵潜水艦の見張りをせよ」と声を張り上げたら、みな上甲板に出てきて一様に海面を見つめていた。

バターン半島に沿って北上、空と海の見張りを厳重にして、ただ皆無事を祈っているのであろうか、誰一人私語を交わす者もおらず、エンジンの音のみが無性に高く聞こえていた。

船橋近くに腰を下ろして、近くに見えるバターン半島の樹々や岩肌を眺めながら、比島での瑞雲隊の激闘の日々を思い浮かべ、この比島戦はどのような結末になるのであろうかと、あれこれと考えていたが、希望を打ち消すように不安の方が強かった。

船足は同じ調子でかわることなく、また、空も海も何の変化も無く、何だか不気味な静けさだった。

この調子だったら、翌々日の夕方にはリンガエン湾の北サンフェルナンド港に着くと、船員は話していたので少し安心していたが、真っ暗な夜の海は不気味で、敵潜水艦の魚雷攻撃を見張る患者達の胸の内も複雑な思いであろうと察していた。

闇夜が去り夜明けが来ると、またしても狙われている恐怖が、頭上に重くのし掛かっていた。

翌々日の一二月二八日昼前にリンガエン湾に達し、四五度に変針したのか、北サンフェルナンド港らしきものが前方に見え、船足が鈍り湾内に入って、エンジンを停止して碇泊した。

無事に港に着きこれで一安心したが、右手に大きな輸送船が二隻、海岸に乗り上げて座礁しており、船長に聞くと、山下大将の関東軍、鉄、虎兵団が一二月二六日に上陸したとのことだったので、なんだかわからない自信が沸いてきたようだった。

夕方となり、北サンフェルナンドの白い町が茜色に輝き、後ろの山脈は黄金色に映えて、マニラ湾の夕景と同じような美しさを漂わせ、一枚の絵画を見ているようで、静かに静かに時が過ぎて行く中で、陸地よりに海防艦四隻、縦に六隻の輸送船が停泊して、無言の夜を迎えようとしている。

明日、朝から荷揚げが行なわれ、夜には済むことになると、いよいよ内地に向けて出港となり、空船だからスピードも出ることだろう。

夜が明け昼になっても荷揚げの気配も無く、無駄な一日が過ぎてしまった。

翌日の朝、船長がボートで陸地に向かって出かけていった。

船員にどうしたのかと聞くと、荷揚げの艀が無いので、荷揚げが出来ないとのことだった。

全く呑気なことで、足元に火が付いているというのに、荷揚げが出来ないということは、作戦も何もあったものではない。

こんな重要な時期に、戦略物資を目前にして、荷揚げできないと言うことは、作戦の放棄である。この輸送船六隻が、敵の偵察機に見つかることは避けられず、また、海の藻屑と化すことになる。明日は年末で、荷揚げしないであろうと思われたが、その通りになった。

船上で餅つきが始まり、昭和一九年の最後の日であった。

この年の、比島でのことを振り返って見た。

私は、一日も早く六三四空瑞雲隊に復帰したいので、軍医に申し出て足の治療をお願いしたので、その結果、電気治療のために本院に通院することになった。

毎日、朝食を運んでくる運搬車で本院にゆき、左足の伸びるように電気治療を受け、マッサージをしてもらい、午前中に終わるので夕方までキャビテ病舎の日赤鹿児島班派遣の柴田看護婦さんや西村婦長さん等と話しをしたりして、夕方の夕食を運ぶ運搬車で分院に帰る日課であった。

足の電気治療とマッサージをしていただいた柴田看護婦さんは、配給される甘味品を食べないで、帰る時に私に手渡して下さったり、マニラ本院で足に残っている弾の断片を抜き取る時がきたので、指定日にゆくと二〇〇名位来ており、医務科の下士官が「下士官以下は麻酔無し」と告げたので、同じ痛い目するなら先にしてもらった方がよいと心に決めて、一番前に出て受けた。

治療台にうつぶせになると、衛生兵四人が私を押さえ付け、軍医はメスで切りピンセットを入れ、カチッと音がしたら、挟んで一気に引き抜くので、足の筋肉が引きちぎられるような痛さが走った。

そのような時でも、忙しい時間を割いて様子を見にきていただき、やさしいお姉さんだった。

いよいよマニラから輸送船で別府病院に帰ると予告して、次に本院に行くと、ガーゼと脱脂綿で作られた三〇㎝位の人形を「私の和子ですから日本に連れて帰って」といただき、ピンク色の風呂敷に医薬品等他いれたものを餞別にいただき、腰に巻いて大事にしていたが、北サンフェルナンドで爆沈したおりに、みな駄目になってしまった（沖縄戦の折に、鹿児島班の従軍看護婦さん達は、爆撃の合間を縫って入港した病院船の高砂丸で昭和二〇年一月末、別府海軍病院に無事に帰国されたと知り、ご無事で良かったと嬉しかった）。

第四章　キャビテ航空基地の最後と転進

新春劈頭から索敵攻撃続く

昭和一九年も愈々終わろうとしている。

思えば、一〇月に比島キャビテ基地に進出して比島戦に参加、続いて進出してきた偵察三〇一飛行隊の水爆瑞雲隊を指揮下に加えて、両隊で索敵攻撃を実施してきた。比島沖、ラモン湾、サマール島沖、レイテ湾、オルモック湾、カモテス海、ビサヤン海、シブヤン海、ミンドロ島サンホセ湾、リンガエン湾と、物量を頼みとする敵の侵攻を各所において、両隊で粉砕して戦果を挙げていた。

この血戦二ヵ月半の間に瑞雲五〇余機を失い、優秀な搭乗員も一〇〇名を越す戦死者を数え、全く慚愧にたえない悲しみに包まれる状況だった。

この年末に一年を振り返ってと言うような余裕はなく、今日も激しい攻防戦が繰り広げられていた。基地では、恒例の餅つき行事で気勢を挙げて、一年の締め括りをする気勢が溢れていた。

明けて昭和二〇年の元旦を迎え、「〇八〇〇総員兵舎離ナレ、四方拝整列！」構内のスピーカーから集合が掛かった。

滑走台と反対の砂浜に総員整列し、祖国日本の北方向に向かって総員二〇〇余名が整列、江村司令の「祖国日本ニ訣別ス、頭ナカ！」力強い号令が掛かり、それぞれの熱い思いを胸の中に、祖国と両親、家族の達者に決別の敬礼を捧げて年頭の誓とした。

昨日となんら変わることなく、今日も激しい戦いの火蓋は切られようとしており、それぞれは固い決意で迎える新年だった。

朝の冷気もしばらくの間で、昇る太陽に今日も暑い一日を迎える正月の朝で、程なく米軍の朝の定期便が来るので、それまでに餅で簡単な祝膳の朝食を済ませ、臨戦体制のそれぞれの任務に就いた。

基地の各所に秘匿してある瑞雲が、一斉にエンジンの試運転が行なわれ、狭い基地内の隅々を震わせて、たくましい爆音がマニラ湾の海の上を渡って消えて行く。

よ〜し、今日もやるぞの意気込みが、機敏に動いている隊員の様子に、ありありと伺うことが出来て、朝の出発点は頼もしい瑞雲隊の正月返上の昭和二〇年の幕開けだった。

今朝も指揮所内の電話が騒々しく鳴っている。

情報の入電であろう。

↑昭和 20 年 1 月 1 日、はるかなる祖国に遙拝

↑記念撮影（准士官以上）

程なく、瑞雲二機が基地員の帽振れに見送られ、レイテ島方面の索敵攻撃に出撃していった。どうやら今日も忙しくなりそうだが、どうか無事で帰投してくれと基地員は祈っていた。

昨年の一二月から、瑞雲の補給は一機も無く、毎日の如く未帰還機が出るほどの激しい消耗戦で、新しい年を迎えた時点での保有機はわずか六機に減少しており、虎の子ともいうべき大切な瑞雲であった。

この瑞雲を、連日の如く爆撃にくる敵の攻撃から巧みに隠蔽して守り、キャビテに基地開設以来、敵機の攻撃により、地上で一機の損害もなかったことは整備員の努力に依るものであった。

隣接のキャビテ病舎も一一月末ごろにはマニラに引き揚げており、基地よりも広い面積に立派な建物と大きな樹木は、あらゆるものの隠蔽に好都合であった。

一二月に入る頃には、ますます敵の空襲が激しくなったので、昼間の基地内は各科の日直士官に衛兵、飛行科（七～八名）、整備科、医務科、主計科（烹炊員）等四〇名位を残し、後は基地外に疎開しており、食事はトラックで運ばれていた。

すでに、敵はレイテ島からミンドロ島へと進出して間近に迫ってきており、これを攻撃するために全力を注いで、陸海の共同作戦を行なっていたが、敵を撃退するに至らなかった。やがて、キャビテにも上陸してくるであろうと予測、キャビテ基地の防備が急務となり、海岸からの魚雷の発射装置や対空機銃陣地の設置等が急がれ進められていた。

このように、敵の上陸に備えていた頃、一月二日スリガオ水道を西進する敵の大上陸船団は我軍の予想を遥かに越えた一〇〇〇隻以上の艦船が北上を始めていた。

これに接触した我が偵察機は、膨大な北進する艦船をみて信じられないほどの艦船がスール海面を埋め尽くしている光景に唖然として打電、また、この発見を知った我軍の参謀は、手の打ちようもない敵の大艦隊に戦慄を覚え、恐らくリンガエン湾に上陸してくるであろうと予測されていた。

このような状況の中でキャビテ基地では間断なく索敵攻撃は続けられ、正月を返上して索敵攻撃は続いていた。

この逼迫した戦局に至って江村司令は搭乗員を指揮所に集め「戦局は知っての通り敵はミンドロ島に上陸しており、また、索敵機からの報告によれば、敵艦船が大挙して北上中と報じており、事態は急を要することになった。そこで、これを撃滅するために今から特別攻撃隊を編成したいが、行くものは挙手せよ」と申されたので総員が挙手したが、五月人形の鍾馗様のような髭だらけの今成晄次少尉（予備学生一三期出身）は挙手をしなかった。

激怒された江村司令は「貴様それでも海軍士官か」と叫ばれたが、今成少尉は「私は一回の攻撃で死にたくはありません」と返事、どうなることかと心配されたが、この場は事無く納まった。

その後の入電で誤報とわかり特別攻撃隊編成は立消えとなった。

一月一日、瑞雲六機でキャビテ基地を発進、ミンドロ島サンホセの敵輸送船を、一日の二三二五から二日の〇〇一三にかけて攻撃、中型輸送船一隻轟沈（サンオーガスチン）、二隻に至近弾で撃破の戦果を挙げた。

一月二日、瑞雲三機でキャビテ基地を発進、ミンドロ島サンホセの敵輸送船を、〇四〇〇〜〇五三〇にかけて攻撃、敵の小型輸送船一隻炎上の戦果を挙げる。

一月三日、瑞雲四機がキャビテ基地を二三三〇スール海索敵攻撃に発進、ほどなくパナイ島西方にて敵空母七隻を含む敵艦船多数を発見、これを攻撃した。

戦死者：上飛曹・兵頭　尚（愛媛県）、飛曹長・落合　正則（北海道）
上飛曹・山崎　登（石川県）、上飛曹・亀田　清一（埼玉県）

一月四日、瑞雲三機がキャビテ基地を〇〇一〇スール海索敵攻撃に発進したが、敵発見に至らず帰途ミンドロ島サンホセの敵魚雷艇を攻撃、一隻撃沈した。

この正月三日と四日の攻撃で四機の未帰還機が出て、惜しくも尊い犠牲者がでたことは、前途に不安な兆しを感じさせていた。

戦死者：一飛曹・沢飯　俊雄（富山県）、上飛曹・横江　靖夫（福岡県）

上飛曹・三田　武男（岩手県）、上飛曹・大下　一与（広島県）

一月四日から五日に懸けて、キャビテ基地から延べ一一機をもってミンダナオ海及びスール海の敵攻略部隊輸送船団を夜間攻撃し、輸送船二隻、上陸舟艇一隻撃沈の戦果を挙げた。

一月六日、レイテ湾を出てスール海を北上の敵は一〇〇〇隻の大艦隊と船団は、海面を覆うが如くにリンガエン湾を目指し殺到してきた。

敵の上陸船団はリンガエン湾に到達して湾内の掃海を開始すると共に、一斉に艦砲射撃を始めた。

これを邀え撃つ第二航空艦隊の保有機は僅かに三〇数機で、比島航空戦の命運は既に決したように思われたが、この迫りくる敵の大部隊に対して最後の決戦を挑んだのであった。

我が特攻機三二機が突入、一二機が命中し、七機は目標から至近距離に突入した。

この攻撃で、リンガエン湾の上空は全天を覆う対空砲火の黒煙に包まれ、「沈めねば」の信念を持って突入する特攻機は、比島航空戦の最後を飾るにふさわしい大きな戦果を挙げた。

この日、瑞雲三機（福丸兵曹と加藤中尉、山本兵曹と西山兵曹、田坂兵曹と原兵曹）がキャビテ基地を発進、リンガエン湾内の敵艦船に薄暮攻撃を加えた。

一機が、瑞雲最後の突入を果たして敵艦船一隻を撃沈し、一機は大破のため不時着して漂流中に救助され、一機が無事に基地に帰投した。

戦死者：一飛曹・山本　利治（鳥取県）、上飛曹・西山　房勝（香川県）

一月七日、瑞雲隊は保有の二機をもって二次に亘る夜間攻撃を実施した。

第一次攻撃は、瑞雲二機でリンガエン湾内の敵艦船を薄暮攻撃、一〇〇〇t級輸送船一隻を直撃の戦果を挙げた。

第二次攻撃は、〇一三〇発進、六〇〇〇t級輸送船一隻轟沈の成果を挙げた。

この第二次攻撃で帰投時一機大破したために瑞雲の保有は一機となってしまい、闘える戦力では無くなり、ここに比島における水爆瑞雲隊の歴史は終わった。

このような状況にあったとき、連合艦隊から次の命令が発令された。

一、二航艦を廃止し現在二航艦所属の各航空隊を一航艦に編入す。
二、一航艦の受け持ち区域に台湾を加う。
三、一航艦司令部は台湾に転進すべし。
四、搭乗員及び優秀なる電信員を台湾に転進すべし。
五、実施期日を一月八日とす。

一月八日、六三四空は第一航空艦隊に編入され、台湾に転進することとなった。

一月九日、最後の瑞雲一機に、六三四空戦闘詳報他書類を携行させ、台湾東港基地に帰投を命じ、その他の残存隊員は陸戦配備につき、陣地構築して敵の上陸に備えた。

また同日、零式水偵一機に、航空参謀嶋崎重和中佐（海兵五七期）を台湾に移送中、台湾ガランピの入り江付近に着水した敵グラマン戦闘機三機の追撃で炎上、嶋崎参謀は戦死される。

一月一〇日、零式水偵三機で、第二航空艦隊長官以下司令部を夜間飛行で、仏印カムラン湾に移送。

一月一二日、江村司令以下マニラに転進、零式水偵三機仏印より帰投。

一月一三日、零式水偵三機で搭乗員一〇名を、仏印経由で台湾東港に転進させる。

一月一五日、六三四空はエチャゲ基地を経てツゲガラオ基地に転進し、搭乗員他一部を台湾東港に救出、その他はツゲガラオ基地にて陸戦配備につく。

兵力の現状

比島方面　ニコラス基地　特攻爆戦四機

ツゲガラオ基地　特攻爆戦一二機、零戦一二機、彗星二機

キャビテ基地　水爆瑞雲一機　計：三一機

台湾方面　一、零戦二五機

二、彩雲二機　天山二機　月光二機　陸攻二機　艦攻二機　計：三五機

比島戦での特別攻撃隊

零戦　二〇二機　天山　一機

彗星　一二機　艦爆（九九式）一七機

銀河　九機　艦爆（機種不明）四機

月光　計：二四六機

リンガエン湾敵上陸艦船攻撃に瑞雲最後の突入を目撃

一月六日の特攻隊の壮烈な突入を、リンガエン北方のナギリアンの町外れで、奇しくも目撃していた梶山一飛曹は、その攻撃機の中に瑞雲がいるとは夢にも思わなかった。

昭和一九年一二月二八日、このリンガエン湾にマニラから軍需物資を積んだ輸送船六隻に、内地の別府海軍病院に送還される戦傷病患者約一〇〇〇名を便乗させて破泊していた。

その中に戦傷の梶山一飛曹がいた。

湾内の右手に大型輸送船二隻が、砂浜にのしあげて座礁しており、船長に聞いたところ「一二月二六日山下兵団の関東軍が上陸した」と答えが返ってきた。

このルソン島の決戦場に、海を越えてきた関東軍の精鋭に心から感謝の念を抱き、健闘を祈った。

二九日、三〇日も船はエンジンを停めたままで、軍需物資揚陸の気配はなく、明けて三一日も揚陸の動きはなく、昭和一九年は終ろ

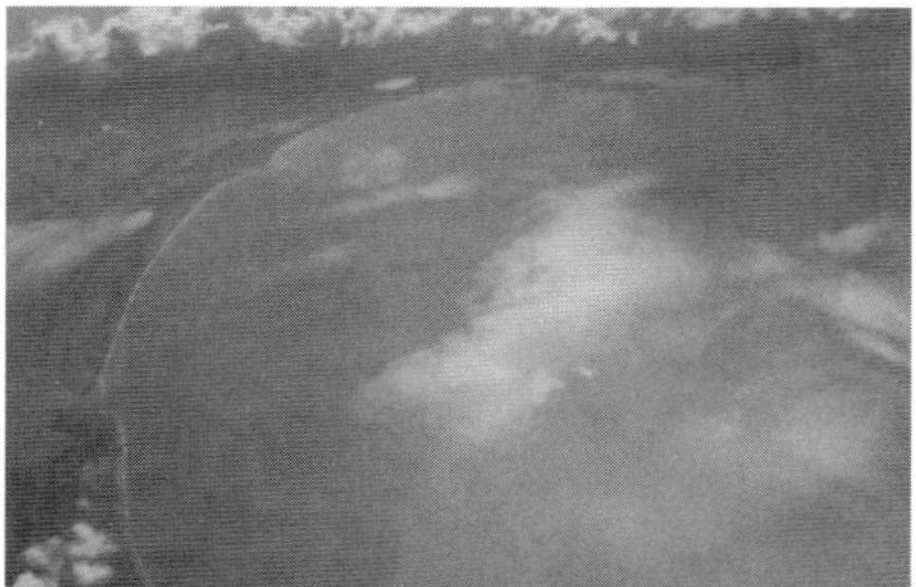

↑リンガエン湾

うとしていた。

一月元旦の朝、総員上甲板に整列して、船長の号令で祖国の遥拝をすまして餅搗きが始まった。昭和一八年は三重空予科練で希望に満ちあふれた正月、昭和一九年は大井空で決戦の大空へと誓った正月、昭和二〇年はこのリンガエン湾内の船上で、明日をも知れない不安が漂っていた正月であった。

艀の不足で荷揚げが出来ず、いたずらに日が過ぎており、敵の空襲を一番懸念していたところ、明けて昭和二〇年一月二日の昼過ぎに、停泊位置より沖のボリナオ岬に、敵のB-25爆撃機がリンガエン湾内の偵察にやってきた。

船長に、岬方向を指さして、「敵機に発見されているから、支援を求めないと夕方には敵機の空襲を受けて全滅する」と教えた。

船長は私が搭乗員であることをよく知っており、直ちに陸上の軍需部に連絡を取り支援を要請した。

午後三時過ぎに陸軍の隼戦闘機六機と海軍の零式戦闘機六機が上空直衛に飛来、船長に「良かったですね」と声をかけると、「おかげで助かりました」と笑顔が帰ってきた。

久し振りに見る陸海軍の戦闘機はとても頼もしく、心地よい爆音が五体に響き伝わり、皆も安心で笑顔を見せて、盛んに手を振っており、私はとても良い気持ちで眺めていた。

船長に、荷揚げについて聞いてみたが、何時になるか判らないとのことだったので、「それでは、明日の無事は保証されませんね」と答えると、船長の顔が不安げに曇っていた。

陸軍機は下で海軍機は上の二段直衛で護衛してくれた戦闘機も、午後四時頃になると別れのバンクをしながら、エチアゲ、クラーク基地方面に帰っていった。

湾内も町も後ろの山脈も夕陽に包まれて、今日も終わろうとしている時、我が戦闘機を避けて山陰に待機していたのであろうか、突然敵のP‐38ライトニング戦闘機一二機が、リンガエンの町の方角から低空で攻撃してきた。

護衛の海防艦四隻は応戦する間もなく、ほぼ轟沈に近い状況であっけなく海没してしまい、輸送船六隻は爆撃、銃撃を受けて炎上、私の乗船「明隆丸」以外の船は黒煙を上げつつ沈んでいった。

明隆丸	四七三九t	明治海運所属	B級運油	空爆（16―30N　120―30E）
菱形丸	二八三三t	拿捕船	BC貨物	〃（〃　〃）
白河丸	八八九t	三光汽船所属	A級〃	〃（〃　〃）

（後の三隻の船名不明と海防艦四隻も不明）

船内のあちこちに死体が散乱しており、全くむごい修羅場と化していた。

永原兵曹はどこで見つけてきたのか、石油缶の空き缶を打ち鳴らし、私が「よく聞け！　船は間もなく沈むから浮く物を持って直ちに飛び込め、船から出来るだけ早く離れろ、敵の二波の攻撃があると思え、機銃掃射で殺られるから固まって集団で泳ぐな、わかったら掛かれ！」と指示した。

永原兵曹と私の二人で船内を見てまわり、下甲板に取り残されている者を助け上げて、飛び込む時は浮く物を持って飛び込めと指示した。

船長室に行ったが船長の姿が見えず、船員の姿もなかった。

再び船内を捜索して、生存者のいないことを確認し、飛行靴を手拭いで縛り、口にくわえて飛び込んだ。

左足の自由は利かないので両手で水を掻きながら、船から出来るだけ早く離れるようにしたが、思うようにゆかなかった。

一人で泳いでいたのでは心細く、救助してもらう時も不利であるので波間を見渡すと、前方の波間に後藤上等整備兵が泳いでいるのが見付かり、「お〜い、後藤」と声を掛けると、私に気付いてくれ「班長、今すぐ行きます」と返事して泳いで来てくれた。

後藤上整は手回しよく、ライフジャケットを身に着けて飛び込み泳いでおり、その救命具を外して「班長これを着けて下さい」と私に着けてくれた。

「すまんなあ、左足が駄目だがこれで助かるぞ、貴様もライフジャケットに手を通して、しっかりと掴まっておれよ」と礼を言った。

二人で泳いでいると、大きな机のような物に掴まって下士官数名が、岸に向かって泳いでいるのが横を通ったので、頼み込んで掴まらせてもらった。

三時間位泳いで、あたり一面が朱に染まる日暮れの迫る頃に、大発艇が救助に来てくれ、艇にひっぱり上げられたが、疲労で立つことが出来ず、座り込んでしまった。

浜辺で、炎上している明隆丸をぼんやりと見ていると、もう内地に帰る道は断たれてしまったのか、船も軍需物資も海没とは情け無い、このままルソン島で果てる運命とは、何と不運な事であろうと、でも、死ぬわけにはいかん、どんなことがあっても生き延びて、再び大空に舞い上がって、思う存分に活躍せねばと、落ち込む自分を励ました。

ちょっと感傷的になっていたら、永原兵曹が「お〜い、梶山兵曹無事だったか、よかった、よかった」と言いながらやって来た。

手に一升瓶の酒を下げており、「元気付けに飲もうぞ、陸軍さんも来てくれ、一緒に飲もうぞ」

と相変わらず明るい人だった。

私達二人と、近くにいた陸軍さん五人ほどで廻し飲みし、お互いに頑張ろうと励ましあった。

その折に話しを聞くと、満州の関東軍で山下将軍の虎、鉄兵団とのことで、ほとんど東北出身者だった。

関東軍は、携行の武器も立派で、その上に全員火炎放射機を持っている重装備の兵団であった。リンガエンを防備する為に、マニラから運んだ折角の軍需物資も海没してしまい、これからどうなるのかと思うと不安で一杯だった。

永原兵曹とは、この浜で飲んだ酒が最後になったのか、その後、姿を見ることはなかったが、彼のことだから、どこかで無事にいてほしいと祈っている。

日が暮れ、「遭難患者は軍需部の倉庫に集合せよ」と連絡があり、倉庫で人員の点呼をして班編成をしたら、一〇〇〇名近くいた内地送還患者は、あの空襲で半数の約五〇〇名に減っていた。

班員として五〇名程を預かることになり、夕食にニギリ飯二個をもらい食べたが、どうしたものか夜遅くから猛烈な腹痛に襲われ下血した。

一晩中、痛みと下血は止まずひどい苦しみで、もうこれが最期かと思ったこともあったが、なに糞こんなところで死ねるものか、同じ死ぬなら空でと、歯を食い縛ってこらえていた。

三日の朝、敵の上陸が近づいているので、患者部隊はナギリアンの町外れの山手に近いところに移動せよと言われ、手荷物もないので直ぐに対応でき、兵長の助けで移動した。

現地人のニッパハウスをもらって起居することになったが、なによりも食料の不足に困ったが、どうすることも出来ず、これから先が非常に心配された。

下血と強烈な痛みは止まなかった。アメーバ赤痢にかかったのではと思ったが、よく考えてみると、空爆の祈りに、船内の狭い通路は銃撃を避ける者で溢れており、一番後で避難したらその一m後ろに爆弾が落ちた、幸いに船倉を貫きその祈りの爆風によって腹をやられたものに違いない、それを知らずに浜で酒を飲んだことが原因であろうと思った。

四日も下血が止まらず腹痛に悩まされていたので、陸軍の野戦病院で薬をもらったが効き目がなく、翌五日、杖にすがって陸軍の野戦病院に行き、もう少し利く薬が欲しいというと「飲んで治らん者に薬はやれん」と怒鳴られたので、「飲んで利かんような薬はこちらからごめんだ」と口喧嘩してしまい、もうどうでもなれと、これも運命と諦める事にしたが、激痛と下血は止まらないので困っていたら、六日の朝から天地を揺るがす激しい艦砲射撃が始まった。

敵の弾着観測機がブンブン飛ぶので動くこともできず、ただ、じっとバナナの葉っぱをかぶって、観測機の様子を伺っていた。

観測機が頭上にいる間は、艦砲射撃の弾は飛んで来ないので安心だった。

北サンフェルナンド港からパワンの町に至る海岸線一帯は、碁盤の目に打ち込むように、敵の猛烈な艦砲射撃で一変してしまい、全くの荒野と化してしまった。

海岸線一帯に集積されていた野積みの莫大な軍需品は、炎上、焼失してしまい、その上に敵の艦上機が銃撃を加えており、付近一帯は何物も残らない、全くの焦土に変ってしまった。

続いてリンガエン一帯の海岸線に猛砲撃を加え、リンガエンから北サンフェルナンドに至る間は無人地帯となり、敵の上陸作戦を容易にしてしまった。

無防備のリンガエンを内地、台湾、マニラから運んで、集積した軍需品で防備することになっていたのが、この日の艦砲射撃でふっ飛んでしまった。

山下将軍は、この無防備のリンガエンで、敵の上陸軍を阻止することは出来ないものと、よく洞察されており、麾下の尚武集団（旭、虎、鉄、盟、撃、駿、鎧の各兵団と独立歩兵第一一連隊）の一五万二〇〇〇名

↑上空から観測中のヴォート OS2U キングフィッシャー

をバギオ中心に適切に配陣され、リンガエン方面は山麓に陣地構築を指示されていた。

この六日は、まだ敵は上陸しておらず（上陸作戦は一月九日だった）、このリンガエン湾を埋めつくす敵の艦船に対し、比島における我が陸海軍の航空兵力は、保有機なきに等しい状態の中で、我が特攻隊員はためらうことなく、敢然と挑戦して最大の効果を突入することによって、悠久の大義に就いたのである。

この日の夕方の特攻攻撃を、私を含めて多くの軍人、民間人が目撃していた。

午後四時過ぎ、茜色に染められようとしている空と海に、海上から猛然と真っ黒の弾幕が上空を覆い、その中を米粒ほどの特攻機が真っ逆様に突っ込んで行く。弾幕がとぎれると赤い火柱が冲天高く空を刺すように立ち上がった。命中である。

敵の艦砲射撃も止み、敵の弾着観測機も去ったので、夕食の準備をしている者や、ドラム缶に風呂の湯を沸かしている者やら、一日の終りを締めくくっている時、山の方から爆音が聞こえてきた。爆音から判断して味方機と思われたので、班員に「味方機だ！　みんな外に出て帽振れ」と号令した。

零戦がバンクしながら接近、頭上を旋回して低高度でリンガエン湾に向かって去っていったが、おそらく特攻機の戦果確認と湾内の偵察であろう。

ちょうどこの後に、また物凄い弾幕が空一面に広がり、その中を悠々と一機の特攻機と思われる味方機が、天空を舞うが如く旋回し、余裕たっぷりに獲物を物色している。

班員に「お〜いよく見ておれ、いま突入するぞ！　帽振れ」と号令した。

上空の弾幕が消えた瞬間、冲天高く火柱が舞い上がるのが視認でき、轟沈だと飛び上がって万歳を叫んだ。

興奮はしばらく続いていたが、リンガエン湾の空が静けさを取り戻した時、同じ搭乗員として特攻機搭乗員の最期が、美しく荘厳に報道されるであろうが、目の前で見た私の心は深い悲しみだった。

総員集合を掛け、「たった今、特攻隊の突入を目撃したが、特攻隊員の霊に対して黙祷を捧げる、黙祷！」と号令してご冥福を祈り、解散を告げた時は誰一人声を出す者はおらなかった。

私は部屋の片隅で横になりながら、最後の突入機を思い浮かべていた。

敵の弾幕を避けつつ、大きな獲物を求めての攻撃は、私も体験していることでもあり、単機での攻撃から判断して、これは比島最後の航空戦を飾る、我が六四三空最後の瑞雲の勇姿にふさわしい、山本・西山両兵曹の最期であったと、戦後ずっと思いつづけていた（戦後、「ドキュメント神風」デニス・ウォーナー、ペギーウォーナー夫婦共著の文中に、豪州巡洋艦「オーストラリア」に突入したのは所属不明のフリーランサー的に特攻機に体当りしたのは零戦でなく、九九艦爆が急降下した場合とよく類似していると書かれている)。

水爆瑞雲は、比島戦に初めて戦列に加わったので、その姿は我が軍の中でも余り知られておらず、当然、敵にも知られておいないと思われるのは、レイテ島タクロバン飛行場攻撃の折、敵は零式水偵が偵察に来ているぐらいしか考えておらず、地上からの対空砲火の撃ち上げもなかった。

その中を、一挙に急降下で突入するので、当初の間は大きな戦果を挙げたのである。

瑞雲は、零式水上偵察機と九九式艦上爆撃機から生れたとされており、デニス・ウォーナー氏が九九艦爆と誤認されても仕方ないと思われる。

また、去る一〇月二五日、比島沖航空戦で栗田艦隊の反転により、誤認攻撃した私の瑞雲や僚機に対空砲火で応戦したことは、味方の新鋭機「瑞雲」を知らなかった結果生じた出来事だった。

(資料)

一月六日、特攻機による戦果。

一一〇〇　掃海駆逐艦「ロング」　一機至近

一一二二　掃海駆逐艦「リチャード・P・リアリ」　一機至近

一一五九	戦艦「ニューメキシコ」	一機命中
一二〇〇	駆逐艦「ウオーク」	一機命中
一二〇六	駆逐艦「アレン・M・サムーナ」	一機命中
一二〇八	豪州巡洋艦「オーストラリア」	一機至近
一二〇九	戦艦「ミシシッピー」	一機至近
一二一一	豪州巡洋艦「シュロプシア」	一機至近
一二一五	掃海駆逐艦「ロング」	一機命中
	輸送駆逐艦「グルックス」	一機命中
一四〇六	戦艦「ニューメキシコ」	一機命中
一四二七	駆逐艦「オブライエン」	一機命中
	駆逐艦「バートン」	一機至近
一五〇〇	巡洋艦「コロンビア」	一機至近
一七二〇	戦艦「カルフオルニア」	一機命中
一七三〇	掃海駆逐艦「ロング」	一機命中
	巡洋艦「コロンビア」	一機命中
一七三一	巡洋艦「ルイスビル」	一機命中
一七三四	豪州巡洋艦「オーストラリア」	一機命中

（『ドキュメント神風』デニス・ウォーナー、ペギー・ウォーナー夫妻共著、並びに西山房勝君の最期／浦田哲男著より引用し

ました）

右の表の一七三四豪州巡洋艦「オーストラリア」に突入したのは零戦ではなく、フリーランサーの九九艦爆のようだったと信じられ記録されている。

この日の、特攻機には九九艦爆は含まれておらず、突入時間と突入方法等の状況から判断されて、浦田哲男氏は山本、西山の瑞雲であると確信され、目撃した梶山一飛曹もそのように信じている。

比島航空戦の最後の締め括りを水爆瑞雲で飾り、期待通り見事に命中して戦果を挙げ、輝く栄光の翼をリンガエン湾の茜空に、誇らしげに久遠の彼方に花と咲き続けてくれることを信じている。

↑山本利治一飛曹

基地死守から撤退、北部ルソンに移動する

基地は、瑞雲一機を残すのみで、隊員は基地防衛に取り組んでいた。

これまで、福留長官を先頭に二航艦所属の各航空部隊は全力を注いで比島戦を闘い抜いてきたが、我に勝る敵の戦力に抗しきれず、すべての稼動機を失ってしまい、三航艦の選抜された航空部隊がとって変わり比島戦を支えており、従って二航艦を廃止して残存の航空部隊を一航艦に編入して台湾で再建することになった。

その実施時期は一月八日と決められ、在比の各航空基地に通達された。

我が六三四空も、二航艦廃止により一航艦に編入となり、台湾に転進することになったが、この転進命令で基地は大慌てでその準備に追われた。

整備長の岩元盛高大尉は、転進に際し車両の確保を考えられたが、毎日の空襲の中でマニラは陸海軍の移動の激しい混雑を呈しており、とても車両を手に入れることは困難であったが、何とかして車両の確保に漕ぎつけられた。

また、岩元整備長がキャビテ航空廠に九五四空からの還納機で零式水上偵察機五機あることを発見され、山内飛行隊長に報告、整備すれば飛行可能と判ったので、山内飛行隊長は早速、九五五空

司令今川福雄大佐と打ち合わせの結果、瑞雲隊に三機もらうことになった。

山内飛行隊長は、日没から空襲の合間に准士官以上の操縦員に零式水上偵察機の操訓を実施され、一〇日早朝にこの三機で二航艦長官福留中将他司令部員をサイゴンに運び、翌一一日の夜キャビテ基地に帰投、更に一二日早朝、艦隊機関長と搭乗員一〇名を佛印カムラン湾に輸送した上で東港基地に移動を命じられた。

一月九日、九五五空より零式水上偵察機一機を借用して、中村正光飛曹長が操縦、偵察員に中島宏上飛曹が搭乗、電信員席に航空参謀の嶋崎重和中佐（海兵五七期）が同乗され、台湾の東港基地に向け発進したが、台湾南端のガランピ付近に着水したところをグラマン戦闘機三機の追撃を受け、零式水偵の電信員席に同乗の嶋崎航空参謀が戦死された。

一月一〇日の早朝、二航艦長官の出発を見送った後、六三四空の江村司令は飛行科搭乗員はじめ基地員若干名を引率、マニラに移動を開始、山内隊長は一二日の零式水偵三機の発進後、残留の基地隊員を率いてマニラに移動して本隊に合流された。

思えば、航空戦艦「伊勢」に搭載されることなく、基地航空部隊として、新鋭機の水爆「瑞雲」で比島キャビテ基地に進出、爾来二ヵ月余りの間にその全力を傾注して、最後の一機の全滅に至るまでよく善戦し、少し遅れて、ほぼ同じ時期に偵察三〇一飛行隊の瑞雲隊がキャビテ基地に飛来、江村司令の指揮下に入り、共に善戦して比島航空戦を飾ったことは、日本海軍航空史にその栄誉をとどめる事が出来た（偵察三〇一飛行隊は、昭和二〇年一月一日付で六三四空に編入された）。

南国の太陽燦々と輝き、湾曲した海岸道路の木陰で、潮風に誘われて憩いの一時を楽しんだ白亜のマニラの街も、昭和一九年九月二一日の敵の空襲以来、街も海もすっかり荒れてしまい、かっての美しい姿は消えてしまったようだ。

昭和二〇年一月に入って、敵の空襲は一段と激しさを増して、マニラ市街は騒然としていた。

いま見るマニラの町中は慌ただしくゴッタがえしており、六三四空の基地隊員がマニラに到着後、一航艦より六三四空はエチアゲに転進せよと命令があり、自動車班と歩行班に別れて移動を開始した。

移動中は敵機の空襲を避け、ゲリラの攻撃を警戒しつつ、苦難の転進がルソン島の北部、ツゲガラオ海軍航空基地まで続くのであった。

空路班は、マニラ、クラーク、エチアゲ、サンフェルナンド、ツゲガラオの確保されている海軍基地からの脱出、自動車班は江村司令を先頭に、今成少尉が指揮官となり、渡辺少尉が誘導指揮官となって、空襲とゲリラの跋扈するカガヤン河谷を北進、ツゲガラオ基地から一月一五日頃には救出され、台湾東港基地に無事に到着、直ちに瑞雲隊の再建が図られた。

歩行班は、原稔主計長（少佐）が陸軍輸送司令部と交渉の結果、マニラ発の列車に乗れることになり、その旨を指揮官樋口中尉に告げられ、危険が迫っているので早急にマニラを離れ、ルソン北部のツゲガラオ基地に到着するように命じられた。

指揮官樋口中尉に高塚主計中尉、神庭主計兵曹長、杉本少尉、江連少尉が中心に三〇〇余名の兵をまとめ、指揮官樋口中尉から「陸軍の貨物列車に便乗出来ることになったが、大事な戦略物資を積んでいるので、心掛けて陸軍に協力するように」と達せられ、一月一六日にマニラ駅から鉄道を利用して出発した。

この頃になると、リンガエン平野を南下したマニラの守備に向かう陸軍部隊と、マニラ方面からルソン北部に向かう海軍部隊や一般邦人の避難で、道路も沿道の町も混雑による砂煙で騒然としており、都市を離れた地方の町ののどかさは見当たらず、やがて戦場と化してしまうだろうと誰しも感じている殺伐とした風景だった。

列車での移動も敵機の空襲によって列車は炎上、荷物を運ぶ車やリヤカー等を現地民から譲り受けて、国道五号線を北上した。

日増しに敵機の空襲は激しさを増し、とても昼間の移動は困難となり、夜間の移動となり、このような情勢を察知したゲリラの攻撃は、一段と激しくなって苦しい歩行を強いられた。

その為に、食事も不規則になりがちで、満足の出来るほど充分に取れず、生活環境の変化によって発熱、発病する者も多くなり、荷車とリヤカーに交代に乗せて移動は続けられた。

キャビテ基地から五〇〇㎞を越える長い行軍は、一ヵ月を過ぎた二月一八日頃にめざすツゲガラオ海軍航空基地に着いたのである。

到着した時は、既に自動車班の先行隊は台湾の東港基地に転進しており、歩行班はそのまま基地病室の警備についたが、その後ツゲガラオ防衛隊に編入されて、さらに苦難の道を辿る事になった。

また、空路でマニラから新機材受領のために出発した搭乗員分隊士山岸少尉他九名の搭乗員と整備科の間瀬大尉は、一月七日台湾高雄基地から一〇二二空の空輸便に便乗救出されたが、南西諸島上空で敵グラマン戦闘機の攻撃を受けて惜しくも戦死となった。

戦死者：少　尉・山岸　正三（新潟県）、上飛曹・大野　一三（東京都）
上飛曹・江取　喜芳（長野県）、上飛曹・新井　一雄（東京都）
一飛曹・手打　幸広（鹿児島県）、一飛曹・米村　正三（広島県）
上飛曹・岩永　時男（熊本県）、少　尉・斎藤　忠一（山形県）
少　尉・黒田　之朗（愛媛県）

大尉・間瀬　信好（　）

（瑞雲隊セブ基地指揮官として活躍され、転勤、帰還の途次であった）

（資料）

一、台湾高雄基地発進の一〇二二空の搭乗員戦死者氏名。

少　尉　芳川　満人（長野県）　少　尉　大須賀　（茨城県）

上飛曹　山下　幸彦（　）　一飛曹　丸山　磯人（　）

一飛曹　甘利　昭彦（長野県）　一整曹　岩下　澄司（長野県）

二、（1）ツゲガラオ基地から一航艦の転進による、搭乗員の輸送人員は次の通りである。

准士官以上　一二八名　下士官兵　五四二名　計：六七〇名

（2）輸送に従事した飛行機の延機数。

一式陸上攻撃機　五一機　零式輸送機　二一機

月光夜間戦闘機　二機　天山艦上攻撃機　二機

瑞雲水上爆撃機　一機　零式水上偵察機　五機　計：八二機

（3）輸送中の被害。

一式陸上攻撃機　一一機（一〇二一空、一〇二二空、豊橋空、横須賀空）

零式輸送機　一機（　）

零式水上偵察機　一機（六三四空）　計：一三機

（救出機搭乗員二四名と便乗者五四名が戦死となった）　計：七八名

戦闘詳報の空輪とその後の行方

激しい闘いは今日も続いており、敵が上陸してくることも予想されるなかで、基地隊員は防禦陣地の構築に追われていた。

キャビテ基地に進出以来、戦闘第一の慌ただしい日々が続き、書類の整理は第二と考えられていたのか、手がつけられてなかった。

上部機関に対して六三四空の日誌、戦闘詳報や人事関係等の報告に迫られ、この時点でキャビテ基地では、各科が徹夜で三日間位掛かって纏めあげ、それを六三四空の日誌とし、それに戦闘詳報を加えて完成されたが、万一を考えて六三四空日誌と戦闘詳報にその他の書類が正副二通が作成された(元来これらの書類は、要務士の手で作成され、司令の承認の上、航空本部に届けられるものであるが、目まぐるしく変わる作戦の繁雑さに処理が出来なかったのであろう)。

山内隊長は、阿川中尉に「リンガエン湾内の敵艦船を偵察して、台湾東港基地に向かい二一航戦に六三四空日誌、戦闘詳報、人事関係等の書類を届けて、その後の指示を受けよ」と命令されたが(戦後、文書で当時の命令内容を明らかにされている)、阿川中尉は、

「リンガエン湾には敵上陸軍の艦船が充満しており、上空には敵戦闘機が待空して我が軍の特攻機

を防禦せんと配しており、偵察任務を全うしての後の、日誌・戦闘詳報・人事関係書類等を二一航戦に届けることは困難と思われるので、偵察なのか書類送達なのか一点に絞っていただきたい」と進言された。

山内隊長は、「よくわかった、台湾東港基地に直行せよ」と再度命令された。

阿川中尉は八日夜、瑞雲で戦闘詳報他の書類を携行して飛び立ち、九日早朝に台湾東港基地に到着、報告のために指揮所に赴いたら、キャビテ基地に着任されずに東港基地で待機中だった、直属の上司である六三四空飛行長古川明少佐（海兵六〇期）に、日誌、戦闘詳報等の重要書類送付の任務で飛來した事を告げ、携行の書類一切を手渡して任務を果たした。

戦後、江村司令は「航空本部に届けずに任務を放棄した」と明言されたが、この事は病床にあって、病魔との闘いの中での錯乱された思い違いではなかったかと考えられる。

もし、そうであれば、山内隊長が阿川中尉に与えた命令と一致しない。

阿川中尉は予備士官であったが（一三期予備士官のトップ成績だった）、ものの順序を弁えられた立派な海軍士官で、直属の上司がいるのに、その上司をだし抜いて戦功を得ようとするほど、落ちぶれた性根の腐った人でないのは、一緒に戦塵をくぐり抜けた戦友（階級に関係なし）の知るところである。

飛行長古川少佐のその後の取り扱いにより、戦闘詳報等他の書類は行方知れずに消えてしまった。日誌とは、その部隊の闘った記録が克明に記されており、航空部隊の戦闘詳報とは、何年何月何日、何時に、何処に向かって、何の目的で、何の機種で、何番機の何号機で、引率指揮官は、搭乗者名は、戦果（人命・機体の損失）、気象条件等が記録されているものである。

水爆瑞雲隊の場合は、出撃当初は昼間の攻撃も多かったが、水上機の宿命的な弱点である大きな双舟のフロートを抱えての攻撃は、軽快な敵グラマン戦闘機の多数を相手に、単機で空戦しても犠牲が増えて勝てず、一二月頃からは夜間攻撃に切り替えざるを得なかった。

夜間、出撃の時は五機～六機であっても、離水してからの行動は単機で攻撃目標に向かった。

攻撃地点に達して目標上空が、真っ赤に敵の対空砲火で燃え上がっているのを視認して、僚機が攻撃していると判断する程度で、確定的な状況をとらえることは出来なかった。

このような孤独な闘いであっても、忠実に命令通り攻撃の任務を果たす為に、身を挺して闘い不運にも未帰還機になった時の事後処理は、僚機の帰還報告に基づき処理され、従って、この戦闘詳報しか証明できるものがなく、これが搭乗員の尊い犠牲の唯一の証であった。

戦闘詳報の一枚は紙切れでなく、尊い生命の代償であったことを物語っているもので、決しておろそかに出来るものではない。

比島航空戦のレイテ戦以降、沖縄戦から終戦に至るまでの間に、ほとんどの搭乗員が戦死した激闘の記録が行方不明になったまま消滅してしまい、その罪は万死に値するといえよう。

江村司令も山内隊長も、昭和二〇年一月中旬頃に東港基地に帰還されたおり、部下の尊い犠牲による死闘を綴った六三四空戦闘詳報に付いて、古川飛行長に下問されておれば、消失という悲しい事態は防げたかもしれない。

如何に瑞雲隊の建て直しが急務であったとしても、部下があっての上位指揮官であるならば、部下の功績を大切にすることが、最優先に求められることである。

同じ六三四空で、比島ツゲガラオ基地に残置された整備員はじめ各科員を纏めて、終戦まで一名の餓死者も出さず、復員帰国に際して約四〇〇名の名簿を、自分の背中に貼り付けて米軍に渡さず、帰国後復員局に提出された主計大尉高塚俊彦氏がおられるのに、最も責任者の立場にある上位者が、単なる紙屑の如くに取り扱ったことには、多くの亡き戦友にどのように申し開きが出来るのか、ご遺族に対してどう釈明してよいのか、全くもって慚愧に絶えない無念さが残る。

搭乗員を含め、各科隊員の戦死者の御遺族様に「比島方面において戦死」と告げられるだけで、その場所すら特定できないことは、誠に申し訳のないことである。

一事が万事と言われるが、沖縄戦の戦闘詳報も無いということは、すべて部下を愚弄したと言われても仕方のないところであろう。

思えば、機動部隊の第四航空戦隊の一員として、第六三四空水爆瑞雲隊に所属した当初の誇りは、田村隊長の戦死とともに消え失せてしまい、続いて次ぎの堀端隊長の戦死で、指揮系統が失せてしまったのであろうか、全く不幸な隊員達であったと言える。

第六三四空瑞雲隊は異質な航空隊であったとも思いたくないが、江村司令自身も勝手が違ったのかもしれない。

瑞雲隊の当初の構成は、海軍兵学校出身者は、江村司令と斎藤飛行士、難波中尉の三名と、機関学校出身の岩元整備長で、その他の隊員は約二〇〇名を越えていたが、飛行隊と整備隊は飛行隊長を中心に、分隊長、分隊士は特務士官と予備仕官に占められ、これに予科練出身の搭乗員達と若い志願の整備科員で構成されており、他科もほぼ同様であったといえよう。

我々瑞雲隊は、水上機の急降下爆撃隊で、戦闘部隊であって闘うことが仕事であった。

闘うためには、上司と部下との強い絆によって結ばれた信頼感がないと如何なる作戦も達成されない、いわゆる人間関係が大切であることは、その当時も現在も同じである。

真に無念、残念の極みだが、ちょっとした不注意で我々の戦闘詳報は無くなった。

だが、共に闘った凄しい戦場の日々は、僅かな生存の仲間達のなかに、亡き兄等の尊い犠牲の心情は生きており、決して忘れる事はないであろう。

編注・本書は失われた戦闘詳報に代わり、現存する各種報告文書を著者が長年にわたり調査・編さんした物を元に記述されています。瑞雲隊搭乗員は本書の記述以外に栗田艦隊等の艦船搭載の水上機より比島で現地編入された方が多数存在したはずですが、人事記録が確認されず不明のままとされております。

第五章　飢餓地獄に耐えて

バギオ海軍病院に移る

昭和二〇年一月二日の敵機の攻撃で、乗船の明隆丸が沈められて、内地送還の夢を断たれて悄然と、リンガエン湾の砂浜に立って、茜色に染められて時間と共に変りゆく海を眺めていた。

六日の激しい敵の艦砲射撃もやみ、静かに一日の終わりが来た。

「みんな集まれ、兵長点呼せよ」

「異常ありません」

「よし、皆よく聞け、敵は間もなくこのリンガエン湾に上陸してくることは間違いない、我々は闘うにも一挺の武器もない、だが、生き延びることを考えねばならない、そのためには集団で行動すれば何とか生き延びられると班長は思っている、どんなことがあっても生き延びることを考えることが大切で、命を粗末にしないことだ、よく私の指示に従ってほしい」と告げて解散した。

まだ、血便と腹痛は続いていたが、じっと我慢するより仕方がなかった。

食事も充分に支給されないので、皆もひもじい思いだろうが、それでもマニラ海病（海軍病院）で私がニギリ飯を運んだことを知っており、マニラ海軍病院で世話になったことを覚えているので、最後まで行動を共にすると誓ってくれていることは嬉しかった。

私自身も栄養のある食物をとれず、つづく下血の為に顔も手足もすっかり痩せ衰えてしまい、無念の思いの涙をこらえて、じっと自然に治るのを待つより仕方なかった。

七日、八日の両日も激しい艦砲射撃に始まり、敵機の空襲は間断なく続き、遮蔽物も充分でなく身動きも取れない両日であった。

明けて九日、リンガエン湾の沖に待機していた、数えきれない敵の上陸軍が大挙して迫ってきた。既に湾岸は完全に破壊されており、無抵抗に近い状態で米軍は上陸してきたのである。

考えられないほどの物量を注いでの攻撃であって、弾着観測機による弾着の位置を修正しての砲撃で我軍の抵抗する陣地を次々と破壊してゆき、我が軍は手をこまねいてどうする事も出来ず、湾内狭しと思われるほどの艦艇で、雲霞の如く上陸してきて橋頭堡をつくり、直ちに飛行場の建設整備も行ない、地上軍の援護態勢を築いてしまう手際の良さだった。

上陸した敵軍は、マニラ攻略に向かって進撃を開始したが、我が軍の山下将軍の勤兵団の反撃に会い、一時は頓挫したように見受けられたが、敵は航空兵力の援助を受けて再び進撃、マニラ郊外に達した。

この敵のマニラ進撃で戦場は南に移ったので、リンガエン付近から以北は、次の戦争準備の時間が稼げたようでもあった。

我々は、敵の空襲も途絶えたように思われ、少しのんびりした気分になっていた。

この間に、私自身が何とか身体に栄養をつけ、もとに戻しておかないと、これからどんな困難が待ち受けているか分からない。

一月二〇日過ぎ、田中兵長を呼んで「私の最後の頼みだが、聞いてくれぬか、この病状では、もうどうすることも出来ないので最後に腹一杯食いたいのだが」と言うと「班長わかりました、何か食べ物を探して参ります」と返事して、五〜六名を連れて出ていった。

しばらくすると、「班長、子豚一匹捕まえてきましたが、どう料理しますか」「すまん、ありがとう丸焼きにしてくれれば良い」と返事した。

月下で豚の丸焼きが始まり、いい匂いがあたり一面に広がって、恐らく皆の腹もグウグウ鳴っていることだろう。

「班長出来ました」。

「皆すまん、これが私の最後の晩餐会かも知れん、すまん」と断わりながら、油の多い軟らかい肉を食べたが、全部食うわけにいかないので、田中兵長に「後は皆で分けて食べるよう」に指示した。久し振りの肉食で皆の目がギラギラと輝いているように思われ、気分的に気持ちが明るく感じられて嬉しかった。

その後、二、三日すると不思議にも下血が少なくなってきたようで、腹の痛みも止まってきたようであった。

豚肉のおかげで、体力がついたのか、逆療法になったのかもしれないと嬉しかった。

有難いことに、この下血さえ止まれば皆に飯を与えてやることが出来る。

朝の点呼のおり、「皆聞け、先日はすまんかった、おかげで少し元気が戻ったようだ、身体さえ良くなれば、皆に心配はさせん、生命を粗末にしないで、一緒に日本に帰ろう、私についてきてくれ」と礼を言ったら、皆喜んでくれている顔が、私にはとても嬉しかった。

いずれ、マニラが敵の手に落ちたら早晩北に向かって進撃してくることは当然で、そうなると戦闘力のない傷病兵の集団は手足纏いになるため、一月二五日、バギオ海病（海軍病院）に移動せよと命じられた。

↑バギオ市バルハム公園

いよいよ山ごもりか、我々が戦場近くにいても邪魔になるだけ、早く退避せよとの事だから有難く思わねばならない。

ナギリアンの町外れから国道九号線に出て、月明の中を、急な山路にへばりつくように歩き、夜明けまでにバギオ海軍病院に到着せねばならない。

松の都といわれるバギオは標高一五〇〇m、避暑地で富裕階級が快適に暮らせる別荘地であった。

それでも、道は険しく夜でも深い谷間が見下ろせるような凄い道で、頂上までアスファルトの道が続いており、立派に舗装されたこの国道九号線を登ってゆくと、道の両側に、カンテラ下げて敵の進撃を阻む為に、横穴を掘って陣地構築している、山下将軍の虎兵団に出合い、「ご苦労さん、頑張って下さい」と声を掛けて通った。

月冴えて星座美しく輝き、砲撃の一声も聞こえない。

暗い静かな山路をバギオに向かって無言で登った。

小休止のおり、月に照らされて澄んだ空気を吸いながら、ふと、戦友達のことが思い出され、今頃、瑞雲隊の仲間達はどうしているんだろうか、生きているだろうか、俺がここにいるとは誰も知らないだろう。

色々と考えながら、早く本隊に復帰出来るように、お月さんに願いを掛けた。

午前五時頃に町に着き、夜明けの町を見て、坂道に沿って建物が建っていたのが窺えたが、今は無残にも空襲で破壊された瓦礫の山と化していた。

バギオの空襲は、一月一五日頃から連日のように空襲を受け、徹底的な無差別攻撃で破壊された。瓦礫と化した町中を過ぎ、テニスコートがある場所を通過すると海軍病院に到着した。

直ちに用意された病室に落ち着いたが、それはガランとした体育館のような部屋で、片隅に毛布が積んであった。

程なく下士官集合が掛かり、今後のことが軍医から申し渡された。
(一) バギオに戦火が及ぶことを覚悟しなければならない。
(二) 各自で保健に留意することと、毛布は一枚支給する。
(三) 食事は、朝は粥食で夜はニギリ飯二個、昼食は烹炊出来ないので無し。
(四) 朝食後は、谷間に避難して、夕食前に帰院せよ。
(五) 決められた場所以外に出ないこと。
班編制は従来通りのままで、先任下士官は小川上等兵曹(善行章六本の応召兵でご老体)であった。

班員に以上のことを告げて、更に、今後は班を四組に分け、風呂兵曹と三名の兵長が組長となり、まとめることにし、明日からの避難は、一ヵ所に適当な場所でタコ壺掘りを行なう旨を告げた。

翌朝から、粥食をすました後、各自毛布一枚を抱えて整列、点呼を終わってから一団となって、爆撃の避けられる適当なところを捜し、その谷間の斜面にタコ壷を作らせ、完成を見計らって点検して廻った。

飢餓地獄への入口

一〇〇人近い班員を掌握することは、病状、負傷の状況も異なっており大変なことであった。

一日中、湿気の多いタコ壷に入っていたのでは、病状の悪化も考えられるので、空襲のない時は日光浴するように申し渡した。

また、演芸会等を催して元気づけもしたが、なにしろ空腹では声もでないのが当然で、歌の上手な者に自然と指名するようになってしまった。

なかでも、目玉が大きくデコの広い田中兵長の歌はとても上手かったことが、皆の慰めになり、今でも耳底に「命短し恋せよ乙女よ……」（ゴンドラの唄）と残っており、とても、戦場で歌う歌ではないが、なぜか皆が喜んで聞き入っていたのが懐かしく思い出される。

二月半ばを過ぎる頃から、敵の爆撃がまた激しくなってきたようで、タコ壷に入っていてもその振動は腹をえぐるように響き、何時、頭上に落ちてくるかと心配そうな表情がみられたので、これではいけないと気づき、二人であれば少しでも不安が除かれると思ったので、直ぐに二人用のタコ壷にするように指示した。

朝から夕方まで、何もすることがなく、空き腹を抱えてじっとしていることは辛く、私も同様であった。

そこで、組長の兵長を集めて相談したら、「病院からの外出は出来ないので、どうしようもありません」と田中兵長が言うと、宇野兵長が「山ですから何か山菜があるかもしれません、探してみます」と答え、同時に風呂兵曹が「私と宇野兵長に自由行動を許して下さい、何とか探してきます」と提案があった。

「よし、わかった、では探しに行ってくれ、途中で何かあれば直ちに引き返し、連絡してくれれば、すぐに駆け付けるから」と許可した。

間もなく二名一組となって一〇名ほどが組長と出ていった。

無事であってくれと祈っていたら、棒切れのような物を束にして帰ってきた。

「班長、ゼンマイがありました」と笑顔で元気が良かった。

よく見ると、ステッキのような太くて逞しく、先のほうでクルクルと巻いており、ゼンマイに違いないが、食べられるだろうかと心配だった。

ゼンマイを水炊きにしてアクを抜き食べてみると、少し固いようだったが食べられるので、これなら大丈夫と思い班員に配給して食べた。

空き腹を補うことが出来るので、翌日からは人員を増やして確保に努力したが、他の班も気づいてゼンマイ採りを始めたので、幾日もしない内に無くなってしまった。

また、元の空腹が続き、皆の元気は無くなったように見受けられ、何とかしなければと考えた結果、搭乗員の私は、他科の下士官よりも比較的自由行動が取れるので、昼も夜も病院内を歩き食料探しに出掛けたが、これという食料の目当てはつかなかった。

こうなれば、マニラ海病で行なったように、外部から食料を運ぶしか仕方ないと思い、皆を集めて「班長は、これから毎日下山して食料の調達にゆくから、留守中は組長の指示に従い、私の帰ってくるのを待つこと」を伝えた。

毛布二枚を担いで下山した。

山麓の陸軍歩哨線にぶつかると、「私は海軍の搭乗員だ、これから外へ出るが、帰りはここに帰ってくるので、交代する時は私のことを引き継いでくれ、おまえの飯はちゃんと渡しておくから」と言って歩哨線外に出た。

いよいよ危険と隣合わせになったので、神経をつかい警戒をしながら現地民の集落を探して歩いた。

まだ、充分に足の負傷も治っておらず、ビッコで歩き廻り集落を見つけて現地民と交渉した。「ジャパンネイビー、ブランケット、チェンジ、ビガス」と交渉、「ジャパン、ブランケット、ベリグー、チェンジ、オーケー」と毛布を何回となく裏返しては、笑顔を見せてくれたので、心は少し安心して楽になった。

現地民の出してくれた米を、土壷を借りて飯を炊き、ニギリ飯にしてバナナの葉っぱで包んで背負い「ツモロー、カンバック、ブランケット、チェンジ、ビガス」と笑顔をつくり握手して別れた。

丸腰で危険を感じていたが、相手の現地民も同じ思いだったのであろうと思われた。

急いで歩哨線に向かって歩いた。

歩哨線一帯は背丈ほどの草原になっており、歩哨兵の姿も発見しにくかったので、遠くから「お～い歩哨はおるか、海軍の搭乗員だ」と叫ぶと、「はい、ここにおります」と返答してきたので、やれやれこれで安心と、緊張から解放されてホッとした。

歩哨に「交代はまだだったのか、よし、ニギリ飯を食え」と一個やると、頂けるんですか、ありがとうございます」と言って、喜んで口に頬張って食ってくれたのが嬉しかった。

しばらく、休憩していると、ノッソリと長身の陸軍大尉がやってこられ「海軍さん私に何か食える物を頂けませんか」と懇願されたので、ニギリ飯を一個差し上げたら、米の飯ですかと言われて、しばらく見つめておられ、元気の無い哀れな姿が瞼に焼きついている。

どうやら、お気の毒にマラリヤに掛かっておられるようだった。

陸軍も海軍もみんな空き腹なのだ、腹が減っては戦が出来ないと、よく昔から言われているが全くその通りである。

歩哨と大尉と話しながら休憩できたので、山を登ることにした。

身体は疲れており、左足も疼いているようだが、元気を出して山登りを始めた。

下山の折りに、枝に目印をつけておいたので、それを頼って登り、避難場所に近づいたところで「お〜い帰ってきたぞ」と呼ぶと、すぐに「班長、待っておりました。直ぐ行きますからそこで待っていてください」と返事しつつ下山してきてくれた。

ニギリ飯を兵長に渡して山を登り、やっとの思いで皆の顔を見ることができ座りこんだ。

「腹一杯とはゆかぬが、今日はこれで我慢せよ、明日も買出しに行くから」と言って配付した。

皆の喜んで食っている姿を見て、松葉を巻いたタバコに火をつけて一服吸うと、いっぺんに疲れが出たが、胸の内は明日も頑張ってやらねばと思った。

下山しての食料の調達は日課になってしまったが、毎日のように食料を求めて下山した。

夜は夜で、院内を歩き廻って食料を物色していた。

ある夜、杖をつきながら月明かりをたよりに院内を歩いていると、前方にボャ～と薄明かりが見えたので近づいてみると、樹々に囲まれた幕舎の入口に、裸電球が鈍い光で入口を照らしており、そっと覗いてみると、中から声が掛かった。

「お～い、梶山兵曹と違うのか」と呼ばれ、思わぬところで自分の名前を呼ばれたので、びっくりしていると、「俺だ、呉空の伊藤兵曹だ、入ってこいよ」と言われ「主計科の伊藤兵曹ですか」と応答して入って行くと、まぎれもなく、どんぐり目に口髭を貯えた伊藤兵曹（石川県出身）だった。

「いやぁー懐かしいですね、こんな山奥でお逢い出来るとは思いもよらなかったです」と話すと、「搭乗員の貴方が、どうしてこんなところにおられるのか」と問われたので、呉空以後の行動を話した。

「それは大変だった、よく戦っていただいた、こんなところで逢えたことは奇遇だ、腹が空いているのと違うのか」「ええ、搭乗員は自由に歩けるので、飯を探しているのですが」と答えると、「食料が不足しており、主計科も苦労しているが、梶山兵曹の食事は用意しておくから毎晩八時過ぎたら来てくれれば良い」と言われ「伊藤兵曹有難いです、毎日約一〇〇人の兵に飯を食わす為に、山を下りて食料の調達をしているのです」と言うと「うん、梶山兵曹はよくやるね、とても皆の分は出来ないから梶山兵曹の分は用意しておく」から、必ず来てくれよと言われた。

地獄の日々に、仏様の手が差しのべられたようで、伊藤兵曹の温情に感謝した。

思えば、呉空時代に、呉空派遣隊大浦基地（山口県油谷湾）で、零式観測機で対馬海峡を行く、関釜連絡船、日満連絡船の護衛と漁船の保護に、敵潜水艦の哨戒飛行任務についていた当時、基地の主計科の先任下士官が伊藤兵曹だった。

搭乗員の酒盛りには一升瓶をさげて仲間入りし、共に歓談したことが思い出された。

石川県出身の方で、顔の髭に似合わない、北陸育ちの温厚な人で、叱ることを忘れた人だった。

二月も終わりの頃の夕方、突如として山をすれすれに、敵機B‐25爆撃機編隊の攻撃があった。

「避退しろ」と号令しながら一目散にタコ壷のある斜面に走った。

バギオの町は更に破壊されて焦土と化したが、敵の狙いは我が軍の人的殺傷と陣地構築の破壊が狙いのようだった。

この攻撃で病院も狙われて攻撃され、あちこちの建物が燃えて、かなりの被害と人的損害があったようだ。

爆撃が終わったので、病舎に帰って点呼したところ一名不足していることが判った。

「誰がいないのか、よく調べて報告せよ」と組長に指示した。

「班長、坂本上等水兵がおりません」と報告あったので、「どこかで被曝して動かれないのかも知れん、よし、直ちに全員で手分けして探せ、」と命じて探しに出た。

探した結果、医務室の治療室にいることが判ったので走っていった。

坂本上等水兵が下半身血だるまになって横たわっており、敵機の空襲の際逃げ遅れて被弾したことが判った。

軍医の診断では、駄目だ助からないとのことであった。

「おい、坂本、判るか俺だ班長だ」と呼んでやると、「班長、もう駄目です」と答えた。

「馬鹿野郎、これ位で弱音を吐くな、一緒に内地に帰る約束ではなかったのか」と励ました。

「班長、色々とお世話になり、ありがとうございましたが、最期に水を下さい」と力なくいったので、軍医の顔を見ると、首を縦に頷かれたので「よし、水だ、うまいか、うんと飲めよ」と飲ましてやったが、かすかにうなずいてこと切れた。

戦場で、死に水をとったのは、この坂本上等兵が最初であった。

彼は、六尺ほどもある長身で、何時も明るいよく動く男だった。

タコ壷で避難中に、班員達の身上を尋ねていた。

坂本上等水兵は、和歌山県の海辺に近いところに住んでおり、祭りの時は御輿を担いで海に入った話をよく聞かしてくれ、応召になるまでは、大工仕事をしており、腕達者さを自慢していた。彼は私と同じ関西なので、特に親しみを感じていたので、彼を呼ぶ時は「助けさん」と呼び、彼もよく私のもとで働いてくれた。

日が暮れようとしている薄暗い病室の中で、ローソクの灯がゆらいで悲しみが一層加わり、こんな山奥で最期を向かえた彼の死は、残念で無念さが残った。

みんな集まってお通夜をして、「海行かば」を合唱して彼を慰め、病院の片隅の松の根っ子を掘って埋葬、再び「海行かば」を合唱して、坂本上等水兵の冥福を祈った（戦後、出身地を訪ねて家を探したが判らなかった）。

陣地構築作業はじまる

激しい爆撃は、もう日課となってしまい、朝食の時間は早く、夕食の時間は遅れるようになった。

リンガエンから南下した敵米軍は、ルソン島各地に上陸した米軍と緊密な連絡を取り、マニラに迫っていた。

カバナツアン、タルラックのリンガエン平野を南下する敵米軍を、小高いハイピーク山に布陣した陸軍の勤兵団が頑強に敵の進撃を食い止めていた。

また、海軍クラーク基地防衛軍は防禦火器の乏しさを、飛べない飛行機から機銃をおろして補い、勇敢に善戦していたが、敵の勝った火力に抵抗できなくなり、飛行場施設を破壊、陸軍に合流して戦っていたが、その後バータン半島のサンアントニオに上陸した敵米軍の攻撃を腹背に受け、完全に孤立した状態となり山でゲリラ活動に入った。

これら敵軍を迎撃するマニラ防衛のわが軍は、岩淵海軍少将指揮官の海軍第三一特別根拠地隊三万の半数と陸軍勤兵団野口大佐指揮二〇〇〇名で頑強に抵抗、敵の侵攻軍を食い止めて善戦していた。

二月中旬過ぎる頃、マリキナ、マッキンレーの我が軍の拠点が破れ、敵米軍はマニラ市街に進入してきた。

我がマニラ防衛軍は、ビルやあらゆる建物、施設を利用して市街戦を展開していたが、二月二三日マニラ防衛軍は全滅し、遂に敵の手に帰してしまった。

マニラを占領した敵は、攻撃を北に向けて進撃を開始して国道三号、五号、一一号線を北上しはじめ、敵機の爆撃に交じって、砲声がバギオの山にこだまして耳に届くようになり、早晩このバギオも激しい攻防戦場になる運命が迫ってきた。

山下兵団は随所で頑強に戦い、我が陣地に敵を寄せつけない堅固な抵抗をしていたが、制空権のない地上作戦で、苦しい戦闘に追い込まれていたのである。

このバギオにも敵は迫ってきており、敵の到着までに抵抗陣地の構築が必要で、我々患者にも陣地構築に参加するように命令が出され、山腹の斜面に機銃陣地の横穴掘りの夜間作業が始まった。

リンガエン湾で遭難以来、適切な治療も受けられず、食事も欠食同然で体力も衰えており、鶴嘴、スコップ等を奮っての土方作業は、それこそ死を意味する大変な重労働であった。

それでも、迫り来る敵を食い止める陣地作りは死力を尽くして掘り進められていた。

やっと横穴が五m位進んだ頃、下山して食料の調達をして帰ってくると、宇野兵長が「班長、中村一曹からおまえ達の班は作業していないと言われて殴られました」と報告があった。

「よし、よくわかった」と返事した。

この日の夕方、病舎に戻って点呼のおりに、総員の前で中村一曹にこのことをただした。

「中村兵曹、貴方は私のいない間に、何ゆえに班員の兵長を殴ったのか」と詰め寄った。

「お前の班は、一㎜も掘っていない、ボタの一等下士が大きな顔をするな、文句あるのか」と言ったので、私は黙って引き下がるわけに行かなくなった。

「ボタの一等下士とは何事だ、お上から戴いた階級に差はないぞ、無駄飯は食うとらん、兵を預かっている班長の立場を無視して殴ることは黙っておれん、あんたと立場が変わって私があんたの班員を殴ったら、あんたは黙っていると言うのか、ここで謝れ、謝らないなら私にも考えがあるぞ、ここは戦場だ、弾は前から飛んでくるとは限らん、これから山奥に入ることにもなろうが、谷底に蹴落とすから覚悟しておけ」と怒鳴りつけた。

室内は騒然となり大騒ぎになった頃、小川先任上曹（善行章六本……三年で山型が一本付与される）が「待て、中村一曹、梶山一曹の言う通りだ。階級に変わりはない、他の班に不都合あれば、その班の責任者に問い質すべきで、その班員に手をかけるべきでない、この場合は梶山兵曹の発言通りだから、事を穏便に解決せよ」と申された。

最古参の小川先任の言葉には誰も反対はできない。

中村一曹はしぶしぶ「行過ぎだったので、こらえてほしい」と謝罪したので、私も「言い過ぎた点申し訳ないが、今後は何かあれば直接私に言ってもらいたい」と応じた。

これで、宇野兵長も班員も納得してくれたので良かった。

【善行章】

右腕の階級章の上につける山形のマークで、規則では三年間、品行方正、勤務精勤の場合付与された。海軍では善行章の数（勤務年数）が非常な威力を発揮していた。

ボタの一等下士官とは、進級が早くて三年に満たないうちに下士官になるので、善行章なしの下士官をさしていう。どうして「ボタモチ」というのか。語源は判らないが、一等下士官の階級章が桜葉に包まれたようになっているからといわれている。

棚からボタ餅かも知れない。

この一件も過ぎ、二月も終わろうとする末頃、機銃陣地も完成して一息ついていたときに、緊急集合が掛かった。

小川先任から「軍医長の達しで、ルソン島北部のバヨンボン司令部に移動せよと命じられた」ので、出発は近いので急いで準備せよとのことだった。

いよいよ来るべきところにきたと思った。

マニラの陥落も耳に伝わっていたが、キャビテ基地の司令以下みんなはどうなっているんだろうかと、皆無事で戦っていてくれれば良いが、基地全員玉砕になったんだろうか、状況から察してみると、不安な思いが募っていた

早速、組長を集めて移動のことを知らせ、班員一同を集めてバヨンボン司令部への移動を知らせ、

これから幾多の山越えをしなければならないから、直ちに準備に掛かるように伝えた。

準備品　飯盒二個　……　缶詰めの空缶で作れ、一個は飯用、一個は湯沸かし用
　　　　水筒一個　……　孟綜竹で作れ

支給品　武器　……　小銃六挺（五〇〇名に対し）
　　　　米　……　約一升
　　　　塩　……　飯盒中蓋の半分
　　　　野菜　……　千切り大根、一掴み
　　　　寝具　……　毛布一枚

その他　引率者及び医薬品、地図　……　なし

簡単に言うと、山の奥に入れと言うことだった。

地図もなく、バギオを北に進み二一㎞地点で右折れして山下道路に出て、北部ルソンのバヨンボン司令部に行けと言う命令であった。

どれぐらいの距離なのか、食料品は足りるのか、目的地まで何日掛かるのか誰も知らなかった。

いよいよ出発の時がやってきたので、皆を集めてこれからの行軍について注意をした。

〔注意事項〕

出発は今夜一〇時、情報によればマニラは陥落したそうである。

敵の進撃は急であって、このバギオも近いうちに戦場になることは確かで、これから行く道には二個師団相当の米比軍とゲリラが待ち伏せており危険である。

行軍は、昼間はジャングルの適当な場所に身を隠し、夜間約一〇㎞歩くことになっている。

道路の一〇㎞ごとに陸軍が駐屯しているとのことだが、その位置も判っていない。

残るも地獄、行くも地獄だが、行くことでなんとかなると言う希望を持って、苦しいことが続いても、次の事項を守って一緒に日本に帰ろう。

〔厳守事項〕

一、海軍軍人であることを再確認せよ。

二、一致団結を忘れないこと。

三、一切の単独行動は認めず、勝手な離脱は許さない。

四、どんな些細なことでも、班長か組長に届けること。

五、食事時間は指示する、一日五勺程で済ますこと。

食料が不足していることは歴然としており、これは在比の陸海軍全体の現状で如何とも仕様のないことだった。

ガダルカナル島で糧秣の不足で戦闘不能の餓死者が溢れたが、レイテ島も同様の運命を辿り、今また、ルソン島全域で糧秣が不足し、比島の山野は日本兵に荒らされて、食べられるものは食べ尽くされ、日本兵全員が餓死する直前の有り様であった。

戦わずして餓死し、空しく散華する日が目前に迫っていた。

山また山の飢餓地獄を行く

出発は夜の一〇時であったが見送る者もなく、小川先任上曹を先頭に約五〇〇名がバギオ海軍病院を後に、瓦礫と化した闇黒のバギオの町から国道一一号線を北に進んだ。

途中で一回小休止をして、二一㎞地点に達し、ここを右折れしてアグノ川に達した。

河原に着いた時は、相当に疲れていたので、無力の集団はところかまわずシャガミこんでしまった。

皆を見ていると、月明かりに目だけがギョロリと大きく窪み、頬骨が突出していて、賽の河原に屯する亡者の集団とは、この様なのかと思われる有様で、私もその中の一人だった。

喉が乾いているが、川の水は危険だから、飲まないように伝え、兵長に見張りをさせ、小休止している間に、元気な杉本兵長を向こう岸に渡らせて、張られたロープの点検を命じた。

いよいよ渡河の時間が来たので、順次ロープを握って渡れと命じ、静寂の闇の中を流れの早い水音が騒めいているだけで、兵隊は無言でロープ一本の命綱を頼りに渡河をはじめた。

渡河中、急流に足をとられて助けを求める者もいたが、どうしても助ける術もなく、その内に力尽きて闇に消えて行く者があって、その断末魔の声は耳を塞ぎたくなるほど、悲しい叫び声を鋭く私の胸にささった。遅々と進まない渡河をせきたて勇気づけて全員が渡河を終わる頃には、空が明るくなって来たので、このまま河原にいれば空襲かゲリラの餌食になることは明らかだった。

↑ 21km、山下新道の三叉路。写真右手が新道の入り口ラウレル大統領もこの道を通り日本へ向かった

何としても前方のジャングル深くに身を隠さねばならない。

対岸は急な坂が我々を阻んでいたが、ロープをしっかりと握って、先に登った者の手助けで、じわじわとのぼった。早くしないと夜が明けるぞと、下から叱咤激励し元気づけて登らせ、ジャングルの中に身を隠す事が出来たので、これで第一日目の行動が終わった。

各班ごとに点呼が始まったが、昨夜の渡河で誰が犠牲になったのか、誰からも報告はなかった。これから日を重ねて行くに従って、悲しみも悔いも持ち合わさないような集団になってゆき、逞しい海軍兵の面影は薄れ、次第に消えていくと思うと残念でならなかった（名簿も筆記用具も無し）。

小川先任から集合が掛かったので、下士官六名が車座になって話し合った。

小川先任から「これからの行軍は、このケモノ道を進むしか仕方ない、途中でどんなことがあるかもしれないが、ただ、皆で前に進むしか方法がないからそのつもりで、食料も僅かしかなく、おそらく一〇日も持たないと思うが、出来るだけ延ばして食いつないでもらい、小銃六挺は先頭と殿に三挺ずつ置くことにする」と言われた。

私は班員を集めてこれからのことに付いて説明し注意を与えた。

「みんな聞け、大体のことは昨日言った通りであるが、いよいよ今晩から歩かねばならない、行軍中は私語をしてはならない、どんなに苦しくても離れずについてくること、支給された米は十日分位しかないが補給の見込みはない、出来る限り食い延ばしするので、指示通りに従うこと」と伝えた。
（一）食事の用意はその都度知らす、朝食、昼食は無し、夕食は五勺の粥食にせよ。
（二）燃料は竹を使え、竹は煙りが出ずに火力が強いから昼間に確保しておくこと。
（三）集団から勝手に離れてはいけない、食い物を探しに行けば必ずゲリラに殺される。
大体以上のことを伝えたが、休憩中でも、移動の一番後方を受け持っているので、交代の見張り当番を決めて、後ろと左右の警戒を特に厳重にしていた。

薄暗いジャングルのなかは、敵から身を守るのに一番良いかもしれないが、病み疲れた身体に良いはずはないが、他に方法がないので我慢するより仕方がなかった。

昨夜の疲れで、すこしウトウトと居眠りをしてしまったが、言い争う声で目が覚めた。

どうやら、食い物の争いらしいので、呼び付けて聞こうとしたら、すぐに解決したようだったので知らぬ振りをしていたら、ほどなく田中兵長が報告に来たので承知した。

第一日目の昼間の休憩も、案外と早く過ぎてしまった。

夕食の準備を許可したので、あちこちで薄煙りの焚き火が見えていた。

私も田中兵長に頼んで五勺の粥を炊いてもらい、食事をすましてから、何分にもご老体の小川先任下士が気がかりだったので、様子を見に行った。

小川先任下士は、私の顔を見るなり「梶山兵曹は飛行科だけあって、鍛えてあるので元気だね」と言われ「よく来てくれたありがとう、皆を宜しく頼むよ」と付け加えられたので、「先任、これからどのように展開して行くか分かりませんが、やれるだけやりましょう」と申して別れた。

食事後、点呼して出発する。

まっ暗闇で、照明もなく、一尺位のケモノ道を一列になって、ただ前の者の背中をみて歩くだけで、何時どこからゲリラの弾が飛んで来るかもしれない不安な道を歩くことだった。

元気であれば一〇㎞の道程は大したことではないが、食事も十分でなく、身体も治療受けておらず、弱って痩せ衰えて体力は皆無の集団には精神力が支えであった。

従って、何時の場合でも決して叱ることはせずに、相手を励ますことに気を配り、精神の支えになるように気合いを入れるように心掛けていた。

第一種、第二種、第三種軍装の者、防暑服の者、船員服の者とそれぞれまちまちの恰好で、毛布一枚を丸めて肩からタスキ掛け、腰に缶詰の空き缶を二個ぶらさげ、竹の水筒、誰が見ても軍隊の行進とはいえず、敗残兵というより亡者達の行進といったほうがぴったりで、全く表現の仕様がない哀れな骨と皮の骸骨の集団だった。

平坦な道を行くのであればよいのだが、二〇〇〇m級の山また山を越えての行軍で、登り坂ともなればほとんど前に進まず、岩にへばりついているトカゲの姿のようで、なかなか動こうとしない。北部ルソン島の東と西に高い山が聳えて深いジャングルが入山を拒んでおり、その山系に挟まれてカガヤン河谷の肥沃した平野がある。

いま我々が越えようとしている西の山系には、二〇〇〇mを越えるプログ山（二九二二m）バック山（二二七〇m）ブノン山（二〇二五m）はじめ多くの山々が行く手を遮ぎっている。

バギオの二一㎞地点からアリタオまでの一〇〇㎞間を山下道路で結ばれているとの事だが、貫通しておらず、カガヤン平野のアリタオ近辺が一部出来ているにすぎなかった。

一〇㎞ごとに陸軍の蘭部隊（空挺師団）が駐屯しているとの事であったが、それも当てには出来なかった。

駐屯部隊を尋ねて行けばよいのであるが、行軍の都合でそのようにゆかず、手前で野営することが度々だった。

行軍は毎日だったので皆の疲れが酷くなって、自然と無言になって意気消沈していた。

田中兵長が「班長、船員の藤田さんが、仆れ掛かっております」と告げてきたが、「よし、元気な者で両脇を抱えさせて、次の野営地まで連れて行こう」と返事した。

程なく小休止になったので、寝込んでいる藤田船員のところに行き、「藤田さん、どうだ、こんな処で仆れたら、国の女房や子供達とも逢えんぞ、女房や子供のために歩くんだ、歩け」と言ったが、「班長、色々とお世話になりましたが、もう、駄目だということが判ります。このままではゲリラに殺されますので、どうか、ここで殺して下さい」と哀願されたが、「何を馬鹿なことを言うのか、苦しいのは皆同じなんだ、女房子供に逢いたければ歩くんだ」と励ましたが、「もう、どうにもなりませんから、このまま見捨てていって下さい」と涙が溢れていた。

どうしようもなかったので、田中兵長に「みんなから一握りの米を供出させよ」と命じたが、少ない米の中からの供出なので、一握りの米は一〇粒程度であった。

「藤田さん、皆の餞別だ、ここから動くでないぞ、次の陸軍駐屯地に言っておくから、通過する陸軍があったら助けてもらえ、そして休息できたらバヨンボン海軍司令部を頼ってこい、死ぬでないぞ生きることを考えよ」と言い残して止むなく出発した。

毎日、夜ともなればぞろぞろと歩きだし、夜が明けるまでに適当な野営地を見つけて、身の置き所を探して疲れを癒やすことと、食べることしか頭になく、なんでも腹一杯食いたい、それだけが望みで、もう、みんなは餓鬼道に陥っていたのである。

幾日過ぎたかは、米の減り具合で大体想像できるが、今どこにいるのか見当もつかず、地図さえあればおよその見当はつくのだが、自分のいる場所も目的地も判らずに、ただ、このケモノ道を歩くしか仕方なかった。

こんな山奥に入っているので敵の空襲は避けられるが、ゲリラの出現が一番恐ろしく、たまに、現地民と出会うことがあると、その日は特に神経を使って警戒した。

闘う武器として小銃六挺あったが、前後に三挺ずつに分けて上等兵に持たせていたのが、何時の間にか小銃を持ったまま六名とも行方不明となり、武器のない丸腰の集団になっていた。

左足の傷口も治療方法がなく、昼間に太陽に当てて日光消毒をするのだが、蝿がうるさく傷口にたかるので、息を吹きつけながら追払い、ガーゼも何回となく裏返して使い、ただ当てているに過ぎなかった。

足の甲にも熱帯性の潰瘍が小さくたくさん出来て、この膿を日光消毒しながら潰していたが、抵抗力がないために、次々と広がってゆく。

日中はすることがないので、眠ることで身体を労わり、起きては傷と潰瘍の日光消毒を済ませることと、これからどうすれば良いかを考えることであった。

ある夜、激しい雨に叩かれて歩いていたら、道路を拡張工事中の山下道路らしきところに出た。やっと着いたのかと喜んでいたら、腰までめりこむ泥海で進退出来なくなってしまい、やっと泥海の道路から這い出て、皆に松の根っ子に這い上がれと指示した。

皆は泥々だったので、雨に打たれて服の泥を落とし、身体も雨で洗い流してすっきりせよと指示し、その後は出発までに、松の皮を剥いで燃料と照明（松明）用に確保するようにと指示した。

ひどい泥濘だったが、命の洗濯と衣類の洗濯ができ、飲水まで出来たことは天の恵みで嬉しかった。

最後尾の我が班は、私の言ったことを比較的よく守ってくれているので、ほぼ私と同じ位の米を持っているようであった。

「田中兵長は大丈夫か」

「はい、大丈夫ですが、皆は相当に弱っておりますが、飯さえ十分であればと思います」

「うん、わかっているのだが、こんな山奥ではどうしようもない、あと、米の残量は一合位で二～三日は食べられるが、これが尽きるまでになんとか平地に出たい」

「何名か判りませんが、かなり落伍しています」

「仕方ないだろう、食い物探しにゆくなといっても無理なことだ、どこかで生きていてくれれば良いが、バラバラの個人になれば、必ずゲリラの餌食になる、みな良く頑張ってついて来てくれるので、何としても平地に出たい」と話して私が立ち上がったので、田中兵長は「班長、どうされるのですか」と同じように立ち上がって私の顔を見つめていた。

「おお、山の尾根に登って地形を確かめてくるよ」と返事したら「それなら私も連れて行って下さい」とついてきた。

ゲリラの潜伏に目を光らしつつ、山登りに専念した。

二人とも空腹だったので、なかなか山登りは進まなかったが、大体の目標を定めて登ることにして、左足を杖でかばいながら少しずつ登り、病身の田中兵長も遅れないように登ってきた。

やっとの思いで、四方を見渡せる山の脊に出られたので、太陽の方向と雲の流れを確認し、山の連なりをよく頭に入れ、飛んでいた時携行していた地図を思い出して、目前の地形から判断して方角を定めた。

「班長、判りますか」

「うん、大体あの方向に行くと平地に出られると思う」と答えて、登ってきた道を戻ることにした。

野営地に帰ると、もう夕飯の準備をしていたので、「今夜は強行軍になるので残りの米を腹に入れよ」と指示した。

一合にも満たない飯を食い、私も人心地ついたが、明日は平地に出られるか心配であった。

日がとっぷりと暮れ、当たり一面が暗闇に包まれる頃、何時ものように骨と皮の集団が、一合近い飯を食べたので、少し元気があるように見受けられ、「出発」と号令した。

一番先頭にたって「今夜は頑張って歩け、明日は平地に出られるから頑張れよ」と励ました。私は大体の見当をつけて先頭を歩いたが、何たることか、下士官は一名も姿が無く消えていた。ビッコの足を労わりながら、とにかく尾根に辿りついてくれと願いつつ歩いた。

空が透けて見えて来た、星座の輝きもちらほらと目に入ってきた。

これで山から出られると思われ、疲れも忘れるくらいに心は弾み、歩くピッチが上がっているように感じられた。

「お～い、皆、今日はここで野営だ、明日は一気に山を下って司令部を探す」と告げて、各組長の兵長を集めた。

「所持米はゼロであるから、食料を探さねばならない、各組で元気な者を一〇名選び二名の五組こしらえて偵察に出てもらう、右手の方向に出て食料の有無を調べてくること、途中でゲリラと遭遇するようなことあれば、ただちに引き返すこと、用意が出来たら集合せよ」と告げた。

偵察隊は元気よく出発していった。

どうか、無事で帰ってきてくれと祈っていたら、全員無事に帰って来たのでホッと安心でき、各隊の報告の中で食料と思えるものに絞って行動することに決めた。

そこで、「私も一緒に同行するから、その場所まで引き返してほしい、陸軍がおることはゲリラの心配は無いと判断して、一気に山を右に下って目的地に着いた。

ニッパハウスが三軒程建っているが、住民は既に逃げてしまっており、見たところ食料が有りそうだったので、中に入ってみると稲穂が一パイに積み込まれていた。

直ちに、「持てるだけ担げ」と命じて早々と引き揚げることにした。

全員で夕刻までに白米にして配分したが、十二分にあったので、皆の笑顔を久し振りに見る事が出来、これで元気になってくれると、心ひそかに嬉しかった。

田中兵長がやってきて「班長本当によかったですね、よくここまで連れて来ていただきました」と笑顔を初めて見せてくれた。

「いや〜これも、みな、君のお陰だよ、助けていただいてありがとう」と礼をいった。

山の冷気も今夜は特に心地好い、満天に輝く星座は美しく、よくぞここまでこれたものと不思議だった。

これから先は、どのように我々の運命が展開してゆくかは判らないが、たえず生き抜くことを考えれば、きっと生きられるという自信がついた。

総員起こしの号令で、隊員の中にはヒョッコリと顔を上げて敬礼する者もいた。

「みんな、元気を取り戻したか、今日は一気に山を下りるが、平地にでると敵機の爆撃と銃撃が心配だ、よく爆音に注意すること、もう一息だから頑張れ」と元気づけて出発した。

出来るだけ無駄なく早く司令部に着きたいので、行き交う陸軍部隊や海軍部隊にバヨンボンを聞いて歩いた。

大体の位置が判ったので、丸裸の平地を歩いたのでは、空襲を避けられないので、少し遠廻りになるが山麓に沿って歩くことにした。

やっとのことで昼過ぎに、目指す司令部に遂に着くことが出来た。

皆の顔に明るさが戻ったのか、海軍軍人のきびきびした動作が見受けられて、私もやっと心持ち搭乗員に戻ることが出来た。

司令部前の広場に整列、点呼した結果、出発時の五〇〇余名の内半数の二五四名で、半数は落伍していた。

「バギオ海軍病院より移動を命じられ、梶山一等飛行兵曹引率して、内地送還患者二五四名、ただ

↑バヨンボンまでの骸骨街道

今到着しました」と甲板士官の中尉に報告した。

「大変であったろう、ご苦労であった。戦局が芳しくないことはよく承知していると思うが、何分にも前線では食料が不足しているので、これを補うために食料作りを海軍は受け持っており、そこで、お前達はこれから農民兵となって、食料の増産に勉めてもらいたい、これより一二㎞山手に入れば、そこに基地があるので、そこの指揮官の指示を受けよ」と申し渡された。

バヨンボン海軍司令部で農民兵を命じられ、六三四空に帰還を申告する

バヨンボン司令部の甲板士官から「農民兵」と申し渡されて目的地に移動した。

司令部を出て、今朝まで苦労して越えてきた、フログ山連峰を前方に見ながら西に向かって進んだ。

歩きながら皆の顔色を伺ってみると、山越えの時と違って顔色が明るく感じられ、よくもあんな山を越えられたものとつくづく思った程、皆を苦しめた山々であった。

元気な足どりで約三時間程で教えられたラトレの海軍部隊に着いた。

皆を整列させて、基地指揮官に到着を報告して指示を仰いだところ、「ご苦労であった、食料作りに励んで頂きたい」と申され、同時にニッパハウスも割り当てられた。

今夜から夜露をしのぐことが出来ると思うと、心の底から安心感が沸き本当に良かったと思われ、皆を私のハウスの前に集め、今後のことについて説明し、注意事項を伝えることにした。

一、農民兵として食糧の増産に励むこと。

二、作業は、ここにきた時見たと思うが、集めた籾をつく者、俵を編む者、運ぶ者、それぞれ分担しており、我々は食糧集めである（落穂拾い）。

三、作業は明日から始める。

四、西の川に決して近づくな、対岸にゲリラが待ち伏せしており狙撃される。

五、一致団結、協力し合うこと。

そして、「今まで通りの組別でやってゆくがそれでよいな、食事は十分とはいえないが、以前よりましと思え、何時の場合でも、山越えの苦しかったことを思い浮かべて、決して不平を言うな、身体の悪い者は申し出よ」と告げて解散した。

いよいよ明日からドンゴロスの袋を持って落穂拾いが始まる。

飛行機乗りが比島の奥地で農民兵、それも農作業ではなく落穂拾いとは、まことに残念なことで、何とかしなければと考えていたが、それでも皆と一緒に落穂拾いに出掛けていた。
四、五日目に敵米機のB‐25爆撃機の編隊が飛んできて、川向うのゲリラに落下傘で物量の投下を始めたのを眺めながら、チョコレートがあるんだろうなと想像して、空を見上げていた。
次はゲリラの通報が届いているだろうから、こちらに爆弾の雨かもしれないと思うと、早くなんとか手を打たねばと心が焦った。

翌日、兵長に司令部にゆくことを告げ、現地の指揮官に司令部行きを許可してもらって一二㎞の道を急いで司令部に向かった。

司令部に着き、司令に逢いたい旨を告げて待っていると、従兵が案内しますと歩き出したので後に続いた。

ジャングルの中を奥へ奥へと歩き、小さな小川を渡るとガジュマルのような大樹の下に、机が四つ、士官が四名座っておられた。

前に進み、不動の姿勢で敬礼して申告した。

「第一機動艦隊第四航空戦隊第六三四航空隊水爆瑞雲隊搭乗員梶山一飛曹、比島沖航空戦にて敵F6Fグラマン戦闘機三機と空戦、一機撃墜しましたが左足負傷、内地送還の途次、リンガエン湾外にて敵P‐38戦闘一二機の攻撃で撃沈され、救助後バギオ海軍病院に移り、その後患者二五四名を引率して司令部に着きましたが、本隊の六三四空は台湾の東港基地と淡水基地におります。帰隊して再度大空でご奉公したいと思いますので、本隊に帰して下さい」と申告した。

「うん、ご苦労でした、よく闘ってくれましたね、水爆瑞雲隊の司令は江村君だね」

「は、江村中佐です」と応えた。

「うん、皆よく戦ってくれました。搭乗員は一月半ばに台湾に引き揚げたが、君も台湾に帰隊出来るようにします」と言葉が返ってきた。

この言葉の瞬間、嬉しさ万感胸に満ちこみ上げてきて、感激で一杯だった。

四人の士官の目が私に注がれており、私も士官の襟章を見てびっくりした。

ベタ金に桜が二つの海軍中将で、よく見ると見覚えのあるアザラシ髭の第三艦隊長官の大川内伝七中将閣下であった。

「長官ありがとうございます。帰隊して江村司令に長官のご無事を報告します」と申し上げ敬礼した。

「元気で帰るように。帰隊すると大変なことだろうが、再び頑張って下さい」と笑顔で申されたので、とてもありがたいお言葉を戴き、何時までも胸に深く焼き付いて残った。

海軍に入籍して、将官の前に出ることは考えられないことであって、大川内伝七中将閣下ともう一人の中将と二名の少将だった。

全くの幸運としか言い様がなく、第四航戦は第三艦隊の所属であったのが、比島戦で第一航艦に編入されたもので、元々の所属の第三艦隊長官にお逢い出来たことは幸運としかいいようがなかった。

司令部の当直士官より、出発の日時については連絡するまで、帰隊して待機するように言われたので、軽い足取りで、また、一二㎞の道を意気揚々と引き返した。

帰隊して、組長の兵長四名を集めて、やっと台湾に帰れることが許されたと告げた。

組長の兵長四人は異口同音に、「班長本当によかったですね、今日、私達が生きておられるのは班長がおられたお陰で、落伍することなくここまでこれたのは、マニラ海病、ナギリアン、バギオ海病そして、一番過酷であった山越えで餓死することなく、よく面倒を見ていただいたお陰でした。どうかご無事に帰って下さい、そして、再び頭上に舞い戻って下さい」と涙を流して喜んでくれた。

「ありがとう、これも、組長の兵長四名が頑張って手助けしてくれたお陰だよ、下士官六名もおりながら、兵を捨てて勝手な行動をして、まったくダラシなく行方不明とは情けない、これからのことは基地指揮官によく頼んでおくが、組長が助け合って生き延びてほしい」と感謝の言葉を交わした。

部屋の中は暗く、それ以上に組長の顔は黒く、その黒い顔に別れの涙が走っており、辛い気持ちで一杯だったが、それでも、私は組長の気持ちが嬉しく、笑顔を作り長い間の礼をいった。

組長を部屋に帰し、横になったが寝つかれなく、色々のことが思い出されて目が冴えた。

瑞雲隊の皆はどうなっているだろう、バギオでお世話になった伊藤兵曹はどうなったであろう、キャビテ海病の柴田艶看護婦さんは無事に日本に帰られたか、永原兵曹は生きているだろうか、小川先任は老齢の為に山越えは無理であったろう、キャビテ病舎で逢った西村衛生上等兵は生き延びただろうか、山越えで落伍した特年兵の後藤一等水平は死んだのか、藤田船員は陸軍に助けられただろうかと、次々と思い出される事は悲しい出来事ばかりの連続であった。

朝食後、点呼を済ませて、皆に説明した。

「いよいよ別れることになるが、戦局は今よりも悪化すると思わねばならない。だが、何時の場合でも、皆で生きることを考えれば生きられるという教訓を、あの山越えで学んだと思う、一人では決して生き残れないことを、我々は体験した。班長は飛行科の搭乗員だったが、皆と生き延びるために、マニラ海病から食糧調達の主計科下士官となってやって来たが、今日やっと元の飛行科に戻れたよ、これも皆のお陰と感謝しており、どんな場合でも生き延びることを考えてほしい、班長は台湾に帰るが、生きることについては皆の方が分が良いかもしれない、私の場合は帰れば特攻隊員になるかもしれない、皆は、どんな苦しいことがあっても、生きて日本に帰る望みを捨てないことだ、長い間一緒にいられたことにお礼を申し上げてお別れにしたい」とお礼の言葉を述べた。

言葉の終わらない内に、皆が集まってきてありがとうございましたと握手してきた。

それから二、三日して司令部からの連絡があったので、基地指揮官に最後の別れの挨拶と、後のことを呉々も宜しくお願いしますと申し上げ、農民兵から解放されて皆に送られてバヨンボン司令部に向かった。

ツゲガラオ海軍航空基地への移動

急いでバヨンボン司令部に行くと、当直士官が私の到着を持っておられた。

当直士官について行き、士官室に入ると航空参謀の※柴勝男大佐（兵五〇期）が待っておられ、「同行の搭乗員は君かね、今日トラックに便乗して機密文書を台湾に運ぶので、夕刻に出発する」と言われた。

トラックに便乗できることは、この上ない程ありがたいと思った。

※編注・柴勝男大佐はこの時期比島にいないので別人と思われますが、原著の記述のままとしました。

ツゲガラオ基地までどのくらいの距離があるのか、どの辺なのか全然判らなかったが、ルソン島の北の端にあることに間違いないと思った。

運転手は、台湾人の軍属で、護衛に小銃を持った三名の兵士がつき、運転席の上屋根に機銃が捉えられていので私は機銃を受け持った。

機銃の引金は冷たい感触を指先に伝え、久し振りに緊張が走った。

司令部周辺の山々の峰が、美しいピンク色に染められる頃にトラックで出発することになり、トラックは、物凄い砂煙を上げて、国道五号線のアパリ街道を北に向かって走り、車の調子は良いように感じられ、幸先も良いように思われた。

昼の暑い頃と違って、夕方はひんやりと涼風を感じられるのだが、トラックで風を切って走るのでとても心地好かった。

トラックのエンジン音が四囲の山に谺して、ゲリラに知らせているようなものだったので、厳重に注意して山の稜線に照準を合わしていた。

バガバックの町が過ぎると、谷が深くなって道路に迫り、全神経をゲリラの攻撃に向けていた。

トラックのスピードが落ちて、坂を下りはじめると、視界が急に開けカガヤン河の河原にでた。

陸軍のトラックが一〇数台順番待ちをしているようであった。

前方を見ると、陸軍の兵隊が河岸に群がっていたので近寄って様子を見にいったところ、昼間の爆撃が橋で落とされており、架橋について陸軍が検討しているところで、架橋については今晩中かかるとの事だったので、その状況を柴 航空参謀に報告した。

「うん、よくわかった、架橋は今夜中かかるだろう、ここで待っていても仕方がないから、司令部に引き返そう」と言われて、運転手に司令部に行くように命じられた。

折角ここまで走って来たのに引き返すのはとても残念だったが、ここでの野営は食糧もなく、夜が明けたら爆撃も覚悟しなければならないので、引き返したほうが良かったとも思われた。

その夜は、衛兵伍長室でお世話になって休んだ。

翌日は、夕方まで用もないので、樹下でのんびり昼寝ときめこんで、身体の休養に務めた。

今までは、一日としてのんびりしたことはなく、頭の中はたえず班員の飯の調達とゲリラの事ばかりで、気持ちの休まる事はなかった。

明日からの柴航空参謀との同行も決して楽とは思えないが、少しは楽であるような気もした。

夕方になったので、昨日と同じように砂煙をあげて司令部を出発、カガヤン河の河岸に着いた。どこで集められたのか、ドラム缶がロープにしばられて、トラック一台が通れるような幅に架橋されており、やれやれこれで渡れると思い、陸軍に「宜しく」とお願いしたら「海軍は後回し、陸軍の糧抹輸送車を先に渡す」と言われ、仕方なく順番の来るのを待つことにした。

夕闇が迫るころ、一〇数台の車の後に続いて渡河することが出来たので嬉しかった。

やれやれ、これで走れる、河原のゴロゴロ石の道路を徐行しながら走り、普通の道路に達した。

運転手は車から下りて、各部を点検して異常のないことを確かめて座席に戻り、参謀に報告を告げたので、「梶山兵曹ゲリラに注意せよ、それでは出発しよう」と言われた声を耳にして緊張した。

道路は登り坂になるのでスピードが落ちる、この時が一番ゲリラに狙われやすく危険なので左右の陵線に照準を合わせながら、攻撃に備えていた。

あたり一面が暗くなって、ほとんど視界がなくなる直前に、前方から手を挙げながら陸軍兵二名が車を止めたので、何事かと思い車は止まった。

「どうしたんだ」と車上から聞くと、「全員ゲリラに殺られ、糧抹車は頓挫したので連絡してほしい」と応答があったが、「うん、わかった、助けたいが医薬品も無いので、このまま走って次の陸軍部隊に連絡するから、君達は河に戻って連絡報告せよ」と指示した。

このやりとりを聞いておられた柴参謀は「梶山兵曹、それで良かった、車を発車させるから、十分な警戒を頼む、運転手、燈火無しで走れ」と命じておられるのが聞こえた。

機銃を握りながら、陸軍の車より先に渡っていたら、我々が殺られていたと思うとゾッとしたが、運不運はどこで、どのようになるのか紙一重の差といわれるが、神仏に感謝せずにはおられなかった。

しばらく走ると、陸軍のかく挫している車の横を通ったが、どの車も一人として生きている兵は見かけられず、胸の内で合掌しつつ通過した。

山から山へ、登ったり下りたりとオリオン峠を灯火無しで、道路の轍の跡の白さを見つめて、必死に運転しているハンドルさばきに感心しながら、機銃をしっかりと握りしめていた。

二本のタイヤの跡に車輪を乗せて、トラックは一気に峠を越えて平地に辿り着いた。

コンドルという町に着いたが、既にゲリラによって放火されたのであろうか、満足な家は一軒も無く、まだ襲われて時間が過ぎておらず、白い煙が立ち上っていた。

教会も壊されており、闇夜に白い十字架が斜めに倒されているのが、とても印象的だった。

柴参謀が「梶山兵曹、ここは駄目だ、まだ付近にゲリラがいるかもしれないから出発しよう」と言われたので直ぐ出発することにした。

トラックは順調に走り続けているが、闇夜の中を走り続けることは、神経ばかり使って疲労が倍になるので閉口した。

夜が明ける前に、サンチャゴの町に着き、五号線からそれてエチャゲに行くことにした。

エチャゲ航空基地に到着したが、一面に背丈位に伸びた草原で、飛行機らしきものは見付からず、陸軍の兵隊の姿も見受けられなかった。

「ここは駄目だな」と柴参謀の独り言を聞いて、私は「参謀、次の目的地に向かいましょう」と声を掛けて、運転手にサンチャゴの町を過ぎた辺りで、車の遮蔽出来るようなところで、夜まで休息するからと指示して、サンチャゴの町に引き返した。

夜まで休息することにして、食糧は司令部で作ってくれたニギリ飯を、六人で分配して食べたが、これから先、どれだけ行けば目的の飛行基地に着けるのか、参謀も他の者も誰も知らない心細い北比行だった。

運転手に燃料は大丈夫かと尋ねたら、残量は乏しいとのことであったので、やがて車は捨てなければならなくなるであろうと思われた。

バヨンボン司令部で、一日ゆっくりと休養が出来たので、今夜の行動は楽なように思われ、国道五号線を北へ北へと走る。

北に来るほど、のんびりしているように感じられ、警戒心も薄いように思われた。

我々も無理をせずに走り、昨晩のゲリラの事もあったが、いまは解放された気分で、明け方近くにある町に入った。

すっかり夜が明けると、緑の平野でなだらかな丘が続き、とても美しいイラガンという牧歌的な平和そのものの町であった。

比島に来て、眼前にこのような風景を見たことはなく、気分がとても壮快で生きている実感が湧いて来るようだった。

この町で、遂にトラックと別れる時が来た。

柴航空参謀は運転手に感謝の言葉を述べられ、三人の警備兵には、機密書類を警備隊に届けてバヨンボンの司令部に引き返すように指示されていた。

後で私は軍票を持っていたので、少しだったがお礼を述べてから差し上げて労をねぎらった。

とにかく、日米双方から爆撃による被害、破壊も受けてない、美しい綺麗な町を見たことが不思議であった。

このイラガンの町にスペイン系のホテルがあって、身なりの綺麗な外人がたくさん宿泊しており、参謀に従って、このスペイン人経営のホテルに入り、宿泊することになった。

海軍に入って、戦地で外国人経営のホテルに、航空参謀の大佐と宿泊できるとは意外であった。

呉空を飛び立って以来、久し振りに家らしいところに泊まることができ、ベッドで寝れる事はありがたいし、シャワーも浴びる事が出来て、生きている証の喜びで一杯だった。

すっきりした身体になり部屋で休んでいると、柴参謀が入ってこられ「梶山兵曹色々とご苦労でした、実は相談だがこのまま夜だけ歩いていたのでは、何時になれば目的地に着くのか判らない、昼も歩きたいのだがどうだろうか」と話されたので、「昼間の歩行は危険です、ここに泊まっていることも、ゲリラに通報されていると覚悟しなければなりません、用心することが大切と私は思いますが」と返事した。

柴参謀は「君の言うことは、私も良く承知しているんだが、早く航空本部に帰って、比島の状況を報告しないと、今後の作戦に齟齬を来たすことになるんだよ」とおっしゃられた。

そこで私は「でも、軍服での昼間の歩行はとても危険ですから、軍服を脱いで頂けますか、比島人の服を何とか手にいれます」と答えた。

「うん、それが良いだろうな、良いことに気がついてくれた、宜しく頼む」とおっしゃられた。

どうして服を手にいれるか色々と思案した結果、ホテルのボーイを呼んでそれとなく話してみたら、オッケーしてくれたので待つことにした。

それで二、三日滞在が延びたので、その間に飛行靴がポッカリと口を空けていたので、町をうろついて靴の修理屋を探した。

とても、綺麗な美しい静かな町で、通る比島人にもやさしい眼差しが感じられ、私も笑顔で頭を下げて挨拶を交わしながら、美しい町を散歩したが、どの町に行っても教会の建物が一番大きく、このイラガンの町の教会は実に立派で大きく、白さが際立っており強い印象を受けた。

靴の修理の出来る日は日曜日だったので、靴修理の少年が教会に行くまでに、取りに行かねばならないので、早い目に出掛けて行き、少年の家に着いた時には、ちょうど教会の鐘が「ガァンガァン」と鳴っており、その音色がとても感じ良く耳に入って、外国に来ているんだなあと印象づけられた。

少年の家に着き少年を見て驚いた、毎日裸足なのに、教会に行く時は綺麗な服に着替えて、髪をポマードで整髪、靴を履いて片手にバイブルを持って、教会に行くのが私には不思議に思われた。

少年から靴を受け取って、靴の破れを調べたが、まあまあの出来具合で、これで当分の間履けると思われ、修理代とチップを支払って少年と別れた。

三日目にボーイが、紺色の半袖、半ズボンに麦藁帽子の二人分を用意して持ってきた。

柴参謀から預かっていた軍票で代金と謝礼を渡して、ついでにフォークとナイフの用意も頼んだところ、銀製で二人分を用意してくれた。

ここではまだ軍票が通用するので、どうせ持って帰ることも出来ないので、この件に関しての口止めの意味も篭めて、追加して謝礼してやると非常に喜んでくれた。

早速、柴航空参謀の部屋に行き、「参謀、服の用意が出来ました。これで出発出来ます」と報告、「いやぁ、ご苦労です、いよいよフィリッピン人だな、よく調達できたね、明日出発しよう」とおっしゃられたが、出発でも別段これという準備もなかったので、時間の来るまでベットに横たわり、これからのことを考えていた。

ホテルを出る時は軍服で出て、町外れの憲兵隊に立ち寄り、理由を言って着替えすることにした。陸軍にお礼申して憲兵隊を出てアパリ街道を歩きはじめた。

これまで、比島の山々を病魔と飢餓地獄と闘いながら、苦労して歩いたことが思い出されたが、そのことを思うと平地を歩くことは非常に楽であった。

参謀の軍服と私の防暑服を布に包んで腰に巻き、山越え当時から持っている杖を片手に持ち、暑い日照りの中を交わす言葉もなく、柴航空参謀の後をビッコを引きながら歩いた。

歩行中は、敵機に注意し、現地民に出来るだけ逢わないように気を使った。

日が経ちお互いに疲れてくると、参謀は「梶山兵曹、君にこれをやる」とおっしゃられて、重そうなものから私に払い下げられ、私の荷物は増える一方で、捨てるわけにもゆかず、増える荷物で閉口した。

歩行中の食事の用意も私の仕事であった。

「梶山兵曹、腹がへったなあ」と言われると、参謀を樹下に待たせて食糧の調達に出向いた。

「参謀、この場所から離れないでくださいよ」と告げると、「早く帰ってきて下さい」と返事の声を耳にして、現地民のいそうなジャングル奥深く入って行き、不安と危険を承知しながら奥へと足を踏みいれた。

現地民を見つけては、日本語と英語、タガロク語のチャンポンで話して食糧を手に入れた。勿論、参謀からの払い下げ品との物々交換である。

食糧が手に入ると急いでジャングルを出て、元の場所に戻って来ると樹下で参謀が笑顔で手招いて、「ここだ、見つかりましたか、それはご苦労でした」とおっしゃられるのが、日課となっていた。

ある時、水を探しに出かけニッパハウスを発見、用心しながら恐る恐る近寄って覗いてみると、部屋中に陸軍の兵隊がよこたわっており、「私は海軍の搭乗員だがどうしたんだ」と声を掛けると、軍曹が力なく上半身を起こしてこちらを見た。

元気な時は、鬼軍曹と言われていたのであろうが、今は声にも力なく「海軍さんですか、水がほしいのですが汲んでいただけませんか」と必死の哀願に驚いた。

「外の井戸水で良いのか」と聞いてみると頷いたので、水筒に水を入れて渡してやると一息に飲んで、そのまま静かに横に仆れ、息絶えてしまい末期の水になってしまった。

比島で、末期の水を取ったのはこれで二人目だった。

悲しい思いに胸が一杯になり、両手を会わして合掌、その場を離れたが、恐らく傷病兵で置き去りにされたのであろうと思うと、戦争の酷たらしさを目撃して心が滅入ってしまった。

また、ジャングルに入って食う物を探していたら、ガサと音がしたのでゲリラかと身を伏せて様子をうかがったら、なんと二mに達するトカゲが頭を持ち上げてこちらを見ていたので、杖を握り締めて、叩きのめそうと追いかけたが、ビッコの足ではおいつけず、ジャングルの奥深くに逃げてしまった。

あるときは、頭の上でキャッと叫び声がしたので見上げると、なんと一〇〇匹以上の野猿がじっと私を見下ろしていた。

「石見重太郎の狒退治《ひひ》」ではないが、この野猿相手では勝てる見込みがなく、その場から上を見ることなく立ち去ったことがあった。

色々なことに出合いながら、得がたい体験のできたことは良かったと思われた。

夜と違って昼間の行軍は楽で、見通しもできて判断の誤りもなく、適確に処置できるので良かった。

毎日どれだけ歩けばよいのか、見当もつかなかったが、北に向かって歩いていることに間違いはなかった。

オリオン峠以南であれば、陸軍部隊の移動に出合うことが多く、情報を聞き出す事もできたが、また、たまに海軍部隊に出合うことがあれば懐かしさの余り話し合うこともあった。

それが、オリオン峠を越え、エチアゲも過ぎてこの付近に来ると、ゲリラの攻撃もほとんどなく敵機の銃撃以外は平和であった。

航空参謀と飛行機乗り、二人の北比行は何時果てるともなく続いていた。

私は負傷のビッコの足を引きずって歩くと、柴航空参謀が「梶山兵曹！　足音が高い、敵機の爆音が聞こえん」と叱られ、離れて歩くと心配なのか「梶山兵曹！　早くついてこい」と言われながら、アパリ街道を北を目指して歩く毎日であった。

北に向かうほどに、我が陸軍の支配力が及んでいるためか、昼も夜も比較的安心して歩けたのでとても助かった。

三月末の夜半、ツゲガラオ基地が近くなって来たのではと、肌で感じられるようなころ、あちこちが明るく、電飾されているように輝いており、クリスマスツリーのイルミネイションに迎えられ、こんなに電気をつけていて、敵の夜間爆撃に大丈夫かと思い陸軍さんに問うと、樹にホタルがとまって光りを放っている光景だと、話を聞いてびっくりしりした。

闇夜の中を歩き、薄ぼんやりと夜霧の中をすかしてみると、兵の動きらしいのが見受けられ、声を掛けて尋ねてみると、あの橋を渡るとツゲガラオの町の入口と返事がかえってきた。

やれやれ、昭和二〇年三月二八日の夜、やっとツゲガラオ基地に辿り着く事が出来、嬉しさと疲労がいっぺんにこみ上げてきた。

海軍の飛行基地を尋ねて滑走路に向かうと、闇夜の中で人が動ごいているので「六三四空の者はおらんか」と声を張り上げると「六三四空の整備員です」と返事が返ってきて、同時に回りを多くの兵隊に取り囲まれた。

「私は梶山一飛曹だが、搭乗員はどうしたか」と尋ねると、「一月一五日頃に台湾に引き揚げました」

「では、お前達はどうして残っているのか」とただすと、「マークなしは帰れませんでした」と弱い声で返事があったので、ちょっと可愛そうであった。

「士官は誰もいないのか」と聞くと、「斎藤軍医長がおられます」と答えて案内してくれた。

「斎藤軍医長、只今到着しました」と笑顔を向けると「おう、今、到着とのことだが、別府海軍病院に帰ったのではなかったのか」と言われたので、「別府海病に送還の途次、リンガエン湾外で沈められ、バギオ海病から山越えで、たった今ここに着きました」と答えた。

「それは大変だったろう、よく無事で到着できたね、無事を祝って乾盃だが酒がないのでコーヒーシロップで我慢しろ、よかったよかった」と言われ祝福していただいた。

折角ここまで来たのだから、本隊の台湾に帰らねばならないと話し合っていると、飛行場の方角で爆音がしたので、救出の飛行機が基地に到着していたのかと、口惜しかったが後の祭りであった。

この、三月二八日の救出機で比政府ラウレル大統領一行が脱出されたのであった。

また、航空参謀の柴勝男大佐も軍服に着替えられて無事に脱出されたと知った。

もう、間に合わないので、斎藤軍医長と雑談を交わしながら、隊の様子を色々と聞いたが、ほとんどの搭乗員は戦死で、全滅の状態であったこと、台湾の東港基地で再建されるので、一月一三日に江村司令以下生存搭乗員と整備員の若干名が引き揚げていったと説明していただいた。

引き揚げて行く者はよいが、残された者はその後、全員ツゲガラオ基地防衛隊に編入された。

大体のことがわかったので、次の救出便までお世話になりますと軍医長に頼み、それからの日々は医務科の防空壕で休むことも多かった。

毎日、毎晩の如く敵機の空襲もあって、この防空壕で爆撃を避け、爆撃の合間に整備科、通信科に行き雑談を交わす日々であった。

このツゲガラオ基地でも食料は不足しており、全員空き腹を抱えて基地の整備を続けており、ここが我が海軍唯一の比島における航空基地だった。

腹が減っては戦が出来ないので、毎日食料を求めて買出しを続けるとともに、簡単に手にはいったピーナツ豆を、多いときは一升程食ったこともあった。

また、軍需倉庫が爆撃された事を聞き、真っ黒焦げになった貝の缶詰めを拾って食べたが、とても美味しかった。

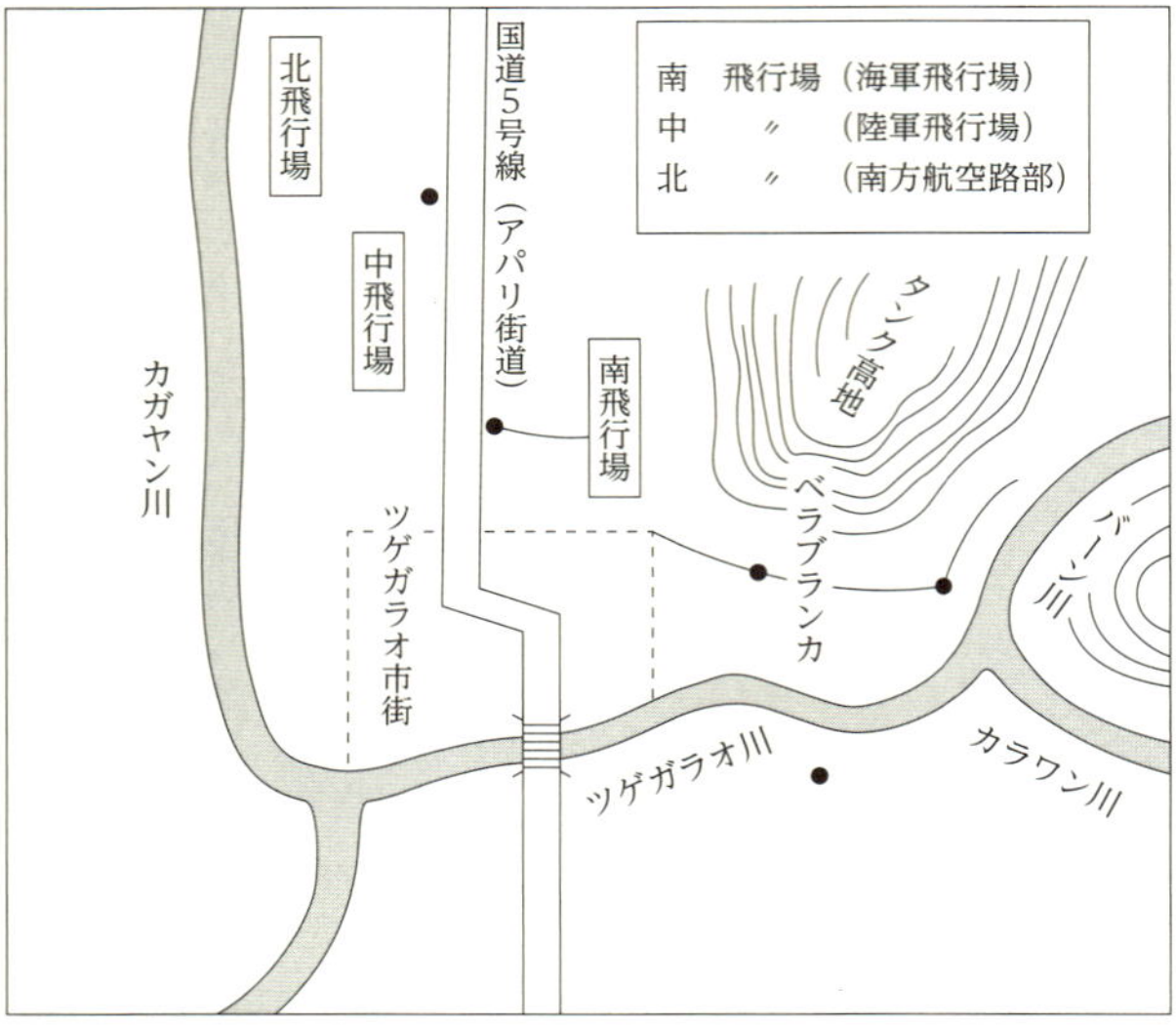

↑ツゲガラオの基地

第六章　ツゲガラオ海軍航空基地残留隊員の健闘

ツゲガラオ海軍航空基地防衛隊

ツゲガラオはカガヤン州の州都で、マニラから約五〇〇㎞近く離れており、バシー海峡を経て台湾を望む北端の町アバリまで一〇〇㎞手前に位置していた。

カガヤン河が大きく湾曲して、ツゲガラオ海軍航空基地を包むように流れていた。

北部ルソンで我が軍の航空基地として、確保していたのはこの基地だけであった。

昭和二〇年一月八日、第一航空艦隊再建のために、台湾に転進せよの命令が出て、ルソン島の海軍航空隊の基幹隊員は、ツゲガラオ基地をめざして急拠移動の北進を開始した。

既に、この日、敵の機動部隊はリンガエン湾一帯に艦砲射撃を開始し、九日に上陸して早くも一三日には飛行基地を使用し、航空機の援護によってマニラに向かって進撃を開始した。

マニラ北方のクラーク海軍航空基地では、残留の基地基幹要員はクラーク防衛隊を編制、敵のマニラへの進撃を食い止めるために陸軍と協力して闘っていた。

また、マニラ市内の防衛に当たっていた、海軍陸戦隊指揮官岩渕少将は陸軍と協同して、マニラ防衛隊を組織し、敵のマニラ突入を頑強に阻止、ビルを利用しての市街戦を続けていた。

この頃、ツゲガラオ海軍航空基地には、一ヵ月を要して集まった各航空基地の基幹要員は、台湾に脱出の出来なかった航空要員は軍人軍属を含めて八〇〇名に達し、余儀なく残留していた。

それまでは、基地員六〇名程と台湾転出組を合わせて約三〇〇名だったが、敵に追われて逃れてくる海軍関係者を加えると八〇〇名を越えることになると思われ、食料の不足は避けられないことと、その食料の確保はとても困難となっていた。

ツゲガラオの西方カガヤン河の対岸は、穀倉地帯の宝庫であったが、米比ゲリラ部隊が一〇〇〇名近く占拠しており、これに近づくことは出来なかった。

昼夜を問わず敵の爆撃が続くなかで、基地防衛部隊は飛行場の守備に当たっており、三月末の比政府ラウレル大統領一行の脱出が、最後の救出機のように思われていた。

戦局は、カガヤン河谷への米軍進入を阻んでいた陸軍の防衛陣地も、日を追って随所で崩れだして北部への後退が目立ちはじめた。

これに呼応して敵の部下傘部隊のツゲガラオ降下が考えられるので、ツゲガラオ海軍防衛隊の食料補給基地と撤退地も考慮しなければならないような事態になることを考えねばならなくなった。

結局は東か東北方向の山奥深いジャングルに退却を余儀なくされることを考えて、奥地の探索が行なわれ、程なく順次撤退していった。

その後、北進を続けていた米軍は六月二一日、アパリに空挺部隊を降下させツゲガラオ海軍防衛隊の避退地サンホセ盆地の入口バガオを占領し、戦局は終わりに近づいていた。

八月に入ると今までの砲声も止み、戦争が終結したことが判り、九月中頃武装解除に応じて米軍に降伏した。

この降伏に至るまで、主計長高塚俊彦海軍大尉は（短現一〇期）部下をよく守られ、一名の餓死者も出さずに食料の確保に尽くされた。

また、復員にあたっては、隊員の名簿を背中に張り付けて、米軍の検閲を逃れて持ち帰られ、帰港の際に提出された。

また、六三四空の歩行班を指揮してこのツゲガラオ基地に到着され、基地指揮官として先頭に立っておられたのは、海軍機関学校出身の菊地大尉で、副指揮官は高塚主計大尉だった。

台湾東港基地の六三四空本隊の江村司令から再三再四帰隊せよと連絡があったが、菊地大尉は「このような悲惨、苛酷な中で、多くの部下を残して自分だけ帰ることが出来るだろうか」と、帰隊を再三にわたって拒否されていた。

降伏時はマラリヤに痢病されていたため、マニラ移送中に惜しくも病死された。

第一航空艦隊の再編により、台湾への救出基地がこのツゲガラオ航空基地であった。

この基地から脱出のおり、「我を先に返せ」と救出機に乗り込もうとした、先陣争いの浅ましい醜い騒然とした場面があったことを思うと、この菊地大尉は実に立派な海軍士官であった。

このような場面は、キャビテ航空基地最後の空輸時に、第二航空艦隊の司令部高官にも、このような浅ましい醜い事実があったことを、多くの基地員は目撃していた。

ツゲガラオ海軍航空基地防衛隊指揮官菊地大尉と主計長高塚大尉の卓越した連繫のもと、基地隊員は困難苛酷な条件下だったが、その任務を終戦まで立派に果たすことが出来たのである。

ツゲガラオ海軍航空基地での日々

基地の生活

三月二八日の夜に、ツゲガラオ基地に到着した。

斎藤軍医長と再会の乾杯と歓談をしている時に、比政府ラウレル大統領が無事に比島から脱出され、その飛行機に搭乗できずに、次便の救出機まで待機することになった。

基地から一二㎞離れたベラブランカ村（我々はベニヤブランカ村と言っていた）で生活が始まった。

救出機の到着日が入電すると、夕方から基地に向かって整備員が移動、基地に到着すると直ちに爆撃で穴の空いた滑走路の修復に取り掛かり、救出機の到着までに滑走路の完成や基地周辺の警備についていた。

深夜に飛来する救出機が無事に着陸したら、搭載してきた物資を総員で降ろし、僅か一〇分位で離陸して行くのだった。

基地を取り囲むように流れるカガヤン河の対岸で、ゲリラによって一斉に火を燃やされて、敵の夜間戦闘機に通報され、離着陸態勢に入った救出機が狙われて撃墜される場合を防ぐために、敵の夜間戦闘機の来るまでに飛び上がり、ゆっくりと着陸している時間の余裕はなかった。

救出機の入電が入るまではすることもなく、毎日の敵の空襲と空き腹に耐えているだけだった。

搭乗員は私だけだったので、主に医務科の防空壕で起居していたが、毎日することもなく整備科、通信科の防空壕を尋ねて、世間話に日を送っていた。

食事は、何処に行っても海軍の食事は決っていたのか、朝は粥食で昼食は無く、夕食はニギリ飯だったが、それでも七〇〇カロリーは終戦まで維持されており、陸軍は三〇〇カロリー以下だったと、その当時聞き覚えていた。

カガヤン平野に出るまでの、山での飢餓生活を思うとき、決して苦情は言えないのだが、人間は勝手なもので、環境によって腹が空いてくることには、耐えられないのかもしれない。

日々、空き腹をかかえて考えることは、早く救出機が飛んで来てくれ、台湾の瑞雲隊本隊の基地に帰ることだけが望みだったが、三月二八日の救出機が最後だと聞こえてきたときは、とても淋しい気持ちで落胆した。

でも、せっかくここまで生きてきたのだから、もう一ぺん飛行機に乗って敵と闘わねば死ねない。それまで健康を保つておくことが先決だったので、食糧の確保に務めることにした。

空襲の合間を縫って、基地の隊内（居住区）をくまなく歩いて、様子を知っておくことも大切だったので、士官室、烹炊所、通信所、各科の防空壕等の所在を確かめ頭にいれた。

内地の基地であれば、総員起こしにつづいて、毎日の日課訓練は予定表通り行なわれるところだが、毎日の日課は、これというものもなく、救出機を無事に着陸させ、無事に帰すことであって、迫ってくる敵の進撃に対戦するための食糧調達であった。

ベラブランカ村の小高い禿げ山の頂上には、空襲を知らす監視所があって、監視兵が一人見張りについており、敵機を発見すると吊るしてある石油缶を打ち鳴らして、隊員に避退を告げるのであったが、その足元に一人用のタコ壷が掘られてあった。

敵の爆撃は昼夜の別なく行なわれていたが、その合間を縫っての食糧探しは大変であった。

軍需部の倉庫が爆撃されて燃えているという情報が入ると、整備員を連れて爆撃跡から食糧らしきものを探して手に入れたり、タバコの葉を担ぎ現地民の集落を尋ねてピーナッツと交換したりしていた。

また、落下傘爆撃が終わると、一時間〜二時間たってから不発弾の落下傘を拾うことに務めた。運悪く拾う時に時限装置が働いて爆発、惜しくも爆死する者もあったようだが、私等はそのような事もなく無事に回収出来、敵さんのプレゼントの落下傘を米と交換に現地民を尋ねて交渉した。

最初の内は交換に応じてくれたが、次第に「アメリカン、パラシュート、ノゥーグウ、オール、スフ、ジャパン、パラシュート、ベリーグウー、オール、シルク」と言って拒否されるようになった。

カガヤン河岸の近くで椰子を切り倒して、上部から二m位を切り取って茹で、「椰子筍」だと言って仲良く食い、食べられる物は何でも食べることにしていた。

ある日、一人で食糧探しにベラブランカ村から北に向かって歩き、カラオ村方面の現地民の集落に着いたが、危険を危惧しながら笑顔で村の人々に接して、片言で話してみたら敵意が感じられずに安心した。

ある一軒の藁ぶきの家に入ってゆくと、少年が葉っぱをのせて寝ており、どうしたのかと聞くと、「アタマ、イタイヨ」と答えたので、頭に手を乗せてみると熱があって熱かった。

そばに付き添っている両親に、「ジァパン、ネービィー、ドクトル、ツモロウ、カンバック、マラリヤ、キニーネ、ギブ、ユー」と話して別れた。

帰隊して、斎藤軍医長に話してマラリヤの予防薬キニーネ二粒を貰い、聴診器を借りて少年の家に向かった。

少年の家に行くと、まだ熱は高くウンウン唸って寝ておったので、そばに付いている母親に薬を見せて「ジャパン、マラリヤ、キニーネ」と話し、先に一粒を私の口に入れて見せて安心させ、つづいて少年の口に入れてやり、聴診器を胸に当てて診察してやると、安心した様子であった。

じっと私の顔を見ていた少年は、少し笑顔を作って微笑んでくれたのが、私には嬉しかった。

翌日同じように尋ねてみると、少年は元気になっており、大きな声で家族を呼んで私を迎え入れてくれたが、ちょうどこの時にグラマン機の空襲があって、低空でグラマンが旋回しており、現地民は私に家を出てはいけないと合図したので家にとどまっていると、村の住民は皆家の外に出て、グラマン機に向かって味方識別信号の手を振っていた。

上空のグラマンはそれを見届けて去っていった。

やれやれと思っていると、家族が帰ってきて食事でお礼の歓迎をしてくれ、和気藹々の一時を送ることが出来た。

だが、どんなに親しくなっても、長居は危険と心掛けていたので、しばらくは話しをして「ツモロウ、カンバック」と言って、握手して別れた。

彼等の心の中には、関係のない戦争に巻き込まれ、平和であった村の生活が破壊され、その上に大きな犠牲を強いられたことで、決して快くは思っていないのは当然である。

海軍は現地民には出来るだけ迷惑にならないようにし、ほしい物がある場合は必ず現地民が納得する物々交換で対処しており、決して横暴な威圧的な態度は取らなかったことが、終戦間際でも食糧の調達に良い結果をもたらしていたことが、ツゲガラオ基地防衛隊の高塚主計長の食糧確保が実証していると思われる。

このツゲガラオ海軍基地に一ヵ月余り滞在していたが、比島戦六ヵ月を色々と考察、反省して、今後どうして行くべきかを、空腹を抱えながら空へ帰れる希望も持てない状況下で、考える機会に恵まれたことに感謝していた。

ルソン島脱出計画

ツゲガラオ航空基地に対して、米軍の空襲は毎日のように続き、基地の建物は完全に破壊されており、滑走路は穴だらけで、普通では使用不可能だった。

三月二八日、比島政府ラウレル大統領一行が比島を脱出されて以降、夜が明けると米軍機の空襲があって、落下傘爆弾の時限爆弾を投下し、我が軍の行動を制約するようになり、昼間は、ほとんど行動を制約されるので、じっと防空壕で過ごすか、近くのジャングルに潜むしか仕方なかった。

この頃になると、敵の落下傘部隊の降下が心配されるようになり、いよいよ切迫してきたような空気が、肌に感じられるように覚えられた。

このような日々を送っていた時に、石川一飛曹という零戦搭乗員（丙飛出身）が私を尋ねてきた。話を聞いてみると、零戦でリンガエンの敵艦船を攻撃の際に被弾、落下傘降下して陸軍部隊に救出してもらい、やっとの思いでこの基地に辿り着いたと話されたので、同じような運命だったので、一緒に行動する事になった。

二人でいると心丈夫で、話題に欠くこともない毎日が楽しかった。

しかし、二人の思いは比島から救出してもらい、また仲間達と一緒に大空を飛ぶことで、決して死を怖れての事ではなく、救出機が来なければこのまま、基地防衛隊の諸君と行動を共にしなければばならない。何としても台湾の本隊に帰りたい、気持ちを押さえることは出来なかった。

そこで、戦闘機の石川兵曹にこれまで考えていた計画を打ち明ける事にした。

計画は、
（一）たくさん自生している孟綜竹で筏を組んで、筏の中央部分に帆柱を建て、帆柱からロープで支線を四隅にとって帆柱を支える。
（二）竹で水筒を多くさん作って真水を貯えておき、筏の中央部分に積んでおく。
（三）地図は無いが、コンパス（羅針儀）は既に飛行場から拾って用意してある。
（四）洋上は夜は温度が下がり寒いので、服を作らねばならないが、落下傘バンドの背当ての部分を基地から拾い集めてあるので、これで服を作る。糸の代用にバナナの繊維で縫う事にした。
（五）魚を釣る釣り針も用意してある。
（六）食糧（米、トウモロコシ、その他）の準備も少しずつ貯えてきた。
（七）脱出の場所は、アパリから東海岸に出て、孟宗竹のあるところで筏作りをして、天候を見定めてから洋上に出て黒潮に乗る予定。
以上の計画を説明すると、「是非とも一緒にやりたい面白い冒険が出来そうだ」と賛成してくれた。

それからは、医務科の防空壕で、楽しい洋上突破の夢を語りながら、不慣れな手付きでシャツと服作りに精だす毎日であった。

その内に、斎藤軍医長に見つかり「何を作っているのかね」と聞かれ、比島脱出計画を話すと「何と奇抜な事をよく考えるんだね、その内に救出機が来るだろうから、気長に待ってみてはどうかね」と言われた。

来る日も来る日も空腹をかかえ、敵の爆撃機を見上げている、空しい口惜しさは誰にも分かって貰えないであろう。

とにかく、脱出に必要なものを取り揃え、何時でも決行できる状態を作っておくことにした。

食料の備蓄も少量だったが増えてゆき、補助食品も増えてゆくのが楽しみで、二人で積極に精出していたが、直ぐとはゆかない周囲の現状だった。

ただ、実行を早くしないと、いつ何時敵の落下傘部隊の降下があるかもしれず、すべて運を天に任すより仕方が無かった。

そこで、毎日の敵の空襲をよく観察していると、いつものやり方と違った空襲であれば、落下傘部隊の降下間違いなしと判定出来る。

普通であれば、淡い夢は実現出来そうに思われないが、やってみなければ結果は出ないから、やるより仕方が無かった。

明日の大空に羽ばたくために、夢を捨ててはならない、今日も明日も頑張ることだった。

山でコックリさん

昭和二〇年四月といえば、内地では桜の花見どきで、祖国日本の山野は美しく彩られていることであろうと思い出していた。

小学生の頃、私の町では四月一五日は春事といって、どの家庭でもおすし弁当をこしらえて、近くの花見の名所に出かけて、家族揃って花見の宴を開いたものであった。

この日は、母は朝早くから起きて、この弁当作りをされて、私達が起きるのを待っておられ、私の役目はゴザかムシロを持って、一番良く咲いている花の下に陣取ることであった。

それが、このまま比島に置き去りにされてしまうかと思うと、いいようのない淋しさであった。

このままこの地に果てるかも知れないが、出来ることなら桜咲く日本をもう一度見て見たいと、空を眺めながら、感傷的になっていたのも、この四月のツゲガラオ基地であった。

そこで、出撃前に呉基地でコックリさんにお願いしたことを思い出し、そうだ、ここでやってみようと思った。

しかし油揚げが無いので、コックリさんに来て頂けるか判らないので弱っていた。色々と思いを巡らして烹炊所に行くと、上手い具合に士官の夕食の副食が、テンプラだったので、これ幸いと銀蝿に及んだが、これが後で基地指揮官と揉めるタネになろうとは夢にも思わなかった。

夜の更けるのを待って、裏の小高い丘の監視所の山に上がった。

頂上にポツンとぶらさがっている、空襲を告げる石油缶が月光に照らされて、空の星に負けるもんかと鈍い光りで輝いていた。

その横でお願いの準備を整え、北の空に向かって必至に拝み、来ていただくように祈ったら、間もなく、コックリさんがお越しいただけた。「どちらからお越しいただいたのですか」と、お尋ねすると「九州から来た」と返事された。

伏見・豊川稲荷はよく知っているが九州のお稲荷様は知らなかった。

続いてお尋ねすることにした。

「救出機は来るのか来ないのか」とお聞きすると「来る」と返事をいただいた。

「何時頃来るのでしょうか、四月か五月でしょうか」とお聞きすると「四月に来る」と返事あり、「四月の中頃ですか、末頃ですか」と問うと、「末頃」と返事された。

「末は何日ですか」と尋ねると、「四月二九日から救出開始」と返事あり、余りの嬉しいお言葉に、うやうやしくお礼を申し上げてコックリ様にお帰り頂いた。

満天の星に輝く空を見上げて、お供えのテンプラを頂きながら、涙が出るほどの嬉しさを味わい、お告げを信じなければ、勿体無いと思い山を降りて通信料に向かった。

通信料に入って行くと、ちょうど通信長がおられたので「通信長、四月二九日から輸送開始になりますよ」と申し上げたら「おい、梶山兵曹、担ぐのは止めてくれんか」と笑顔で返事されたが「本当ですよ」と答えて部屋を出た。

翌日、通信料から通信兵が「通信長が呼んでおられます」と連絡に来た。

何事かと思い通信所に行くと、「おい、梶山兵曹、四月二九日より輸送開始の電報が今朝入ったよ、どうして、こんな情報を知っているのかね、不思議だ」と申された。

「いやあ〜ドンピシャリですね、実は昨晩コックリさんにお願いしたのです」と答えると「へえ〜、当たるんだなあ」と驚いておられたが、通信長はともかく、私は事実になったことが一番嬉しかった。

だが、嬉しいことは続かず、銀縄が露見してT大尉からの呼出しがあった。

「士官食を銀縄した搭乗員は貴様か、下士官のくせに士官食を掻っ払うとは何事だ」と怒鳴りまくられ、むっとした私は「なにが士官食だ、下士官も兵も朝は粥の汁をすすり、昼飯は無し、夜は二ギリ飯だけで済ましているのに、テンプラを揚げての士官食とは何事だ」と叫んでしまったから、さあ大変な事になってしまった。

基地指揮官T大尉が「貴様のような奴はブッた切る」と軍刀に手を掛けられ、「なに、切れるものなら切ってみろ」と応答したので、売言葉に買言葉で大荒れとなり大変な騒動になった。

ちょうどこのときに、斎藤軍医長が駆けつけ「梶山兵曹、止めておけ、こっちに来い」と引き留めていただいたので、どうにかこの場は納まった。上位者に向かって逆らったことは、後味の悪い思いであったが、反面、胸のうちがスカッとした気分になれた。

(平成五年の春、佐賀県鹿島町の祐徳稲荷神社に参拝、お礼参りを済ました)

最後の救出機で高雄航空基地に着く

コックリさんのお告げで、救出機の飛来する日は四月二九日だったが、天長節の佳日に迎えの飛行機が来るとは何と幸せな事か、夕暮れの太陽がこのツゲガラオ基地一帯を茜色に染める頃、心は浮き浮きしていた。

私も石川兵曹も基地整備員と一緒に飛行場に向かって一二㎞を歩いた。

日が暮れだすと、滑走路の穴ボコを埋めて、どうにか離着陸出来るように地固めしなければならなかった。

一ｔ爆弾の大きな穴を何ヵ所も埋める、とても大変な作業であったが、真っ暗な中で真っ黒な痩せた蟻のような兵隊が、力を振り絞っての五時間、六時間かかって一本の滑走路を修復する姿は、表現の仕様もない尊い姿は、私の目に焼きついて離れようとはしなかった。

深夜ともなれば気温も下がり、寒さは少し感じられ、北の方角から鈍い爆音が聞こえてくる頃には、滑走路も修復出来て、基地員のざわめきの中に、間に合ってよかったと安堵の笑顔が見受けられた。

着陸オッケーの発光信号を送ると、了解と答えて滑走路に着陸姿勢で進入してきた。

着陸してくる飛行機に目を凝らしてみると、どうやらダグラスＤＣ‐３型（零式輸送機）だった。

せっかくここまで飛んできてくれたのだから、どうか無事に着陸してくれと祈っていたら、案の定着陸したと思ったらオーバーランして滑走路から外れ、アパリ街道脇の樹木にぶっかってやっと停止した。

救出機の搭乗員に怪我は無かったが、飛行機は壊れてしまい、無残にも脱出の夢は破れてしまった。残念だったが、仕方なかった。

二人で力なく消然とまた一二㎞歩いてベラブランカ村に帰った。

せっかくの機会を逃がしたことが残念でならなかったが、滑走路も凸凹の上、着陸灯も無いことて仕方がなく、また、次の救出機を待つ、昨日と同じ暮らしで満足する事にした。

四月も終わり五月になり、特に敵機の攻撃は一段と激しさを増し、基地付近を絨毯爆撃して打撃を与えてきたので、いよいよ基地も放棄されるのではないかと心配していたら、五月四日の夕方近くに救出機派遣と入電があった。

救出機の到着までに滑走路の整備をしておかないと着陸できないので、整備員は慌ただしく飛行場に向かって出発した。

私は石川兵曹と二人で日がとっぷり暮れてから出発した。

一二㎞の間はゲリラの心配はないと言われているが、左右の様子を警戒しつつ基地に向かって急いでいたら、飛行場に近づいた頃どうも爆音らしきものが耳に入ってきた。

いつもの救出の時間は、夜中の零時を過ぎてからなのに、今回は少し早かった事に気づき早く行かないと引き返してしまわれたら大変だと、二人で走れるだけ走り、飛行場に到着する頃、もう上空に救出機は旋回しており、下からの着陸よしの合図を待っている。

整備員からオルジス（発光信号器）を受け取り、トツートト・トツートトの了解を発信したら、救出機は着陸コースに入ってきた。

今度こそ上手く着陸してくれよと、闇夜に微かに機体が見える一式陸攻の真っ黒な機体に手を合わして祈った。

一式陸攻は爆音を轟かして無事に着陸した。

さすがに我が陸攻の搭乗員だと感心していると、搭乗機から降りてこられたのは、侍のような眼光鋭い逞しい飛曹長と上飛曹の二名であった。

一際大きな声で「積んである物資を直ちに降ろせ、救出搭乗員は集まれ」と号令が掛った。

「よし、所属隊名を申告しろ」と言われ、うんうんと聞いておられたが、私に向かって「お前は搭乗員か」と首を傾げられた。

その時の、私の姿は海軍機搭乗員らしからぬ服装で、軍服を着用しておらず、現地民の紺色の半袖半ズボンだったから無理のないところだった。

「よし、搭乗員は乗れ、搭乗したら機銃配置に着き夜戦を警戒しろ、間もなく離陸する」と号令された。

六三四空の整備員が一斉に走り寄ってきて「梶山兵曹、ご無事で帰って下

さい、皆からの餞別です」と小脇に抱えた軍票を差し出したが、私は「ありがとう、気持ちで充分だよ、皆元気で助け合って生きろよ、俺も命があれば飛んで来るから待っておってくれ」と言って救出機の陸攻に搭乗した。

すぐさま、私は上部スポンソンの二〇㎜銃把をしっかり握り、片手を振って整備員に別れの挨拶をすると、皆はちぎれんばかりに手を振っていた。

陸攻は轟音を響かせて滑走した。

滑走路は凸凹なので物凄い振動が伝わってきたが、最後のドスンと地上を蹴っての音で、機体はフワッと浮いた。

機は、白く輝いているカガヤン河に沿って北上、アパリの方向に向かって飛んでいる。

私の目は暗闇の空に散りばめられた星の美しさの中に、敵の夜戦を見逃すまじと探していた。ほどなく海上に出たが、魔のバシー海峡が眼下に横たわっており、この海峡で多くの戦没者が眠っていると思うと、銃把を握りながらしばしば黙祷を捧げた。

警戒しながら闇夜の空とニラメッコして、二〇㎜の引金から指を外さずに、緊張の連続だったが敵の夜戦を墜してやると自信に満ちていた。

救出機は台湾の鵞鑾鼻岬を過ぎ、間もなく我が瑞雲隊基地の東港基地から高雄航空基地だろうと思っていると、基地の外周照明が一瞬に点燈され、滑走路も点燈、次ぎに着陸燈も点燈されて、満艦飾の電飾を見て涙がどっと溢れ出た。

バシー海峡を隔てただけで、こんなに素晴らしい日本の海軍航空基地があるとは信じられない。石川兵曹と手を握りあって、元気で頑張ろうと励ましあった。

機外に出て整列すると、基地の指揮官が「君は搭乗員か」と言われたので、「はい、六三四空搭乗員です、比島沖航空戦で負傷、内地送還の途次、リンガエン湾外にて遭難、バギオを経て山越えで、バヨンボン海軍司令部に着き、大川内司令長官からツゲガラオ基地で救出を受けよと命じられました」と答えた。ジロリと私を見ておられたので「淡水基地に本隊がありますので、軍服と略帽に飛行靴をお願いします」とお願いしたら、「よし、よく分かった、救出された搭乗員はデッキに行き食事せよ」と言われ、案内していただいた（救出された搭乗者は、私と戦闘機の石川兵曹にダグラス機搭乗員四名、斎藤軍医長に重傷患者四名の一一名だった）。

食卓の上に、純白の飯が山盛りに盛られており、味噌汁が湯気をあげているのを目のあたりにして、涙がポロポロと飯と味噌汁の中に落ちた。

こんな白い飯をツゲガラオ基地の兵隊に、いや、比島の全陸海軍の兵隊に食わせてやればと思うと、飯は喉元を通らなかった。

食後シャワーを済まして脱衣所に上がるとお願いした軍服と略帽、飛行靴が用意されていた。

その後、ハンモックで久し振りに寝た。比島の事が思い出されてなかなか眠れなかったが、そのうちウトウトしていると何時の間にか朝になっていた。

指揮所から「新竹航空基地行きの便があるから便乗するものは急げ」と連絡があったので、急いで指揮所に行き、申告して九六式陸攻に便乗した。

朝が早かったので敵のグラマンに遭遇することもなく、無事に新竹航空基地に着陸した。

第七章　台湾の防衛作戦

瑞雲隊の再建なる

比島に進出以来激しい航空戦の中で、六三四空瑞雲隊と偵三〇一飛行機は、ラモン湾、サマール島沖、レイテ島、カモス海、シブヤン海、ミンドロ島、リンガエン湾と果敢な索敵攻撃を実施して、多大な戦果を挙げていたが、我がほうの犠牲も多く次第に消耗して行き、一二月末頃には保有機数機が数えるほどに減少して、とても戦力と言える状態ではなかった。

昭和二〇年一月一日づけで、偵三〇一飛行隊は六三四空に編入されたので、六三四空瑞雲隊と偵三〇一飛行隊が一本となって、六三四空偵察三〇一飛行隊として行動することになった。

これに先駆けて、昭和一九年一二月二五日に、横浜航空基地で偵三〇二飛行隊が編成され、瑞雲一八機で練成訓練を開始、比島で戦っている六三四空の新増援部隊として誕生していた。

所属は八〇一空に属し、飛行隊長は伊藤敦夫少佐（海兵六三期）であった。

第二航空艦隊司令部の解散により、第一航空艦隊を台湾に転進させて新航空兵力の再建が図られ、飛行機を失った搭乗員を台湾に転進の方針が決定、我が六三四空は一月八日付で第一航空艦隊に編入となり、北部ルソンに転進が始まった。

第一航空艦隊の編制

一四一空（陸攻・夜戦）　二二一空（艦戦）　三四一空（艦戦・艦爆）
六三四空（水爆・水偵）　七六三空（陸爆）

一月八日の台湾転進命令で、比島方面の航空作戦は終局の段階を迎え、一月六日敵のリンガエン上陸直後の特別攻撃隊の攻撃で、組織だった航空攻撃は終わり、通常攻撃隊の我が瑞雲隊から山本一飛曹と西山上飛曹の搭乗機が出撃。豪州巡洋艦「オーストラリア」に命中して大戦果を挙げたと考えられ、比島航空戦の最後を第六三四空瑞雲隊の名誉と栄光で飾られた日であった。

その後は、散発的な攻撃が一月末まで続いたに過ぎなかった。

我が六三四空の比島から転進第一陣は、一月六日マニラのニコラス航空基地から一〇二二空の零式輸送機に便乗、無事に比島から脱出でき台湾高雄航空基地に着いた。

その後、同機で内地に向かって新機材補充のために飛んだが、南西諸島上空にて敵のＦ６Ｆグラマン戦闘機の攻撃により、惜しくも便乗の瑞雲搭乗員の分隊士山岸少尉他八名が戦死となった。

その後、比島から転進の第二陣は、一月九日に東港基地に元気で到着、それからは毎日のように、搭乗員始め各科の基地員が到着して、皆無事を喜びあい休養をかねて待機することになった。

一月半ば過ぎに、江村司令と山内隊長も無事に東港基地に帰投され、これで基地員を含む瑞雲隊の転進はほぼ完了したようだった。

東港基地には、六三四空飛行長の辞令を持ったまま、比島キャビテ基地に着任されなかった飛行長の古川少佐が在隊されており、今回の転進で江村司令、山内飛行隊長が東港基地に帰られたことにより、指揮陣はここに顔が揃い、六三四空瑞雲隊の再建が速やかに進められることになった。

この転進までに、第二陣部隊が危険を冒して内地から空輸、新機材の瑞雲は一〇機ほどが東港基地の対岸、林辺村近くの湖岸基地に偽装し、出撃の日を待つ逞しい翼を休めていた。

この基地は新しく設置された基地ではなく、我が六三四空瑞雲隊が捷号作戦の発令によって昭和一九年一〇月に比島進出の際、敵の空襲を避けるために東港基地対岸の林辺村近くの湖岸に、第一陣部隊の瑞雲一六機を係留した思い出の基地であった。

また、続いて比島進出の偵察三〇一飛行機の瑞雲隊も使用、その後の比島キャビテ基地へ補給された瑞雲空輸の際にも、この湖岸基地を利用していた。

しかしながら、わずか二ヵ月半の比島航空戦でこの思い出の基地を、再び踏むことのできなかった搭乗員は約一〇〇名を越え、また、各科の基地隊員のほとんどは比島に残留となり、戦場の非情さを思い知らされた。

それでも、その悲しさを顔に表すことなく明るさを失わずに、基地背面の東シナ海の砂浜で、小豚を追い回して楽しむ元気旺盛な搭乗員達を、温かく見つめる江村司令の笑顔があった。

青い空の下に逞しい瑞雲が健在で、湖岸に翼を休めている姿は頼もしい限りの光景を眺め、基地員の胸のうちは、飛び上がったら十分な活躍をしてくれと祈っていた。

飛行機の整備もよし、搭乗員の編成も終わり、一月末頃より索敵攻撃が始まった。

久方ぶりに聞く心地よいエンジンの唸りは湖面を走り渡り、三機編隊の二小隊、六機が白波をかき分けて滑りだし、一際高く空気を裂くような爆音を残して、一斉に編隊離水を始めた。

いざ、見参、敵空母よ。機首を東に向けて三機が太平洋上に、西に向かって三機が東シナ海の索敵攻撃に飛んで行く。この姿こそ必勝を期した台湾防衛の第一歩であった。

江村司令、古川飛行長、山内飛行隊長はじめ基地隊員は「我が瑞雲隊健在なり」と拳を握ってそれぞれの思いを胸に秘め、これからの戦闘に意欲を燃やしていた。

新竹航空基地で天谷司令と逢う

九六式陸上攻撃機に便乗して高雄航空基地を離陸。搭乗前に機長から「便乗者は見張りをするよう」に申し渡されていたので、側面の機銃スポンソンの脇で九六陸攻搭乗員の邪魔にならないところから見張りをした。

朝の出発が早かったので、敵F6Fグラマン戦闘機の空襲は無いと思われるが、油断は禁物で目を大きく開けて見張りをした。

敵を先に発見することが空戦の第一要件であるが、それがなかなか出来ない。

何時の場合でも私は、第一番に空の彼方に目を注いで見張ることに心掛けていた。

新竹航空基地まで約二五〇㎞を針路一五度の低空で飛び、台南を左に見て台中も過ぎて、飛行時間約一時間で無事に新竹航空基地に着く。

指揮所で淡水基地六三四空に帰隊の途中である旨を告げて隊門に向かった。

初めての新竹航空基地だったので、あちらこちらと隊内を見て廻ったが、度重なる敵の空襲で庁舎も破壊されている隊内の様子には驚いた。

隊員に聞いてみると、空襲は毎日のようにあるとのことだったので、早く隊から出て鉄道の駅に行き台北行きに乗ることにした。

隊門に向かって歩いていると、隊門から入って来たトラックは、搭乗員を満載して走ってきた。

誰か知っているものはいないかと目を見張っていると、搭乗員の中に同期生の立川弘君と稲田豊君が乗っており、「お～い」と呼ぶと二人は手を振ってくれ、二人とも大阪出身だったので、とても懐かしかったが話す時間はなく、トラックは飛行場の方角に走り去った。

おそらく出撃の待機であろうが、どうか無事でいてくれるようにと心の中で祈って見送り、隊門に急いで歩きだしたら運悪く空襲警報が鳴った。

逃げるところも判らず、ただ一目散に飛行場から離れるように走り、防空壕らしきものに飛び込んで、一息ついてホッとしたので壕内に目をやると、海軍士官が日本刀に両手を乗せられて私の顔を見つめられている目と私の目が合った。

その瞬間、ハッとびっくりすると同時に「天谷司令」と声を掛けると、相手の司令もびっくりされて私を見つめられた。

つづいて、私は「六三四空水爆瑞雲隊搭乗員の梶山一飛曹、ただ今比島ツゲガラオ基地から救出され、これから淡水基地の本隊に帰るところです」と報告すると「江村君の搭乗員だね、大変に苦労されたことでしょう、よく頑張ってくれました」と慰労の言葉を頂いて大変に有難かった。

ズシン、と響く爆撃の衝撃が伝わってきたが、空襲の終わるまで司令は壕内にとどまるようにおっしゃり、約一時間程次のような会話を交わした。

司令「瑞雲隊もよく頑張ってくれましたね」

私「はい、みなよく頑張りましたが、多くの搭乗員が戦死しました」

司令「私は瑞雲隊の諸君をはじめ、零戦・彗星艦爆・天山艦攻隊の搭乗員と、多くの若い人達を死なし申し訳ないと悔やんでおりますよ」

私「司令としては最善を尽くされたのですから、亡くなった人は満足されていると思います」

司令「そうであれば良いのだが、惜しい若者を死なして、ただそれが頭から離れず胸を痛めて居ります」

私「司令、それは余り深く考えられなくて良いと思いますが」

司令「そうかね、これからも若い皆さんが、死んでゆくとおもうと、私はたまらなく淋しいよ」

と申され、空襲警報の解除まで話しは続いた。

それから、六三四空編成当時のことや、機材補給の少ない状態の中で、やり繰りしての訓練、とにかく次の作戦発令までに、母艦部隊として出撃準備を完了しておく苦労話等、その他色々とお話しをされた。

また、比島の航空部隊の状況について話すよう言われ、私の話にじっと耳を傾けて聞いておられた。

六三四空の所属になって、司令と直接お話しするということは、なかなか有り得ないことだが、空襲のおかげでお会いでき、お話し出来たことは私にとって幸せであった。

空襲警報が解除となったので、「司令、長い間お話し頂きありがとうございました。これから淡水基地に帰ります、司令のご健康を祈っております」と申し上げると「いやぁ〜、長い間色々と話が出来ました。ありがとう、また、飛ばれると思うが、くれぐれも生命を大切にして下さい。江村君に宜しく伝えて下さい」と丁寧な言葉で申されたことが深く印象に残った。

不動の姿勢で敬礼、お別れして新竹駅に向かって急いだ。

台湾で汽車に乗るのは初めてだったが、車窓から眺める台湾の風景に、故郷のことを思い出していると、何時の間にか台北に着いたので、乗り換えて淡水に向かった。

淡水基地へ移動と索敵攻撃つづく

昭和二〇年一月頃、比島の海軍航空基地は、北部ルソンのツゲガラオ航空基地を残すのみで、他の航空基地を敵手に渡したことにより、比島の全域と台湾南部も敵の空襲圏内に入り、我が六三四空の作戦も至難となることが予測され、また、敵の上陸が台湾か沖縄になるのか判断できなかった情勢だったので、取敢ず台湾北部の淡水基地に移動する事も考えねばならなくなり、淡水基地の整備が必要になっていた。

すでに二月一九日、敵は硫黄島に上陸、我が守備隊は陸軍の栗林忠道中将以下一万五〇〇〇名、海軍二七航戦司令官市丸利之助少将以下七〇〇〇名、計二万二〇〇〇名が頑強に邀撃して、三月一七日の玉砕に至る一ヵ月間をこの小さな硫黄臭い島で勇敢に戦われた。

この硫黄島が敵の手に渡ることによって、東京までの距離は一一二五㎞の近距離となり、B-29の不時着基地と、小型機の戦闘機基地として使われ、この硫黄島を失うことによって、我が関東方面は敵の小型機の飛来が頻度を増し最大の脅威となって来た。

また、敵の機動部隊は三群、四群と行動して、四国から沖縄に至る間を攻撃してきた。

三月二三日〜二五日に、敵機動部隊は南西諸島に来襲、我が連合艦隊は直ちに天一号作戦警戒を発令したが、二五日に米軍は沖縄の慶良間列島に上陸、ここに米軍の次の攻撃目標は沖縄と判断され、二六日に天一号作戦が発動された。

我が六三四空瑞雲隊はこの敵の行動に対応して、東港基地と淡水基地に兵力を配分して、索敵攻撃を実施していたが、三月末までに淡水基地に順次移動して全機の布陣を終わっていた。

瑞雲隊の機材確保は、いままでは、内地から台湾の東港基地に空輸されており、情勢によって東港基地から比島キャビテ基地に空輸され、戦力が維持されていた。

従って、昭和二〇年一月、一航艦所属となって台湾に転進が行なわれ、指揮陣をはじめ搭乗員、基地隊員が東港基地に帰投してきたが、すぐさま瑞雲隊の再建が行なわれた。

このように、既に制空権が失われて危険な空になっていたなか、隊員の努力によって空輸されていた瑞雲があったために再建が容易にできたのだった。

ちょうどこの頃、天候悪化をものともせずに　古仁屋基地を発進、淡水基地に向かって索敵を兼ねて飛行中の瑞雲一機が、石垣島東方海面で行方不明となった。

一月一三日

戦死者：一飛曹・青木　幹彦（神奈川県）、二飛曹・新井　清（長野県）

台湾東方海面の索敵攻撃に淡水基地を発進、帰投時刻になっても還らず、未帰還となる。

一月二七日

戦死者：二飛曹・西原　李夫（愛媛県）、一飛曹・竹林千代吉（高知県）

台湾東方海面の索敵攻撃に淡水基地を発進後、敵グラマン戦闘機と空戦、戦死する。

二月一五日

戦死者：一飛曹・須藤　一郎（福岡県）、一飛曹・永渕　実雄（佐賀県）

東港基地で計器飛行訓練中、着水時に松林に接触して転覆。

三月一日

戦死者：（操縦員　生存）、上飛曹・飯野　信勝（茨城県）

ルソン島から第一航空艦隊所属の搭乗員は、一月末までにほぼ転進が終わり、飛行隊は台湾に移動できたが、地上員はほとんど比島に残留となった。

既に、比島の空には我が航空兵力はなく、地上兵力のみの地上戦だけになっていたが、武器弾薬の補充も途絶え、糧抹、医薬品も皆無となり、苦しい戦闘が続けられ、ルソン島は持久戦の様相となって、敵の侵攻を遅らすための犠牲に過ぎなかったが、戦史に残る勇敢な闘いであった。

台湾では敵の上陸に対しての邀撃作戦を行なうために、第一航空艦隊の再建が急がれており、既に我が瑞雲隊は、淡水と東港の両基地に新機材の瑞雲が空輸されていたので搭乗員の転進が終わった時点で再建は出来ており、休むことなく太平洋上の敵を求めて索敵が行なわれていた。

我が連合艦隊は、来たるべき航空戦に備え、第三航空艦隊の一部を移して昭和二〇年二月一〇日第五航空艦隊が編成され司令長官に宇垣　纒中将が任ぜられて司令部を鹿屋基地に置き将旗を掲げられた。

第一航空艦隊は台湾方面、第三航空艦隊は東日本、第五航空艦隊は関西以西に配備され、練習連合航空総隊を解隊して第一〇航空艦隊を編成、航空戦力の一部として連合艦隊に編入されることになった。

（資料）

①航空艦隊の編制

第一航空艦隊

（偵＝偵察飛行隊、戦＝戦闘飛行隊、攻＝攻撃飛行隊）

一三二空（偵一二飛行隊）
一三三空（戦八五一飛行隊）
二〇五空（戦三〇二、三一五、三一七飛行隊）
六三四空（偵三〇一飛行隊）
七六五空（攻二五二、七〇二飛行隊）
一〇二一空
台湾空、二六航戦

第三航空艦隊

一三一空（戦八〇四、八一二、九〇一、攻五、二五四、二五六飛行隊）
二一〇空（錬成～作戦）
二五二空（戦三〇四、三一三、三一六、攻三飛行隊）
三四三空（偵四飛行隊、戦三〇一、四一〇、四〇七、七〇一飛行隊
六〇一空（戦三〇八、三一〇、四〇二飛行隊、攻一飛行隊）
七二二空（桜花）
七五二空（偵一〇二、攻七〇九飛行隊）
一〇二三空、
関東空、南方諸島空、二七航戦、松島、郡山、関東地区、藤枝、明治、松山、硫黄島に展開。

第五航空艦隊

二〇三空（戦三〇三、三一一、三一二飛行隊）
七〇一空（攻一〇三、一〇五、二五一飛行隊）

七二一空（戦三〇五、三〇七、攻七〇八、七一一飛行隊……桜花装備）
七六二空（偵一一、攻二六二、四〇六、五〇一飛行隊）
八〇一空（偵三、偵三〇二、攻七〇三飛行隊）
一〇二二空
九州空、南西諸島空、陸軍重爆二個戦隊。

第一〇航空艦隊　司令部を霞ヶ浦空に置き、一一連空、一二連空、一三連空から成る。

②作戦航空部隊の所有兵力。
昭和二〇年三月一日現在の各航空艦隊の作戦保有機数は次の通りであった。

第一航空艦隊……八五機　第三航空艦隊……五八〇機
第五航空艦隊……五二〇機　第十航空艦隊……三六〇〇機
計：四七八五機

淡水航空基地に帰隊、司令・戦友と再会

新竹航空基地で天谷司令とお別れしたあと、新竹駅から乗車して台北に向かった。

車窓から、鳳来の島と言われている風景を眺めていると、豊かな平和な町や野山に、早く平和が戻ってほしいと祈った。

台北から西に向かい走っている、淡水行きに乗り継いだが、乗客は少なくて車内は広々と感じられた。昭和二〇年五月四日まで飢餓と病魔に苦しめられて、明日も知れない比島ツゲガラオ航空基地におり、五日には一〇〇一空の救出機で高雄航空基地に到着、つづいて新竹航空基地に飛び、台湾を縦断したことになるが、これが平和な時代の旅行であったら、どれほど気持ちが解放されるだろうかと思うと、戦争が終われば この台湾に来てみようと思った。

淡水行きの列車はゆっくりと走っている、途中北投の競馬場を車中から見て、ここが美しい温泉のある保養地と知り、そのうちに列車は淡水川の緩やかな流れに沿って走り、美しい景色を十分に満喫できてありがたかった。

淡水駅に着き、駅員に航空隊の所在地を聞いてゆっくりと航空基地に向かって歩いた。

何分にも、淡水基地は初めてのところであって、どんな基地なのか目にしたことはなかった。

隊門の衛兵伍長に帰隊の旨を告げて隊門を通過、早速と搭乗員室に行くことにしたが、搭乗員室には誰もいなかったのでがっかりした。

窓から差し込む光りに、室内が、かすかに見える程度の明るさで、その光りの中に窓際に寄せられて整然と落下傘バックが並べられており、おそらくその中には私物の遺品が入っているのであろうと思われ、何とも言えない空しさと悲しい思いを味わった。

つづいて、指揮所に行ったが誰も居らず、整備科に行き先任下士官に「お世話になります」と挨拶をした。

沖縄戦も中盤戦となっており搭乗員仲間も攻撃で忙しいのだろうと思いながら、士官室を覗いてみたが、がらんとした空き部屋だった。

ついでに、司令室の扉をおもいきり開けたら、髭面のギョロ目が私の目とぶつかった。

びっくりして、「司令、ただ今、比島ツゲガラオ基地から帰って参りました」と報告、「おう、梶山兵曹、比島に残っていたのか、よく帰ってきてくれた、元気で何よりだ」と喜んでいただいた。

「まず乾盃しよう。無事で良かったよ。搭乗員は沖縄の攻撃に出ているのでいないが、夜間飛べる搭乗員が少ないので、また飛んでもらうことになるが宜しく頼む。この銀盃は比島戦のおりに大西長官から感状と共にいただいた銀盃だ。まだ、酒を注いだことがないが、無事に帰還してくれたお祝いだよ」とおっしゃった。

この銀盃の陰には、多くの仲間達が犠牲を払っていると思うと、注がれたウイスキーは赤い血のように見えて、心は滅入ったが仲間の戦友達を代表して一気に飲んだ。

それから、比島バヨンボン司令部での大川内長官のお言葉と、新竹航空基地での天谷司令のお言葉をお伝えすると「大川内中将も天谷大佐もお元気で良かった。よく覚えていただいていた。嬉しく思います」と非常に喜ばれていた。

そのあと私の行動に付いて報告した。キャビテ海病からマニラ海病に移り、一九年一二月末マニラから輸送船で別府海病に送還の途次、北サンフェルナンドで敵P-38戦闘機一二機の攻撃で沈められ、バギオ海病に移動、その後山越えでバヨンボン司令部に着き、大川内長官に申告の結果、柴航空参謀と二人で行軍、ツゲガラオ航空基地に三月二八日到着、そのツゲガラオ航空基地から五月四日救出され、五日の黎明前に高雄航空基地に着き、その日の午前六時に新竹航空基地に飛び、台北から淡水まで列車で、只今帰隊しましたと具体的に説明した。

江村司令は「大変だったろう、よく頑張って帰って来てくれた。ツゲガラオ航空基地の六三四空残留隊員は無事だったか。無事で、それはよかった。君に本来ならば十日間の休暇を与えるところだが、沖縄の戦局は芳しくないので辛抱してほしい。その内に誰かが沖縄攻撃から帰ってくると思う、いずれ搭乗に付いては後日知らすから、それまで身体を十分に休めて栄気を養うように」と申された。

比島ツゲガラオ航空基地に残したままの部下のことを心配されていることは嬉しく、私の帰隊を喜んでいただき、ここまでの苦労した行動を判っていただき、気分が明るくなった。

その翌日の昼過ぎに、忘れることの出来ない、懐かしい瑞雲二機が基地に着水してきた。スベリ（滑走台）に出迎えたところ、一番機は逢いたかった福丸兵曹だったので驚いた。福丸兵曹も私の姿を見つけて、手を振ってくれた。

一番機は加藤中尉と福丸兵曹、二番機は田坂兵曹と同期生の原兵曹だった。

指揮所前に整列して江村司令に報告後、四名が私の所に来て、福丸兵曹が「お梶、よく帰ってきたな、もう快くなったのか」と再開できたことを喜んでくれた。

私は「いや、一昨日ツゲガラオ基地から救出してもらい、高雄、新竹基地を経て昨日淡水に着いたよ」と答えると、皆は異口同音に「別府の温泉でゆっくりと湯につかっているものとばかり思っていたよ」と、びっくりしていた。

「とにかく、無事に帰れて逢えたことは嬉しいことだ」と心の底から再会を喜んでくれた戦友愛に有難かった。

その内に、福丸兵曹が「加藤中尉、今晩は皆で北投温泉で祝杯を挙げたいので、司令に許可をもらって下さい」と頼んだら、「いいよ、わしが許可する」と答えられたので、北投温泉行きになった。台湾に着いて二日目に、北投温泉海軍保養所で身体を休め、多くの仲間達の戦死を偲のんでは、盃を重ねて、心ゆくまで話しを続け、勝利の日まで闘うぞと誓いあった。

翌日、帰隊して加藤分隊士に帰隊を報告後、「搭乗割りが出ていますか」と聞くと「今日は飛ばないが多分、司令は梶山兵曹の休暇のつもりと思われているようだ」と返事をされた。「では、台北に外出しても良いですか」と言ったら、「所在を連絡しろよ」と答えられたので、すぐに外出することにした。

でも、誰も金を持っていない。それでは金を作ってくるからと皆を待たせて、私は主計科に行き事情を説明して、私の旅費と今までの給料を精算してもらい、ついでに四名の給料の前払いの交渉をしたところ、話を判っていただき、私のサインで領収書を書いた。

ついでに、持っていた軍票五〇〇ペソも日本円に交換して貰い、約五〇〇〇円位の金を持って、四名が台北の万花街に向かった。

そして、七日間ぶっ続けで泊まり、毎日加藤分隊士への連絡は怠らなかった。

一週間経った一三日の午前中に帰隊した。

一四日、指揮所前に整列、江村司令は我々の顔を見渡し「明日一五日、一二〇〇田坂機は沖縄の敵艦船を攻撃、古仁屋基地に帰れ、梶山兵曹は博多基地に零水が電探修理に行くので、それに搭乗せよ、電探修理後に玄界基地に帰ること、出発は一六日、〇六〇〇とする」と命令された。

解散後、指揮所でお茶をのみながら雑談してから、搭乗員室にかえったが遊び疲れで横になった。

一五日の朝食後、出撃時間まで間があるので娯楽室に行き、玉突きをすることにした。

この日に限ってどうしたものか、玉突きが得意で上手な田坂兵曹の成績は一番下だった。「今日は面白くない、年貢の納め時だ」と、投げ出してしまったので、後の三名も興醒めとなって止めてしまった。

私は、これまで多くの仲間が出撃して行くのを見送ったが、出撃の直前の言動で生死が予測できた。

同期生の原兵曹を呼んで、「沖縄はとても危険だから決して死を急ぐな、深追いは禁物だぞ、見張りを忘れるな」と注意したが、私の気持ちとしては、二人とも行かせたくなかった。

出撃前、田坂兵曹が私に握手してきて「梶さん元気でな、先に征くから待っているぞ」と声を掛けてくれたので、「昌ちゃん無理するなよ、玄界基地で逢おうぞ」と声を交わしたが、何となく元気が無かったように感じられ、嫌な予感がしてならなかった。

福丸兵曹に「福さん、昌ちゃんは大丈夫かな」と声を掛けたが、「うん」と返事があっただけで、これが最後の別れだと予感していたのか、ちょっと寥げな表情だった。

一二三〇頃に沖縄の那覇上空に到達するので、入電を待っていると「われ、敵グラマン戦闘機と交戦中」と打電してきて、その後の消息を断って、沖縄の華と消えてしまい、遂に惜しくも逞しく豪快な二人は未帰還となった。

↑台湾淡水基地跡（正面森の左側）

↑台湾淡水基地の搭乗員室跡

思えば、半時間前に話をして励ましていたのに、無情の風に攪乱されて、見事に咲き誇る桜花が、散って行く風情は耐えられないほどの悲しみであった。

その夜、両君を追悼しながら、福さんと二人で酒を汲み交わし、明日は我が身の番かもしれないが、くよくよせずに運を天に任して、命のつづく限り飛ぼうと話しあってはいたが、心はなぜか淋しく空虚で、亡き二人の冥福を祈って静かに杯を乾していた。

舟山島水上基地を経由、博多水上基地に帰投

昭和二〇年五月一六日、天候は快晴で雲も少なく、絶好の飛行日和だった。

指揮所で江村司令より「敵機を十分に警戒して、無事に博多基地到着を祈る、梶山兵曹、玄界基地で皆が待っているぞ、では元気で」と、どうしたものか何時も私には、優しい言葉をかけていただきありがたいと思っていた。

福丸兵曹も力一杯に手を握り「お梶、無理せずに飛べよ、玄界基地で逢おうぞ」と励ましてくれ、「大丈夫、まだまだ死ねんぞ、頑張るよ」と感謝を込めて応えた。

今日の搭乗機は瑞雲ではなく、零式水上偵察機で、乗るのは初めてであった。海軍小型機の中では一番安定の良い、優秀な飛行機だと、常々聞いていたので安心していたが、搭載機銃の威力が小さい（七・七㎜）のが気懸かりだった。

出発前に、操縦員森重一飛曹（甲飛一二期）と電信員砂場一飛曹（乙飛一八期）の二人と打合せをした。

一、淡水基地を離水後、進路七度で飛び、ほぼ支那大陸に沿って飛行するが、大陸の沿岸は敵地であることを忘れないこと。

二、飛行高度は五〇m以下、それ以上の高度は駄目、森重兵曹宜しく。
三、電信はいらないから電源を切り、後ろ向きに座って機銃を銃架にすえて、敵機を見張ること、砂場兵曹宜しく。
四、舟山島で給油後、済州島を経由して博多基地に飛ぶ。
五、その他の事は飛行中連絡するが、飛行中のどんな些細なことでも報告すること。

エンジン音は快調子で、軽く胸に響いてくる。「さあ～行こう」と二人に声を懸けて搭乗する。

半年ぶりに飛行機に乗れる喜びは格別であったが、また、一段と緊張していたようで、無事に離水出来るだろうかと心配だった。

機は二七〇度の西に向かって水上滑走、エンジンを一杯吹かして離水。

それでも、離水は案外簡単に出来、瑞雲と比べると楽な遊覧飛行機だと感心した。

↓舟山島から博多へ

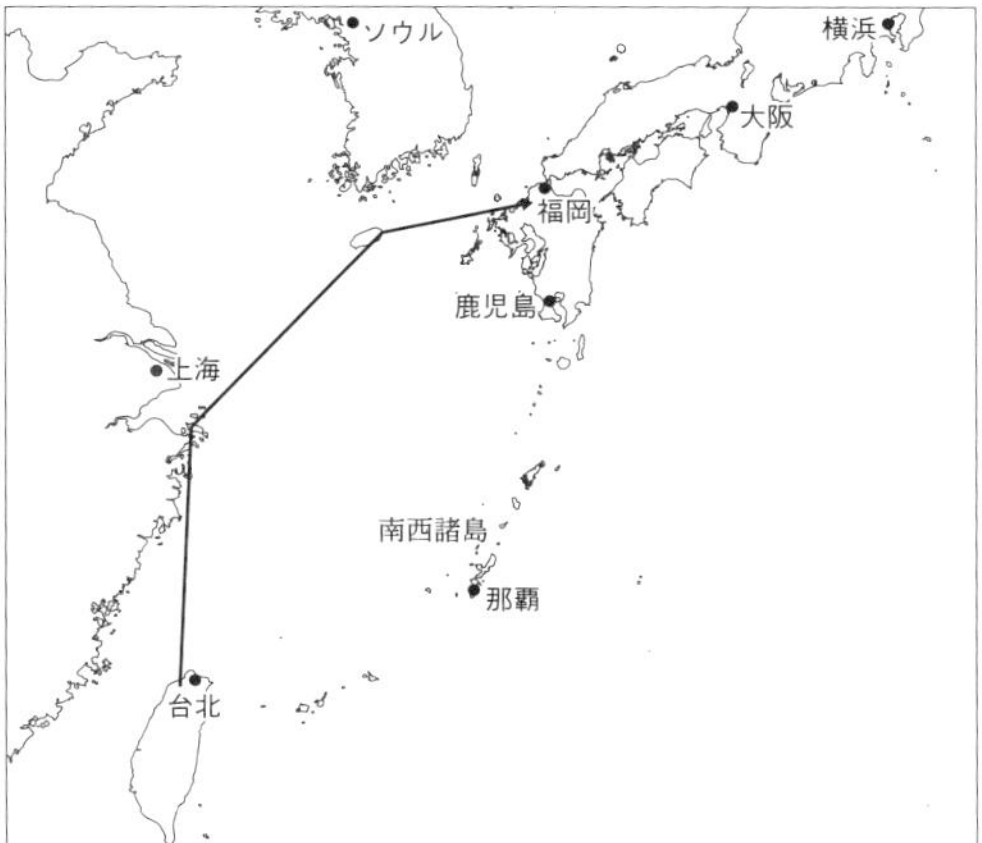

離水後、変針して七度で舟山島基地に向かって飛んだ。

何分にも今日は絶好の飛行日和で、洋上には白波も弱く、視界は水平線の彼方まで見通すことが出来た。

でも、何時何処から敵グラマン戦闘機の襲撃があるかもしれず、警戒を厳重にしていた。

「森重兵曹、きついだろうが、これが助かる飛び方だから辛抱してくれよ、砂場兵曹、後方と左右上方の見張りを頼んだよ、何か怪しいと思ったらすぐ連絡頼む」と伝声管で話しながら私も見張りを続け、時々前にある電探装置の電源をONにして、初めて実物を目にした電探をあれこれと操作してみたら、ミドリの波線が（オシログラフ）大幅小幅の線になり、この波線の形で艦船、飛行機等を識別するのだろうと、知らぬながら得手勝手に判断していた。

大陸に沿ったたくさんの島々を左に眺め飛行を続けていると、無数に点在する汚れた帆のジャンクが目に入って来た。

このように多くの人達が戦争に関係なく、日々を営んでいると思うと、今の俺達とどちらが幸せなのかと、つまらぬことを考えたりしていた。

淡水基地を出てから約三時間経過しているので、もう間もなく舟山島に到着するだろうと思われ、電声管で二人に「基地近くなったので、特に基地上空に敵機がいないかよく見張ってほしい」と注意を喚起した。

間もなく森重兵曹から「機長、前方に舟山島基地が見えてきました」と報告があったので、「基地周辺海面の漁船に気をつけて着水せよ」と告げて風防を開けた。

搭乗の零式水上偵察機は、身軽に水面を滑るが如く水飛沫をあげて無事に着水したが、油断は禁物、私は立ち上がって上空を見渡して敵機の有無を確認をした。

スベリ（滑走台）に接岸後、基地整備員に背負われて陸地に立った。

指揮所に行き基地指揮官に「六三四空偵察三〇一飛行隊、瑞雲搭乗員他零式水偵搭乗員二名、電探の故障修理のため博多基地に帰投するところですが、燃料の補給をお願いします」と任務を報告すると、第一種軍装の紺色の軍服を着用された指揮官が「ご苦労でした、給油の間休んでおくように」と申され、よくよく顔を見ると何と飛行練習生時代の谷山分隊長だった。

私は「谷山分隊長お元気で何よりです。大井空でお世話になりました。飛練三五期卒業の甲飛一一期生です。比島から五月に救出を受けて、零式水偵に同乗して博多基地の本隊に帰投します」と言うと、「そうだったのか、苦労したのだな。でも無事で良かった、君達の目を見ていると輝いているが、残念だがここの搭乗員の目は死んでいるよ。とにかく元気で帰ってきてくれてよかった」と非常に喜んで頂いたので、緊張してここまで飛んで来て分隊長に会えて良かったと思った。

続いて分隊長は「整備は基地で万全を尽くしておくから、すぐに外出せよ。隊門を出るとすぐ町だが、最近は物騒だから、奥に入らないように」と注意まで頂いた。

この基地は初めてだったので、お言葉に甘えて三人で外出して町を見学したが、雑然とした町の姿を見るだけで、特に珍しい物もないので草々に引き揚げて帰隊した。

帰隊後、谷山大尉指揮官にお礼を申し上げて、直ちに出発する旨をお願いした。

森重兵曹と砂場兵曹に、博多基地までの飛行コースを打合せた。

一、一一三〇に出発する。

二、離水後、〇度で飛び、上海沖近くで六五度に変針、済州島の東端吾照生に向かって飛び、その地点から八六度で博多基地に飛ぶ。

三、敵機の心配はないと思うが、高度は一〇〇〇m、飛行距離は一五〇〇㎞、飛んでいる時は絶対に見張りを怠らないこと。

四、電信機のスイッチはＯＦＦ、見張りを宜しく。

五、その他のことは飛行中にその都度連絡する。

以上の打合せを終わり、「これから東支那海を横切って、何も無い洋上を飛ぶので疲れると思うが頑張って飛ぼう」と告げ、二人を励まして指揮所前に整列した。

基地指揮官谷山大尉に出発を告げると、「長い飛行で疲れるだろうが、無事に帰投を祈る、命を粗末にせんように」と申され、老けた温顔の海軍特務士官のニッコリされた笑顔の姿が心に焼きつき、私も慈父を見ているような気持ちになっていた。

離水するまで指揮所前で見送っていただき、私も機上から手を振ってお別れした。

淡水基地を離水してから、総てのことが都合よく運び、谷山分隊長にお会い出来るとは思いもよらなかったことで嬉しかったことと、その上に天候に恵まれての快適な飛行で、最後の飛行コースの博多基地まで順調に飛んでくれることを祈っていた。

エンジンも快調子、安定した心地好い飛行なので、だまっていると眠くなるので、出来るだけ二人に話しかけるように絶えず心掛けていた。

約二時間ほど飛んだ東支那海の真ん中で、伝声管を通じて森重兵曹から「機長、前方は真黄色の霾か雲です」と連絡してきたので、「前方に障害物はないと思われるが、迂回せよ」と応答した。

このようなことは、呉空に在隊中に呉派遣隊大浦基地（山口県油谷湾在）で、零式観測機で日本海の対潜水艦哨戒飛行に従事していた時に真黄色の霾（黄砂）に遭遇した経験があった。

その時は、この霾の中を突切ってしまったので、方位も機位も見失って何がなんだか判らなくなってしまい、低空で海面を這って飛べば黄色いガスから出られるかも知れないと、高度を下げたために、無線帰投装置の垂下空中線アンテナを波で切断。その上、以前先任下士官の高橋秀五上飛曹（乙飛一〇期生）と佐伯基地に出張して豊後水道から種子島の手前まで、戦艦「大和」が単艦で南方に出撃していくのを上空から対潜水艦哨戒飛行した時のチャートをこの時に吹き飛ばしてしまい、瞬間的にゾッとした。

もし、漁船に拾われて憲兵隊にでも届けられたら大変なことになると心配だったが、それよりも、この黄色いガスから脱出することで必死だった。

やっとのことで脱出できた時は嬉しかったが、何処を飛んでいるのか見当もつかず、とにかく九〇度で飛んだところ島根県益田市にぶっかった。

益田市の手前で大浦基地に変針したが、益田市の瓦屋根が今でも強く印象として残っている。

同じような目に遭遇するとは夢にも思わなかったが、この黄色いガスを避けるために、「右九〇度変針、迂回する」と指示した。

変針位置と時間とを記憶して次の針路を決めることにした。

変針を繰り返しながら飛んでいると、森重兵曹が「機長、前方のガスが切れてきました」と連絡して来たので、「針路四〇度宜候」（ヨーソロと呼称、それで宜しいと云う意味）で飛ぶ。

済州島に程なく到着、森重兵曹と砂場兵曹の二人に「これより針路八六度、博多基地に直行するが、敵グラマン戦闘機が北九州を空襲しているかもしれないから、見張りを特に厳重にすること、万一避退する場合は、山口県大浦基地に避退の予定」と連絡した。

前方の洋上にかすかに霞んで横たわる九州が見えてきた時は、万感胸にこみあげてきて、昨年の秋日本から出撃して征く時、再び相まみえることはないものと諦めていたが、いま故国に帰ってきて、この神州日本の尊い姿を目の当たりに拝んで涙がとめどなく流れて仕方なかった。

「機長、前方に博多湾が見えてきました、敵戦闘機の姿が見えませんので、このまま着水コースに入って宜しいですか」と告げて来たので「了解」と返事した。

一六三〇到着、七ヵ月ぶりに内地に帰れるとは夢のような話で、胸一杯の感激を味わっているうちに、搭乗機の零式水上偵察機は静かに着水姿勢に入っており、白い水飛沫を夕陽に染めて日本の海に無事に舞い降りた。

湾内を水上滑走にしている間に、付近の地形と湾内の様子を頭に入れておくことにした。

その内に滑走台に着き、ひょいと滑走台上を見上げると、まだ、第一種軍装の冬服を着用した下士官が腕組みしてこちらをじっと見ている。

少し、いや～な感じをしたが、とりあえず指揮所で基地指揮官に「六三四空偵察三〇一飛行隊、瑞雲隊搭乗員梶山上飛曹（五月一日進級）、零水搭乗員森重一飛曹、砂場一飛曹の三名、淡水基地より舟山島基地経由して只今到着しました、零水に搭載の電探の修理をお願いします」と報告した。

報告を終わってから三人で今回の飛行について検討しあった。

私は二人に大体次のようなことを言った。
一、海面五〇mで飛んだのは、敵の戦闘機の攻撃を避けるためで、助かる道はこれしかない。
二、舟山島から進路〇度で飛んだのは、敵のスパイが発進方向を打電していると思ったからで、一端北に飛んで変針することにした。
三、黄色いガスは日本海で経験済み、その経験から迂回したが、機位を失わない自信があった。
四、二人によくやってもらいありがとう、飛行中、きつく怒鳴ったことは勘弁してほしい。
五、これから仮入隊のデッキに行き、挨拶することにする。解散。
私達の話がすんだので、先程の下士官が笑顔で近より「梶山君と違うんか」と声が掛かり、初めて気がつき「おお、玉井君か」と答え抱きあって喜んだ。

予科練を卒業してから実施部隊に別れていくと、同期生に再び会

↑帰国記念撮影（玉井兵曹と）

えることはまず無いことである。

お互いに戦地を飛びまわり、この博多基地で会えたことに感謝し、固い握手を交わし喜びあった。

そして玉井君が、無事を祝ってくれて愛用の写真機で記念写真を取ってくれたが、私にとって瑞雲隊での数少ない写真の中で、一番貴重な写真となった（戦後に、京都から私の生死を気遣って尋ねてきてくれたが、私は北陸の奥越に山籠りしてたので、残念にも会えなかったが、その折に父母に写真を渡してくれていた）。

↑帰国記念撮影（博多基地で）

その後、玉井君と今日までのことをお互いに話し合った結果、わかったことは彼が司令部づきで、高官を乗せて戦場を零式輸送機で飛び回っていたとのことだった。
話は尽きなかったが、玉井君と別れて仮入隊の搭乗員室のデッキで先任下士官に所属と氏名を申告、「本日から電探の修理が出来るまでお世話になります」と挨拶した。
夕食後、外出が許可されたので三人ですることにしたが、砂場兵曹が「家が近くですので案内しますから泊まってほしい」と言ってくれたので、言葉に甘えて同行することにした。
彼の家は雁ノ巣駅の一つ手前の駅だったので、なんと航空隊と隣合せだった。

磯の香りが漂う駅から閑静な木立をくぐって行くと、回りを木立に囲まれた明るくてとても奇麗な家が砂場兵曹の実家だった。

砂場兵曹は私より一才くらい下と思っていたが、若くて美しいお母さんを見て、きっと、無事な息子さんの顔を見て、喜んでおられる心の内が察せられ、無事に帰れて良かったと思った。

ふと、忘れていた訳ではなかったが、故郷の母のことが頭に浮かび、突然にこのように家に帰ったら、母はどんなに喜ぶだろうと思い、いつかきっと母を喜ばすことの出来る日を願っていた。

お風呂を頂き、糊のついた浴衣を貸していただき、青畳に胡坐で心地好い扇風機の風に吹かれていると、忘れていた青畳のイ草の匂いが何ともいえず、日本に戻れた喜びと幸せが溢れてきて、感謝の気持ちで一杯だった。

夕食もお母さんの手造りで、我家に帰った気分でありがたく頂くことが出来、嬉しいことばかりだった。

夕食後、砂場兵曹に博多の町を案内してもらった。

初めての博多の町だったが、心配することもなく解放された気分で、赤提燈の繁華街をあちらこちらと物珍しく歩いた。

内地も戦場と同じように爆撃、攻撃を受けているのに、この博多の繁華街でギター抱えて演歌師が流しをしており、戦争は何処吹く風といわんばかりで、この光景に接した私の気持ちは複雑だった。

早々に引き揚げて砂場兵曹の家に向かった。

温かいお母さんのお心づくしで、久方ぶりに手足を布団の上でぐ〜んと伸ばして深い眠りにつくことが出来た。

翌日、お母さんに丁重にお礼を申し上げて、軽い足取りで帰隊出来た。

隊門をくぐって間もなく呉空時代にお世話になった宝子丸分隊士にお会いした。

「分隊士」と声を掛けると「おお、梶山兵曹か、ここにおったのか」と返答されたので、「いえ、昨日フィリッピンから帰ってきました」と答えると「よく無事で帰れて良かった、後で私の部屋に来ないか、待っているぞ」と申されて立ち去られた。

零式水上偵察機の電探修理に私は関係なく、森重兵曹と砂場兵曹にいっさいを任していた。そのため一日何もすることなく時間を持て余していたので、ちょうどこれ幸いと宝子丸分隊士を尋ねたら、今は講義中なのでしばらく待つように言われた。

しばらくすると、「いやあ〜待たしてすまんすまん」と言って入ってこられた。

それからは、呉空時代から今日に到るまでの話に及び、あれこれと長話が続いた。

間もなく分隊士が「私は、いま予備学生を受け持って教育している。彼等は遅かれ早かれ特攻隊員となり出撃するが、残念ながら私に戦争の経験が無く、また他の士官の中にも経験者がおらず、教えるのに困っているところだ。君の戦場経験でよいから講義してくれないか」と相談されたので、やむなく体験談ということで応じることにした。

森重兵曹と砂場兵曹の二人にこのことを話して、今後は別行動になることを承知してもらい、この講義は四、五日ですむので、その後は小富士空の近くの船越村に瑞雲隊玄界基地があるので帰隊することにするが、博多基地の先任搭乗員にはよくお願いしておく、江村司令にも現状を述べて報告しておくから、後はよろしく頼むと告げて別行動することにした。

砂場兵曹に「お母さんには本当にお世話になり、くれぐれもよろしくお礼申していたと伝えて下さい」とお礼申した。

講義は三日程ですんだので分隊士とも別れ、仮入隊していた先任下士官に「お世話になりましたが、私は瑞雲搭乗員ですので、玄界基地に帰隊します。残る二名は零水搭乗員ですから、電探の修理が出来るまでお世話になりますが、よろしくお願い申します」とお願いした。

思えば五月一六日の夕刻に懐かしい故国に無事に到着して、心身ともに寛ぐことができ、一週間程は昨日のように過ぎてしまい、博多基地の思い出が印象づけられた。

博多駅から国鉄で前原駅に向かったが、汽車に乗り窓外を流れる風景の移り変わりを、物珍しく眺めながら、爽やかな五月の空気を胸いっぱいに吸い込んでいた。

（註）決号作戦の本土決戦まで航空機の温存を図るために、新規の航空基地が必要だった。そこで、福岡県内の小富士村船越地区に、六三四空玄界基地が出来、ここに本隊を設置。

続いて鹿児島県桜島の入口に近い、肝属郡牛根村の松崎小学校前の海岸に桜島基地が設置され、哨戒、及び索敵攻撃の作戦に従事、南九州の我方の海軍航空基地で、終戦まで敵に発見されることなく、沖縄の敵艦船攻撃を実施していたのは、六三四空の瑞雲隊桜島基地と、芙蓉部隊岩川基地の二ヵ所だけだった。

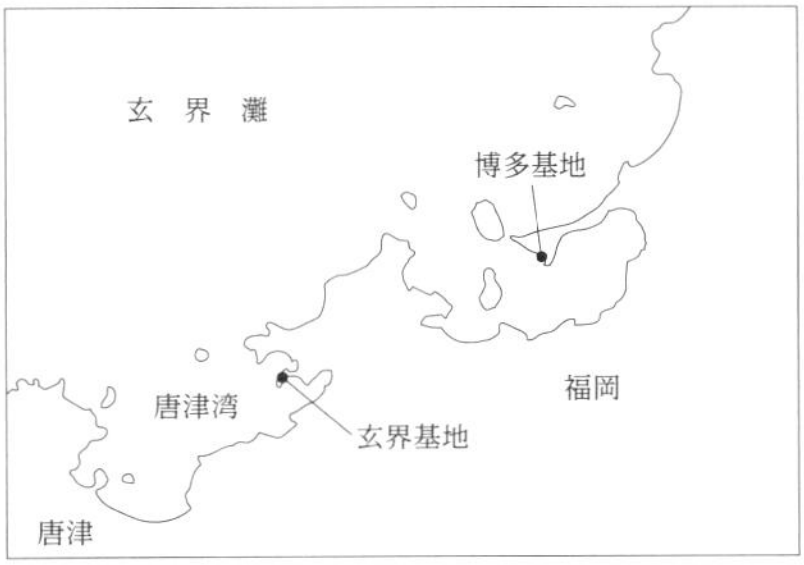

↑玄界基地略図

↑桜島基地略図

第八章　沖縄作戦

天号作戦（沖縄作戦）に突入

昭和二〇年三月一七日硫黄島が玉砕、いよいよ我が本土に敵は迫ってきた。

敵は占領した島に航空基地を建設して、次の作戦をしてくるので油断は出来ず、この硫黄島を失ったことは、本土に対しての空襲は避けられず、重大な局面を迎えることになった。

米軍のミッチャー海軍中将指揮の四群からなる、一五隻の空母を有した敵の機動部隊は、三月一八日、一九日、二〇日と四国から九州の各航空基地に対して、我もの顔に航空決戦を挑んできた。

一八日、敵の機動部隊は、四国と九州の航空基地を攻撃してきたので、第五航空艦隊は四四一機を投入して邀撃、一九日は呉軍港を空襲してきたので、松山基地の三四三空の紫電改五四機で敵機五二機を撃墜、地上銃火によって五機を墜して計五七機の大戦果を挙げ、我が損害は自爆一三機、大破五機であった。

二〇日、四国南方の敵機動部隊に対して，攻撃を実施し続く二一日、九州東方海面の敵機動部隊に対し、我が第五航空艦隊は陸攻、銀河、天山の攻撃隊に出撃を命じ、初めて七二一空「桜花」の出撃を命じた。

しかし、一式陸攻一八機（一五機に桜花を搭載）の出撃に、直掩機（零戦）一〇〇機の要請に対して、その半数の四三機となり、出発の時は整備不十分等で、三〇機の護衛機しかなかった。

桜花隊を指揮する野中五郎少佐は、「非理法権天」の幟がはためく下で、出撃の搭乗員に簡潔に、「湊川だ、いざ出陣」と悲壮な激励の言葉を残して一一三五鹿屋基地を発進した。

わずか三〇機の護衛戦闘機では、敵機動部隊に到着するまでに、敵の防禦戦闘機陣を突破することは無理で、岡村司令は無念の歯を食いしばって「敵発見」の入電を待っておられた。

一四二六、野中少佐はついに敵の機動部隊を発見、「全員突撃せよ」の命令が下された。

敵のグラマン戦闘機は一五〇機の防空陣を展開しており、ちょうどこの突撃時に敵のグラマン戦闘機五〇機の攻撃を受

↑非理法権天の旗をたてて

けて、わずか一五分の戦闘で我が攻撃隊は全滅してしまった。

当初から、岡村司令と野中隊長は、護衛戦闘機一〇〇機以上つかないと、この出撃は無理と反対されていたが、宇垣長官は「ここで桜花を使わなかったら何時使うのか、この好機を逃してはならない」との強い信念が働いたために、作戦を実行されたものであった。

野中少佐以下一六〇余名の尊い犠牲は、長官の心を締め付け、続く沖縄戦の菊水作戦に、特攻隊の直衛に戦闘機を集められるだけ集め、一作戦で戦闘機四〇〇〜五〇〇機を投入されたこともあった（九州沖海戦と称せられる）。

敵の機動部隊は撃退されたかに見えたが、「捷号」作戦の惨敗によって比島を敵に渡してしまった今では、次の敵の進攻作戦が台湾、沖縄、それとも九州か四国か、いや硫黄島（昭和二〇年三月一七日喪失）から房総の九十九里海岸を狙って上陸、関東をねらって上陸するのか、検討もつかない。

そこで、防衛の中心を関東と九州にして、これを「決号」作戦と呼称し。南西諸島方面の作戦を「天号」作戦と呼称して、陸海協同の防衛態勢が建てられていた。

我が六三四空偵察三〇一飛行隊は台湾の東港基地で再建され、南端の東港基地と北端の淡水基地に瑞雲一〇機、零水偵七機を配置、太平洋と東支那海の索敵攻撃と哨戒飛行に従事していた。

既に、昭和一九年一二月一五日、八〇一空偵察三〇二飛行隊が編成され新設の瑞雲隊が、新戦力として指宿基地その他に攻撃待機していた。

第一中隊　指宿　基地：瑞雲九機　第二中隊　横浜基地：瑞雲九機
第三中隊　鹿児島基地：瑞雲六機　（計：二四機）

昭和二〇年三月二三日、敵の艦載機が沖縄、南大東島を空襲、続いて二四日沖縄本島に対して大空襲と艦砲射撃を、長時間にわたって間断なく攻撃をかけてきた。

三月二六日、沖縄本島の直ぐ西方の慶良間列島の島々に上陸を開始してきた。

この上陸を黙視していた訳ではなかった。

この日に、沖縄防衛の航空決戦の火蓋が切られ、ここに「天一号作戦」が発令されたのであった。

「天一号作戦」の発令に伴い、我が六三四空偵察三〇一飛行隊の瑞雲隊は、台湾南端の東港基地で活動中の瑞雲全機を台湾北部の淡水基地に結集、直ちに沖縄方面の敵艦船攻撃を開始した。

三月二八、二九日に敵の機動部隊が南西諸島に来襲、これを攻撃すべく出撃した瑞雲隊のうち二

海軍航空隊　指宿基地

所在地：鹿児島県指宿市東方

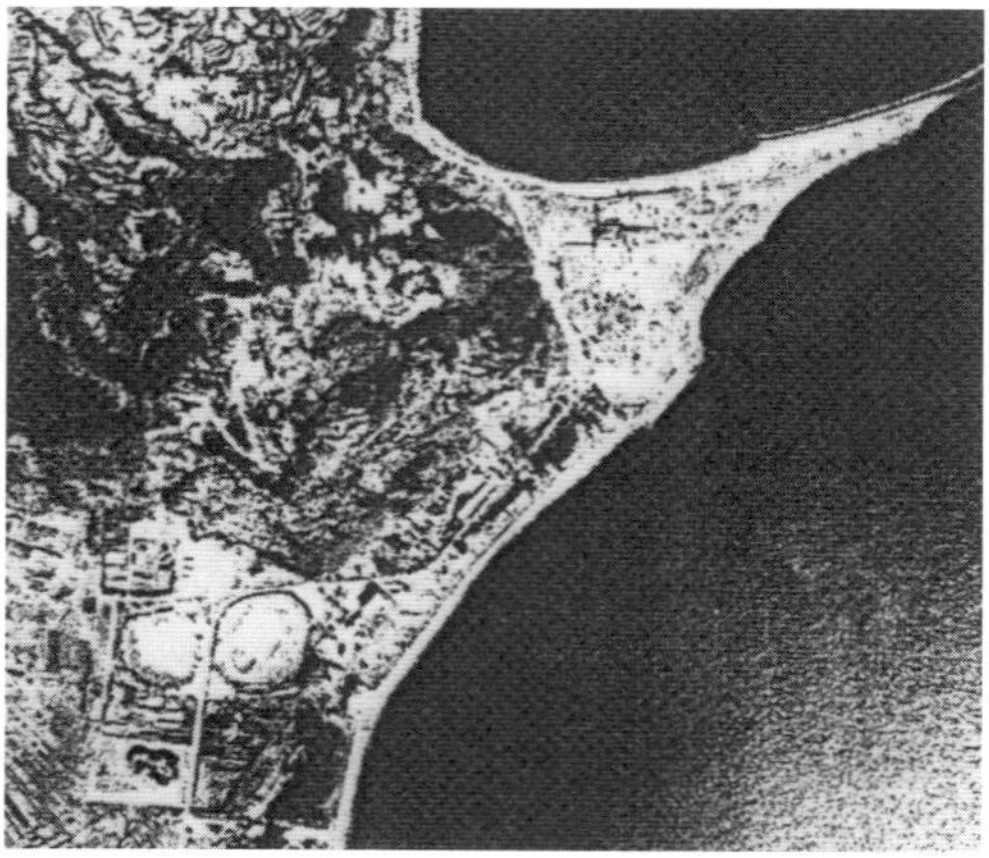

基地諸元
建設の年：1944 年
主任務：作戦
滑走路：400×75m
（コンクリート）
格納庫：有り
掩体壕：有り
収容施設：士官 100 名
　　　　　兵員 1500 名
工場施設：有り
教育施設：無し
送信所・方位測定所：無し
基地施設：指揮所・通信所
　　　　　燃料庫・倉庫

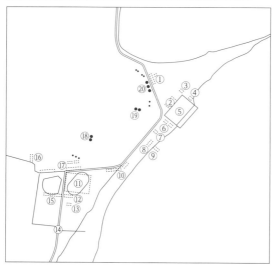

基地施設
①飛行科・整備科倉庫
②格納庫
③整備事務所
④佐伯空指揮所
⑤エプロン・スリップ
⑥指揮所・搭乗員控室
⑦防空壕
⑧発動機整備場
⑨舟艇桟橋
⑩倉庫・車庫
⑪練兵場
⑫庁舎
⑬本部防空壕
⑭隊門
⑮士官室
⑯医務室・病室
⑰兵舎
⑱防空壕(陸戦兵器用)
⑲防空壕(航空兵器用)
⑳防空壕（航空兵器・揮発油用)

機が未帰還となった。

三月二八日

戦死者：偵察三〇二／上飛曹・青木　泰（京都府）、少尉・重浦作久馬（徳島県）

三月二九日

戦死者：偵察三〇一／飛曹長・冨永　義雄（三重県）、上飛曹・坪内　重徳（三重県）

（冨永飛曹長は六三四空編成当時の一三分隊先任下士官で、田村隊長に次ぐ長身、いつも笑顔のやさしい人で、皆からの信望が厚かった。…乙飛八期）

三月三〇日、第五航空艦隊から電令作戦第五〇号で「天一号作戦要領により、執拗なる夜間攻撃を実施せよ」と命令があり、偵察三〇一飛行隊の瑞雲四機が古仁屋基地を発進したが、天候に阻まれて全機帰投した。

三月三一日、偵察三〇一飛行隊の瑞雲四機と偵察三〇二飛行隊の瑞雲四機で、それぞれ古仁屋基地発進、沖縄周辺の敵艦船攻撃を実施したが、天候に左右されて戦果は不明だった。

この攻撃で、偵察三〇二飛行隊の瑞雲一機が未帰還となった。

戦死者：偵察三〇二／上飛曹・小梅　一（広島県）、一飛曹・古川　富雄（千葉県）

◎六三四空偵察三〇一飛行隊瑞雲隊は、台湾の東港基地並びに淡水基地に展開して索敵攻撃に従事していたが、敵が沖縄に上陸してからは、直ちに東港基地の瑞雲隊を淡水基地に移した。

沖縄周辺の敵艦船攻撃のために、淡水基地を発進して敵を攻撃後、奄美大島の古仁屋基地に着水、帰投時に再び敵艦船攻撃を行ない、淡水基地に帰投する反復攻撃を昼夜の別なく実施していた。

◎八〇一空偵察三〇一飛行隊瑞雲隊は、指宿基地から古仁屋基地に飛び、沖縄周辺の敵艦船を攻撃し、攻撃終了後は指宿基地に帰投していた。

◎その後の所属変更で、第六三四空偵察三〇一飛行隊、偵察三〇二飛行隊となり、第五航空艦隊に所属、新たに基地を福岡県の玄界基地、鹿児島県の桜島基地を設置して、沖縄周辺の敵艦船夜間攻撃を続行していた。

↓六三四空水爆瑞雲隊　沖縄作戦図

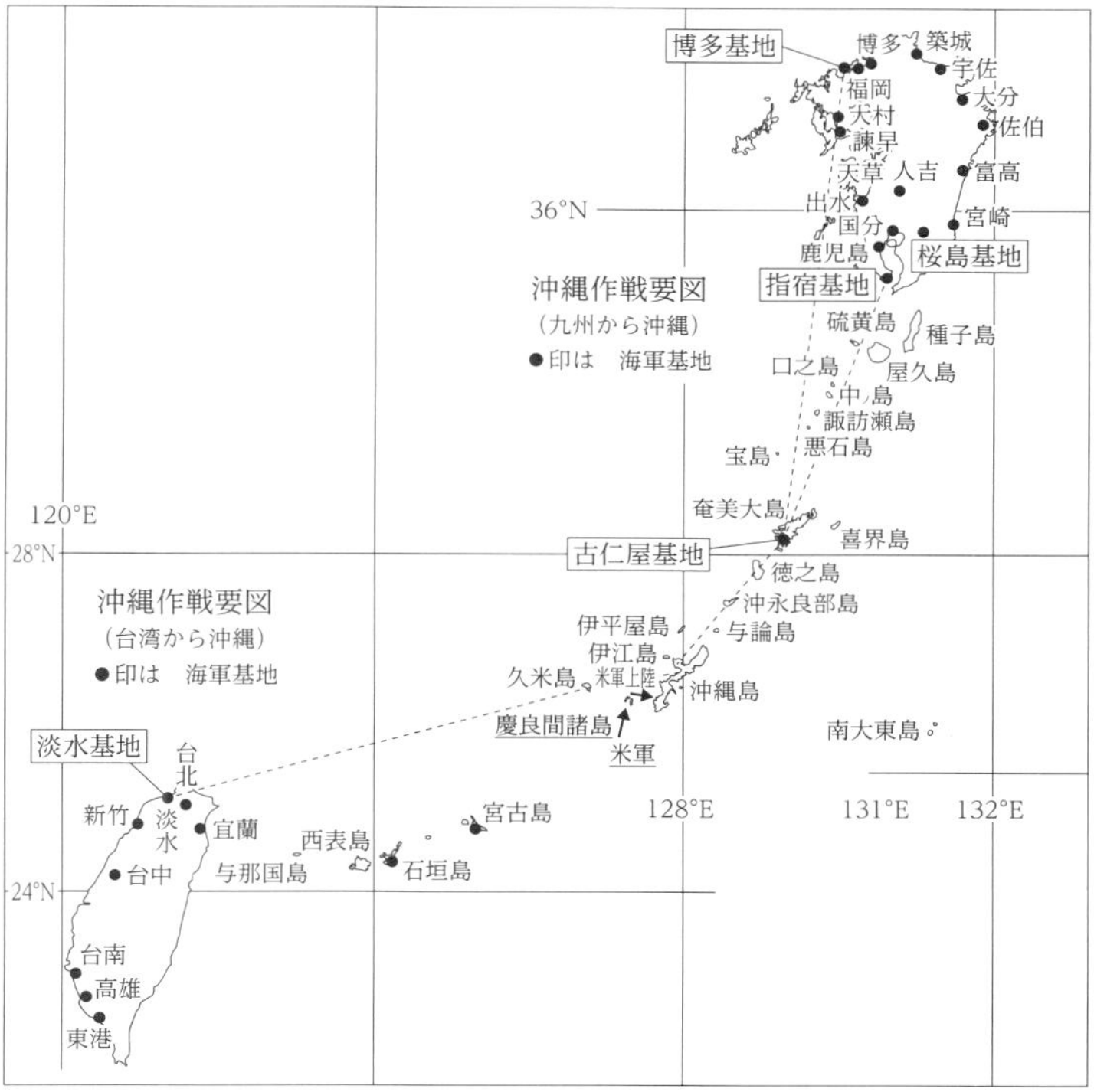

→偵察三〇二空の瑞雲後期型。日飛製と思われる

海軍航空隊　古仁屋基地

所在地：鹿児島県大島郡瀬戸内町古仁屋

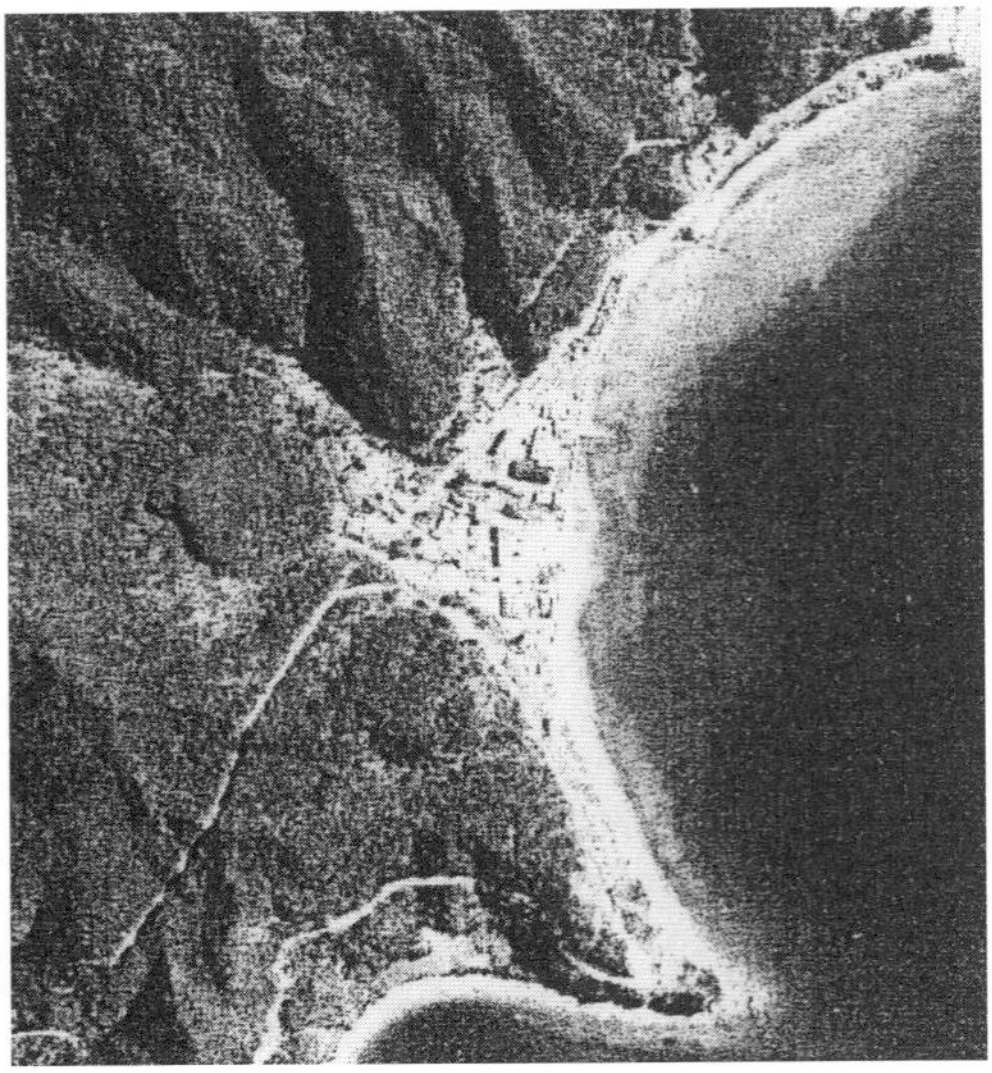

基地諸元
建設の年：1940 年
主任務：作戦
滑走路：80×40m
（コンクリート）
60×15m（木）
格納庫：1800㎡
掩体壕：—
収容施設：士官 50 名
兵員 150 名
工場施設：有り
教育施設：無し
送信所・方位測定所：無し
基地施設：指揮所・通信所
弾薬庫・燃料庫・
倉庫

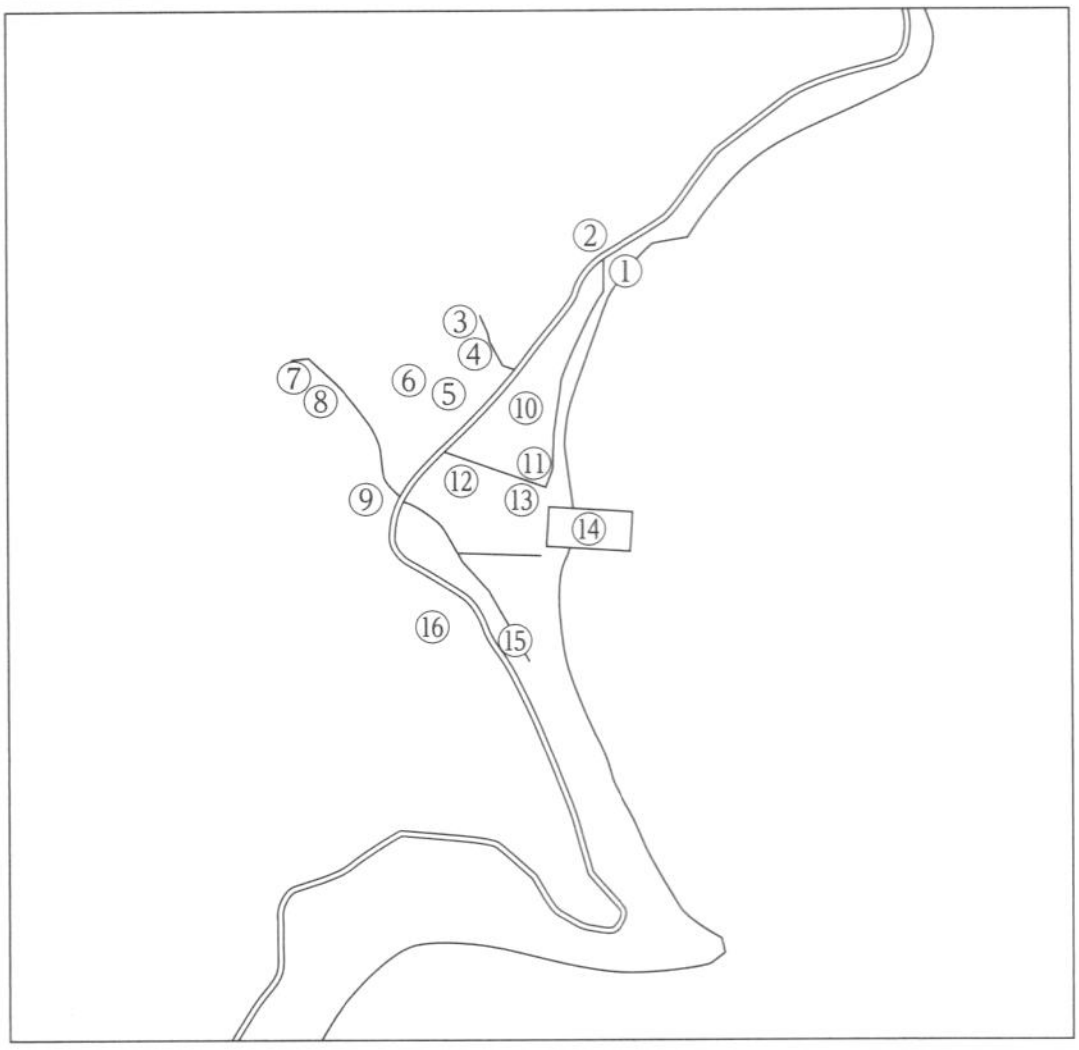

基地施設
①隊門
②通信所
③兵舎（士官用）
④兵舎
⑤地下施設
⑥高射機関砲陣地
⑦医務室
⑧施設部
⑨掩体壕
⑩兵舎
⑪高射機関砲陣地
⑫高射機関砲陣地
⑬指揮所
⑭スリップ
⑮弾薬庫
⑯高射機関砲陣地

碑　文

海軍航空隊古仁屋基地跡

この須手地内は大東亜戦争中旧日本海軍航空隊唯一の南進中継基地として前線に匹敵する役割を果たした戦跡の地である。

平成三年九月　　大正会

↑古仁屋基地跡に今も残る滑走台（スベリ）

→防空壕（地下施設）

菊水作戦発令、特攻機沖縄周辺の敵艦船を総攻撃

敵は、三月二七日、慶良間列島に艦船を集結して、沖縄本島の上陸を企図しており、その実施の米軍は、第五艦隊司令長官スプルアンス大将が総指揮官として、次の部隊が参加した。

連合遠征部隊（ターナー海軍中将）
米機動部隊（ミッチャー海軍中将）
英国空母部隊（ローリング海軍中将）
水陸両用作戦支援隊（ブランディ海軍少将）
艦砲射撃援護部隊（デヨウ海軍少将）
補給隊

米軍の陸海空軍約五五万、戦闘用艦艇三一八隻に補助艦艇一〇三九隻、上陸軍は一二万名を数え、軍需品の七五万tという膨大な物量で、これに対して、我が日本軍は陸軍が五万、海軍が一万名、現地義勇軍四万名の計一〇万余名で、闘うための戦闘兵員も物量も、敵と圧倒的な差があった。

このような情勢の中で、我が六三四空偵察三〇一飛行隊の瑞雲隊は、淡水と古仁屋を基地として、古仁屋基地に瑞雲の常駐四機を配備して夜間攻撃に、また、零式水偵の夜間哨戒を実施しており、

八〇一空偵察三〇二飛行隊の瑞雲隊は、沖縄敵艦船攻撃に古仁屋基地を中継地として攻撃隊を編成完了しており、この両隊は江村司令の下で、全機発進して沖縄の敵艦船夜間攻撃を実施していた。

我が陸海軍の航空部隊も全力攻撃が下令されており、いよいよ決戦態勢に入って、沖縄本島から敵を撃退さす決戦の火蓋が切られた。

昭和二〇年四月一日、午前八時三〇分米軍は沖縄本島の読谷と嘉手納の航空基地正面の渡具知海岸に上陸した。

敵米軍が慶良間列島に侵攻以来、台湾に布陣の第一航空艦隊と、本土関西以南に布陣する第五航空艦隊の航空軍は、果敢なる攻撃を加えており、連日の如く続々と特攻機が突入して、敵を恐怖に追い込んでいた。

四月一日、我が沖縄守備軍の抵抗を受けること無く、無血の状態で上陸した米軍が内心不安を隠してはいたが、その不安がこの日の夕刻に現実のものとなった。

九州の基地から出た特攻機は、米軍の抵抗を受けること無く、渡具知海岸の沖の居据わる米艦船に突入して戦果を挙げ、台湾から出撃した特攻機は英空母に突入した。

第五航空艦隊長官の宇垣中将は、大量の戦闘機によって直掩し、大量の特攻機を同時使用する戦法を採用され、一大特攻作戦が計画されていた。

しかしながら、三月中旬の敵機動部隊攻撃で、消耗した飛行機の補充は出来ておらず、そこで、増援部隊の投入が計られ、第一〇航空艦隊（練習航空隊）を加え、第三航空艦隊から一部を抽出して参加させ、陸軍の第六航空軍も参加した「菊水作戦」が立案されて、鹿屋航空基地に各航空艦隊の将旗が掲げられた。

だが、菊水作戦はできたが、肝心の飛行機が思うように集まらず、直ちに即応できなかった。

我が六三四空偵三〇一飛行隊の瑞雲隊は、菊水作戦に関わらず台湾の淡水基地から沖縄の敵艦船攻撃に出撃して、攻撃後古仁屋基地に着き、帰投時に再び沖縄の敵艦船を攻撃して淡水基地に帰投する反復攻撃を昼夜の別なく連続実施していた。

また、南西諸島方面や台湾東海岸の太平洋洋上の索敵攻撃を行ない、翼を休める間のない日々を送っていた。四月四日、暗雲低迷の悪天候で、とても飛べる状況ではなかったが、情報により飛行隊長より出撃命令を受け、台湾東海岸の太平洋洋上の索敵攻撃に淡水基地を一機発進したが、折しも台湾東海岸の天候はさらに悪化して、風雨を伴い視界はほとんどなく、基隆の東端海岸の山に激突、惜しくも散華となった。

戦死者：偵察三〇一／大尉・今泉　馨（大分県）、上飛曹・藤川　豊（兵庫県）

四月五日、沖之江良部島沖の敵艦船を昼間攻撃するために古仁屋基地を発進、西に向かって離水して上昇中に、後上方から敵グラマン戦闘機の攻撃を受け戦死。

戦死者：偵察三〇一／上飛曹・丹辺　基雄（熊本県）、一飛曹・内村　邦夫（東京都）

四月七日、台湾東方海面の哨戒飛行に東港基地を発進した零式水偵一機が、任務を果たして帰投時に、敵夜間戦闘機の攻撃を受けて新竹近郊に不時着、操縦員戦死。

戦死者：上飛曹・恵良　孝義（大分県）

「菊水第一号作戦」が四月六日発令されて、ここに、一大特攻攻撃が惜しみなく敢行された。「この祖国の危急を救うものは吾なり、吾死なずば誰がこの父母います祖国を守るのか」と、出撃の様子は、勇壮で凛々しく逞しい姿とは云え、命令一下が死出の旅への飛行と判っていても、何ら臆することなく、「一機で一艦を」の体当りする以外には考えることのない、もっとも厳粛な葬送行進の沖縄行であった。

この日の特攻機は、九州の各基地から海軍の特攻機一六四機、陸軍の特攻機九〇機が出撃、台湾の一航艦及び陸軍第八飛行師団の特攻機が加わり、他に通常の攻撃部隊が参加して総数五〇〇機を越える大規模の攻撃が開始された。

この日の戦闘は二〇時間に及ぶ激烈な航空特攻攻撃で、敵の心胆を寒からしめるとともに、この特攻攻撃の恐ろしさを敵に知らしめた。

この日の戦果は、敵艦船撃沈三七隻、撃破二四隻と三二軍の陸上で観測されているが、実体の把握は困難であり、ただ、それよりも、何物にも換えがたい多くの若者が、祖国の勝利をひたすらに信じて散華していった、尊い犠牲を日本人として忘れてはならない。

またこの日に、海上特攻隊が出撃した。

伊藤整一中将の率いる第二艦隊旗艦「大和」を先頭に、矢矧、冬月、涼月、磯風、浜風、雪風、霞、朝霜、初霜の一〇隻が沖縄の敵艦船停泊地に突入して、四六㎝の巨砲で敵を打ち破り、その後は陸に乗り上げて砲台として、三二軍に協力する特別任務で瀬戸内の徳山を出撃した。

世界最大の巨艦であったが、航空部隊の支援なしでは行動は出来ないことは、これまでの戦訓が示すところで、それでも実施しなければならずとされ、万が一、沖縄に突入できたら良しとする無

↑戦艦「大和」

謀な作戦であった。征く者見送る者の胸中は複雑な断腸の思いのなかで、四月六日、〇三二〇徳山沖を出撃。その姿にかつての英姿は既になく、静かに寂しげな航跡を残し、〇七五〇に豊後水道を通過して南下したが、既に敵潜水艦に探知されていた。

海上特攻作戦で「大和」の出撃は、どの航空隊の搭乗員にも知らされていなかった。

ただ、二〇三空戦闘三一二飛行隊の零戦一〇数機が、七日の〇八〇〇～一〇三〇の間、上空直掩したことは、この時点での最大の餞だったと思われる。

この後、敵の米機動部隊の四群から三八六機が発進、「大和」を攻撃してきた。

その結果、大和は爆弾六発、魚雷一〇発を受けて一四二三、九州、坊の岬南方九〇浬の地点に海没、日本海軍の象徴だった戦艦「大和」の悲しい終焉が、日本海軍の終わりを告げていた。

開戦当初、マレー半島クワンタン沖で英国の「プリンスオブウェールズ」と「レパルス」の二隻を我が海軍航空部隊が沈め、比島のシブヤン海にて「武蔵」を米機によって沈められたことを思うと、航空機の援護の無い艦隊作戦は成功することはまず無い、責任ある指揮官であれば当然知っていることで、特攻の美名に便乗した残酷非道な作戦に、強い憤りを覚える。

「大和」以下一〇隻の我が艦艇はよく善戦したが、空からの攻撃になす術もなく、沈没した艦艇は六隻で、生還して佐世保に帰港できたのは初霜、雪風、冬月、涼月の四隻であった。

この海上特攻で、戦死者三七二一名、戦傷者四五八名のあったことを肝に命じておかねばならない。

このような愚かな暴挙が行なわれていても、最高責任者は何の責任も取らずに、空からの特攻攻撃をはじめ、他の地中海上の特攻攻撃を止めることなく加速していった。

七日も次の日も、来る日も来る日も特攻攻撃を緩めることなく、台湾と九州の各基地から、真一文字に唇を噛み締めて、若者達は躊躇することなく、ただ突入あるのみと沖縄の空に散っていった。

「菊水二号作戦」一二日に発令、第五航空艦隊より制空隊一一〇機、特攻機一二〇機、桜花八機、第一航空艦隊より直掩機一二機と特攻機二八機に陸軍機も加わり大攻撃をかけた。

「菊水三号作戦」一六日に発令、特攻機を含む陸海軍約五〇〇機を越える攻撃機が発進したが、戦果と共に我が兵力の損耗も甚大であった。

また、特攻機には多種多様の新旧の飛行機が使用されていたので、米軍では雑多な特攻機が使われだしたことにより、日本の保有機も少なくなってきたと判断していたようだったが、特攻機の攻撃のない日はなく、米軍は昼も夜もカミカゼに襲われる恐怖の日々であった。

我が六三四空偵察三〇一飛行隊の瑞雲隊は、特攻隊に遅れを取ることなく、昼夜の別なく淡水〜沖縄〜古仁屋、古仁屋〜沖縄〜淡水と反復攻撃を実施して、自機を包むが如く打ってくる弾幕に、曳痕弾の入り交じる火箭の中を、敵艦に向かってまっしぐらに降爆して活躍していた。

米軍はレーダーのピケットラインに駆逐艦を配置したが、それを越えて特攻機が次から次へと襲ってくるので、この特攻機の出撃基地を叩くために、米機B‐29と米機動部隊は南九州の各航空基地を攻撃してきた。

四月一六日、我が瑞雲隊は、この敵米機動部隊を捕捉せんと、沖縄東方海面の索敵攻撃に発進したが、瑞雲一機が未帰還となる。

戦死者：偵察三〇一／飛曹長・中村　正光（東京都）、上飛曹・佐藤源八郎（大分県）

四月二三日、午前零時を期して突入、沖縄の敵艦船攻撃の任務を果たし、淡水基地に帰投のおり台湾北部の山腹に激突して惜しくも戦死する。

戦死者：偵察三〇一／一飛曹・中桐　一夫（香川県）、一飛曹・岩佐　金二（徳島県）

四月二七日、沖縄周辺敵艦船夜間攻撃の際、戦死。

戦死者：偵察三〇二／中尉・八十島秋雄（福井県）、上飛曹・田中　好男（広島県）

（四月二〇日、かつての六三四空瑞雲隊の母艦航空戦艦「伊勢」「日向」が予備艦となる）

捷号作戦発令により、栗田艦隊のレイテ湾突入を支援する為に、小沢機動部隊は敵の米機動部隊を北方に誘因する囮作戦を実施し、米ハルゼー機動艦隊を北方深く釣り上げることに成功した。

特に、この作戦に参加した航空戦艦「伊勢」の活躍は見事なもので、前衛部隊として、松田千秋司令官を中心に乗組員一同が、敵の航空攻撃をはねかえしてよく善戦した。

その栄光を失った我が愛する母艦「伊勢」は、倉橋島の海岸に淋しく横たわり、共に闘った第四航空戦隊の仲間たちの「日向」「隼鷹」「龍鳳」とともに、砲台として終戦まで活躍した。

「菊水四号作戦」四月二八日発令、この日は、特攻機五九機を含む一三七機が出撃、薄暮攻撃を実施して駆逐艦四隻と掃海駆逐艦一隻撃破した。

この菊水四号作戦以降は、夜間攻撃を主とする方針に切り換えられた。

四月二九日、三〇日、五月三日と連日特攻攻撃は続いていた。

「菊水五号作戦」五月四日発令、特攻機八二機が出撃、黎明攻撃を開始した。

この作戦で、特攻機に水上偵察機二〇機が含まれて、第一魁隊、琴平水心隊として活躍している。

前日の三日の真夜中、陸軍爆撃機六〇機が敵の陣営を爆撃して本島守備軍の反撃に協力、我が守備軍の三二軍は、五月四日予定通り反攻を開始した。

(註/五月三日、西海空、小富士水上基地開設となっているが、この基地が後日、六三四空偵察三〇一飛行隊の瑞雲隊と水偵隊、偵察三〇二飛行隊の瑞雲隊と水偵隊の基地になったと思われる)

「菊水六号作戦」五月一一日発令、陸海軍機二四〇機が沖縄の敵艦船に殺到、特攻攻撃が実施され、この日の攻撃は、ミッチャー司令長官座乗の空母バンカーヒルに突入して、これを大破した。

激しい特攻攻撃は間断なく続き、ミッチャー長官は旗艦を空母エンタープライズに移したが、この空母も一四日の黎明に、特攻機三〇機の攻撃を受けて大破してしまい、ミッチャー長官は退艦して次の空母ランドルフに将旗を移さざるを得なかった。

この菊水六号作戦に呼応して、前日の一〇日午後一一時に偵察三〇一飛行隊の瑞雲四機は古仁屋基地から沖縄周辺の敵艦船夜間攻撃に飛び立ったが、天候は雨で暗黒の世界だった。

伊藤一飛曹と飯井中尉の搭乗機は伊江島西方を飛行中、突然サーチライトで照射を受け、猛烈な砲撃を受け、下の敵機動部隊に高度四〇〇〇でそのまま突入して爆撃、引き起こした直後に被弾、エンジンは火を吹き機体は破損して海に墜落、三〇㎞離れた伊平屋島に泳ぎ着いて島民に救助された。

海軍航空戦没者慰霊碑「雲の塔」建立

敵機動部隊に爆弾を投下、機首を引き起こした直後に被弾し、海に墜落したが幸いにも高度が低かったので命は助かった。

真っ暗な海上で周囲を透かしてみると、こっちに来いと呼んでいるように伊平屋島の阿波岳（標高二一二m）が見えた。

二人は離れることなく、励まし合いながら三〇㎞先の伊平屋島に向かって無我夢中で泳ぎ、半日後の午後一時に伊平屋島の西一㎞の岩礁に辿りつき、力尽き意識を失ってしまった。

その後、敵グラマン戦闘機の飛ぶ中を、島民がくり舟を出して二人を助けて保護した。

三週間ほど過ぎた時に、米軍一万近くが上陸してきた。

日本軍の守備隊も居らず、軍人はわれわれ二人とあと二名に島民約三〇〇〇人だけで、投降すべきか闘って最後に自決すべきかで激論が交わされ、長い時間が過ぎていった。

島民に助けられておりながら、自分勝手なことで島民に不幸と死をもたらすことは出来ないと考え、島の子として生きることを誓い、軍服とピストルを土深く埋められた。

そして、全島民が投降した。

そして、昭和二一年一月、くり舟で与論島に密航して内地に渡る陸軍脱走兵に、故郷山形の家に手紙を托した。

故郷山形の家では、私は死んだものとおもっているが、母を安心させるために沖縄の伊平屋島に健在を知らす内容だったが、この密航船が米軍に拿捕され、伊平屋島に日本海軍機の搭乗員の居ることが米軍に判り、昭和二一年二月七日、米軍将校が迎えに来て沖縄本島に連行された。

島民の皆さんが見送りに来てくれ、飯井中尉は「必ず島に帰ってきます」と握手して別れ、米軍の簡易裁判の結果一ヵ月の収容所生活を送り、日本へ帰国となり春三月故郷の山形に着いた。

それから、二六年の経過を見たが、待ち遠しい日々を耐えて、昭和四七年沖縄の本土復帰するや、伊平屋島をたずねて「きっと伊平屋島に帰る」という約束を果たされた。

その後子供たちの成長を待って沖縄に永住、昭和六三年に自費を投じ、自宅敷地の一角に海軍航空戦没者の慰霊碑「雲の塔」が建立されて、ご夫妻で慰霊に尽くされた。

高さ三mの塔を中心に、二〇㎝程の小さな銅像達が一二体並んで、後ろに腕を組んで空を見つめる姿に、安らかに眠れ我が戦友よ、永遠に。

飯井中尉の崇高なる友愛精神は、亡き戦友の御霊安かれと、平和な沖縄の島に祈り続けられている。

↑雲の塔（沖縄・伊平屋）

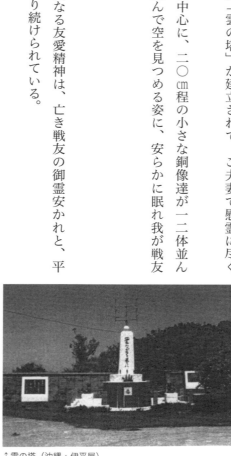

希望に満ちた青春の花開かずに　散った桜の若者たちよ
残る桜の一人として　どんなに悔しいか無念さが
手にとるように分かるよ　仲間達よ帰ってきてくれ
この沖縄の島々で　静かに盃を交わそう

「われ、陸軍特攻機を誘導する」

沖縄の敵艦船に対しての特別攻撃隊の攻撃は、海軍機の場合は洋上飛行は心配無いが、陸軍機の場合は地文航法しか出来ず、海の上を飛ぶ推測航法は教育されていなかった。

それが為に、大型機の場合は陸海軍の搭乗員が混成で搭乗したが、小型機の場合は洋上を飛んでの沖縄攻撃が出来ないので、海軍機が徳之島から沖縄本島の那覇近くまで誘導していた。

佐世保基地より零式水偵が指宿基地に派遣され、陸軍の特攻機が知覧基地等から離陸して、枕崎上空に到達すると、バンクして誘導機となって先行、徳之島を過ぎて沖縄本島の那覇近くに達すると列機の陸軍機にバンクして旋回、手を振りながら別れるのだが、陸軍機の一番機はニッコリと笑顔で応答してくれるその顔が目に焼き付き、こんな辛い思いをしたことが無かった。

道案内しなければ、この人達は死なないで済むのに、任務とは言え誰にも告げようのない、空しさで胸に穴が空いたようだった（誘導した佐空派遣隊指宿基地の零水偵搭乗員上田満善上飛曹）。

我が瑞雲隊は毎晩の如くに、沖縄周辺の敵艦船に夜間攻撃を敢行して、戦果を挙げていたが、菊水七号作戦発令の五月二五日までに、惜しくも瑞雲六機が未帰還となった。

五月一三日

戦死者：偵察三〇一／上飛曹・高橋　利次（岩手県）、上飛曹・植村　栄（長崎県）

偵察三〇一／上飛曹・古賀　貞夫（福岡県）、少　尉・楠林　徳雄（福岡県）

五月一四日

戦死者：偵察三〇一／上飛曹・宿野　信義（岡山県）、上飛曹・小野　弘之（栃木県）

五月一五日

戦死者：偵察三〇一／一飛曹・田坂　昌平（愛媛県）、上飛曹・原　有峰（新潟県）

五月二〇日

戦死者：偵察三〇一／上飛曹・三島　尚道（三重県）、上飛曹・高橋喜代一（神奈川県）

五月二三日

戦死者：偵察三〇二／上飛曹・隈田　俊明（岐阜県）、一飛曹・村上　知巳（秋田県）

また、五月一九日に横浜基地にて瑞雲搭乗員二名戦死す。

戦死者：偵察三〇二　飛曹長・新沼　武（岩手県）、一飛曹・井上　勇（京都府）

三月二五日、敵の米上陸軍が慶良間列島に上陸、いよいよ敵は沖縄に上陸するものと判断され、天号作戦が発令されたので、我が瑞雲隊も淡水基地〜沖縄〜古仁屋基地〜沖縄〜淡水基地と反復攻撃をして沖縄戦に突入した。

その後、闘いの激化に伴い江村司令、古川飛行長等の指揮陣が古仁屋基地に移り、沖縄の敵艦船攻撃が強化されたことは勿論であるが、その反面、尊い犠牲者の数も増えつつあった。

かかる実情からか、五月二〇日に所属が第一航空艦隊から第五航空艦隊に変更された。

また、この頃から同機種で同一作戦を実施していた八〇一空の偵察三〇二飛行隊（横浜空で編成）は、六三四空江村司令の指揮下に入り、偵察三〇一飛行隊と共に作戦をすることになった。

（資料）

第一航空艦隊より第五航空艦隊に所属変更に際し。

発信者　第五基地航空部隊司令長官（第一航空艦隊司令長官）

着信者　六三四空

通報者　第五基地航空部隊、連合艦隊司令長官、第五航空艦隊司令長官、高雄警備府司令長官

機　密　第二〇〇六三〇番電

六三四空が天一号作戦開始以来、幾多困難なる状況に於いて司令の卓越せる統率の下、全員一致協力、旺盛なる企図心と不僥なる攻撃敢闘精神を遺憾なく発揮し、よく赫々たる戦果を収め、作戦遂行に多大なる寄与を致せるは本職の寔に満足する所なり。茲に当艦隊の編成より除かるるに当たり、功績極めて顕著なるを認め深くその労を多とす。皇国今や興廃の岐路に立つ、諸子愈々其の本領を発揚し全敵勦滅に邁進せむことを期せよ。

「菊水七号作戦」五月二四日発令、沖縄守備軍の三二軍は首里の線まで確保していたが、あらゆる物量を投入して、進撃してくる敵米地上軍の侵攻を、食い止めることが出来ず、将兵の損害多く食料も不足してきており、兵器弾薬の欠乏が生じ、我が陣地の全域にわたって弱体化していた。

二四日、二五日の一〇〇機を越す海軍特攻機は、銀河隊、神雷隊、桜花隊に混じって、偵察員養成の練習機「白菊」が四九機、鈍速の水偵二機が含まれていたが、目標の敵艦に真っしぐらに突入、戦果を挙げ、陸軍は、指揮官陸軍大尉奥山道郎他一五〇名程の隊員が、一二機に分乗して特攻義烈空挺隊が敵の読谷飛行場に強行着陸を実施、敵機の破壊三八機、ガソリン七〇〇〇ガロンを燃やし、人的損害五〇〇名を数えるほどの損害を与えて、全員戦死した。

我が瑞雲隊も二五日に、偵察三〇一飛行隊から瑞雲四機、偵察三〇二飛行隊から瑞雲五機で沖縄周辺の敵艦船を夜間攻撃したが、三機が未帰還となった。

戦死者：偵察三〇二／少　尉・服部　修三（愛知県）、上飛曹・古田　一（島根県）
〃　上飛曹・戸部　久男（群馬県）、少　尉・大谷　一雄（神奈川県）
〃　飛曹長・市川　貢（長野県）、一飛曹・松田　弘（岐阜県）

「菊水八号作戦」五月二七日の海軍記念日に発令、沖縄守備軍もこの頃には各戦線が乱れて首里の線を後退して南部に集結を図っていた。

この時期になると、米軍の航空基地が強化されたことにより、また、沖縄周辺の島々を占領してレーダー基地を設置したので、沖縄本島の北に配備されていたレーダー哨戒艦の小艦艇は、これら陸上のレーダー基地と交代しつつあった。

この日の攻撃は、従来のような多数機で特攻をかけることなく、神風が急に吹き止んだ如く衰えが目だち、この日の攻撃は〇七三〇〜一七〇〇に及ぶ、まる一日の闘いで五〇回を越す攻撃回数であった。

白菊特攻隊二〇機は薄暮攻撃を実施して、よく闘って一機一艦の武勲を挙げ、米軍の発表でも一〇隻が白菊特攻隊の体当り攻撃で沈められたと記録され、二八日に白菊一一機、水偵一五機が出撃、二九日は九七艦攻二機、六月三日は九九艦爆六機が出撃、この作戦で五四機の特攻機が突入した。

二七日に、偵察三〇二飛行隊の零式水偵二機が沖縄挺身連絡に二三〇〇〜二四〇〇出撃したが不成功に終わり、一機未帰還となる。

戦死者：偵察三〇二／上飛曹・一色　肇（岡山県）、飛曹長・飯岡　貞三（茨城県）

少　尉・落合　実（埼玉県）

瑞雲隊は七機が古仁屋基地を一九三〇～〇一〇〇に発進、敵艦船に夜間攻撃を加えたが、未帰還機三機、不時着一機の計四機が還らなかった。

戦死者：偵察三〇二／上飛曹・渡辺　清（千葉県）、少　尉・福原　春重（大分県）
〃　大　尉・藁科　保（山形県）、少　尉・河村　伝（山口県）
〃　上飛曹・岩崎　真一（新潟県）、一飛曹・森元　松夫（広島県）
〃　上飛曹・西田　清（島根県）……不時着機と思われる。

「菊水九号作戦」六月三日～七日に発動、零戦六四機、九九艦爆六機、陸軍特攻一〇機で敵艦船を攻撃、偵察三〇二飛行隊の瑞雲一二機古仁屋基地に進出したが、天候不良にて攻撃取り止め、帰途九州南端で敵機の攻撃を受けて火災、不時着の際に転覆して戦死す。

戦死者：偵察三〇二　／中　尉・杉浦　清一（神奈川県）、上飛曹・津田　賢介（島根県）

〃　一飛曹・樋口　善久（高知県）、（偵察員　不　明）
六月四日、瑞雲五機で沖縄周辺の敵艦船を攻撃、帰投時の着水に一機転覆して搭乗員戦死す。
戦死者：偵察三〇二／上飛曹・安立　敬治（石川県）、一飛曹・中西　邦雄（三重県）
六月六日、沖縄海軍司令官大田実少将から最後の訣別電が届き、海軍部隊は玉砕の時が迫っていることが察せられた。
この日、古仁屋基地に向け作戦輸送中の瑞雲一機消息を絶ち、戦死。
戦死者：偵察三〇二／一飛曹・山中　篤司（青森県）、一飛曹・今西　恵洋（鳥取県）
七日に瑞雲六機、八日に瑞雲八機で攻撃、九日に瑞雲五機で攻撃したが、三機未帰還となる。
戦死者：偵察三〇二／上飛曹・田房　準一（愛媛県）、中　尉・盛　嘉夫（青森県）

〃　上飛曹・長倉　祐行（宮崎県）、一飛曹・萩之谷　清之（茨城県）
〃　上飛曹・坂根　俊夫（京都府）、一飛曹・室崎　利行（広島県）

六月一四日、六三四空電令作戦第五号にて、菊水第十号作戦における当隊の航空戦要領次の通り。

一、古仁屋隊（瑞雲三機）薄暮より全力反覆攻撃。
二、桜島隊　第一次　瑞雲六機　一八〇〇発進。
　　　　　　第二次　瑞雲六機　一九〇〇発進。
　　　　（攻撃後、古仁屋基地にて燃料補給、翌〇四〇〇発にて帰投）

六月一八日、玄界基地にて夜間降爆訓練中、一機海面に激突して殉職する。
　殉職者：偵察三〇二／中尉・新井　一郎（埼玉県）、一飛曹・森脇　剛（山口県）

「菊水十号作戦」六月二一日に発令、この日は夜間攻撃を実施、白菊、零観の特攻機を含む銀河、重爆、天山、瑞雲の約六〇機が、敵の艦船と飛行場を攻撃した。

二二日は零戦六六機の制空隊に守られ、爆戦八機、陸攻六機、桜花六機の計二〇機の特攻機が昼間攻撃に出撃、翌二三日に陸軍三二軍司令官牛島中将自決され、沖縄の我が地上軍は矢弾尽きて終焉を向かえようとしていた。

二五日は白菊一四機、水偵一一機の計二五機が、夜間特攻に出撃、その他は彗星夜戦八機、陸攻六機で敵の飛行場を制圧、銀河五機、天山三機、瑞雲八機で夜間攻撃を実施した。

この日に桜島基地を発進した瑞雲八機は、古仁屋基地に着水の際二機が転覆、出撃時に一機不調で取り止め、一機が敵の夜戦機の妨害を受けて引き返し、四機が沖縄の敵艦船を目指して進撃した。

敵の輸送船一隻轟沈、その他不明、瑞雲一機未帰還機となる。

戦死者：偵察三〇一／大尉・宮本平治郎（福岡県）、上飛曹・大場　欣一（宮城県）

二六日はわずかに瑞雲一機、その翌日も瑞雲一機という状態で、とても尋常な攻撃とは言えず、標的機として飛ばしていたとしか思えない。飛ばされた搭乗員の心中は如何ばかりかと思うと、胸が締めつけられる。

二九日、桜島基地より発進した瑞雲一機、一二三〇古仁屋基地を発進して敵の艦船夜間攻撃を敢行、巡洋艦一隻轟沈したが、第二次の攻撃で未帰還機となり散華した。

戦死者：偵察三〇一／少　尉・土山　重時（神奈川県）、上飛曹・西村　清作（滋賀県）

七月九日、桜島基地から本隊の玄界基地に、搭乗員と基地要員がトラック輸送で牛根村から海岸線に沿って国分方面に移動中、運転を誤ったトラックは海に転落、負傷者は直ちに霧島海軍病院に収容されたが、惜しくも六三四空偵察三〇一飛行隊最後の犠牲者となった。

殉職者：偵察三〇一／少　尉・宝子丸博道（広島県）

〃　〃　上飛曹・朝倉　清亀（大阪府）

この頃では、各地の航空基地は連日の如く敵機の攻撃にさらされて昼間の飛行も自由にできず、飛行機生産工場も空襲で破壊され、その上に本土の各都市を無差別攻撃で破壊されてしまった。そこに追い打ちをかけるがごとく、八月六日広島市に、九日に長崎市に非人道的な原子爆弾が投下された。

この爆弾で無防備都市の非戦闘員一〇万余の虐殺は、決して許されるものではなかったが、戦争の終結について我が軍の指導部を大きくゆさぶった。

八月頃から講和の動きが、ちらほらと電信機を通じて耳に聞こえてきたが、基地では冗談と軽く受け流されていた。

八月一五日、天皇陛下のご聖断により、ポツダム宣言受諾と決り、ここに、無念万斛の涙をのんで、終戦を向かえることになった。

第五航空艦隊司令長官宇垣纏中将は、終戦の詔勅を拝して、「多数の殉忠の将士の跡を追い、特攻の精神に生きんとするにおいて考慮の余地なし」とひそかに決意され、彗星一一機を率いて沖縄の敵艦に突入された。

かくして、昭和一九年一〇月から採用された神風特別攻撃隊は、十ヵ月間だったが、「俺が征かねば誰が征く」の先陣を争うが如く、惜しみなく散っていった特攻も、宇垣長官の突入でその幕を閉じた。

また、我が六三四空が所属した第一航空艦隊長官大西瀧次郎中将は、比島戦の最悪の時に赴任され、敵を撃滅するに足る飛行機も少なく、これを克服するには、ただ、敵艦に体当たりする方法しかなく、この攻撃方法の採用に躊躇されていたところ、飛行機搭乗員の強い要望と血書志願等により、統率の外道を承知の上で採用された、特攻隊の生みの親であった。

昭和二〇年五月上旬、第一航空艦隊司令長官から軍令部次長に転補され、戦局の挽回に最善の努力をつくされていたが、終戦の大詔を拝された夜、特攻隊英霊とご遺族に謝罪、つづいて青少年に世界人類の和平のために最善を尽くすことを告げられ。従容と自刃された。

偵察三〇二飛行隊、沖縄挺身連絡で活躍

八〇一空偵察三〇二飛行隊水爆瑞雲隊は、司令の攻撃命令により攻撃隊を指宿基地に展開、古仁屋を中継基地にして燃料、爆弾を補給して、沖縄周辺の敵艦船を攻撃していたが、主として慶良間列島方面の敵艦船夜間攻撃に出撃して活躍していたが、実施の計画・方針等すべては飛行隊長伊藤淳夫少佐に一任され攻撃が実施されていた。

昭和二〇年四月一日、沖縄本島をめざした米軍は上陸軍二一万と軍需品七五万tという膨大な兵力、物量に支えられ、沖縄本島の読谷・渡具知海岸に上陸した。

これを迎え撃つ我が陸海航空軍は四月六日、菊水第一号作戦が発令されるや、敵の心胆を震えあがらす特攻攻撃を実施して反撃を開始した。

また、この日に第二艦隊旗艦「大和」と駆逐艦一〇隻をもって沖縄の敵艦船停泊地に突入してこれを撃滅、その後は陸に乗り上げて砲台として三二軍に協力する特別任務をもった海上特攻隊として出撃した。

しかし、この海上特攻隊作戦も航空部隊の支援なしでは成果の望めないことは、これまでの戦訓で実証されており、この無謀な作戦でついには日本海軍の終焉を向かえる破目につながった。

愚かな暴挙の菊水作戦によって特攻攻撃は頻繁に行なわれ、その戦果は沖縄戦の好転に繋がらず、多くの若者たちに犠牲が強いられた。

敵は、膨大な物量を投入して我が守備軍の防衛線を破り、我が将兵の損害、兵器弾薬の欠乏と食料の不足も目立ち始め次第に弱体化が目立った。戦況の情報が途絶え、上層部で的確な判断が出来なくなり、現地陸海軍と連絡をつけるため、四月二五日に八〇一空を離れて託間空に移されて第五航空艦隊に編入された偵察三〇二飛行隊に、特殊任務として沖縄本島湊川沖に強行着水して、沖縄守備軍と連絡、参謀長の救出を行なう挺身連絡が特命されていた（救出作戦はサイパン島でも実施されたが、成功せずに救出機の二式大艇と搭乗員が犠牲となった）。

近づいている梅雨前線のために天候は極めて不良で、暗夜の連絡飛行は至難の業を極めた。何としても連絡に成功することが戦局の好転に繋がるので必至に努力が払われ、無理を重ねての挺身連絡飛行は尊い犠牲者が出ており、また沖縄本島における我が陸海軍の防衛戦の統率も乱れて終息も近づきを考えて、六月以降は中止となった。

【挺身連絡行動】

四月二五日　瑞雲四機発進したが、天候不良で三機引き返し、一機未帰還。

二七日　瑞雲二機発進したが、天候不良で一機引き返したが、一機目的上空に達して地上と連絡したが応答無く引き返した。

五月一二日　瑞雲四機発進したが、天候不良で引き返す。

一三日　瑞雲三機発進したが、天候不良で二機引き返したが、一機消息を絶つ。

一五日　瑞雲三機発進したが、天候不良で三機引き返す。

一七日　瑞雲二機、零水一機で発進したが、天候不良で引き返す。

一九日　瑞雲二機、古仁屋基地で天候回復を待って待機す。

二〇日　瑞雲二機、天候不良で引き返す。

二五日　零水一機、目標地点に達して強行着水したが連絡とれずに引き返す。
二七日　零水二機、発進したが一機引き返し、一機消息を絶つ。

玄界航空基地に帰隊、沖縄夜間攻撃に出撃

五月二〇日の昼過ぎに前原駅に着き、駅長に小富士航空隊の所在を聞き、小富士空にて玄界基地を教えてもらい、砂利の小道を防暑服に飛行帽、飛行機靴でライフジャケットを片手に下げて歩いた。

比島で歩いたことが思い出されたが、何といっても内地であるのでゲリラの心配もなく、のんびりした気分で周囲の景色を物珍しく眺め、蛙のゲロゲロ声に故郷の田畑を思い出しながら歩いていた。

小半刻ぐらい歩いただろうか。道が少し上がり勾配になっていたが、登りきったら目の前が急に明るくパアと開けた。

静かな、白波も目立たずに、そこに美しい日本の海、唐津湾があった。

その唐津湾の東隅に、糸島半島の一番手前に小さく海に小指を突き出した如く小さな半島があった。

背のように延びた幅一〇〇mたらずで、真ん中に一本の道が突端の岬まで走っており、その両側に家が立ち並んでいた。

その両側の家の裏は砂浜で、その一〇m先は海になっていた。

ここが、我が六三四空瑞雲隊と水偵隊の偵察三〇一飛行隊・偵察三〇二飛行隊の玄界基地で、隊門も標識もない出入り自由の水上航空基地だった。

それでも、よく統制のとれた元気一杯の二〇歳前後の若者達の集団で、活気と自信に満ち溢れた頼もしい姿で、ほとんどの搭乗員は全天候型の訓練の行き届いた者達で、祖国の命運を背負っていた。

思えば、昭和一九年一〇月末、レイテ沖航空戦で敵のグラマン戦闘機と空戦、左足を負傷、一二月末、内地別府海軍病院に送還の途次、リンガエン湾外で撃沈、救助された後は敵の空爆、ゲリラ、病魔、飢餓と闘いながら、山また山の道なき道を辿り、カガヤン河谷を北部ルソンのツゲガラオ海軍航空基地までビッコの足で歩いた。

そして、昭和二〇年五月四日、比島から救出してもらった時は、沖縄戦は菊水五号作戦が発令されて、水上偵察機二八機が特攻機に含まれる程の、激しい戦局を向かえていた時だった。

瑞雲隊の九割を越す多くの戦友は比島で死んだ。自分も比島で死ぬはずが、今度は沖縄で死なねばならないが、逞しい瑞雲が待っていると想うと、やっと帰隊できた嬉しさは人一倍強かった。

六三四空士官宿舎に江村司令を尋ね、「梶山上飛曹、五月一六日淡水基地発進後、舟山島基地を経て博多基地に一六三〇到着、電深の修理を依頼しましたが、完成までに後五日程かかるとのことでしたので、零水偵搭乗員の二名に托して、私のみ、ただいま帰隊致しました」と報告した。江村司令は「無事で帰ってくれてご苦労であった。早く疲れをとって、元気で戦列に戻ってくれたまえ」と笑顔で答えていただいた。

偵三〇一飛行隊の搭乗員宿舎を尋ねたが、旧六三四空の瑞雲隊搭乗員はほとんど戦死しており、偵三〇一飛行隊の搭乗員が多く、初めて顔を合わせた者ばかりだった。

やっと、呉空時代から一緒だった志戸兵曹（乙飛一五期）を見つけて、比島以来のことを聞くことが出来て、色々のことが判った。

昭和一九年の年末には、第一陣部隊はほとんど破滅の状態で、偵察三〇一飛行隊と一緒になって戦っていたとのことだった。

その偵察三〇一飛行隊員も、多くの隊員が戦死しており、現在は、新しい搭乗員も補充されているが、激しい消耗戦は否応なしに迫っていた。

井藤分隊士に帰隊の挨拶に行くと、「よおう、お梶帰って来たのか、もう身体は大丈夫か」と心配していただき嬉しかった。

「五月五日、比島ツゲガラオ基地から救出してもらい、淡水基地に帰り、一六日博多基地に到着、今日、二〇日帰隊しました」と報告すると、「本当か」と驚かれていた。

私は、次の命令の出るまで、のんびりと浜辺で待機、今までのことを思い出し、田村隊長の笑顔、水井、石野の両分隊長の面倒見の良い事や、外人のような顔だちの精悍な山岸分隊士、温厚な松原先任下士、落合先任、愉快だった一番機の大野兵曹、ペアだった今泉兵曹と、あの顔この顔が浮かんできて、今となっては仕方なく、心からご冥福を祈って、静かな唐津湾の海を眺めていたが、やがて自分の番も巡って来るだろうが、おいそれと簡単には死なんぞと決意していた。

毎日ぶらぶらしていたら、最近転勤して来た若い搭乗員の、瑞雲の操縦訓練に二、三回、同乗することもあったが、練習生あがりの搭乗員が多く、新鋭機の瑞雲を操縦する不馴れのためか、操縦も荒くて、せっかく今日まで拾ってきた命を、捨てるのかと思われるほど、怖さを感じたのもこの頃だった。

五月末頃に唐津湾の西を北に向かって敵のB-24爆撃機一機が偵察に飛来した。

江村司令は「全機直ちに避退せよ」と命じられ、それぞれ分散して退避することになり、私はすぐさま対岸の深江村の海岸に避難して愛機をカモフラージュして待機していたが、心配した敵の空襲もなかったので、午後四時過ぎには全機が玄界基地に帰ってきた。

それから四、五日して、江村司令から「博多地区周辺に敵の空襲ありと入電、直ちに全機避退せよ」と命じられたので、急拠、呉基地に避退することになり、八ヵ月ぶりに呉基地に帰れるとは、これも敵さんのお陰と内心喜んでいたが、呉基地に着いてがっかりした。

敵の空襲で、庁舎も格納庫も、広の東川に沿って建てられていた搭乗員室も、およそ総ての建物は見るも無残に破壊されて、庁舎前の小さな練兵場には防空壕がたくさん作られており、搭乗員室は破壊された格納庫跡に天幕が張られていた。

薄暗い天幕に入って行き、先任搭乗員の米沢大二上飛曹（乙飛一一期）に挨拶を交わした。

この時の思い出は、米沢先任搭乗員のマフラーの色が黒色だったのが印象的で覚えており、上陸したおりに少尉の土山分隊士が軍服を作られるので呉の水交社に立寄り、その後ある事件で憲兵隊に連行されたが、分隊士の今成洸次中尉に大変お世話になった事があった。

昭和一九年五月、編成当時の溌溂とした気分になれなかったが、荒さんだ呉基地も呉の町もやはり思い出の処だった。

しかし、土山分隊士は新調の士官服を手にされることなく、六月二九日沖縄の敵艦船夜間攻撃で散ってしまわれた。

この頃、第五航空艦隊は「菊水九号作戦」が発令されて、全力を挙げて戦局の好転をめざし戦われていたが、小禄飛行場を失い、海軍特別根拠地司令官大田中将の最後の入電も届き、最早戦局の挽回は困難と思われる事態であった。

六月一五日の朝、搭乗割りが出された。

志戸兵曹（乙飛一五期）と私がペアで、たった二機で今晩の沖縄攻撃だった（後の一機は誰であったか覚えがなく、多分古仁屋基地に駐留の一機と思われる）。

久しぶりに瑞雲に搭乗して敵艦を攻撃に行けるのは、不思議と私は内心とても嬉しかった。

午前中に志戸さんとチャートを広げて打ち合せを済ませた。

「基地から一八五度、諫早市を右に見て天草の口之津上空を通過、薩摩半島西端の野間崎上空を通過、大隅諸島の口永良部島西北端の野崎にて針路一九五度に変針、トカラ列島を右に見て古仁屋基地迄の約六〇〇㎞、約二時間余の飛行、野間崎までは高度一五〇〇mでほとんど障害物なし、口永良部島手前から高度五〇mに下げて飛ぶ」ことを告げた。

その後、することもなく、くよくよしてもつまらぬことだし、のんびりと昼寝をした。

出発は一六〇〇だったので、砂浜のテント張りの指揮所前に整列、江村司令より「沖縄の守備軍の玉砕に応えて、敵を完膚遺憾なきまで、これを撃滅せよ、敵艦の甲板に二五番を置いてこい、沖縄の天候は快晴である、出発！」と命令を受け、聞き馴れた何時もの声量と調子で、元気な声が耳底に響き、司令の明るい顔を見て、敬礼をして瑞雲に向かった。

心地よいエンジンの音を耳に、久し振りに排気のガスを吸い込み、生きている自分を確かめて、「愛機瑞雲よ飛んでくれ」と機体を撫でて心で祈り、よし！　これなら大丈夫と自信が湧いてきた。

ライフジャケットに差し込んだチャートと、時計だけで十分飛ぶ自信があるので、他の持物は邪魔になるので、その分だけ銀紙（レーダー欺瞞のため）を多く積むことを、整備員に頼んでおいたので、奄美の空から撒けば、敵さんも日本の飛行機がたくさん、レーダーに写って驚くだろうが、こちらは、ただの一機で戦果を稼がしてもらうんだ。

基地に帰投するまでの事は、すべて頭の中に入れてあるので大丈夫、戦争しにゆくのに、暇も余裕も無く、あるのは生死をかけた男の闘いだけど、何時の場合も真剣勝負の刃渡りをしていた。

白い砂浜に見送りの基地隊員はじめ、舟越村の人達に交じって博多の女学生達も大勢集まっており、一機の出撃にめいめいの思いを込めて、無事を祈ってくれる眼差しが、暖かく感じられて私はとても嬉しく、よ〜し期待に沿うように、頑張るぞと心で固く誓い、笑顔で応じていた。

何時の間にか、江村司令が横に来て「梶山兵曹、特に敵の夜戦が多くさん飛んでいるから、十分に気をつけよ、無理をせずに、元気で帰って来てくれ」と立ち話し程度の声で耳もとで励ましを受け、見送っていただいたので、「司令、ありがとうございます。久し振りに降爆してきます」と返事して、愛する瑞雲に搭乗した。

基地の砂浜は黒山の見送りで、各々が帽を振り手を振り、白いハンカチを振ってくれる女学生と、有難い見送りに応えて、吾々も白いマフラーを靡かせ、飛行手袋はめた手を振って応えていた。

波静かで平和な船越の入り江を、我が瑞雲は滑るように進み、白波を立てながら、周囲の静寂をいっぺんに破るかの如く爆音を轟かして離水、天空の彼方をめざして舞い上がった。

打合せ通りに機首を一八五度に向け、伝声管で「一八五度、ヨーソロ」と叫んでいた。

私は前後左右の見張りをしながら、ふと、私も、志戸兵曹も沖縄の夜間攻撃は初めてで、二人とも沖縄戦では初陣だった事に気付いた。

初陣によく墜されて未帰還となるので、初陣さえ切り抜ければ、後は楽なものというジンクスがあったので、ちょっと、志戸さんを元気づけようと、思っていたら、志戸さんから「梶さんとペアを組んで安心だよ、とにかく力一杯出して、沈めよう」と元気な声があり、「大丈夫、沈めよう、絶対に墜されないよ、まだまだ死んでたまるか」と、志戸さんに元気づけの意味を込めて応答した。

空は申し分のない、心が洗われるような気持ちの良い、青い空が続く絶好の飛行日和だった。

この空の何処かに、敵のグラマン戦闘機が飛んでいるので、内地の空と言えども油断はできないが、今までの経験から、見張りさえ厳重によく見張っておれば、敵さんに墜されることは先ず防げると自信を持っていた。

機は早くも諫早を過ぎて天草に達していたが、小さな島々が特に美しく目にはいって来た。右手に東支那海が淡い桃色の空に包まれるがごとく、静かで何事も起こらない平然とした自然の神秘性を漂わせていた。

十日程前に、この海のガスの漂う黄色の世界を切り抜けて博多空に無事に到着、そして、今はこれから敵機、敵艦船の群がる沖縄の海に突入しようと飛んでいる。

明日のことも、これからのことも判らない、運命は自分で切り開くもので、その通りだと信じており、私は、誰にも負けないと、自分自身に言い聞かせ、そのように今日まで生きてきたから、どんな苦境、苦痛に遭っても何糞と頑張って切り開いてきた。

次から次へと、色々のことが思い出されるが、目は皿の如くに見開いて、広大な空の中にゴマ粒の四分の一程度の敵機を捜し求めていた。

「志戸さん、ぼちぼち枕崎も近くなってきて、程なく口永良部島も見えると思われるので、敵戦闘機を警戒して、高度を一〇〇mまで下げよう、雲の量も増えて来ており雲高も低いので、高度計は私が読み取るから、海面に注意！」と告げ、その瞬間に私は、高度計と速度計を読み取り、上空の雲の種類と雲量と、流れている方向、海面のウネリと波だちから海上の風の速さを目測でとらえた。口永良部島の到達時間は予定通りだったので安心、機は頭を下げて緩降下で高度一〇〇mまで下がったところで、針路一九五度に変針、「ヨーソロ」で古仁屋基地に機首を向けた。

いよいよ危険区域に入ったので、身も心も自然と緊張していた。

薄暮に近づいており、高度を低く飛ぶことは難しいが、薄暮、夜間、黎明飛行での実戦経験も十分体験ずみなので、その点は安心だった。

出発時に、江村司令の言葉が思い出され、敵の夜間戦闘機に注意して見張りを続行した。

時間は遠慮なく過ぎ、日は西に傾いて、赤い色から薄暮の薄い墨を、しくじって流したかのように、海の色も空の色も次々と、美しい色が消えてゆき、暗闇の世界に向かって飛んで行くようだつた。

もう間もなく日は完全に、東支那海を越えて支那大陸に落ちてゆくだろうが、一日の終わりはかくも美しく悲しく飾られて、有終の美と表現され、人間とて同じであろう。

私は何時も、誰にも恥ない有終の美を飾って、死にたいと心に誓い、そのように努力してきた。

機は機嫌よく飛んでくれているが、南に下がるほどに、梅雨期の影響なのか、天候の変化も甚だしく、どうやら出発時の江村司令の「天候は快晴」が怪しくなってきたようだ。

六三四空瑞雲隊に所属して終戦まで、天気図を見た人はいなかったと思われる。

何時の場合でも、出撃時の空を見て江村司令は「天候は快晴」とおっしゃったと記憶している。

玄界基地を出発して二時間近く飛んでいるので、もう間もなく古仁屋基地に到着する頃だが、天候は思わしくなく、今夜の攻撃が心配された。

「志戸さん、前方に奄美大島！　上空に敵のグラマン戦闘機なし、南端の加計呂麻島との水道を右に入って着水、右側に基地が見えるはず」と言うと、志戸さんから「ＯＫ、了解、間もなく着水するぞ」と返事があった。

暗くなってはいたが、海面は白く光っているので、着水には支障ないと思われたが、何時の場合でも緊張の一瞬で、高度計の読み取りを始めながら、上空と前後の淡い闇の見張りをしていた。

無事に着水、少し水上滑走していると右側に古仁屋基地が見えてきた。

到着後指揮所で、基地の指揮官に官職氏名を申告したら、「ご苦労さん、二三三〇出撃の予定、それまで十分に休養せよ」と言われた。

今日の飛行は幸いに、敵のグラマン戦闘機に遭遇することもなく、到着できたことは幸運だった。

この古仁屋基地も、敵機の空襲によって地上の設備は完全に破壊されており、すぐ後ろの山を繰り抜いて奥深いトンネルが作られていた。

勿論、各科の居住区はこのトンネルの中で、カビ臭くて湿気が多く、早く退散したいと感じた。

出撃まで時間があるので、志戸さんに町へ外出しようと持ちかけ、誰であったのか氏名は忘れたが、二名搭乗員を加えて四名で出掛けることにした。

二m幅の道路の両側を、三m位の長い棒で叩き、藪に潜むハブを追払いながら夜道を歩いた。

町といっても繁華街があるはずもなく、赤ちょうちんが淋しそうにぶら下がっているのが、とても印象的だった。

一〇時前に帰隊して、攻撃の準備を整え、志戸さんとチャートを前に、種々打合せをした。

その内容は、「古仁屋基地の西、曽根高崎を発動点、針路二五〇度（一〇〇km）鳥島に向かい、鳥島から針路二二五度（二〇〇km）に変針、久米島の北の鳥島に着き、一一〇度（一〇〇km）に変針して嘉手納湾内の敵艦船を攻撃、攻撃後そのまま東海岸（一〇km）に出て、三五度（二五〇km）

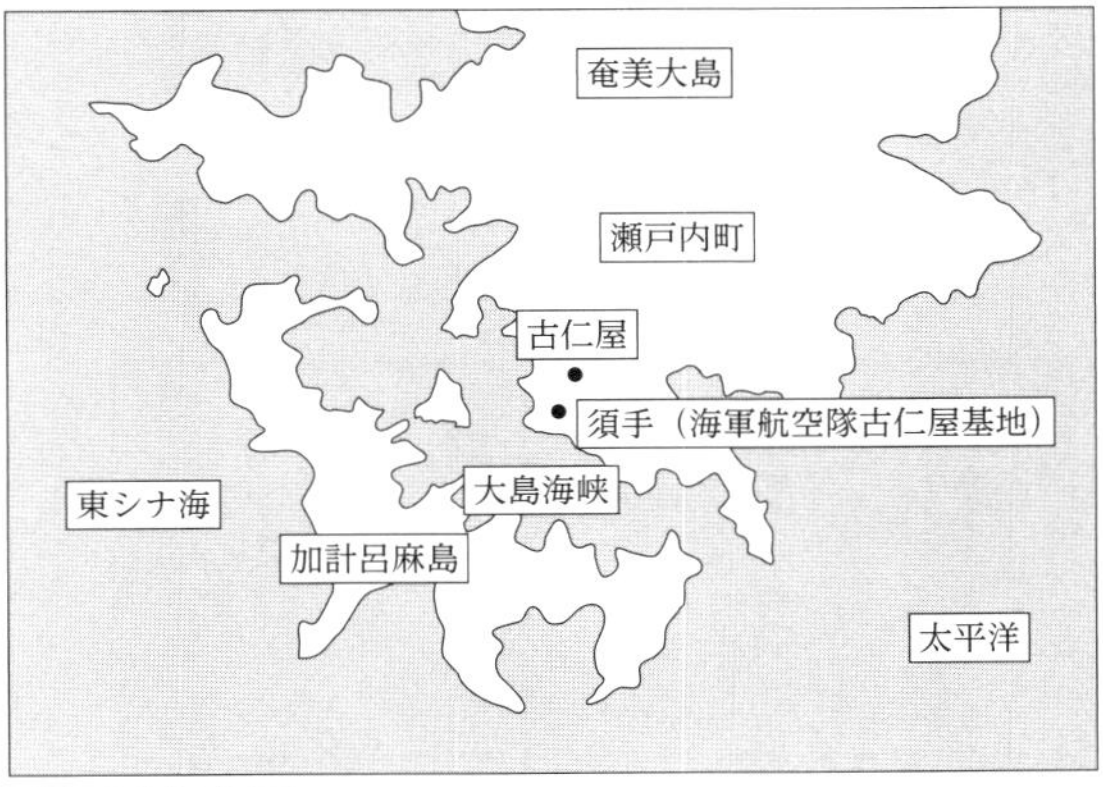

↑古仁屋基地付近図

に変針して、古仁屋基地に帰投するが、全行程六六〇㎞、約二時間の予定。
天候が心配されるが、折角の攻撃だから少々は無理してでも、敵さんに二五番で挨拶したい、万一、雲低くて攻撃目標が掴めなくても、必ず敵は打ち上げてくるので、その火点を目標に突入しよう。」と告げ、志戸さんは、「よいだろう、天候が心配だが、あとは運符天符だよ」と、攻撃方法は決った。

愛機の瑞雲は、スベリ（滑走台）に静かに待機しており、何時でも飛び上がれる状態で既に二五番が搭載され、不気味な黒光りがかすかに感じられた。

壕の入口にカンテラの灯が鈍く整備員が懐中電灯で足許を照らしてくれる明かりを頼りにスベリに着き、真暗だったが、外部の点検を済ませて、何時ものようにフロートをトントンと叩き、それから撫でて祈りを込め、ふと見上げたとき尾部よりの左胴体後部に「新潟高女」の文字が読み取れ、献納機と確認出来た。
（昭和一九年夏ごろ、愛知航空に瑞雲を受領して呉基地に空輸した頃は、会社の技術員の指導で、勤労動員の学生の方達も熱心に組立作業されていた。

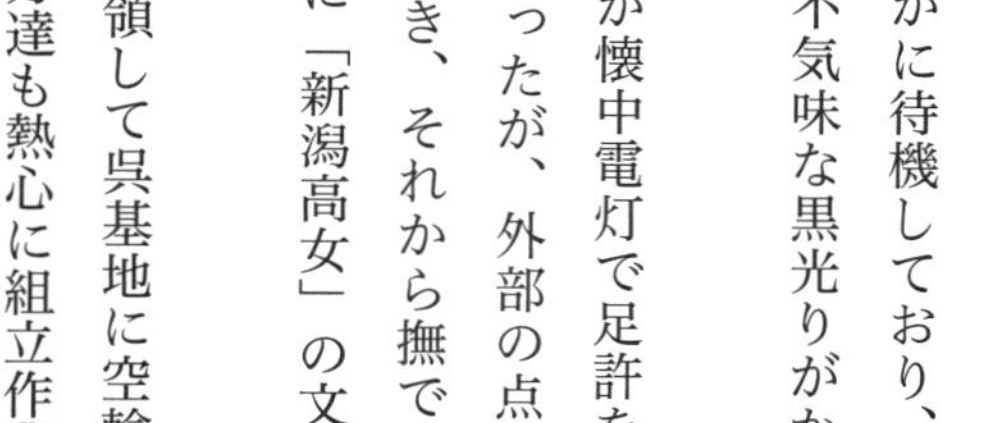

↑機体に輝く我ら学徒号

沖縄戦の頃には作業も雑になって、自動消火装置も省略されてしまっていたが、給与も十分でない時に、精一杯で献身的に作られた瑞雲に文句は言えない。

一機の制作費が、三五万円かかっているのだから、私はじめ搭乗員は立派な棺桶で死んでゆけると、自認して満足していた）

ごくわずかな数人の基地員の帽振る見送りの中を、我が瑞雲は静かにスベリを離れ水上滑走に移つり、そのまま離水して発動点の曽根高崎に向かった。

自分で描いたコースだったが、敵のレーダーと夜間戦闘機を避けて飛ぶことが肝心で、自分では一番良い方法と信じて決めており、毎回このコースで攻撃地点に向かっていた。

天候は、曇天で雲量八の今にも雨の降りそうな、闇黒の闇を飛んでいるが、どこから弾が飛んでくるかもしれず、目を皿の如くに開いて、ただ、じっと、何も見えない闇を見つめていた。

いよいよ危険区域に入った。

「志戸さん、二二五度ヨーソロ、敵さんの弾が飛んできますよ」と告げ、銀紙の欺瞞紙を一掴みして機外の闇の中に勢いよく投げつけると、瞬間的だが闇夜に白雪の如くにひらひらと舞いながら落ちて行き、敵の電探に我が機の虚影が編隊で映っていると思うととても気分はよかった。

久米島の北、鳥島までは後二〇分位だが、恐らく敵の夜間戦闘機が我々に向かって発進していると思われるので、敵機の翼端灯が流れるように動いているのを見つけないと、闇夜に鉄砲の如く電探射撃してくるので、安心は出来なかった。

沖縄本島を包みこむように雨が風防を叩きはじめ、雲高は二〇〇m位まで低く垂れ下がって、とても降爆出来るような状況ではない。

鳥島に到着して一一〇度に変針ヨーソロ。雲の下を飛んでいるが、敵も味方機と思っているのか撃ってこないので、一層不気味さが加わり、米軍の全砲身、全対空機銃が我が機に向けられているような錯覚にとらわれて、むしろ凄い恐怖を感じていた。

米軍が上陸した読谷と嘉手納の航空基地正面の渡具知海岸まで後一〇分程と時計を確認した時、嘉手納の海が突然昼間になったが如く、全探照灯が我機に向けられてきた。猛烈な集中対空射撃の曳痕弾は、火の束となって我機に集中してきたので、「志戸さん、このまま全速力で突進、前方の艦船に投弾、投弾後そのまま沖縄本島を横断して変針三五度」と叫んでいた。

ぐんぐん嘉手納沖の敵艦船が迫ってくる。

よ〜し突入だ、午前零時は過ぎた、基地では入電を今や遅しと待っている。ト連送を発信する。

このまま火達磨になろうとも、墜とされるものかと、計器盤の速度計を見て、高度計を読みながら、「よ〜い、テイ（打て）」高度は一五〇m位に下がっていたようだが、そんなことよりも早く敵の射撃圏内から離脱しなければと必死だった。

戦果確認しなければならないが、早く離脱しなければと必死だったので、三五度に変針後に左を振り向いて見ると、嘉手納の空が赤く燃え上がっているのが見えたので効果ありと判断した。

「志戸さん、大丈夫か、針路三五度、ヨーソロ」と声を掛けると、「大丈夫だ、よく撃たれたが、このまま辺土岬の敵のレーダー艦を銃撃して、古仁屋基地に直行する」と、元気な声で応答があったので安心した。

何事もなかったように瑞雲は快調で、逞しく飛んでくれているが、これだと古仁屋基地の手前で、敵の夜間戦闘機に待ち伏せされているような予感がしたので、特に見張りを厳重に心がけた。

コクピット内の自分の周囲で、計器の目盛りと針の夜光塗料が青く不気味に光って明るいのと、排気管のガスが青白く光っているだけで、その他は全くの闇黒の世界だった。

敵の夜間戦闘機は二機で飛んでおり、この二機が約三〇〇m位の間隔で飛び、日本機を挟み打ちして捕捉、電探発射で日本機を挟撃してくるので、この連繋プレーを見破ることが、我が機を敵の夜間戦闘機から守る事が出来るのである。

飛行高度を上げて一〇〇〇mで飛んでおり、前後左右を見張って敵の夜戦が、パッパッと連繋プレーの発光信号を出し合っているのを発見しなければならない。これを見落とすと次に電探射撃をしてくるから墜されてしまう。

「志戸さん、間もなく左前方に加計呂麻島に到着」と、告げると「梶さん、着水コースに入る」と応答してきた時、右手にパッ、左手にパッと発光信号を発見、「危ない！　志戸さん、夜戦に捕まった」その時は既に高度読みにはいっていたので、そのまま無事に着水出来るかが、生死の分れ目といえた。

着水時の白い波の飛沫を狙って一撃してくるものと思われたので、着水と同時にエンジンを絞り、二人は敵夜戦の射撃前に真っ暗な海に飛び込み、機銃弾を避けるために潜っていた。

しばらくして、浮かび上がり、お互いに連呼して無事を確認、前方にポコポコとスローで水上滑走している愛機瑞雲が、早く来てくれと呼んでいるようだった。

二人で懸命に泳いで辿りつきフロートから翼に上がって、「あぁ～助かった」と手を取り合って喜びあい一息ついた。

基地のスベリあたりだろうか、整備員が懐中電灯で円をかき、位置を示してくれているので、その方向に水上滑走してスベリに接岸した。

指揮所で指揮官に、飛行コースと攻撃目標をチャートを広げて説明、所要時間と戦果の確認と敵の状況を報告し、夜戦の発見は大島と加計呂麻島との水道入口であったと報告した。

「ご苦労さんだった。無事帰投おめでとう。玄界基地への出発は明朝〇四〇〇、それまで休んでくれ」と、簡単だったが労をねぎらって貰った。無事に帰投できた嬉しさに疲れがどっと押し寄せた。全く全身が力抜けたようで疲労が極限に達していたのであろうか、タバコは苦くて上手くなかった。

壕内の搭乗員室にゆき、ずぶ濡れのまま横になったら、何時の間にか深い眠りに入ってしまった。

番兵に起こしてもらい、〇四〇〇出発のためにスベリにゆくと、徹夜で整備してくれたのか、整備員は目を真っ赤にして、「異常ありません」と、報告を受けたので、「ご苦労さん、元気で頑張ってくれよ、また飛んでくるからな、宜しく」と笑顔で応答し、残っているタバコを礼に渡した。

基地指揮官に、出発の挨拶をして瑞雲に搭乗した。

「志戸さん、口永良部島に向かう針路一五度、飛行高度五〇m、口永良部島で変針、針路〇度、飛行高度一五〇〇m、全飛行距離六二〇㎞巡航速度で約二時間の予定」と、帰投コースを告げると「OK、元気で帰ろう」と応答があった。

昨日の攻撃に向かう時に比べて、帰投時は幾分か気持ちが楽であったが、敵の襲撃はどこで受けるかわからないので、少しも油断は出来なかった。

でも、夜明けの神々しい日本の国土を見ていると、今日も生きられた、生き残れたと、じ〜んと熱い涙が目にたまって、飛行眼鏡をはずして拭いていた。

何としても美しいこの国土を、守らねばならない。

多くの若者の命が、これからも桜花と競いあって、惜し気なく散ってゆくのも止まらないであろう。

自分もその中の一人に間違いなく、武運の続く限り、この国土を守る覚悟を再認識して、運命を瑞雲に托していた。

やがて、唐津湾の島々は静かに、美肌の博多人形を横たえたような、柔らかい姿の光景で目に入ってきたが、程なく船越の入り江に着水、〇六〇〇過ぎ砂浜に接岸して地上に下りた。

直ちにテント張りの指揮所で、江村司令の前に整列して先任の志戸兵曹が報告したが、江村司令があれこれと質問攻めで一時間は過ぎようとしていた。

そこで、私がチャートを広げ「飛行コースと所要時間を説明、攻撃目標は嘉手納沖の敵艦船、沖縄付近の天候は雨、雲高二〇〇m以下、その雲の下を飛び高度一五〇mにて大型艦を攻撃、集中砲火を浴びましたがそのまま銃撃して沖縄本島を横断、その後変針して左後方を振り返りましたら、嘉手納上空が赤く燃え上がっているのを確認、戦果あったと判断しつつ、そのまま本島を縦断、北端の辺土岬の敵ピケットラインのレーダー艦を銃撃、帰路につき古仁屋基地に着水の際、夜戦の攻撃を受けましたが、無事に回避出来ました。以上報告終わり」と報告すると、心持ち顔を和らげられて「大変だったろう、ようやって来てくれた、休養してくれ」と答えられた。

やれやれと思うといっぺんに疲れが出た。

出発の時は何時もの調子で、江村司令は「沖縄の天候は快晴」と言われたが、沖縄近辺は雨だった。比島戦以来、天気図は一枚も渡されたことは無かったが、出撃の時はいつでも天候は晴れだった。

特に沖縄戦に入ってからは、主として夜間攻撃ばかりで、暗黒の闇の中での攻撃は並大抵ではなく、その上に攻撃付近が雨天ともなれば、死の一歩手前の飛行だったといえる。

攻撃終了して基地に帰投しても着陸灯もなく、ただ、着水姿勢を保ちながら高度計を読んでの着水だったが、気圧の変化で高度計の誤差が一〇〇～二〇〇m位生じている場合があって、じ～と海面を見つめていると急にドスンと尻もちを突き、転覆事故になり犠牲者が出たこともあった。

これで、報告終わって解散と思っていたら、江村司令が「帰ってきて早々だが、一四〇〇桜島基地に飛び、小玉兵曹と交代して貰いたい」と告げられ、今度は桜島基地か、玄界基地に帰隊してから休日もなく、死ねと言わんばかりに、たったの一機で沖縄の敵艦船攻撃、無事に帰投したら今度は桜島基地勤務とは、あきれてしまったが、最も仲の良かった福丸兵曹がいるので、逢えることが一番嬉しかった。

小玉兵曹との関係は、私が比島沖航空戦で左足を負傷、燃料補給基地のタバコ基地から、キャビテ基地まで運んでくれたのが小玉兵曹で、その頃から、目に見えない糸で繋がっていたと思われる。

宿舎に帰る前に、井藤分隊士に小玉兵曹と交代で桜島に行きますと報告した。

責任を果たした後のタバコはとても美味しく、志戸さんとお茶を飲みながら、タバコを三本程のんだが、まだ吸い足らないような気がしたが、すべての疲れと緊張をほぐしてくれた。

桜島基地は、六三四空の前進基地なので、また、沖縄夜間攻撃に行くことになるが、死ぬまで戦うしか道がないのだと、自分自身に言い聞かして諦めていたのもこの頃だった。

玄界航空基地に水上機集まる

菊水作戦も五月末になると、作戦部隊に練習航空隊から編入されてきていたが、機材も旧式化しており、鈍足のために護衛の戦闘機の足手纏になり、あまり戦果は挙がらなかったようだ。

その上に、梅雨前線の影響で天候も不順で、思うように作戦は出来ず、先細りの感が見うけられたが、それでも、特攻部隊、通常攻撃部隊の作戦は続行されており、小禄地区を支えて奮闘していた我が海軍陸戦隊は六月一三日に玉砕、陸軍部隊も全戦線で後退を余儀なくされて、南端の島尻地区の複廓陣地に下がり、地上の沖縄守備軍は最終段階を迎えつつあった。

このような情勢の中で、五航艦長官宇垣中将は、沖縄を見捨てることなく、集められるだけ集めた飛行機で、赤トンボの練習機であろうと、飛べる飛行機は全部爆装して、菊水九号作戦、菊水十号作戦に使用した。

六月一日から八日までの間、昼となく夜となく絶え間なくあらゆる種類の特攻機がアメリカ艦隊を襲撃した。

敵米軍の損害は、LST一隻、輸送船七隻の大破、五日には旧式戦艦ミシシッピ、重巡ルイスヴィル、駆逐艦、掃海艇の損傷、これに続いて新鋭戦艦三隻、正規空母二隻、護衛空母二隻、重巡二隻、軽巡、駆逐艦一三隻の計三〇隻を越える大破程度の損害があり、これに止どめをささんと特攻隊が発進したが、六日は敷設艦一隻、七日は護衛空母一隻大破で大きな戦果はなかった。

九日以降は、梅雨期に入って天候が勝れず、沖縄の敵艦船に対する攻撃は中断しており、その間に沖縄の陸上戦は、血肉飛び散る凄ましい終焉を迎えようとしていた。

六月二〇日、陸軍三二軍司令官牛島中将は、全軍に最後の突撃を命令、ここに三ヵ月に及ぶ、沖縄の陸海軍の地上戦は終わりを告げるに至った。

それでも、菊水十号作戦は沖縄地上守備軍への弔い合戦の意味をこめて、桜花六機を含む五〇数機の、特攻機が天候に左右されずに、沖縄の敵艦船に殺到した。

沖縄の全地域を敵の手に渡したために、その後の組織だった沖縄航空攻撃も、散発程度の攻撃となったが、我が六三四空瑞雲隊は、小数機であったが玄界基地、桜島基地から古仁屋基地に進出して、沖縄の敵艦船夜間攻撃を続行していた。

昭和二〇年六月中頃より、沖縄守備軍の命運が、ほぼ玉砕であろうと、予測できる段階に達していた時、次の敵上陸は、九州か四国または東関東なのか、我が本土防衛の準備に迫られたが、既に海軍には艦艇はなく、航空機は数千機を数えるほどで、燃料も底をついた為に、訓練は十分できなかった。

敵の上陸は一〇月頃と考えられ、急いで航空部隊の整備に努力が払われていた。

昭和二〇年六月の半ば頃、我が六三四空の江村司令、古川飛行長以下、飛行隊も全員近くが、古仁屋基地から玄界基地に移動を完了したが、桜島基地は終戦まで、偵察三〇一飛行隊の山内隊長が指揮官となり、偵察三〇一、偵察三〇二の瑞雲隊が混成で残存、また、水偵隊の一部も呉の広第一一航空廠で雷撃機に改修を終え、桜島基地に残存して雷撃訓練をしていた。

六月二五日、古川飛行長が転任となり、坂本少佐が着任された。

七月一日、偵察三〇二飛行隊の瑞雲隊と水偵隊の全員が詫間空より六三四空に所属替えとなって、

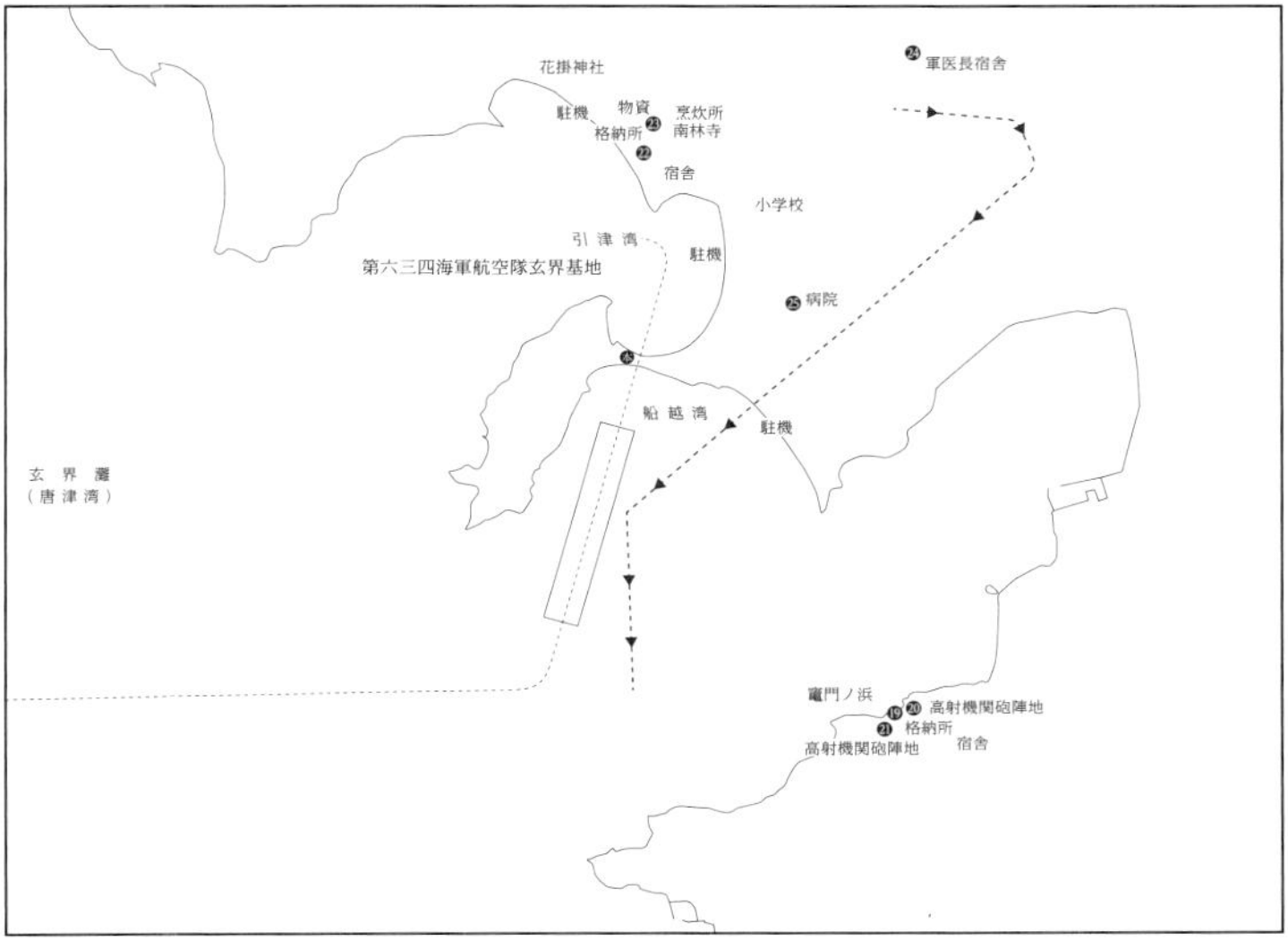

↑玄界基地周辺地図

↓玄界基地本部周辺拡大地図

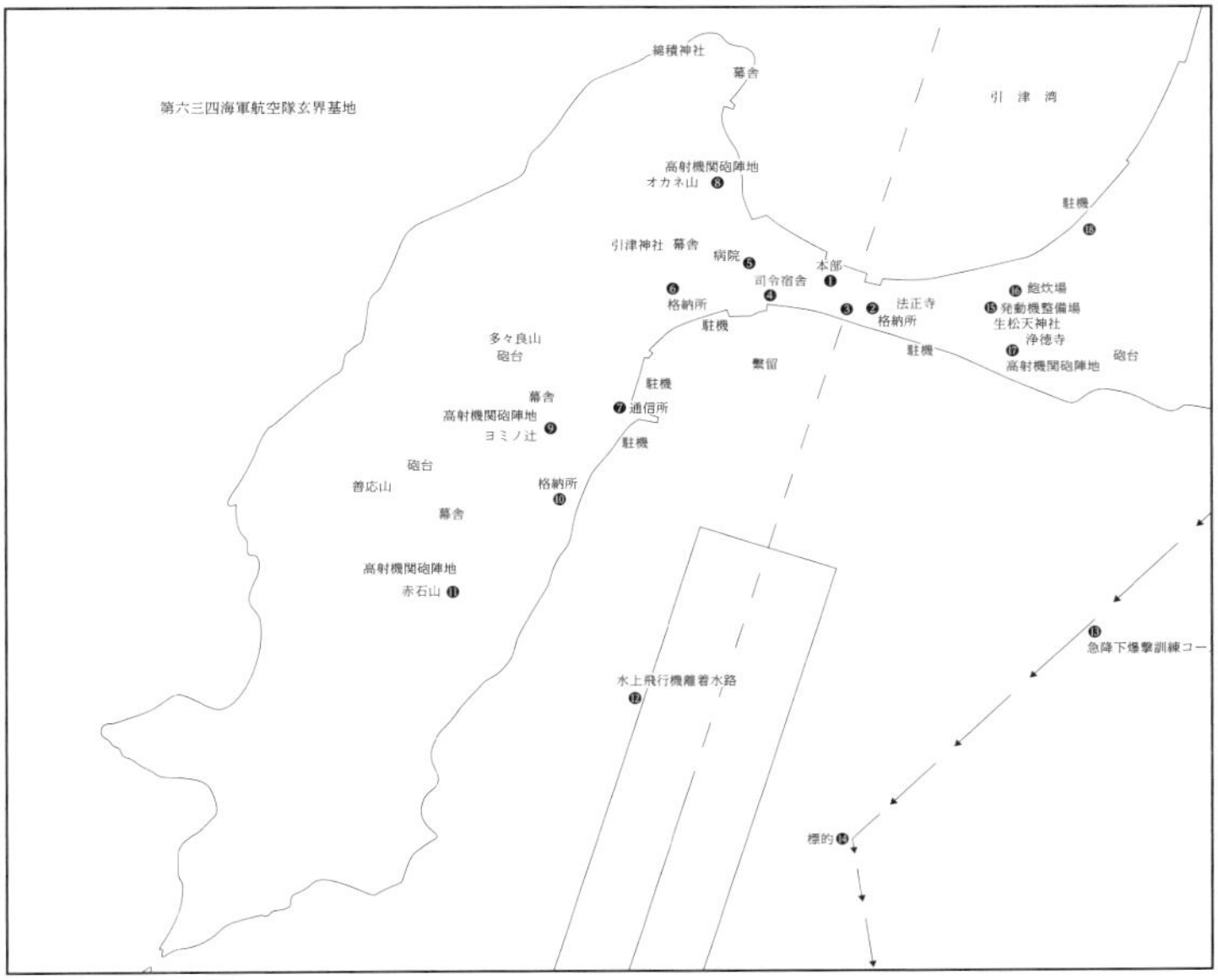

ここに、六三四空は水上爆撃機瑞雲隊と水上雷撃隊水偵隊を結集した最大の水上機攻撃部隊となった。

偵察三〇二飛行隊隊長の伊藤少佐は、坂本少佐より先任だったので飛行長となり、坂本少佐は偵察三〇二飛行隊長となった。

江村司令は、攻撃力の増大を図るために六月半頃、偵察三〇二飛行隊の水偵隊に対し、全機を水上雷撃機に改修する旨の命令を出された。

そこで、機体の改修が終わると同時に呉基地で雷撃訓練に入った。

その結果、偵察三〇一、偵察三〇二飛行隊の水偵全機に改修が行なわれ雷撃訓練が終わった頃に、九〇一空、九〇三空、九五一空、佐伯空、詫間空から人員、機材とともに空輸で六三四空に転入、直ちに

↑戦後撮影された偵三〇二の雷撃機仕様の零式三座水上偵察機

広・大村工廠で機体の改修が行われるとともに、雷撃訓練が実施された。

ここに、五〇機を越す水上雷撃隊が生れて、瑞雲隊とともに二攻撃隊が誕生して、六三四空に新戦力が出来た。

決号作戦の備えの為に、八月三日付で銀河隊の七六二空、天山艦攻隊の九三一空と瑞雲水爆隊と水上雷撃隊の六三四空で第三二航空戦隊が編成され、本土決戦に備えられることになった。

第五航空艦隊では、米軍の次の上陸地点は九州南部と判断、そこで、司令部を大分に移して、北九州方面に兵力の配備がなされた。

このために、六三四空玄界基地同様に、唐津湾の適地に鹿島空、河和空、大津空等から零式観測機等が進出してきており、我が六三四空だけでも優に一〇〇機を越す大部隊で、静かな唐津湾も玄界基地を中心に、決戦を迎えようとしていた。

後方基地（玉造基地）の増設が図られた

敵米軍の本土上陸は当初より十月頃と予測され、その期日までに各航空部隊では鋭意反撃体制づくりに奔走されていた。

菊水作戦も期待通りに行かずに沖縄は米軍の手に落ちてしまい、いよいよ敵を本土に迎える状況になってきた。

既に、第五航空艦隊からは決号作戦に備えて航空兵力の温存が図られ、積極的な攻撃をひかえよと命じられていたが、通常攻撃部隊の六三四空には夜間のゲリラ攻撃を命じられていた。

瑞雲に加えて零式水上偵察機が水上雷撃機に改装され、五〇機を越し、両隊で一〇〇余機を有する水上機の大部隊となり、この保有機を玄界基地と櫻島基地に配置されているが両基地とも遮蔽物が少なく、どうしても後方基地の必要に迫られていた。

六月の半ば過ぎ、江村司令は岩元整備長を伴って零水偵で山陰の松江方面に後方基地の適地を探しに飛ばれた。

▼斐川・宍戸町全図

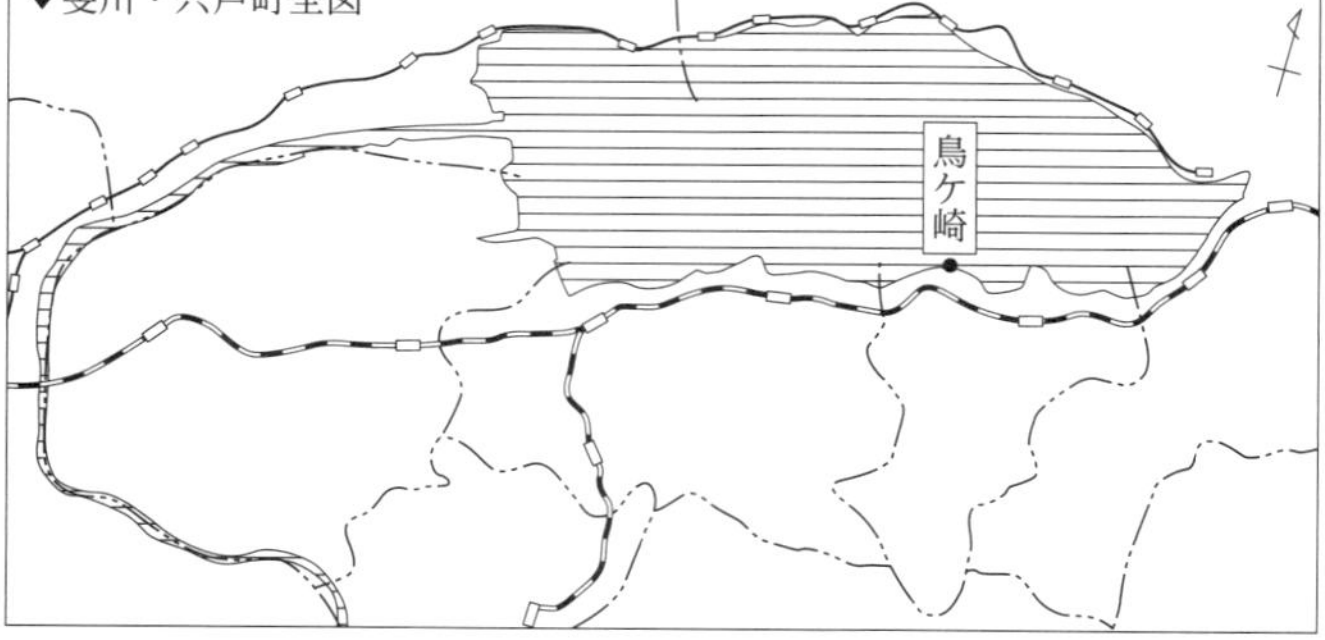

美保湾、中海、宍道湖の上空から基地となる適地を探された結果、宍道湖の東の南岸「玉湯町」（玉造温泉川の河口）の湖岸に第九〇一空湯町派遣隊が昭和二〇年五月上旬に開隊されており、隊長垣野内英二大尉（乙飛第一期）で、零式水偵三機であった。

上空から数機の零式水偵の駐機を確認して六三四空の司令搭乗機、零式水偵は着水した。

江村司令は零水隊の指揮官垣野内大尉に付近地の状況説明を受けられ、続いて提供された乗用車で岩元整備長とともに基地設営の下見に出発された。

玉湯町から国道九号線を西に向かって約二㎞走った鳥ケ崎（林部落）に達し、峠付近にさしかかる手前えの湖岸に三〇機程度駐機出来て、隠蔽工作も比較的に容易と思われ、直ちに基地設営の準備がなされた（基地跡は戦後ながらく国民宿舎に利用されていたが、現在は公園になっている）。

戦局は急ピッチで進んでおり、一刻も早く基地設営が望まれたので、山陰空の協力を得るとともに地元からは連日二〇〇名を越す献身的な協力が得られた。

官民の協力を得て基地の設営ははかどり、八月一四日にほぼ完成し、必要な基地隊員は、整備科、工作科、通信科、主計科、医務科等が配備完了しており、何時でも基地使用でき得るような受け入れ態勢が出来あがっていた。

また、飛行機の受け入れに必要な諸設備も完備できていた。

滑走台（スベリ）、台車、爆弾・搬送機、爆弾、その他一般武器類も貯蔵され、すべて作戦の準備は整えられていた。

その上に、基地周辺の対空陣地の構築も完成、隊舎も三棟程完成出来て、一五日に竣工祭が行なわれる予定になっていた。

ところが、八月一五日終戦の大詔が発布され、せっかくの官民総意による基地づくりで完成されたが、一度も使用されなかった基地であった。

その存在を知っている人もほとんどおらず、知られざる我が六三四空の幻の基地であった。

基地要員

隊　長	海軍少佐	岩元盛高	（海機四七期）
分隊長	海軍大尉	椎野	（特務士官）
	海軍中尉	鈴木	（予学一二期）
	海軍中尉	有馬	（予学一二期）
	海軍少尉	平尾	（予学一四期）
	海軍少尉	菱屋	（予学一五期）

海軍少尉　鈴木　（予学一五期）
軍医　海軍少尉　小林
主計　海軍中尉　笠原

戦後処理は、終戦時より一一月まで、岩元隊長、椎野大尉以下数名で管理して、一一月下旬に対空火器、銃器類、弾薬、各種爆弾、その他兵器具等を米軍に引き渡しを完了。

六三四空玉造基地がこの日をもって解散された。

第九章　桜島航空基地

桜島航空基地に派遣される

六月一五日、沖縄夜間攻撃を終えて翌一六日玄界基地に〇六〇〇帰投した。江村司令に報告後、司令より一四〇〇発桜島基地に飛び、小玉兵曹と交代せよと命じられて、再び志戸平曹と出発した。

「志戸さん、針路一六五度、ヨーソロ、桜島基地まで二三〇㎞、約四〇分の予定、途中は有明海、八代湾の八代を過ぎ、霧島山（一七〇〇m）を左前方に見て飛び、国分から桜島に向かうが、途中の障害物は霧島山以外に無し、敵戦闘機が飛んでいる時間と思われるので、高度一〇〇〇m以下で飛ぶ」と告げると、「了解、梶さん、ペアは死ぬまで一緒だから、宜しく」と、かすれた声で応答があった。

内地の上空といえども気は許すことが出来ず、高々度の空から、

↑桜島の噴煙

水平線の彼方から、雲の中から、いつ何時敵の戦闘機が襲ってくるかもしれない。どのような事態になっても、直ぐ様対処できるように心積もりはしていた。

「花は霧島タバコは国分」と歌われている国分の町は早くも眼下を過ぎ、雄大な桜島が沖天高く噴煙を吹き上げている秀麗な姿が目に入ってきた。

「我が胸の燃ゆる心にくらぶれば煙は薄し桜島山」と歌われているが、その歌よりも、昭和の若者達の心意気は、沖天高く燃え上がって、国難に殉じている。

「志戸さん、左の大隅半島海岸線に沿って南下、桜島の手前に小学校がある、そこが基地だからよく見届けてほしい、敵機の空襲があるから、基地の海岸近くに着水」と知らすと、「梶さん、見付かったぞ」と答えて、無事に着水した。

水上滑走して間もなく砂浜に接岸、飛び降りて下で待機されている山内隊長に到着を報告した。

「昨日の沖縄夜間攻撃は大変ご苦労だった。今日から桜島基地員として、何時、攻撃命令が出てもよいように、準備して待機せよ」と隊長から言われた。

報告の間に、愛機瑞雲は海岸の松の樹の下に運ばれ、遮蔽物で偽装が終わっていた。

解散後、「お〜い、お梶来たか、無事で良かった、心配していたんだ」と福丸兵曹が笑顔で飛びついて来てくれた。

「福さんと逢えたのが一番嬉しいよ、宜しく」と笑顔で応えた。

桜島基地は、鹿児島県肝属郡牛根村にあって、大隅半島から桜島に渡る付け根、牛根村の南端に在って、松崎国民学校の前の砂浜に、松の角材（一尺巾）を敷き詰めてスベリに使用しており、上から砂をかぶせておけば、敵機に発見されることもなく、終戦まで発見されなかった。

松崎国民学校の教室をそのまま借用して教室を搭乗員室や各科で使用していた。

その後、七月始め頃に仮の諸施設が調ったので移り、搭乗員室は後の山の中腹にある兵舎に、偵察三〇一飛行隊も偵察三〇二飛行隊の瑞雲搭乗員達は起居は一緒で、楽しく賑々しく若い集団だった（玄界基地は別々だった）。

士官室は道路より少し上がったところにあり、医務科は搭乗員室を右に下がったところだった。

玄界基地と同様に、桜島基地も隊門の無い航空隊だった。

垂水まで五㎞位、桜島の古里温泉まではほぼ同じ位の五㎞余だったが、温泉はあっても客は無く、我々だけがお客さんで、六三四空搭乗員の専属保養所みたいなもので、古里温泉まではガヤガヤ言いながら連れだって、溶岩の赤い道路を温泉に向かってテクテクと歩いて行った。

温泉は、旅館の下の海辺に在って、下から湧き出ており、寄せる海水が温度調節してくれる、便利なものだった。

旅館には女中も居らず、障子紙も破れたところはそのままで、破れ放しの荒れ放題となっていた。

今日は、遅ればせながら私と志戸さんの歓迎会を兼ねて、桜島の古里温泉ですることになっていた。

お女将さん一人で、すべて準備されるので大変だったが、幸いに搭乗員は器用だったので、料理を手伝って酒盛りの用意は、思ったより早く出来た。

さあ、それからはどんどん酒を注いで、飲めよ歌えよと無礼講の宴会が続いた。

盛り上がったところで、大場兵曹がお女将さんの真っ赤な長襦袢を借りて、帯び上げで鉢巻き締めて踊り、大事な砲身を包んだ白いマフラー（フンドシ）が垂れ下がり、ぶらぶらだったので、大爆笑の渦が湧き、腹を抱えての楽しい宴会が続いた。

お女将さんも、欣ちゃん（大場兵曹）に抱きついて踊り、もう、皆でドンチャン騒ぎの大層な盛り上がりだった。

お女将さんの姿がしばらく見えないと思っていたら、両手で抱えるように色とりどりの絹布をマフラーに仕立てあげて持参、「好きな色を持っていって頂戴、私と思って一緒に沖縄につれていってほしい」と全員に配られ、私は絹地のエンジ色のマフラーを貰った。

大場兵曹（甲飛八期）は飛行練習生卒業後、南方の前線ばかりを飛び回り、内地に帰ったことが無く、一度帰りたいと思っていたそうだが、キャビテ基地で偵察三〇一飛行隊に所属した。

日頃は、大きなまん丸い目を見開いて、じっと人の話しを聞き入っている真面目な人で、決して話しの横取りをすることは無く、通称、「欣ちゃん」と皆から親しまれ、笑顔の絶やさない人だった。

宴会で遅くまで騒いでも、翌日の朝は〇六〇〇起床、また、赤い溶岩道路をめいめいが順番に歌を歌って基地に帰った。

思うと、この頃は元気溌溂としていた。

翌日の六月二五日、二〇〇〇桜島基地から、沖縄夜間攻撃に瑞雲八機が発進、中継地の奄美大島の古仁屋基地に向かって発進した。

指揮官機は、宮本分隊長と大場兵曹だった。

「おい、欣、頑張ってこい」「欣ちゃん無理せずに帰ってこいよ」「古里のお女将が待っているから必ず帰ってこいよ」と、色々と見送りの言葉に、「おぅおぅ、沈めて帰ってくるぞ、お女将に宜しく伝えてくれよ」と、顔を赤くして手を振っていた姿に、力強い決意が読み取れた。

搭乗員始め基地員全員の帽振れに見送られ、桜島のように身も心も燃やして離水、そのまま旋回して、桜島の東側を抜けて垂水上空を通過、針路一八五度で古仁屋基地まで約四一〇㎞を低空で飛んでいった。

今夜は誰も外出する者は居らず、搭乗員室（小学校教室）に置かれた電信機の前で、もの静かに酒を飲んで時間待ちしていた。

戦友の無事帰還をひたすら願いながら、深夜の「ト連送」に続いて、戦果確認の入電を待っていたが、入電がなければ突入の時間に自爆したと判断されていた。

その時は、何処かで生きていてくれたらと、祈りながらお通夜をした。

古仁屋基地着水時に二機が転覆したが、搭乗員は救出された。

二六日〇〇〇〇に、沖縄周辺の敵艦船攻撃に残る六機発進したが一機故障、一機が敵夜間戦闘機の妨害を受けて引き返し、四機で攻撃した。

その結果、敵の輸送船一隻轟沈の戦果があったが、宮本機は未帰還となった。

六月二六日

戦死者：偵察三〇一／大尉・宮本平治郎（福岡県）、上飛曹・大場　欣一（宮城県）

分隊長の宮本大尉は、比島戦以来、沖縄戦を通じて一番多く出撃、その功績は輝いていた。眉目秀麗で容姿は端麗、多くを語らずに不言実行、田村飛行隊長のごとく率先陣頭指揮の範を示された方だった。

大場兵曹は実に愉快で、怒ることを忘れた人だったが、宮本分隊長とともに未帰還機となって還らず、しばらくの間は酒を飲んでも美酒に酔うという、ムードが出ず淋しいものだった。

誰が死んでもこの通りだと思うと、やはり嫌な気分になり、心は滅入ってしまう。

その後、古里温泉に行っても、お女将さんに「欣ちゃんは、台湾の高雄航空隊におり、元気でやっとる」ということですませていた。

二六日も瑞雲一機が、雨の中を沖縄の敵艦船を夜間攻撃、二七日も瑞雲一機で沖縄金武湾の敵艦船を夜間攻撃して、敵駆逐艦一隻撃沈、駆逐艦一隻に直撃の戦果を挙げ無事に帰投した。

菊水九号作戦が実施され、初日の六月一日から、あらゆる種類の飛行機が敵艦に突入、八日まで特攻機が続き、敵を翻弄してあと一息という戦果を挙げた。

しかし、五航艦は特攻機のすべてを使い果たしており、飛ばす飛行機を集めるのに四苦八苦し、迫る本土決戦を考慮して飛行機の温存が図られ積極的な沖縄攻撃を差し控えるような傾向だった。

それでも、通常攻撃部隊の六三四空は、玄界基地、桜島基地から連日の如くに夜間攻撃を実施し、菊水九号、十号作戦を支援して、夜間攻撃は続けられていた。

六月二八日、桜島基地から出撃した瑞雲一機が、沖縄夜間攻撃で未帰還機となった。

未帰還機の搭乗者は、土山重時少尉（甲飛二期）と西村清作上飛曹（甲飛一一期）だった。

西村君は同期生で、この日が始めての初陣だった。

朝の早くから小学校の北側を流れる小川で洗濯をしており、「清ちゃん、なにしとんねん、洗濯なんか、帰ってからすればよい」と言うと「いや、立つ鳥跡を濁さず」と、

その瞬間、私は冷水を浴びせられたようで、行けば彼は死ぬ、何とか死神を追払わねばと思い、気分転換をささねばと、彼を木陰に呼び「清ちゃん、初陣を切り抜けたら後は楽だ、攻撃は一回で帰ってこい、分隊士が行くといっても拒否しろ、分隊士も初陣だから危ないぞ、深追いは禁物だから帰って来いよ」と言ったら「うん分かったよ」と返事あったが、何となく気懸かりな弱い声だった。

一六三〇、瑞雲は波打ち際で整備員に支えられていた。

↑小川の洗濯石

「分隊士、物凄い弾幕ですから、突っ切って飛び越えてくださいよ、元気で帰りを待っていますから」と言うと、手を挙げて「ありがとう、沈めてくるよ」と言われて、少しばかり笑顔になられていた。

湾内は波静かで、瑞雲は夕陽を一杯浴びて基地を飛び立った。

「分隊士、清ちゃん、無事に帰ってこい」と私は悲痛な気持ちで見送り祈っていた。

機影はだんだんと遠ざかり、やがて黒点となって消えてしまい、もう爆音も聞こえなくなっていたが、私の頭に機影は焼きついて、なかなか消えなかった。

静かになった浜辺に腰を降ろして、比島戦以降を振り返ってみたが、どんな場合でも弱気を出したら死神に取りつかれるので、空元気であっても強気で乗り越えて来たことが、幸いにも生き残れたと思われ、呉空時代から俺は絶対に生き残ると決めていたので、常に前向きで戦いこれからの決戦にもこの信念は持ち続けると、誓いを桜島基地の空と海と燃えて生き続ける桜島に誓った。

夕食後は、部屋に備え付けてある電信機を調整して、清ちゃんからの入電を待つことにした。

二三三〇頃には隊長を除いた士官と下士官搭乗員は全員揃って、何時ものように電信機を取り囲み、五〇分を過ぎたのでスイッチをONに入れた。

沖縄の闇黒の空では、土山機が懸命に死闘している頃なので、皆は真剣な顔でスピーカーから聞こえるモールス符号を逃がさじと聞き入っていると、二三五五分過ぎに、「ト連送」が入ってきた。

聞き入る皆も、自分が突入している気持ちになっているのだろうか、拳を握って真剣な顔で電信機をにらみつけており、「ト連送」が消えて次に戦果を伝える「セカ、セカ」の入電を今か今かと待っていると、「われ敵巡洋艦一隻撃沈」と入電あったので、いっぺんに緊張から解放され、万歳を唱えて喜びあい、それからは祝盃を手にグイと飲み干した。

分隊士も清ちゃんもよくやったが、二回目の攻撃に行くな、柳の下にドジョウは居るとは限らない、行けば必ず墜されるから帰って来いとあれほど言ったのに二回目の攻撃で突入して自爆してしまった。

西村君は、先祖代々彦根藩に仕えた家の出身で、父は陸軍大尉で、躾の厳しい家庭に育っていた。

それでも、清ちゃんは母親譲りの気性のやさしい男で、何事も几帳面さは随一だった。

六月二八日

戦死者：偵察三〇一／少　尉・土山　重時（神奈川県）

〃　　上飛曹・西村　清作（滋賀県）

←桜島「ふる里」温泉にて（右より）
阿川孝行中尉　西村清作上飛曹
加藤正俊中尉　梶山治上飛曹

↑土山少尉

終戦までの桜島航空基地

梅雨時の雨も内地では、ほとんど期待するほど降らずに過ぎようとしており、菊水第十号作戦を支援して、沖縄の敵艦船夜間攻撃に六月二八日出撃した土山少尉、西村上飛曹もついに還らず散ってしまった。

その後の出撃は少し途絶えていた。

七月の桜島は、今日も激しく天空に向かって、噴煙を吹き上げている。

桜島基地搭乗員の移動があり、本隊の玄界基地に向かいトラックに便乗して移動中、肝属郡福山付近でトラックが海に転落事故発生、搭乗員十余名の負傷者は、直ちに霧島海軍病院で手当されたが、搭乗員二名は手当の甲斐もなく、惜しくも悲しく散っていった。

七月九日

殉職者：少尉・宝子丸博道（広島県）、上飛曹・朝倉　清亀（大阪府）

夏日の強い日差しは容赦なく照りつけ、基地前面の海に飛びこんで、心身と心の洗濯をしてみたい衝動に駆られる暑さだった。

ちょうどこの頃だろうか前触れもなく、第五航空艦隊司令長官宇垣　纏中将は、ごく僅かの随員を伴われ、南九州の各基地の巡視と配備に、激励に廻られていた。

我が六三四空桜島基地にも来られたらしいのだが、このことは誰も知らなかった（昭和五五年、慰霊碑除幕の際に山内隊長が話されていたと人づてに聞いた）。

長官巡視の報告が、本隊玄界基地の江村司令に届いていたのであろうか、七月一〇日すぎに江村司令が桜島基地に飛んでこられた。

すぐさま、搭乗員整列が掛かった。

江村司令は、

「我が六三四空瑞雲隊の搭乗員諸君達には、今日までよく戦い頑張ってもらい、多大の戦果を挙げていただき感謝している。

沖縄の情勢も六月二二日、守備軍は玉砕して、完全に敵の手に渡ってしまい、菊水作戦は失敗に終わってしまった。

やがて米軍はこの南九州に上陸してくるものと思われる。

敵の上陸は一〇月中頃と予定されており、我が瑞雲隊は今日までは、通常攻撃隊として戦ってきたが、迫り来る本土決戦には私に命を預けてほしい。

そして、全員特攻隊として突入してもらいたい。

それまで、今後の本土決戦に備え、積極的な沖縄攻撃を差し控え、飛行機の消耗を避けることになるが、それまで、十分に英気を養い、本土決戦に備えておくように」

以上のような趣旨を述べられた。

搭乗員としては当然のことであり、日頃からの決意は変わっていなかった。

江村司令は第五航艦長官の訪隊に触れられておらず、その当時では飛行隊長だけが知っておられ、事前に基地員に知らされておれば長官をお迎えにできたのに真に残念だったと思われる。

桜島基地から帰られて間もない七月一五日、江村司令は、海軍軍令部部員兼大本営海軍部参謀、海軍総隊司令部付となられて、我が六三四空瑞雲隊・雷撃隊から離れられた。

このことは、終戦まで江村司令の転任が知らされることなく、真に遺憾心外であった。

これまでのいろいろのことが思い出される。

決して忘れることのできない編成時の苦労、やっと激しい訓練を経て、あの激烈苛酷な比島戦で全滅に至るまで戦い、台湾で再建を誓っての索敵攻撃、沖縄県で偵三〇一飛行隊・偵三〇二飛行隊の瑞雲隊、水偵隊の両隊員が総力を発揮して勇敢に戦い、いよいよ最後の決号作戦本土防衛近くなって、おまえ達で宜しく戦えと言われたも同然で、全く狐に包まれたようで真に残念でならない。

この時点では、実戦経験の少ない上層部では本土決戦指導できないのであろうが、実戦経験の深い幹部を呼び集めての対処であるかも知れないが、最前線で戦う我々の士気は著しく低下することを考えない無策しかいいようがない（七月一〇日、海軍総隊は敵機動部隊に対し積極的攻撃を実施せざる方針を打ち出していた）。

積極的な攻撃を中止してから、暇な時間が多くなり、気持ちも緩んでしまうのには弱っていた。敵のグラマン戦闘機は、定期便のごとく毎日偵察に飛んできたが、桜島基地は発見されることなく、安泰で、遮蔽された瑞雲は完全に整備され出撃を待機している。

この頃の基地の生活は、戦死した者に申し訳ない程、のんびりした休養の毎日だった。

総員起しのラッパの音も聞かれず、号笛を吹く番兵の姿もなく、夜が明けて涼しい海からの風に目を覚まし、桜島の噴煙を眺めて朝を迎える第一歩だった。

整列もなく顔を洗って朝食まで、潮風を一杯吸い込んで、今日も生きられた喜びを肌で感じていた。

本隊の玄界基地は訓練基地、桜島基地は攻撃基地とほぼ決められていたようだった。

桜島基地は偵察三〇一飛行隊も偵察三〇二飛行隊も同じデッキで起居を共にしていたので、二〇数名の搭乗員は和気藹々で楽しい生活を味わっていた。

この頃になって、唄を忘れたカナリヤが、唄を取り戻したごとく、我々の生活の中に歌声が戻ってきたのもこの頃だった。

夕方上陸（外出）許可が出ると、行き先は「古里温泉」に決まっており、防暑服姿に飛行靴をゾロゾロ引き摺るようにわいわい談笑しながら溶岩道路の凸凹道を歩いて行った。

飲んで唄って踊ってワイワイと酔い潰れるまで酒に浸って心の憂さを流していた。

何時も一番先に出る歌は「島育ち」で、皆で涙一杯ためて歌っていた。

「島育ち」（作詞　有川邦彦／作曲　三界稔）

一、赤い蘇鉄の
実のうれる頃
加那も年頃
加奈も年頃
大島育ち

二、黒潮黒髪
女身のかなしや
想い真胸に
想い真胸に
織る島紬

三、朝は西風
夜は南風
沖の立神
沖の立神
また片瀬波

この哀愁を帯びた「島育ち」を歌うことで、死んでいったあの戦友この戦友と過ごした戦いの日々が思い出され、この歌を唄うことによって自分自身を慰め、亡き戦友を呼び戻して一緒に歌っているのが、真実の歌声であった。

こんな悲しい酒盛りが続いている。

それでも、皆は喜んで唄っている。

このような酒盛りの気持ちをほぐしてくれるのが、通称「五郎ちゃん」だった（偵察三〇二飛行隊上田五郎一飛曹）。

五郎ちゃんがよく唄い、皆で合唱した歌だったが、題名が思い出せない（後に「女性進軍」／作詞　西條八十／作曲　明本京静と判明した）。

題名　不詳　（作詞・作曲者　不明）

遊びに行くよと約束の　あなたの手紙を懐に
待てば淋しや湯の山で　乙女鶯ホーホケキョ

（思い出せない人もいるが、それぞれの顔が忘れられないで覚えている）

士　官　指揮官　山内順之助少佐（兵六三期）阿川孝行中尉（予一三期）加藤正俊中尉（〃）

分隊長　宮本平次郎大尉（兵七一期）桜井三男中尉（〃）酒井史朗少尉（甲三期）

下士官　山口　隆、山根幸雄、明神茂男、志戸義治、脇山忠秀、石橋　尊、加藤虎雄、東田敏夫、

福丸冨士雄、大久保和一、柳　弘、飯山　章、西村清作、梶山　治、大場欣一、他数名

のんびりしていたが、敵機の定期便が来ると、谷間の防空壕に避退していた。

ある日、田畑で仕事中にグラマン戦闘機に機銃掃射を浴び、逃げ惑うところを狙われて負傷した若い娘さんが戸板に乗せられて医務室に運び込まれてきた。

医務室には、軍医長の住吉大尉と宮川上衛曹と衛生兵一名の三名しかおらず、このような負傷者が担ぎ込まれると、下から宮川上衛曹が「お〜い搭乗員、手を貸してくれ」とお呼びが掛るので、急いで医務室に駆けつけて手伝った。

不思議と負傷の箇所は臀部から太腿が多く、手足を押さえながら「少しの我慢だから辛抱しろ」

と励ましの声を掛けていたが、若い女性の白い肌が目に食い入って自然と手に力が入っていた。

治療の後で、両親がニワトリを下げてお礼に来られ、軍医長は辞退されていたが、一応預かることにして、娘さんの傷口が快くなった時にお返しされた。

軍医長はとても面白い愉快な方で、顔がタコのようだったので、「タコ軍医長」と呼んでいた。また、宮川上衛曹はニワトリに催眠術をかけて、我々搭乗員を楽しませてくれたり、三味線を時々引いて小唄、長唄、端唄を唄い、専ら搭乗員達を第一に大切にしていただいた。

小学校は夏休みなのか、児童疎開だったのか、先生は二、三名しかおられず、音楽の女の先生にオルガンを弾いていただいて皆で合唱したり、また、校庭でバレーボールをしたりして一日を過ごしていた。

毎日暑い日が続き、服装は防暑服の半袖半ズボンだったが、ほとんど上衣は着用しておらず、Tシャツのみが大目に認められていた。

この頃だったと覚えているが、Tシャツの貸与があって、操縦員は黒色で偵察員はオレンジ色だった。

機体・翼・浮舟の下面はグレー色で迷彩されていたが、肌着についてはこのように色別されたのは余り聞かなかったし、本隊の玄界基地や他の航空隊・航空基地でもそのようなことがあったとは聞いておらず、あまり気にしていなかった。

小学校の北側を流れる細い小川で洗濯して、樹間に張られたロープにぶら下げられているTシャツが目だっており、桜島基地の変わった夏の風物詩だった。

やがて一日が終わる夕映えの美しい桜島は、皆の心を慰め癒してくれる一時であった。

荒い山肌の急斜面も、真っ直ぐに天空を突く如くに舞い上がる噴煙も、全てが茜色に染められて、刻々と色の変化の見事さは、表現のしようがない自然美に、強く生きよと励まされているようだった。

外出の時は、古里温泉まで、私は時々軍医長の自転車を借りて心地よく走り、時の流れとともに移り変わる桜島のすばらしい景観に見惚れながら、赤い溶岩道路をペダルを踏みしめ、偉大な自然の中を勢いよく走った思い出がある。

それでも、定期的に、この美しい夕景を破るように、瑞雲の試運転が行なわれ、桜島の鳴動の負けない逞しい爆音が、湾内に響き渡るのであった。

この頃、新しく二七号ロケット弾二発が翼下に装備され、前方の軍艦島（新島？）に急降下しながら発射訓練を行ない、その弾道は一直線で、ロケット弾が目標に飛び込み、胸のうちがスカッとした。

これで、また、武装が強化され搭乗員達に力強い味方となり自信を与えてくれた。

だが、このロケット弾搭載の際に、電線の結線間違いでロケット弾が火を吹き発射、整備員二名が大火傷をした不幸な出来事が発生、その後どうなったかは聞かなかったが、痛ましい事故だった。

桜島基地の南には、垂水町（現垂水市）に昭和一九年二月雷爆兵器整備教育航空隊ができており、我が桜島基地を中心に取り囲んで、牛根村付近一帯の山々に海軍陸戦隊が布陣して本土決戦に備えられていた。

五航艦長官の巡視は、これらの防禦陣地の巡視も含まれていたのであろう。

沖縄を占領した米軍は、我が本土を目指して強大な航空攻撃を加えてきた。

特に、敵の機動部隊に対して積極的攻撃を加えない方針があってからは、敵の機動部隊は北海道から九州に至る全土を小型機約四〇〇〇機で来襲、また、B‐29爆撃機約三〇〇〇機で主要都市を攻撃してきた。

このような状況の中で、七月一二日に我が政府はソ連政府に和平の斡旋を要請したが、一八日に至ってソ連政府は和平斡旋を拒否してきた。

（日ソ不可侵条約が存在していたので、和平斡旋を依頼したが、この条約を一方的に破棄して、宣戦布告を通過し、八月九日我が領土を攻撃し、不法占領して漁夫の利を掌中に入れた）

我が政府は和平の道を見いだすことができずに八月に入った。

八月は、猛暑が続き雨の降る日はなく、そのような中で我が六三四空の偵察三〇一飛行隊、偵察三〇二飛行隊の零式水偵全機の魚雷装備の改修が完了し雷撃訓練も終わった頃に、第九五一空、第九〇一空、九〇三空、佐伯空、託間空から、人員機材とも空輸で、六三四空玄界基地に転属してきた。

これらの機体も転属と同時に、呉の広海軍工廠と大村の第二一工廠で魚雷装備の改修工事が行なわれ続いて雷撃訓練も実施、ここに史上初の海軍水上雷撃隊が誕生、我が六三四空は水上爆撃機瑞雲隊（瑞雲一一型、約七〇機）と、零式水上雷撃機隊（零式水偵、約五〇機）二隊が、玄界基地と桜島基地に展開した。

六三四空は、全機攻撃機の二隊（水爆、雷撃）となり、第七六二空の銀河隊、第九三一空の天山隊とともに、八月三日付で「第三二航戦」が編成された。

また、各航空隊の所属変更も行なわれ、本土決戦の態勢は着々と進んでいたが、一方では情報次第で、我が六三四空瑞雲隊は太平洋上の敵機動部隊や、沖縄の敵艦船を攻撃して、決号作戦準備を有利に運んでいた。

ところが、八月六日、広島に原爆が投下され、市民を含む無差別攻撃を受けるに至り大きな犠牲が払われ、八月九日、長崎にも原爆が投下され、その惨状は目を覆い、都市は完全に壊滅してしまった。

陸海軍部は国民に「敵は新型爆弾を投下」と発表した。

この実情を御前会議でお聞き召された天皇陛下は、直ちに和平せよとのご聖断を下され、ポッダム宣言受諾が決定された。

御心は終戦の詔書となり全軍に発布された。

そして、八月一五日正午、玉音放送が陸海軍将兵と国民に流されたのである。

八月の前半は、桜島基地の空気も私の心の中も、なにか物足らない空虚な中にあって、放心しているような漠然とした日々が続いていた。

一四日、総員整列が掛った。

よ〜し、いよいよ攻撃命令だろうと力んでいたが何事もなく、基地指揮官の山内飛行隊長から「明日重大発表があるから、何事があっても自重するように」と言葉があった。

運悪く、私は一四日にマラリアが再発、悪寒戦慄に苦しみ、福丸兵曹が毛布に包んでくれ蒲団を重ねてくれたが、震えが止まらず高熱で苦しんでいた。

一五日の正午、基地隊員整列の中に病苦をこらえて加わり放送を聞いたが、雑音で十分に聞き取れず、天皇陛下からお励ましの声が放送されたのであろうと、お言葉の内容の分からないまま解散した。

指揮官の山内隊長は玄界基地の本隊から、戦争の終結を知らされていたのか、搭乗員はここに残るようにと言われて、「現状は重大な時期に至っているので、物事がはっきりするまで軽挙な行動を慎んで、次の命令を待つように」と告げられた。

敵機の定期便も来ず、桜島の噴煙が空一面に流れ、何か嫌な予感を皆が感じていた午後だった。山内隊長の手許には、「搭乗員の言動には特別な気配りせよ」と命令が届いていたのかも知れない。全てはこの日を持って終わっていたのだが、玉音放送が聞き取れなかったこともあって、一部の混乱は避けられなかった。

この日の薄暮に、第五航艦長官宇垣纏中将は、隊長の中津留達雄大尉を指揮官とし、彗星艦爆一一機の特別攻撃隊で沖縄の敵艦船に突入、日本海軍航空隊の最後を飾り、長官自ら責任を執られた。

また、一六日の朝、比島戦と沖縄戦の緒戦から六三四空が所属した第一航空艦隊司令長官大西瀧治郎中将は、特別攻撃隊生みの親としての責任を、割腹自刃して責任を執られた。

このような出来事は、当時は誰も知らなかった。

終戦の大詔も渙発され、一七日に豊田軍令部総長は、全海軍に対し「即時戦闘行為を停止せよ」と大海令第五〇号で発令、大海令第五一号で「二四日一八〇〇以降一切の飛行禁止する」と命ぜられ、ここに、全海軍機搭乗員は日の丸の翼をもぎ取られ、大空と永遠の決別をすることになったが、桜島基地ではこのようなことはいっさい知らされず、依然として不安の日々が続いていた。

このような状況の中で、大隅半島の鹿屋方面から陸軍が戦車に乗って逃げてくる者、隊伍を組むことなく我先に逃げてくる者、兵隊に交じって一般市民の男女の群れが大八車に荷物を積んで逃げてくる者等が、基地前面の道路を北に向かう者達で溢れ、基地より以南で何事が起きているのか、砲撃、爆撃の音声も無く、ただ呆然とこれらの有り様を山の上から眺めていた。

垂水空では、日本の敗戦を知った朝鮮人の軍属が騒ぎ、町の四つ角で火を燃やして奇声を挙げて、不穏な空気が流れていたので、これを鎮める話し合いのために、応援の要請により人員の派遣があったが、流血を見るような不祥事もなくすべて円満に解決されたと後日に聞いた。

このように、日本にとっては経験の無い、未曾有の終戦と言う出来事の為に、混乱と同様が続いたのは仕方の無いところと思われる。

また、基地周辺の海軍陸戦隊の布陣も解散となり、帰郷準備していることが判明してきた。

このような大変事の折に、我々の耳に情報らしいものは一切入って来ず、設置されている一台の無線電信機だけが情報源で、必至に情報の収集に努力していた。

その結果、厚木基地の三〇二空が「我健在なり、決起せよ」と檄を飛ばし、ビラを空中から散布していることも知ることができた。

この混沌としているときの一八日、午前零時過ぎ四国土佐沖に敵機動部隊が接近、これを黎明攻撃で邀撃する命令が出され、全機出撃で試運転も終わり、今まさに発進せんとした時に、誤報とわかったので攻撃は中止された。

千載一遇の好機を失った搭乗員の思いは、無念の一語に達していた。

比島戦、沖縄戦を経て、六三四空瑞雲は、偵察三〇一飛行隊、偵察三〇二飛行隊の瑞雲搭乗員は、黎明、薄暮、深夜の攻撃により、ほとんどの搭乗員は戦死している実情から、残存搭乗員と新補充搭乗員の思いは尋常では理解できない苦しみがあった。

この夜、搭乗員室に士官を除く飛行科と整備科が集まって、「沖縄の敵艦船に特攻攻撃を決行することが相談され、整備員で希望者は同乗してよい、実施は二二日の夜間攻撃で、この決行を阻止せんとする者あればこれを排除してでも決行する」と話し合いが決められた。

この話し合いの結果が隊長の耳に入ったのか、二二日の午前に搭乗員整列が掛った。

山内隊長は、搭乗員の顔を見渡されて「米軍に降伏したのではない。戦争を一時停止するのだから攻撃は何時でもできる。決して早まったことをしてはならない。この機会に故郷の両親と最後の別れをしてきたらどうか。ペアは同方面の者で組み、出発は明二三日全機発進して、最寄りの航空隊に降りて飛行機を預けよ。基地への復帰は電報で知らすから、くれぐれも軽はずみなことはしてはならない」との趣旨が述べられた。

せっかくの計画が挫折して、沖縄特攻攻撃は頓挫の止むなきに至った。

何時も愉快な声が充満している搭乗員室が、この夜は淋しいお通夜のように無言の夜であった。おそらく皆の心に引っかかることは、生きている負い目に責められ、どうしたらよいのか心の整理がつかないのではないだろうか。

生き残っている辛さは、誰にもわかってもらえず、戦ってきた者だけが知る淋しい思いであった。ポツンと穴が空いたように食卓の空席が目に入り、昨夜の攻撃で還って来ない元気者の姿が無くなっており、耐え難い思いの中で誰も彼も無言の味気ない食事をしており、明日は自分の番と覚悟している姿は、全く残酷そのものであった。

このような深い悲しみをこらえ、戦ってきた者達が生き残された苦しみに耐えている、桜島基地の夜はごく自然に静かに重い空気の中で刻々と更けていった。

夏の夜の、最後の夜の、若者達の慟哭が桜島に通じたのか、一段と鳴動を発して天地を震わし、昭和の神々になれなかった若者達を慰めているようだった。
第六三四海軍航空隊、水上爆撃機瑞雲隊桜島基地の最後の夜だった。

最後の飛行と帰郷

八月二三日、毎日続く晴天、朝から瑞雲の試運転が行なわれており、逞しい爆音は心地よく響き、鹿児島湾の隅々まで行き渡っているようなさわやかな朝だった。

それぞれのペアが決ったのであろうか、私は酒井分隊士とペアで滋賀県大津海軍航空隊に飛ぶことになっており、昼飯を早目にすませて、約三時間の飛行コースを相談して発進することにした。

前夜に、沖縄周辺の敵艦船夜間攻撃でのペアだった志戸平曹と、呉空以来の色々な思い出を語り合い、呉空から六三四空に転勤したのは、志戸平曹と羽多野兵曹と私の三名だったが、羽多野兵曹（乙飛一五期）の戦死が惜しまれてならなかった。

「志戸さん、今日まで色々とお世話になりましたが、明日は別れねばなりません。ありがとうございました。」とお礼を言うと、「いやぁ、梶さんのお陰で助かったよ、元気でまた会おう」とお互いに涙ぐんで固い握手を交わした。

発進前に、一番仲の良かった福丸兵曹に「福さん、しばしの別れになるが、また会う日まで元気で、俺は酒分（酒井分隊士のことであるが、略してサカブンと呼んでいた）と大津まで一緒だよ」と告げたが、あとは言葉が詰まり、ただ固く握手して別れ、最後の飛行になるとは知らず瑞雲に搭乗した。

機は、空襲のない穏やかな錦江湾内を静かに水上滑走している。

さらば基地よ、戦友よ、さらば桜島の噴煙よ、またの再会を願っての惜別の離水だった。

ゆるりと旋回しつつ、この桜島に来てからは、暇を見つけては桜島の噴煙を眺め、桜島と対面して瞑想にふけり、問答してきた。

心の支えになってくれた桜島に離別の敬礼を捧げ、バンクして基地員に別れの挨拶を交わした。

基地員も帽振って別れを惜しんでくれたが、皆の心は我々と同じく複雑な気持ちで一杯と思われる。

こんな別れで良いのだろうか、固い絆で結ばれ過酷な戦場で共に励ましあって戦い、多くの戦友はばたばたとたおれて散っていった。

隊長は「一時停戦になったから今のうちに両親と最後の別れをしてくるように」と話されたが、果たしてそうだろうか、そうだとは誰も信じていないが、現状の変更はできず、時の流れはどうすることもできず、流れに身を任すしか仕方なかった。

大空の空気を思う存分プロペラでかき回している瑞雲は、全てを超越して静かに飛んでいる。

桜島基地から六〇度で宮崎に飛び、宮崎から北に変針一五度で飛んで、広島に向かった。

懐かしい九州に並行して飛び、左に佐賀関の高い煙突が見え、昭和一九年五月、六三四空編成以来新鋭機瑞雲の訓練空域は、この豊後水道の北側から瀬戸内海の洋上だった。

佐賀関の高い煙突は、航法訓練の発動点だった。

思い出されるのは、昭和一九年六月二六日、同期生の中園　実君がこの付近で遭難、消息を絶って瑞雲隊長初の犠牲者となったところであった。

「お〜い中園君よ、瑞雲隊の仲間はほとんど戦死したよ。戦争は負けたと思うが俺は残された。これから日本も大変だが、頑張って日本の再建に努力をするぞ、どうか安らかに鎮まってくれ」と合掌した。

ほどなく広島に達したので、新型爆弾を受けた市内上空を旋回して、被害状況を偵察したところ、完全に破壊されており、町の形を示すのは川と道路だけだった。

七〇年間は草木も生えないと聞いていたが、市内で樹木が焼けずに、所々緑が失われずにあるのが不思議だった。

広島とも別れて、我が連合艦隊の停泊地「柱島」に飛び、海軍機搭乗員でも目にした人は少なかった戦艦「大和」に、そして我が母艦の航空戦艦「伊勢」、「日向」に航空母艦や巡洋艦、駆逐艦が屯してその姿をとどめていたこの柱島だったと思うと感無量だった。

六三四空に転勤して、初めて水爆瑞雲に同乗したとき、大野睦弘一飛曹が「おい梶山兵曹、急降下したことがあるか」と言われ、「ありません」と返事したら「下の艦が戦艦の大和だ、よく見ておけ、あれに急降下する」と、言葉の切れるのと同時に突入。引き起こしたときは目の前が白と黒が交錯して走り、何がなんだか判らなくなっていたら、「どうした、まだ手始めだから加減したが気分は大丈夫か」と言われた声で気づいたことがあった。

また、その当時に私は航空戦艦「伊勢」に乗艦割りが決まり、この柱島に停泊している第四航空戦隊空母「隼鷹、龍鳳」と航空戦艦「伊勢、日向」が停泊、ここから瀬戸内を過ぎて周防灘でカタパルト射出訓練の際、高松宮殿下と乗組員注視の中で全機発進した。

連合艦隊の巨艦、巨砲の精鋭艦がその勇姿をこの海面一杯に横たえていた事は、これから後の世の誰がわかってくれるだろうか。

気持ちが若干滅入っていたが、機は懐かしい呉空の上空近くに達していた。

約六ヵ月の間、水爆瑞雲で猛訓練に励んだところだった。

眼下に白い滑走台、エプロン、格納庫、搭乗員宿舎、小さい練兵場と庁舎に隊門、そして陸上機飛行場の短い滑走路、広海軍工廠、呉軍港の砲台、倉橋島と情島、どれもこれも思い出のないものはなく、すべてを追憶の彼方に追いやることは生涯できないと思った。

多くの仲間達がここで訓練を共にし、比島の決戦場でほとんど散ってしまった。

ここは、記念すべき我々六三四空水爆瑞雲隊の霊が永遠に宿る聖地である。

悲しい姿で航空戦艦「伊勢」が倉橋島の音戸に着底、「日向」が情島沖に着底している姿を確認して、最後の決別の敬礼を捧げて別れた。

去り難い思いをこらえて、今治から進路七五度で飛び、多度津、丸亀、坂出、高松の各都市の焦土と化した惨状を眺め、我ら海軍の力のいたらなかったことに深くお詫びして飛行を続けた。

小豆島を左に見て淡路島北端の岩屋から神戸を過ぎ、大阪にいたった。

前方に淀川の河口当たりから一面の赤土に覆われた郷土大阪を見て唖然とした。

今は遮るビルや高い建物はなく大阪駅の上屋が黒く見えており、遥か遠くの生駒山系が近くに見え、あの手前が我が家だが、この調子だと焼けて失くなっていると思うと、両親や兄弟姉妹のことが心配になった。

午後の真夏日に背を受けて、淀川に沿って針路五〇度で大津航空隊に向かった。

枚方、伏見を過ぎて琵琶湖が見えてきた。

湖面は燦々と輝き、比良山は雲に包まれて見えないが、目に届く美しい日本の風景だった。

約三時間の飛行を終えて、無事に着水して滑走台に接岸した。

だが、整備員の姿なく誰も出てこないので、分隊士と滑走台に飛び降りたら、指揮所から整曹長が出てこられたので酒井分隊士が所属と飛行機の受け取りをお願いしたところ、「このようにエプロンは各隊から飛んできた飛行機で一杯、その上に整備員が郷里に帰ってしまい、どうすることもできずに困っており、私は留守を預かっているにすぎない」と申されて、我々も困ってしまった。

整曹長は「戦争は終わり、明日で飛行止めになるから、緊急要務飛行の場合が予測されるので、滑走台を空けておかないと困るので、湖底にでも沈めてほしい」と言われた。

二人で相談の結果、機首を湖の中心に向けて、フロートに穴を開けてスローで発進させた。

我が愛する瑞雲よ、一年三ヵ月の間、昼夜の別なく善く闘ってくれてありがとう。これからはこの湖底で静かに休み眠ってくれよ、自分の最後の時は瑞雲と共にと思っていたのが、こんな別れ方になり、悲しい涙は止めどもなく流れて、挙手の敬礼で訣別をしていたが、滑走台から離れ湖面の中央に向かって遠ざかって行く瑞雲の姿は、やがて右翼を湖面に着けて傾きながら機首から水没して行き、その姿を眼に焼き付けていたが、とても正視しておられず、遂にしゃがんでしまった。

別れは悲しいことだが、こんな別れ方があるだろうか。

愛機瑞雲に鞭打って戦場をかけ巡ったが、それこそ縦横無尽に飛び続けてくれた働きものだった。その働きに報ゆることもできないで、我が手で沈める情けない思いに絶え切れなかった。

戦後、滑走台近くで傾いて沈んでいる瑞雲の写真があったが、私の瑞雲だったかも知れない。

しばらく呆然としていたら、整曹長から声が掛かり「指揮所でお茶でも飲みませんか」と誘われ、分隊士と共に休憩することにした。

整曹長から停戦ではなく無条件降伏だと知らされ、全身の力がいっぺんに抜けてしまった。

死んだ戦友の事を思うと、なんとお詫びしてよいやら身体の中は大きな空洞ができ、空しく悲しみの風に翻弄されているようで、頭の中は真っ白だった。

あの戦友もこの戦友も、皆、潔く何のためらいもなく、ただ一途に祖国のために散っていったのに、この結果を迎えたことは余りに残酷でなくてなんだろうか。

もう、全ては終わってしまい、もう、涙も枯れてしまったようだ。

時間も過ぎて行くので、酒井分隊士がそろそろ引き上げようかと言われたので、整曹長にお礼の言葉を述べて大津海軍航空隊の隊門を後にした。

大津の駅で分隊士とも別れ、京阪電車で終点の天満駅に向かった。

車内の中も走り去って行く窓外の風景も、すべてがセピア色で色褪せた乾燥したようで目に入り、また、乗客の目が私に注がれているようで、小さく身を屈めて隅っこに立っていた。

終点の天満駅に着いたが、外は一面の焼け野原で、夕陽も輝いていなかった。

電車も通っておらず、大阪城の前を通って天王寺の方向に向かって、手荷物はサントリーの角壜一本だけ、これを飛行服の上着の懐に入れて、ただひたすらに歩き続けた。

天王寺から家までは、奈良街道を六㎞ばかり歩かねばならなかったが、ちょうど上手い具合に南海電車の平野線が走っていたので飛び乗り、終点の平野駅に着いてみると、町は幸いにやけずに残っており、急に元気が出て家までの五分足らずを急いだ。

玄関の障子を開けて、「ただいま帰りました」と告げると、母はびっくりして父に「あんた、えらいこっちゃ治が無事に帰ってきたがな」と奥に向かって叫んでいた。

父は「そうか、無事にかえってきたか、よかったよかった」と、大きな声を出して喜び、母に「すぐに親戚に集まってもらえ」と言っていた。

すっかり日は暮れて、やっとのことで我が家に辿り着き、両親、兄弟姉妹の元気な顔を見て、帰れた嬉しさと負けた悔しさが入り混じって、涙が止まらなかった。

戦死してくるものと諦め、帰ってきたら大きな仏壇に祀ってやろうとの親心、空襲の続く大阪の町で仏壇を買い入れ、じ～と、息子の白木の箱の届くのを待っていた両親は、私が無事に帰ったことが最大の喜びようだったと思われた。

電気のないくらい部屋でローソクの明かりをたよりに、親戚一同と町内会の人達が集まっていただき、私が持って帰ったウイスキーで祝杯を挙げていただいたが、私には色々の思い出が蘇り、たまらなくなって座を外して裏庭で泣いていると、母が「よく帰ってくれた、毎日おまえの無事を祈って、今日はどこを飛んでいるのであろうかと思わぬ日はなかった。どうか無事でありますようにと、ご先祖様にお願いしていたよ。フィリッピンで足を負傷したと下宿から知らせをもらったが、負傷の程度が判らず心配だったが、無事な姿を見て安心したよ。戦争に負けたのではなく、天皇様が止めよと申されたんだよ、お前の責任ではないから深く考えないでおくれ。亡くなった人の分まで働いて、日本を立ち上がらせることが生き残った者の務めだよ、しっかりしておくれ」と元気づけてくださった。

一二時前に集まっていただいた人達は「良かった良かった」と言いながら帰って行かれた。家族だけになったので、留守中のことをお礼申し、戦場での出来事を簡単に話した。午前一時過ぎになったので床についたら、昼間の疲れが出て自然と眠ってしまった。今日の、長い長い一日が、やっと終わった。

↑終戦後２ヵ月たった昭和 20 年 10 月の大津基地。プロペラと主翼を外された九三式中間練習機がエプロンに並べられている。スベリの周辺にはプロペラが外されフロートに穴を空け半ば水没した瑞雲が５機写っている。著者と酒井分隊士が乗ってきた瑞雲もこの中にあるのだろうか……

翼の最期

第一〇章　悔い無き戦いの記録

第六三四海軍航空隊・水爆瑞雲隊の戦闘状況

第六三四海軍航空隊水爆瑞雲隊は、昭和一九年五月に編成され、第一機動部隊の第四航空戦隊として、航空戦艦「伊勢・日向」に瑞雲・彗星がそれぞれ搭載されることになっていた。

その後の再編成によって、第四航空戦隊に空母「隼鷹」「龍鳳」が加わった。

そして、各機種ごとに訓練基地に展開、零戦（徳島基地）彗星艦爆（岩国基地）天山艦攻（美保基地）水爆瑞雲（呉基地）に、それぞれ六ヵ月の猛訓練を実施、一〇月一二日第六基地航空部隊に編入されて、台湾沖航空戦に参加、我が瑞雲隊は指宿基地に進出して攻撃待機に入った。

その後、台湾東港基地に進出、第二航空艦隊の指揮下に入り、つづいて一〇月二二日比島キャビテ基地に進出して比島航空戦に参加した。

偵察三〇一飛行隊は、横須賀海軍航空隊で空地分離にともない、昭和一九年七月一〇日に編成され、その後、第八〇一海軍航空隊に所属替えとなり、台湾沖航空戦で指宿基地に進出、比島戦に参加のため一〇月二四日、二五日に比島キャビテ基地に進出して第六三四海軍航空隊の指揮下で戦った。

一一月一五日、第一航空艦隊、第二航空艦隊の在比航空兵力の再編成に伴い、第六三四海軍航空隊は第二航空艦隊に編入となり江村副長が新司令となった。

この時点で、偵察三〇一飛行隊長堀端少佐は戦死されていたので、第六三四海軍航空隊に所属させ、比島戦を一丸となって戦っていた。

昭和二〇年一月一日付で、偵察三〇一飛行隊は第六三四海軍航空隊に編入され、ここに、第六三四海軍航空隊偵察三〇一飛行隊と呼称し、この時点で保有機は数機に激減していたが、リンガエン上陸の敵を最後の一機になるまで戦い、比島航空戦の最終を飾った。

この力闘の第六三四航空隊偵察三〇一飛行隊を増援する瑞雲部隊として、昭和一九年一二月一五日、八〇一海軍航空隊偵察三〇二飛行隊が横浜基地で編成された。

編成後、横浜基地で訓練を開始していたが、昭和二〇年三月二六日米軍が沖縄の慶良間諸島に上陸したので、我が連合艦隊は「天一号」作戦を発動、これに呼応して指宿基地に展開、古仁屋基地を中継地として、第六三四海軍航空隊の指揮下に入って沖縄周辺の敵艦船攻撃によく善戦、その後七月一日に第六三四海軍航空隊に編入となり、本土決戦の攻撃待機態勢を整えつつ訓練に励んでいた。

この間の、比島航空戦では、六三四空瑞雲隊と偵察三〇一飛行隊が新機材の補給も十分になく、連日僅か数機に満たない機数で攻撃を繰り返し、夜間攻撃に及んではほとんど単機での攻撃を繰り返し、全機を使い果たす激闘ぶりだった。

沖縄航空戦に及ぶや、偵察三〇二飛行隊を加えて二隊が敵との死闘を続け、第五航空艦隊の期待に応えていたが、その全貌を次に書き綴り、亡くなった多くの戦友達に餞として捧げる。

第六三四海軍航空隊　水爆瑞雲隊の全戦闘記録（出撃延べ機数）

比島航空戦　第六三四空瑞雲隊・偵察三〇一飛行隊　延べ　三〇四機出撃。

沖縄航空戦　第六三四空瑞雲隊・偵察三〇一飛行隊　延べ　一六二機出撃。

〃　・偵察三〇二飛行隊　延べ　一〇三機出撃。

延べ　総出撃機数　五六九機。

比島戦・沖縄戦
第六三四海軍航空隊の全戦闘記録

（資料）

比島戦における水爆瑞雲隊の活躍

昭和一九年一〇月　瑞雲隊の戦闘状況。（捷号作戦　…　比島航空戦）

二二日　［戦況］第六基地航空部隊（6FGB）比島に進出。
六三四空水爆瑞雲隊は、比島キャビテ基地に進出。
進出機　瑞雲　17機　搭乗員　34名

二三日　［戦況］第六基地航空部隊は予定通り総攻撃を開始した。

〇六五三より第一攻撃集団約150機出撃したが天候不良のため攻撃を断念して帰投する。

（愛宕、摩耶…沈没）


二四日　［戦況］栗田艦隊シブヤン海に入る。

一〇〇八第一次対空戦闘開始。　二〇〇六第二次対空戦闘開始。

六三四空瑞雲8機、ラモン湾東方海面の敵機動部隊を黎明索敵攻撃に発進、水井分隊長より「敵空母発見、われ接触中」と打電後に消息を絶ち、他の機は敵を発見できず、2機未帰還となる。

瑞雲6機、ラモン湾東方海面に敵機動部隊を薄暮索敵攻撃を実施、内1機より「われ敵を捕捉、攻撃す」と打電後に消息を断ち、遂に未帰還となる。

台湾東港基地発進の瑞雲1機（斎藤飛行士、小松上飛曹）比島北サンフエルナンド上空にて、敵グラマン戦闘機と交戦、自爆する。

戦果　不明。

損害　未帰還4機。

（偵察三〇一飛行隊の瑞雲隊、二四日二五日の両日で18機がキャビテ基地に進出した）

二五日

［戦況］栗田艦隊〇〇三〇サンベルナルジノ海峡通過、太平洋にでる。

〇六四五南方洋上に敵艦隊発見、戦闘に入る。

熊野、友軍機により誤爆され、その後夜間の攻撃中止となる。

（我方の損害　武蔵、鳥海、鈴谷、筑摩、山城、扶桑、最上、瑞鳳、瑞鶴、千歳、千代田、駆逐艦×6隻）

六三四空瑞雲6機、マニラ東方海面敵機動部隊の三群四群を黎明索敵攻撃実施したが、発見できずに全機無事に帰投する。

栗田艦隊のレイテ湾突入を阻止せんとする敵機動部隊を昼間強襲するために、第一次攻撃隊瑞雲3機（一番機山岸少尉、大野上飛曹、二番機加藤上飛曹、羽多野上飛曹、三番機今泉一飛曹、梶山一飛曹）が、キャビテ基地一一三〇発進、第二次攻撃隊瑞雲3機（一番機西浦少尉、沖　義雄上飛曹、二番機小玉上飛曹、不明　、三番機搭乗者不明）がキャビテ基地一三三〇に発進したが、栗田艦隊の反転にて誤爆が生じたと、第一次攻撃隊梶山一飛曹の帰投報告があったので、第四次以降の攻撃は中止となった（軍艦「熊野」の記録参照のこと）。

瑞雲6機、ラモン湾からサマール島南端にかけて、敵機動部隊の三群四群の薄暮索敵攻撃を実施したが、発見に至らず、タバコ燃料補給基地にて待機する。

戦果　敵グラマン戦闘機1機撃墜、敵空母1隻に着弾認める。
損害　未帰還1機。

二六日

［戦況］栗田艦隊〇九一五、一一一五の二回にわたり敵の空襲を受ける。

第六基地攻撃部隊は、特攻隊以外の全兵力をもって、レイテ湾の敵艦船を攻撃せよ。

六三四空瑞雲隊の前日の薄暮索敵攻撃に参加して、タバコ基地に待機していた瑞雲6機が、キャビテ基地本体に帰投の際、ラクナ湖上空で田村隊長機は敵グラマン戦闘機と空戦し、2機撃墜されたが、惜しくも隊長機も自爆となる。

瑞雲5機、カンダネス東方海面の敵機動部隊索敵攻撃に出撃、敵を発見するに至らず全機無事に帰投する。

戦果　敵グラマン戦闘機2機撃墜。
損害　未帰還1機。
搭乗員1名機上戦死。

（偵三〇一飛行隊瑞雲5機、「マニラの85度２４０浬に敵大部隊発見」の報により、黎明索敵攻撃を実施したが、敵を発見するまでに敵の防御戦闘機の攻撃を受けて4機未帰還となり、また、別の瑞雲1機が、味方の遊撃部隊の位置確認のためにキャビテ基地を発進したが、敵の戦闘機と交戦の結果、未帰還となった）

二七日

［戦況］零戦22機、タクロバン敵飛行場攻撃、特攻機5隊が敵の機動部隊攻撃に向かったが、敵を発見できずにそれのままレイテ湾内の敵艦船に突入。

六三四空瑞雲隊、偵三〇一飛行隊の現状。

保有機	水爆瑞雲	20機	可動機	15機	搭乗員	50名
〃	零式水偵	機	〃	機	〃	名

二八日

［戦況］レイテ島タクロバン敵飛行場を昼間攻撃に、零戦37機、紫電6機、陸攻8機の計51機で

実施し、同じ夜間攻撃で零戦13機、紫電12機、瑞雲9機の計34機で銃撃爆を敢行。

多号作戦（レイテ島西岸オルモックに輸送作戦）実施を発令。

六三四空瑞雲9機、タクロバン敵の飛行場を夜間銃爆撃を実施する。

戦果　不明。

損害　なし。

六三四空の多号作戦任務。

カモテス海、カリガラ湾及びスリガオ海峡の敵魚雷艇攻撃と我が輸送船団の支援。

二九日
［戦況］米艦上機、マニラとクラーク地区に来襲。
マニラの70度170浬、80度200浬に敵機動部隊を発見、特攻隊の6隊が攻撃、空母1隻撃破。
キャビテ地区の在泊艦船が敵機の攻撃をうける。

三〇日
［戦況］スルアン島150度40浬の敵機動部隊を特攻隊が突入。
中型空母1隻命中火炎炎上、小型空母1機命中、戦艦1隻命中。
六三四空は、瑞雲の全機を整備、可動機を増やす事に努力する。

三一日
［戦況］多号作戦の第二次輸送船団マニラ港を出港する。

航空部隊のレイテ島方面の総攻撃を予定していたが、天候不良で明一日に延期されたが、水爆瑞雲隊と夜間戦闘機隊はレイテ方面を夜間攻撃実施した。

六三四空瑞雲5機、レイテ方面の魚雷艇夜間索敵攻撃に発進、カリガラ水道南方で敵魚雷艇6隻を発見、これを攻撃する。

戦果　魚雷艇1隻撃沈。

損害　なし。

六三四空瑞雲隊、偵三〇一飛行隊の現状。

保有機　水爆瑞雲　21機　可動機　13機　搭乗員　名
〃　零式水偵　機　〃　機　〃　名

（偵三〇一飛行隊の瑞雲2機、古仁屋基地発進して作戦任務中、南西諸島の宮古島付近にて消息を絶つ）

昭和一九年一一月　瑞雲隊の戦闘状況。

一日　［戦況］第二次レイテ島オルモック港に輸送作戦実施、突入に成功する。

航空部隊は、レイテ湾内に敵艦船攻撃並びにタクロバン敵飛行場攻撃。

六三四空は、一直2〜3機をもって終夜連続攻撃を実施。

瑞雲3機でタバコ基地中継、サンベルナルジノ海峡、サマール島、カモテス海北部の索敵攻撃。

瑞雲2機でタバコ基地中継、レイテ湾、スリガオ海峡の索敵攻撃。

瑞雲6機でセブ基地中継、カモテス海南部の索敵攻撃。

戦果　巡洋艦1隻、駆逐艦3隻を爆撃至近弾、魚雷艇1隻を銃爆撃。

損害　なし。

二日　［戦況］敵はタクロバン飛行場にP‐38戦闘機他約150機を進出さしているのが判明、我が航空部隊は陸攻6機、月光2機、零夜戦2機、水爆6機で夜間攻撃を実施。
六三四空は、瑞雲6機でタバコ基地中継、瑞雲6機でセブ基地よりタクロバン敵飛行場を夜間攻撃。
戦果　輸送船1隻に命中、1隻に至近弾、タクロバン飛行場3ケ所炎上。
損害　六三四空、未帰還1機。
偵三〇一、　〃　1機。

瑞雲隊本日までの損害。

自爆、未帰還　六三四空　7機　14名　現在数24名

〃　偵三〇一　6機　12名　〃　16名

計　13機　26名　計　40名

三日

［戦況］昨夜から今朝にかけて、タクロバン敵飛行場に全力攻撃をかけた為か、本日は敵機の活動ほとんど見受けられず。

六三四空は、瑞雲2機でキャビテ基地を発進、月明を利用してレイテ湾内の敵艦船攻撃。

戦果　不明。

損害　六三四空は未帰還1機、

偵三〇一は不時着機1機（偵察員生還）。

四日

［戦況］クラーク、セブ基地より陸攻、銀河、零戦の計46機でタクロバン敵飛行場を攻撃。

六三四空は、瑞雲5機でタバコ基地中継、ラモン湾付近の索敵攻撃。

戦果　不明。

損害　六三四空、未帰還1機。

五日

［戦況］敵の艦載機延べ200機、マニラ地区を〇七三五～一五三〇にわたって空襲され、マニラ湾内の「那智」沈没、「曙」航行不能となる。

敵の艦載機延べ230機、クラーク基地を〇七四五～一五三〇にわたって攻撃を受ける。

午後に至って、我方の索敵機クラーク基地の65度225浬の地点に3群からなる敵の機動部隊（空母15隻を含む）を発見、これに攻撃を加えて特攻機2機が突入し、空母1隻に命中、特空母1隻に命中す。

六三四空瑞雲8機、タバコ基地中継、ラモン湾方面敵機動部隊夜間索敵攻撃を実施、敵を発見するに至らず全機帰投する。

戦果　なし。

損害　なし。

七日

[戦況]本日は敵の艦載機の空襲なし、ただし昨夜に続いて敵の機動部隊の索敵攻撃を続行。

六三四空瑞雲8機、タバコ基地中継、ラモン湾方面敵機動部隊夜間索敵攻撃を実施したが、天候不良で2機引き返したが、1機は「敵機動部隊発見、攻撃中」を打電後に消息を断ち、別の1機は不時着した。

戦果　不明。

損害　未帰還1機。

八日

[戦況]多号作戦第四次レイテ島オルモック輸送作戦を実施、中比方面台風襲来し暴風雨の中を実施する。

六三四空瑞雲キャビテ基地より6機、セブ基地より1機の7機でタバコ基地中継、ラモン湾東方海面、レガスピー東方の敵機動部隊夜間索敵攻撃。

戦果　敵を発見できず。

損害　なし。

九日

[戦況]敵の艦載機、マニラ、キャビテ地区に来襲。

第四次輸送船団の第六船団オルモック港に入泊したが、P-38、B-25の攻撃を受ける。

第四船団の輸送船3隻一八三〇にオルモック港に到着。

六三四空瑞雲隊キャビテ基地に、第一航空艦隊大西長官が夕刻に視察。

一〇日

[戦況]第四次輸送船団の第六船団一〇三〇に出港直後にB-25爆撃機30機の攻撃を受け、高洋丸、香椎丸、海防艦11号の三隻沈没、第四船団の秋霜、沖波、金華丸に被害を受ける。

六三四空瑞雲隊、偵三〇一飛行隊の現状。

保有機　水爆瑞雲　8機　可動機　8機（キャビテ基地のみ）

十一日［戦況］第三次輸送作戦の船団〇八三〇オルモック港に到着寸前、敵の艦載機数百機の攻撃により「島風」他九隻沈没（早川司令官戦死）。

偵察機の報により、スルアン島の130度120浬に、戦艦10隻、輸送船30隻の敵発見。

六三四空瑞雲7機でタバコ基地中継、この敵艦船に対し夜間攻撃を実施。

戦果　不明。

損害　六三四空未帰還2機。

偵三〇一未帰還1機。（飛行隊長堀端少佐戦死）

十二日　六三四空瑞雲3機でキャビテ基地発進、タクロバン敵飛行場夜間攻撃。

戦果　不明。

損害　なし。

十三日［戦況］敵の艦載機、マニラ、キャビテ地区に来襲、この敵に対して特攻二隊が出撃、敵空母×1隻の飛行甲板を撃破す。

十四日　六三四空瑞雲5機でキャビテ基地発進、レイテ湾敵輸送船団を夜間攻撃。

戦果　大型輸送船に至近弾2発。

損害　偵三〇一飛行隊未帰還1機。

十五日［戦況］本日付で第一航空艦隊の改編が行なわれ、六三四空は水爆瑞雲隊のみの編制となる。

偵察三〇一飛行隊は八〇一空より六三四空に所属変更されて、六三四空の瑞雲隊と一緒になり、六三四空偵察三〇一飛行隊と呼称することになった。

（本日以降は六三四空の冠称を外し「偵察三〇一飛行隊」と記載する）
偵察三〇一飛行隊瑞雲4機でキャビテ基地発進、レイテ湾敵輸送船団夜間攻撃を実施したが、天候不良で3機引き返し、1機は爆撃したが効果不明。
戦果　不明。
損害　なし。
偵察三〇一飛行隊の現状。
保有機　水爆瑞雲　11機　可動機　8機　搭乗員　19名

一六日　偵察三〇一飛行隊瑞雲4機でキャビテ基地発進、レイテ湾敵輸送船団を黎明攻撃。
戦果　輸送船1隻に至近弾、タクロバン敵飛行場1ヶ所炎上。
損害　なし。
偵察三〇一飛行隊瑞雲2機でキャビテ基地発進、レイテ湾敵艦船を薄暮攻撃。
戦果　ワシントン型戦艦2発命中炎上、駆逐艦1隻銃撃炎上。
損害　なし。

一七日　［戦況］敵の輸送船団レイテ湾に入泊、荷役作業中とわかり、セブ基地より特攻隊発進し、水爆隊、ダバオ隊、T部隊に対し攻撃命令発せらる。
偵察三〇一飛行隊瑞雲3機でキャビテ基地発進、レイテ湾敵輸送船団を夜間攻撃。
戦果　大型輸送船1隻炎上。
損害　1機被弾、セブ基地に帰投、着水時に転覆して操縦員戦死。

一八日　偵察三〇一飛行隊瑞雲3機でキャビテ基地発進、レイテ湾敵輸送船団を夜間攻撃。
戦果　大型輸送船1隻炎上。

損害　未帰還2機、不時着機1機（生還）。

一九日　［戦況］敵の艦載機マニラ、クラーク地区に来襲。

台湾のT部隊の陸攻、銀河の15機でこの機動部隊を攻撃、空母1隻、戦艦1隻に命中火災炎上を認め、巡洋艦1隻沈没の戦果を挙げる。

六三四空偵察三〇一飛行隊の現状。

保有機　水爆瑞雲　5機　可動機　4機　搭乗員　名

二〇日　［戦況］ラモン湾北部に電探捜索により3群の敵機動部隊を認め、水爆、月光計7機で黎明索敵攻撃を実施する。

偵察三〇一飛行隊瑞雲2機、〇三〇〇キャビテ基地発進、ラモン湾北方の敵機動部隊の索敵攻撃を行なうも、敵を発見するに至らず、全機無事に帰投する。

瑞雲3機でキャビテ基地発進、レイテ湾敵輸送船団を薄暮攻撃。

戦果　黎明の敵機動部隊発見できず、薄暮攻撃の戦果不明。

損害　なし。

二一日　［戦況］本日、未明に我が飛行艇の索敵により敵の機動部隊2群を探知、水爆、月光の二隊が黎明索敵攻撃に向かう。

偵察三〇一飛行隊瑞雲3機でキャビテ基地発進、比島東方海面の敵機動部隊黎明索敵攻撃に向かうも、敵を発見するに至らず全機無事に帰投する。

戦果　発見できず。

損害　なし。

二二日　［戦況］第二次レイテ島総攻撃決る。

（1）レイテ島敵の飛行場攻撃　二二日〜二六日（陸海軍）
（2）レイテ湾内の敵艦船攻撃　二三日〜二六日（海軍）
（3）我が船団上空直衛、敵魚雷艇攻撃　二六日二七日（海軍）
偵察三〇一飛行隊瑞雲3機でキャビテ基地発進、レイテ島タクロバン飛行場夜間攻撃を実施。
戦果　不明。
損害　なし。

二三日　偵察三〇一飛行隊瑞雲3機でキャビテ基地発進、前夜に続いてレイテ島タクロバン飛行場攻撃。
戦果　不明。
損害　なし。

二四日　［戦況］全力を挙げて航空作戦開始。
第一次攻撃　彗星　7機
第二次攻撃　天山　11機
夜間爆撃　重爆　9機　陸攻　4機
夜間輸送船攻撃　瑞雲　4機
飛行場攻撃　戦爆　51機（陸軍）
偵察三〇一飛行隊瑞雲4機でキャビテ基地発進、レイテ湾敵輸送船団を夜間攻撃。
戦果　攻撃を加えたが戦果確認できず。
損害　未帰還2機。

二五日　［戦況］レイテ島総攻撃の予定だったが、敵の機動部隊がルソン島一帯に来襲したため、我が航空部隊はレイテ島総攻撃を中止、敵の機動部隊に対する特攻攻撃を実施、特攻5隊の25機で攻撃する。

敵の大型空母2隻、中型空母1隻、特空母1隻、その他に対し7機突入に成功、命中した。

陸攻、重爆、瑞雲で夜間攻撃実施。

第五次多号作戦失敗に終わる。

偵察三〇一飛行隊瑞雲2機、敵の機動部隊夜間攻撃に発進したが、敵を発見できずに帰投する。

戦果　敵の機動部隊発見できず。

損害　なし。


二六日　［戦況］第六多号作戦輸送船団マニラ発進。

兵力整備のため航空部隊のレイテ島総攻撃は、二七日に延期する。

午後特攻2隊の計6機、タクロバン沖の艦船に突入、夜間攻撃に重爆、陸攻、瑞雲隊で実施。

陸軍高千穂空挺部隊ブラウェン、ドラグ飛行場に強行着陸に成功。

偵察三〇一飛行隊瑞雲4機でキャビテ基地発進、レイテ湾敵艦船他夜間攻撃。

戦果　1機は敵ドラグ飛行場を攻撃、1機はスリガオ水道の敵艦船攻撃、2機はタクロバン敵飛行場を攻撃して、それぞれ炎上確認す。

損害　不時着機1機（生還）。

二七日　［戦況］航空総攻撃を実施されたが、特攻5機はレイテ湾内の敵艦船に突入、特攻以外の26機は命令が遅延したために攻撃に参加できず。
六三四空偵察三〇一飛行隊に、瑞雲9機が内地より空輸、キャビテ基地に到着。

二八日　［戦況］第六次多号作戦第一船団一七一一頃敵艦爆約11機の攻撃を受けたが、一九三〇無事にオルモック港に入泊。

瑞雲隊、夜戦隊は終夜敵の魚雷艇攻撃に出撃する。
偵察三〇一飛行隊瑞雲4機の延べ8機で、多号作戦第六次船団を支援、オルモック湾の敵魚雷艇を夜間攻撃で撃退。

戦果　敵魚雷艇18隻を攻撃して撃退、我が船団に被害なし。

損害　未帰還1機。

二九日　[戦況]〇九三〇敵の魚雷艇40隻オルモック湾に向かい、カニガオ水道を北上との報あり、同夜から一二月三日まで4次にわたり、瑞雲隊と夜戦隊による組織的な、敵の魚雷艇狩を実施せよと命じられる。
偵察三〇一飛行隊瑞雲6機で、オルモック湾付近の敵魚雷艇狩を実施中、レイテ島北西に敵駆逐艦4隻の進入を発見、これを攻撃したところ敵は遁走した。

戦果　なし。

損害　なし。

三〇日　[戦況]第7次多号作戦の第一梯団オルモック港に到着。
偵察三〇一飛行隊瑞雲6機、キャビテ基地発進、多号作戦第七次船団を支援、オルモック湾の敵魚雷艇を夜間攻撃。

戦果　魚雷艇2隻撃沈、1隻大破。(夜戦隊も、敵魚雷艇2隻撃沈)

損害　なし。

昭和一九年一二月　瑞雲隊の戦闘状況。

一日　[戦況]第七次多号作戦第3、第4船団一八〇〇マニラ港を出発。
偵察三〇一飛行隊瑞雲延べ5機、キャビテ基地を〇一五五発進、第七次多号作戦支援のために敵魚雷艇索敵攻撃。

戦果　魚雷艇1隻撃沈、1隻大破、2隻の対空火機を破壊。

○五一五オルモック湾メリタ港内の敵魚雷艇基地を攻撃。1000t級輸送船1隻銃撃炎上撃沈。

損害　なし。

二日

偵察三〇一飛行隊の現状。

保有機　水爆瑞雲　12機　可動機　8機　搭乗員　27名の内（6名休息）

[戦況]　第七次多号作戦第3、第4船団オルモック港に突入に成功。

偵察三〇一飛行隊瑞雲延べ6機、キャビテ基地を発進、カモテス海方面の敵魚雷艇夜間索敵攻撃。

戦果　ドホン湾にて1000t級輸送船1隻撃破、大型魚雷艇1隻撃沈。

ボンソン湾にて小型輸送船1隻撃沈、魚雷艇2隻撃沈。

損害　なし。

（第七次多号作戦支援の瑞雲隊と夜戦隊の協同の上、我が艦艇と協力して敵を攻撃して、敵駆逐艦1隻、輸送船2隻、魚雷艇1隻撃沈と記録あり）

三日

[戦況]　前日到着の第3、4船団の荷揚げ中の〇〇三〇に、敵駆逐艦3隻と魚雷艇が数隻進入して来たので交戦となり、駆逐艦1隻轟沈、1隻撃破、魚雷艇2隻撃沈した。

偵察三〇一飛行隊瑞雲4機、キャビテ基地を発進、バイバイ、ピラル敵基地を夜間攻撃する。

戦果　魚雷艇1隻撃沈。

損害　なし。

（瑞雲隊、夜戦隊大いに奮戦戦果を挙げると二航艦首席参謀の覚書に記載あり）

四日　[戦況]　一四四五スリガオ派遣隊より、敵の戦艦または巡洋艦4隻、駆逐艦5隻、輸送船9隻スリガオ海峡通過、ミンダナオ海峡に向かっていると報告あり。

同夜、瑞雲隊、陸攻隊に索敵攻撃実施を発令さる。

偵察三〇一飛行隊瑞雲4機、キャビテ基地を夜間発進、二二四五スリガオ派遣隊より、「敵艦隊20隻程ミンダナオ海をに向かう」と入電報告あり、陸攻隊、夜戦隊と協力して敵艦隊の発見に務めたが発見できず。

戦果　なし。

損害　なし。

五日　[戦況]　第八多号作戦の輸送船団一一三〇マニラ港出発。

〇二五〇敵船舶10数隻、レイテ島西岸バイバイ港に停泊を報じた。

偵察三〇一飛行隊瑞雲延べ6機、キャビテ基地を発進、カモテス海で敵の魚雷艇を夜間索敵攻撃を実施中、敵魚雷艇8隻を発見し攻撃を加える。

戦果　魚雷艇1隻撃沈、1隻撃破。

損害　なし。

六日　[戦況]　陸海軍特攻隊、基地航空部隊でレイテ湾内の敵艦船に対し総攻撃を実施、陸軍和号作戦を実施、16師団ブラウェン敵飛行場を一時占拠、高千穂空挺隊ブラウェン、サンパブロ、ドラグ、タクロバン敵飛行場に強行着陸。

偵察三〇一飛行隊瑞雲8機、夜間索敵攻撃に発進、オルモック南方に敵の輸送船団80隻を発見し攻撃。

戦果　不明。

損害　未帰還1機（セブ基地発進）

偵察三〇一飛行隊の現状。

保有機　水爆瑞雲　12機　可動機　8機　搭乗員　27名

七日　［戦況］第八多号作戦の輸送船団、オルモック突入予定日、この日の〇九二〇敵の船団80隻から上陸を開始、我が航空部隊全力攻撃の命下る。

偵察三〇一飛行隊瑞雲4機、キャビテ基地を発進、オルモック湾内の敵艦船並びに輸送船団を攻撃。

戦果　天候不良のために不明。

損害　不時着1機、セブ基地に3機帰投したが、着水時に1機転覆偵察員戦死。

八日　［戦況］オルモック湾アルベラ地区激戦中、第32軍は和号作戦を打ち切り、第16、26師団をオルモックに転進さす。

偵察三〇一飛行隊瑞雲1機、セブ基地を発進、レイテ湾内の敵艦船攻撃。

戦果　不明。

損害　未帰還1機。

九日　［戦況］第九次多号作戦の輸送船団マニラを発進。

偵察三〇一飛行隊瑞雲1機、キャビテ基地よりセブ基地に進出中、パナイ島カジス付近に不時着したが、その後、無事に救出さる。（梅原飛曹長機）

一一日　偵察三〇一飛行隊瑞雲延べ10機、キャビテ基地を発進、レイテ島西南を夜間索敵攻撃。

戦果　〇二一〇（瑞雲2機）オルモック南方15浬の地点で、敵駆逐艦4隻、輸送船多数を発見、攻撃を加えて撃退。

損害　未帰還2機。

一二日　偵察三〇一飛行隊瑞雲3機（キャビテ基地2機、セブ基地1機）発進、オルモック南方を夜間索敵攻撃。

戦果　〇六三〇セブ基地発進、オルモック南方18浬地点で敵艦船を捕捉攻撃、駆逐艦×1隻を撃破。

損害　不時着機1機は後日帰投、偵察員は戦死。

一三日　［戦況］　陸軍偵察機の報告に寄ると、ミンダナオ海を西航する約80隻の敵船団発見、敵連合軍は新攻略作戦を企図するものの如しと判断、基地航空部隊の瑞雲隊、夜戦隊、艦爆隊に夜間索敵に全力を挙げよと下命さる。

偵察三〇一飛行隊瑞雲4機、キャビテ基地発進、オルモック南方海面の夜間索敵攻撃を実施。

戦果　敵を発見せず。

損害　なし。

一四日　［戦況］　陸軍部隊より一一〇〇頃に、「敵の大部隊、〇四〇〇パナイ島南端の南方に在り」と情報あった。一三三〇頃に帰投した偵察機により、敵は約50隻以上の一群と空母5隻を含む40隻の2群と判明した。敵は一五日未明、タヤバス湾、バタンガス、或いはマニラ湾、スピック湾に上陸するものと判断された。

偵察三〇一飛行隊瑞雲4機、キャビテ基地発進、オルモック南方海面の黎明索敵攻撃を実施。

一五日　［戦況］　基地航空部隊は全力をもって敵船団を攻撃。

敵はミンドロ島サンホセに上陸したことが判明した。

偵察三〇一飛行隊瑞雲1機、キャビテ基地〇二〇〇発進、前日の敵船団の上陸地点を警戒中のところ、〇五三〇ミンドロ島サンホセに上陸開始中を発見、直ちに敵発見電報を打電する。

瑞雲3機、キャビテ基地発進、ミンドロ島敵船団を薄暮攻撃を実施。

瑞雲2機、キャビテ基地二三〇〇発進、ミンドロ島サンホセに上陸地点を銃爆撃。

戦果　5000t級輸送船2隻撃沈、1000t級輸送船1隻撃沈、LST2隻撃破。

損害　キャビテ基地帰投の際、敵夜戦の攻撃で2機大破。（搭乗員は生還す）

未帰還1機。(不時着後搭乗員生還)

一六日　偵察三〇一飛行隊瑞雲2機、キャビテ基地発進、ミンドロ島南端のイリン海峡で敵輸送船を夜間攻撃。

戦果　大型輸送船1隻撃沈（確実)。

損害　未帰還1機。

一七日　[戦況] 我が偵察機は、〇九〇〇サンホセ沖に輸送船2隻、上陸舟艇8隻、駆逐艦または小型艦艇8隻を認む、敵はサンホセ飛行場を整備中と報じて来た。

我が基地航空部隊の実動兵力は、次の通りである。

クラーク基地　零戦2機、紫電4機、陸攻2機、月光1機、陸偵3機。

ニコルス基地　月光3機。

キャビテ基地　瑞雲1機。

セブ基地　零夜戦1機、月光3機。

ダバオ　基地　天山1機、彗星1機。

合　計　28機

一八日　[戦況] 黎明時に月光4機でミンドロ島攻撃。

陸攻隊、瑞雲隊でミンドロ島夜間攻撃。

偵察三〇一飛行隊瑞雲1機、キャビテ基地発進して、ミンドロ島南端のマンガリン沖に上陸舟艇2隻を発見、一九二〇夜間攻撃を実施。

戦果　上陸用舟艇1隻炎上。

損害　なし。

一九日　[戦況] 偵察機の報告により、サンホセ沖に輸送船33隻、マンガリン沖に輸送船3隻、魚雷艇7隻、上陸用舟艇35隻を、瑞雲隊、月光で夜間サンホセ攻撃。
偵察三〇一飛行隊瑞雲3機、キャビテ基地発進、ミンドロ島サンホセの敵魚雷艇を薄暮攻撃。
戦果　魚雷艇4隻撃沈、飛行場爆撃するも効果不明。
損害　未帰還1機。

二〇日　[戦況]　南西方面艦隊は礼号作戦を下令した（第二遊撃部隊によるサンホセ突入作戦）。瑞雲隊、月光隊、陸攻隊でサンホセ夜間攻撃。
偵察三〇一飛行隊瑞雲2機、キャビテ基地発進、ミンドロ島サンホセ一九〇〇夜間攻撃。
戦果　敵輸送船1隻轟沈、物資集積所1ケ所炎上、サンホセ付近3ヶ所炎上。
損害　なし。

二一日　偵察三〇一飛行隊瑞雲2機キャビテ基地発進、ミンドロ島サンホセの敵輸送船を陸攻隊、天山隊、月光隊と共に夜間攻撃。
戦果　不明。
損害　未帰還2機。

二三日　偵察三〇一飛行隊瑞雲3機、キャビテ基地を黎明索敵攻撃に発進したが、敵を発見せず。
瑞雲3機キャビテ基地を一九〇〇発進、ミンドロ島サンホセ敵飛行場を攻撃。
戦果　敵飛行場付近2ケ所炎上。
損害　未帰還1機。

二四日　[戦況]　礼号作戦部隊〇九〇〇仏印カムラン湾出撃。

二五日　[戦況]　マンガリン湾内に敵艦船約30隻、湾外に4隻在泊を認める。
北飛行場に小型機15機、南飛行場に小型機50機を認む。

二六日　[戦況]　礼号作戦部隊二三〇〇ミンドロ島サンホセに突入、砲雷撃で敵輸送船4隻、魚雷艇2隻を撃沈、飛行場並びに物資集積所を砲撃の後、二七日〇〇〇五作戦終了帰途に着く。

我が航空部隊は作戦を支援して、延べ25機をもって敵飛行場を攻撃。

偵察三〇一飛行隊瑞雲2機、キャビテ基地発進、ミンドロ島サンホセ敵飛行場を薄暮攻撃。

瑞雲3機キャビテ基地を二一〇〇発進、ミンドロ島サンホセの敵魚雷艇を制圧。

瑞雲5機キャビテ基地を二二〇〇発進、ミンドロ島サンホセ湾内の敵艦船を攻撃。

戦果　サンホセ飛行場大火災発生、友軍として協力して敵魚雷艇2隻撃沈、中型輸送船1隻撃破（航行停止、重油多量流出を確認）。

損害　なし。

二七日　[戦況]　〇〇〇一礼号作戦の一番隊砲撃を止め帰途に着き、〇一〇五巡洋艦戦隊帰途に着く。

瑞雲1機、古仁屋基地を発進して作戦任務中、南西諸島の石垣島の西方で、消息を断ち未帰還となる。

二九日　[戦況]　ネグロス・パナイ島西方海面を北上中の敵輸送船団を我が航空部隊は全力攻撃を実施。

偵察三〇一飛行隊瑞雲2機、キャビテ基地発進、ミンドロ島サンホセ敵輸送船を夜間攻撃。

戦果　不明。

損害　未帰還2機。

三〇日　[戦況]　基地航空部隊サンホセ方面に対して引き続き攻撃を続行。

総合戦果（二八日～三〇日まで判明分）

輸送船9隻轟沈、3隻大破炎上、1隻小破。

巡洋艦1隻撃破。

駆逐艦1隻撃破。

魚雷艇1隻撃沈。

偵察三〇一飛行隊瑞雲2機、キャビテ基地発進、ミンドロ島サンホセ敵輸送船団を夜間攻撃。

戦果　総合戦果に含まれる。

損害　なし。

三一日　偵察三〇一飛行隊瑞雲2機、キャビテ基地発進、ミンドロ島サンホセ敵輸送船団を夜間攻撃。

戦果　小型輸送船1隻、南飛行場爆撃するも効果不明。

損害　なし。

昭和二〇年一月　瑞雲隊の戦闘状況。

一日　偵察三〇一飛行隊瑞雲3機、キャビテ基地発進、内1機〇〇二〇ミンドロ島サンホセの敵輸送船団攻撃、内2機〇〇三〇サンホセ南飛行場を攻撃。

戦果　大型輸送船1隻至近弾、南飛行場炎上。

損害　なし。

瑞雲6機、キャビテ基地二三二五発進、二日〇〇一三まで、ミンドロ島サンホセ方面夜間索敵攻撃。

戦果　中型輸送船1隻轟沈(サンオーガスチン)。中型輸送船2隻至近弾(イリン水道付近にて)。

損害　なし。

二日　[戦況]一四〇〇スリガオ派遣隊から、敵大部隊スリガオ海峡通過、ミンダナオ海を西進中と報告が入った。

偵察三〇一飛行隊瑞雲3機、キャビテ基地〇四〇〇～〇五三〇ミンドロ島サンホセ敵輸送船団夜間攻撃。

戦果　小型輸送船1隻炎上、その他確認できず。

損害　なし。

偵察三〇一飛行隊の現状。

保有機　水爆瑞雲　6機　可動機　6機　搭乗員　名

三日

〔戦況〕二日のスリガオ派遣隊の報告による敵の大部隊は、空母12隻を含む80隻と確認され、敵は新たな作戦行動を開始したものと判断され、第一連合航空隊では、この敵に対して一月二日より九日まで全力を挙げて攻撃を命令。

偵察三〇一飛行隊瑞雲4機、キャビテ基地二三三〇発進、スール海を北上する敵機動部隊と大輸送船団の夜間索敵攻撃を開始、パナイ島西方に敵空母7隻を含む敵機動部隊を発見、攻撃を加える。

戦果　確認できず。

損害　未帰還2機。

四日

偵察三〇一飛行隊瑞雲3機、キャビテ基地〇〇一〇に発進、スール海夜間索敵攻撃を開始したが、敵を発見するに至らず、内1機が帰途ミンドロ島サンホセの敵輸送船を攻撃する。

戦果　魚雷艇1隻撃沈。

損害　未帰還1機。

五日

〔戦況〕〇九二〇ルバング島の290度20浬に北進する敵の輸送船20隻、ルバング島の西20浬に空母各5隻を含む機動部隊2群を発見。

敵はリンガエン湾に上陸するものと思われ、第一連合航空隊は、クラーク基地の航空部隊に全力特攻攻撃を命じ、各航空部隊に全力攻撃を下令さる。

偵察三〇一飛行隊瑞雲延べ11機をもって、ミンダナオ海及びスール海を北上の敵機動部隊と輸送船団に夜間攻撃。

戦果　輸送船2隻、上陸舟艇1隻を撃沈。

損害　未帰還1機、被弾不時着大破2機。

六日　［戦況］敵の艦船、輸送船団はリンガエン湾に進入、掃海を実施する。

偵察三〇一飛行隊瑞雲2機、キャビテ基地を発進、リンガエン湾内の敵上陸準備の艦船を攻撃。

戦果　敵巡洋艦1隻に直撃弾、撃沈を認む。

損害　未帰還1機。

七日　偵察三〇一飛行隊全保有機の瑞雲2機をもって、キャビテ基地を発進、二次に亙って攻撃を実施した。

第一次　瑞雲2機、リンガエン湾内敵艦船薄暮攻撃。

第二次　瑞雲2機、リンガエン湾内敵艦船夜間攻撃。

戦果　1000t級輸送船1隻、直撃弾で撃破、6000t級輸送船1隻轟沈。

損害　被弾不時着大破1機。

この日、新機材（飛行機）受領のために、マニラ基地より発進して台湾の高雄基地を経由後、南西諸島の上空にて敵機と交戦、搭乗員山岸少尉以下8名と瑞雲隊セブ基地指揮官間瀬大尉が戦死す。

偵察三〇一飛行隊の現状。

保有機	水爆瑞雲	1機	可動機	1機	搭乗員	名

八日　［戦況］1月8日付、第二航空艦隊は戦時編制から除かれ、隷下の航空部隊は第一航空艦隊に編入される。

在クラーク基地の搭乗員はエチアゲ基地に転進、残留航空部隊には陸戦隊配備が指令された。

兵力の現状。

ニコラス　基地　爆戦4機（特攻機）。

ツゲガラオ基地　零戦24機（約半数は特攻機）彗星2機。

キャビテ　基地　瑞雲1機。

台湾方面　基地　零戦24機。

彩雲、天山、月光、陸攻、艦攻が各2機程度で計10機ほど。

合計　63機
元第二航空艦隊司令部キャビテ基地に到着。

六三四空偵察三〇一飛行隊は第一航空艦隊に編入さる。

九日　［戦況］米軍リンガエン上陸開始。

偵察三〇一飛行隊の残存瑞雲1機、戦闘詳報他重要種類を携行して、台湾東港基地に帰投、残存隊員は陸戦配備につく。

偵察三〇一飛行隊の零式水偵1機（九五五空より借用）で航空参謀嶋崎重和中佐を台湾に輸送。

（台湾鵞鑾鼻の岬付近で、敵グラマン戦闘機3機の追撃を受けて、嶋崎参謀戦死さる）

一〇日　偵察三〇一飛行隊の零式水偵3機、第二航空艦隊司令長官以下司令部を佛印カムラン湾に夜間輸送。

［戦況］第一航空艦隊司令部は、10日未明クラーク基地発進、台湾小嵩山へ移動。

一二日　偵察三〇一飛行隊の零式水偵3機、キャビテ基地に帰投。

江村指令以下、陸戦配備の為にマニラに転進。

一三日　偵察三〇一飛行隊の零式水偵3機、搭乗員10名を佛印経由で台湾東港基地に転進させ、キャビテ基地残留隊員はキャビテ基地を撤退、マニラの本隊に合流する。

瑞雲1機、作戦輸送の途次、古仁屋基地発進して台湾淡水基地に向かって飛行中、悪天候の為、石垣島東方海面にて消息を絶つ。

一五日　六三四空は、エチアゲ基地へ転進の命を受け、自動車班と歩行班で転進開始する。

（その後、エチアゲ基地から更に北端のツゲガラオ基地に転進する。）

一部搭乗員はマニラより空輸便にて台湾へ転進（分隊長以下10名）。
◎ツゲガラオ基地から空輸便で、搭乗員と一部整備員他は東港基地に転進したが、大半は空輸できず、ツゲガラオ基地にて基地防衛隊の陸戦配備につく。
◎東港基地にて六三四空偵察三〇一飛行隊の再建を計る。

二七日　偵察三〇一飛行隊の瑞雲1機、淡水基地を発進時の事故により大破、搭乗員2名が戦死する。

昭和二〇年二月　瑞雲隊の戦闘状況。

一五日　偵察三〇一飛行隊の瑞雲1機、淡水基地を発進して台湾東方海面の索敵哨戒中に、敵グラマン戦闘機と交戦、未帰還となる。

（資料）

沖縄戦における水爆瑞雲隊の活躍

昭和二〇年三月　瑞雲隊の戦闘状況。（天号作戦　…　沖縄敵艦船攻撃）

一日　偵察三〇一飛行隊瑞雲1機、台湾東港基地にて計器飛行訓練中、着水時に海岸の松林に接触して転覆し、偵察員戦死。

二三日［戦況］沖縄南東方60浬付近に敵機動部隊発見の報に接し攻撃準備、偵察三〇一飛行隊は、黎明索敵攻撃の準備をおわり待機に入る。

保有機	水爆瑞雲	7機	可動機	7機	搭乗員	20名
	零式水偵	3機	〃	3機	搭乗員	9名

［六三四空偵察三〇一飛行隊　……　偵三〇一飛行隊と略す］

［八〇一空偵察三〇二飛行隊　……　（偵三〇二飛行隊）と略す］

二六日［戦況］天一号作戦発動。

二十四日に小緑飛行場が敵の艦砲射撃を受け、この敵機動部隊を特攻攻撃開始。

偵三〇一飛行隊の瑞雲隊は淡水、古仁屋を基地とし、常時4機を古仁屋に配備する。

同隊の零水1機、台湾東方海面、夜間哨戒飛行に東港基地を発進。

（偵三〇二飛行隊の瑞雲隊は博多基地に集結、攻撃態勢に入る。）

二七日　偵察三〇一飛行隊の瑞雲隊東港基地から淡水基地に移る。

同隊の零水1機、〇二三二地点「4チ1カ」敵機動部隊を発見せり。

二八日　偵察三〇一飛行隊瑞雲3機、淡水基地発進、沖縄周辺敵艦船夜間攻撃。

戦果　不明。
損害　なし。
古川飛行長、古仁屋基地に進出、零水1機夜間哨戒に発進する。
（偵三〇二飛行隊の瑞雲1機、沖縄夜間攻撃で未帰還となる）
二九日　偵察三〇一飛行隊瑞雲4機、淡水基地発進、沖縄周辺敵艦船夜間攻撃。
戦果　不明。
損害　未帰還1機。
三〇日　［戦況］三〇日夕刻、第五航空艦隊より「水爆瑞雲隊は天一号作戦要領により夜間攻撃を実施すべし」と入電あり。
偵三〇一飛行隊瑞雲4機、古仁屋基地発進、沖縄周辺敵艦船夜間攻撃。
戦果　天候不良にて引き返す。
損害　なし。
三一日　偵三〇一飛行隊瑞雲4機、天候不良の中を古仁屋基地を発進して、沖縄周辺の敵艦船を夜間攻撃。
戦果　不明。
損害　なし。
（偵三〇二飛行隊瑞雲4機、指宿基地発進したが天候不良のために1機引き換えし、3機で古仁屋基地から沖縄周辺の敵戦艦を夜間攻撃、1機未帰還となり2機の内一機は着水時に転覆大破、1機は山に衝突したが、それぞれの搭乗員は無事に救出された）
昭和二〇年四月　瑞雲隊の戦闘状況。

一日　［戦況］〇八〇〇米軍嘉手名北飛行場に上陸開始する。

我が陸海軍航空部隊は、猛反撃を開始し、三月二八日から四月一日の間に、次の戦果を挙ぐ。

撃沈　巡洋艦1隻、輸送船1隻、上陸舟艇1隻、

撃破　空母1隻、戦艦9隻、巡洋艦1隻、駆逐艦1隻、輸送船1隻、

損害　零戦5機、陸攻3機、天山1機、月光1機、彗星3機、

瑞雲2機、　合計　15機

偵察三〇一飛行隊瑞雲3機、沖縄周辺敵艦船攻撃。

戦果　不明。

損害　なし。

(偵三〇二飛行隊瑞雲4機、指宿基地発進して古仁屋基地から沖縄周辺敵艦船を攻撃したが、戦果不明、損害なしで全機帰投する)

二日　偵三〇一飛行隊の現状。

保有機	水爆瑞雲	8機	可動機	3機	搭乗員	19名
	零式水偵	3機	〃	3機	〃	9名

三日　偵三〇一飛行隊瑞雲3機、沖縄周辺敵艦船攻撃。

戦果　不明。

損害　なし。

偵三〇一飛行隊零水1機、台湾東方海面の哨戒索敵を実施、敵発見に到らず。

戦果　なし。

損害　なし。

（偵三〇二飛行隊瑞雲5機、沖縄周辺敵艦船を攻撃したが、戦果は不明だったが、帰投時に不時着2機、大破2機を生じる）

四日　偵三〇一飛行隊瑞雲1機、淡水基地を発進して台湾東方海面の索敵攻撃に出たが、天候最悪の中を飛行中、基隆付近の山に激突する。

戦果　なし。
損害　未帰還1機。

五日　偵三〇一飛行隊瑞雲1機、沖之永良部岬の敵艦船攻撃に出撃、古仁屋基地を発進時に敵グラマン戦闘機の攻撃を受ける。

戦果　なし。
損害　未帰還1機。

（偵三〇二飛行隊瑞雲4機、沖縄周辺敵艦船に発進したが、天候不良にて引き返す）

六日　［戦況］「菊水一号作戦」発令。
早朝から石垣島、宮古島に敵艦上機の空襲を受ける。
石垣島の南東に敵機動部隊の一群、空母5隻を含むを発見、また、沖縄南方の180浬に4～5群の敵機動部隊を発見、空母12～15隻を含む。
これ等の敵に対し、我が航空部隊は特攻機204機を含む総攻撃を実施した（我方の未帰還156機）。
偵三〇一飛行隊瑞雲3機、沖縄周辺敵艦船夜間攻撃。

戦果　不明。
損害　なし。

偵三〇一飛行隊の現状。

保有機　水爆瑞雲　6機　可動機　3機　搭乗員　名
零式水偵　1機　〃　1機　〃　名

七日
（偵三〇二飛行隊瑞雲、沖縄周辺敵艦船夜間攻撃、敵艦種不祥1隻中破の戦果を挙げ我方の損害なし。）
［戦況］第一遊撃部隊（戦艦「大和」、軽巡矢矧、駆逐艦八隻）は、沖縄に突撃して敵の水上艦船を砲撃、最後は陸に乗り上げて砲台として我が守備軍に協力、敵の上陸軍撃滅の特別任務で、六日、徳山で燃料の搭載をおわり豊後水道を南下、七日敵機386機の攻撃を受け、よく善戦したが翌日の八日に佐世保に帰港したのは駆逐艦「冬月、初霜、雪風、涼月」の四隻だった。
偵三〇一飛行隊瑞雲3機、沖縄周辺敵艦船夜間攻撃を実施の予定だったが、天候不良により攻撃を中止した。

一〇日
偵三〇一飛行隊零水偵1機、台湾東方海面の索敵哨戒で東港基地を発進、索敵任務中、敵夜間戦闘機の攻撃を受けて新竹付近に不時着、操縦員は戦死する。

～一一日
［戦況］沖縄付近の天候悪く、菊水二号作戦の実施が十二日に延期となったが、この日の〇九三〇喜界島の180度60浬に敵機動部隊（空母3隻）を発見、我が方は爆戦30機、彗星9機の特攻攻撃と制空隊、零戦55機、紫電15機で攻撃を実施した。
一四四五喜界島の100度50浬に、2群の敵機動部隊を発見、直ちに銀河17機、重爆16機、天山10機で攻撃した。
（戦果、巡洋艦3隻撃沈、戦艦または巡洋艦1隻撃沈、巡洋艦または駆逐艦1隻大火災）

一二日
［戦況］「菊水二号作戦」発令。
南九州から南西諸島にかけて天候は雨模様で我方の索敵、攻撃ともに困難であった。

この間に、敵の上陸軍は北・中飛行場の整備をおわり、多数の戦闘機を揚陸、また、レーダーと対空砲火を強化していたのである。

菊水二号作戦発令と同時に、我が攻撃部隊は黎明から薄暮、夜間攻撃と果敢な攻撃を加えて善く闘い、この日の海軍作戦機数は353機で、うち特攻攻撃に艦攻、艦爆40機と桜花8機に、爆戦19機、銀河12機、夜間雷撃重爆16機、銀河15機で、総数110機に達していた。

偵三〇一飛行隊瑞雲2機、〇一〇〇古仁屋基地を発進、また瑞雲3機、〇四〇〇に沖縄周辺敵艦船の夜間攻撃を実施。

偵三〇一飛行隊零水偵2機、淡水基地を発進して石垣島付近の海面を索敵哨戒実施。

　戦果　上陸舟艇1隻、輸送船2隻を撃沈。

　損害　零水偵1機未帰還。

偵三〇一飛行隊の現状。

保有機		可動機	搭乗員
水爆瑞雲	8機	8機	名
零式水偵	1機	〃1機	〃3名

(偵三〇二飛行隊瑞雲4機、佐多岬160度~200度に250浬の索敵攻撃に、指宿基地を〇三〇〇発進、敵を発見するに至らず全機帰投する)

一三日　偵察三〇一飛行隊瑞雲2機、古仁屋基地を二三〇〇頃発進して、1機は沖縄運天港内の敵輸送船団を攻撃、1機は沖縄飛行場を攻撃した。

　戦果　不明。

　損害　なし。

一四日　[戦況]　敵機動部隊の蠢動激しく、我が攻撃隊は次の攻撃を実施した。

攻撃を実施。

徳島125度150浬の敵機動部隊に、我が方は制空隊120機を投入し、爆戦21機と桜花8機で特攻攻撃を実施。

慶良間列島の敵機動部隊の空母2隻に、爆戦9機で特攻攻撃を実施、奄美大島東方110浬の敵機動部隊に銀河7機と重爆11機で夜間雷撃を実施。

一五日　偵三〇一飛行隊瑞雲2機、古仁屋基地発進、沖縄周辺敵艦船の夜間攻撃を実施。
　　戦果　不明。
　　損害　なし。
（偵三〇二飛行隊瑞雲3機、〇〇三〇古仁屋基地発進、沖縄北飛行場夜間攻撃を実施。伊江島付近で敵の中型輸送船1隻を爆撃炎上せしめ、全機帰投した）

一六日　［戦況］「菊水三号作戦」発令。

菊水二号作戦の四月一三日〜一五日間の海軍作戦機は合計400機を越え、そのうち特攻機は100機に達する猛攻撃を加えていたが、敵は北・中飛行場の整備を強化して戦闘機の増加をはかり、また、レーダー哨戒艦を沖縄本島の北海面に展開して、我が方の攻撃部隊を阻止せんと配備していた。

この敵の動静に対処すべく、次の攻撃作戦が実施された。
一、黎明時に沖縄敵飛行場を彗星4機、零夜戦6機で銃爆撃を実施。
二、敵機動部隊を零戦制空隊76機で制圧、その間に特攻機30機が突入。
三、沖縄周辺敵艦船夜間攻撃に銀河、天山、重爆の36機で実施。
四、海軍特攻88機、陸軍特攻50機を投入。
五、台湾基地発進、爆戦3機、彗星5機、天山5機で敵艦船攻撃を実施。
偵三〇一飛行隊瑞雲1機、淡水基地発進、沖縄周辺敵艦船夜間攻撃。

戦果　不明。

損害　未帰還1機。

一七日　[戦況]前日の一六日の海軍作戦機数は400機を越え、そのうち特攻機は、半数に近い200機に達していた。それでも、敵機動部隊の蠢動を止めることは出来ず、この日もこの敵機動部隊に対して攻撃を加えた。

一、九州各基地から零戦、爆戦、彗星、銀河の計113機が出撃。

二、台湾各基地から爆戦7機、夜間攻撃に天山4機、月光1機で攻撃。

三、その他航空部隊より攻撃を加えた。

この日の海軍作戦機数は163機で、そのうち特攻機は45機であった。

(偵三〇二飛行隊瑞雲2機、指宿基地を発進して対潜水艦攻撃を実施したが、戦果不明、損害なし)

一八日　[戦況]九州方面天候不良にて航空兵力の整備。

一、菊水四号作戦の準備。

二、台湾各基地より沖縄近辺の敵機動部隊を、陸攻、天山、月光9機で攻撃。

三、第十航空艦隊は、第五航空艦隊の指揮下より離れる。

四、B-29約60機が九州と四国を空襲する。

一九日　偵三〇一飛行隊瑞雲1機、〇三〇〇古仁屋基地を発進、天候不良の中を沖縄周辺敵艦船夜間攻撃を実施。

戦果　不明。

損害　なし。

二〇日　偵三〇一飛行隊瑞雲1機、〇三〇〇古仁屋基地を発進、与論島付近で敵駆逐艦を爆撃、撃破する。

戦果　駆逐艦1隻撃破。

損害　なし。

（偵三〇二飛行隊の指宿基地が、敵B‐29爆撃機11機の爆撃を受けて、瑞雲6機破壊され使用不能となる。

二一日　［戦況］台湾方面の各基地から、天山、陸攻、銀河、月光で沖縄敵艦船を攻撃。
B‐29約180機、南九州の宇佐、出水、笠ノ原基地に時限爆弾を投下した。
偵三〇一飛行隊瑞雲2機、二〇〇〇古仁屋基地を発進、沖縄周辺の敵艦船を攻撃。
戦果　輸送船1隻撃破。
損害　なし。
（偵三〇二飛行隊瑞雲4機、指宿基地を発進して列島線付近の索敵攻撃を実施したが、敵を発見するに至らず）

二二日　［戦況］敵機動部隊攻撃に零戦制空隊40機、特攻機13機出撃。
沖縄周辺敵艦船攻撃に陸軍特攻機36機出撃した。

二三日　偵三〇一飛行隊瑞雲1機、古仁屋基地発進して沖縄周辺敵艦船を夜間攻撃後、淡水基地に帰投の際に、台湾北部の山中に激突する。
戦果　不明。
損害　未帰還1機。

二四日　偵察三〇一飛行隊の現状。（第一航空艦隊・淡水基地）

保有機	水爆瑞雲	5機	可動機	1機	搭乗員　名
	零式水偵	2機	〃	2機	〃　6名

二五日　偵三〇一飛行隊瑞雲3機、天候不良の中二〇〇〇古仁屋基地を発進して沖縄周辺の敵艦船を襲撃。
戦果　不明。

損害　なし。

（偵三〇二飛行隊は、八〇一空より詫間空に所属変更され、また、特殊任務を受けて沖縄湊川沖に強行着水後、司令部の長参謀長と連絡する挺身連絡のため待機。

瑞雲4機、指宿基地を発進して沖縄攻撃に向かうが、天候不良で攻撃を中止し、全機博多基地に転進する）

二六日　偵三〇一飛行隊瑞雲3機、天候不良の中二〇〇〇古仁屋基地を発進、沖縄周辺敵艦船を攻撃。

戦果　不明。

損害　なし。

二七日　偵三〇一飛行隊瑞雲3機、沖縄周辺の敵艦船襲撃に〇〇三〇古仁屋基地発進したが、天候不良にて引き返すが、第二次攻撃に3機出撃。

戦果　輸送船1隻撃沈、至近弾3発。

損害　なし。

（偵三〇二飛行隊瑞雲4機、一七〇〇指宿基地を発進、古仁屋基地を中継して沖縄周辺の敵艦船を攻撃したが、戦果は不明、1機未帰還となる。また、別の瑞雲2機が沖縄挺身連絡を実施したが、連絡取れず引き返す）

二八日　［戦況］「菊水四号作戦」発令。

沖縄守備の陸軍は、敵の上陸時には水際作戦をとらずに後方の陣地に下がり、反撃の態勢を固めて戦機到来を待っていたが、しかしながら、陸海軍の航空兵力も十分でなく、反撃の時期が掴めずに四月末に陸軍の総攻撃が決行されることになった。

苦しい闘いを強いられることになったが、戦況不利を承知で果敢に戦いながら、戦線の保持を続けていた。

陸海軍の航空兵力のなかで、夜間攻撃可能な機数は200機に満たなかったが、それでも、菊水四号作戦発令によって、夜戦隊18機で沖縄の敵飛行場を制圧、零戦26機、九七艦攻12機、艦爆22機、桜花4機、水偵8機で夜間、薄暮の特攻攻撃を実施。
この日の海軍航空部隊の出撃は140機で、そのうち特攻機は72機であった。
偵三〇一飛行隊瑞雲3機、延べ6機で沖縄周辺敵艦船に黎明、薄暮攻撃を実施。
　戦果　不明。
　損害　なし。

二九日　[戦況] この日も十分な飛行機を集めることが出来ず、僅かに80数機の出撃だった。
(偵察三〇二飛行隊瑞雲6機、都井岬東方30浬対潜捜索攻撃で敵潜水艦を爆撃したが、効果は不明。瑞雲3機、〇〇三〇沖縄の敵艦船攻撃に古仁屋基地を発進したが、天候不良で全機引き返す)

三〇日　偵三〇一飛行隊瑞雲3機、天候不良の中を飛行を続けて、沖縄周辺敵艦船の夜間攻撃を敢行する。
　戦果　不明。
　損害　なし。

昭和二〇年五月　瑞雲隊の戦闘状況。

二日　[戦況] 沖縄付近の天候の回復せず、困難な作戦が続いており、この日も夜間攻撃部隊で、沖縄の北・中敵飛行場及び伊江島飛行場を銃爆撃に、夜戦8機、陸攻9機、瑞雲4機が参加した。
(偵三〇二飛行隊瑞雲4機、敵飛行場の物資集積所を夜間攻撃、戦果不明だったが、全機無事に帰投する)

三日　[戦況] この日の作戦は、沖縄周辺の敵艦船攻撃に加えて敵の飛行場に銃爆撃を実施、天山20機、銀河6機、重爆8機、瑞雲3機が参加、この日も特攻に九四水偵12機が突入した。
偵三〇一飛行隊瑞雲3機、沖縄周辺の敵艦船夜間攻撃を実施した。

四日

戦果　不明。

損害　なし。

［戦況］「菊水五号作戦」発令。

沖縄守備軍の総攻撃は続けられ、沖縄飛行場の奪回を目指しての反撃は壮絶を極め、これに呼応して我が航空部隊は、総力を結集して攻撃が行なわれた。

一、陸攻7機、彗星15機、零夜戦3機で敵飛行場を重爆撃。

二、紫電、爆戦、陸攻、艦攻、艦爆44機と、水偵28機の計72機の特攻機が突入した。

三、天山5機、銀河6機、重爆7機、爆戦21機、瑞雲7機で、沖縄周辺の敵艦船夜間攻撃を実施。

偵三〇一飛行隊瑞雲7機、沖縄周辺の敵艦船夜間攻撃を実施。

戦果　不明。

損害　なし。

五日

［戦況］前日に続き、沖縄周辺の敵艦船攻撃と敵の飛行場攻撃がな行われた。

陸攻2機、彗星12機、零夜戦2機で敵飛行場を攻撃

陸攻5機、重爆3機、天山3機、瑞雲3機で敵艦船夜間攻撃。

偵三〇一飛行隊瑞雲3機、〇二〇〇古仁屋基地発進沖縄嘉手納沖の敵艦船攻撃。

戦果　不明。（輸送船爆撃）

損害　離水時に1機転覆大破沈没。

六日

［戦況］前日と同様に、主として夜襲作戦が実施され、陸攻3機、重爆3機で黎明攻撃、重爆3機、天山3機、夜戦2機で夜間攻撃。

台湾基地発進の天山3機も夜間攻撃行なう。

偵三〇一飛行隊瑞雲３機、沖縄周辺の敵艦船夜間攻撃を実施。
　戦果　不明。
　損害　なし。
偵三〇一飛行隊の現状。
　保有機　水爆瑞雲　５機　可動機　５機　搭乗員　名
　　零式水偵　機　〃　機　〃　名

七日　偵三〇一飛行隊瑞雲３機、沖縄周辺の敵艦船夜間攻撃を実施。
　戦果　不明。
　損害　なし。

八日　［戦況］五月四日の菊水五号作戦発令から、この日までの四日間に投入された海軍機の数は、合計４５０機（そのうち特攻機１６０機が含まれている）。
沖縄周辺の敵艦船夜間攻撃に、銀河、重爆、陸攻、天山、月光、零夜戦が参加、彗星８機が敵機動部隊索敵攻撃に発進したが、敵を発見するに至らず、また、台湾基地発進の彗星、艦攻、艦爆隊が沖縄敵艦船に特攻突入。

一〇日　［戦況］〇八五〇沖縄南東方１００浬に敵機動部隊３群を発見。
沖縄周辺の敵艦船並びに敵飛行場を攻撃。
同作戦に台湾基地より天山３機、月光１機、銀河１機が参加した。
偵三〇一飛行隊瑞雲６機、沖縄周辺艦船攻撃並びに北飛行場を夜間爆撃。
　戦果　不明。
　損害　１機未帰還（搭乗員２名生還）

一一日

(偵察三〇二飛行隊は、指宿基地を引き揚げて玄界基地に移り、一部は桜島基地の設営に着手する)

〔戦況〕「菊水六号作戦」発令。

沖縄守備軍に、食糧、武器、弾薬、医薬品等の補給もないまま、すべての戦略物資は欠乏していたが、それでも、最後の抵抗陣地で頑強に闘っており、海軍は、沖縄作戦の前途は暗澹たるものであったが、航空作戦の継続に全力を注ぎ、実用機を特攻に投入するに至った。

沖縄の天候は悪くこの日は雨だったが、彗星、陸攻、艦攻、天山、爆戦、銀河、桜花、水偵の55機が、沖縄周辺の敵艦船並びに敵飛行場に特攻で突入した。

六三四空司令の発進。

五月一五日を期し、当瑞雲隊の全力を古仁屋基地に集結して、攻撃を決行の予定、各基地指揮官は攻撃準備を急げ。

一、淡水基地の瑞雲2機は、十五日に薄暮攻撃を実施後に古仁屋基地に集結。

二、呉基地の瑞雲は、整備できしだい古仁屋基地に進出せよ。

(偵三〇二飛行隊瑞雲3機、沖縄周辺の敵艦船夜間攻撃を実施したが、戦果不明、損害なし)

一二日

〔戦況〕「天航空部隊の編成」発令。

第一基地機動部隊と第七基地航空部隊をもって編成さる。

(偵察三〇二飛行隊瑞雲4機、湊川沖挺身連絡に発進したが、天候不良で途中から2機帰投、2機は目標地点に到着したが風波強く着水出来ずに引き返した)

一三日

〔戦況〕黎明時より敵の艦上機第一波300機、第二波220機、第三波100機が、九州各基地を空襲攻撃してきた。

我が方の偵察機、都井岬の148度100浬の地点に、敵の機動部隊を発見、直ちに重爆12機、銀河5機で夜間雷撃攻撃を実施。

一四日

偵三〇一飛行隊瑞雲3機、沖縄周辺敵艦船夜間攻撃。

戦果　輸送船1隻撃破、駆逐艦1隻直撃（大破または撃沈）

損害　未帰還1機、基地に帰投したが被弾の為に飛行不能1機。

（偵察三〇二飛行隊瑞雲3機、湊川沖挺身連絡に発進したが、天候不良のため途中から1機帰投、1機は目標地点に到着したが、風波強く着水出来ずに引き返し、1機は消息を絶つ）

偵三〇一飛行隊瑞雲1機、古仁屋基地を発進して沖縄周辺の敵艦船夜間攻撃。

戦果　不明。

損害　なし。

偵三〇一飛行隊瑞雲2機、淡水基地を発進して沖縄周辺の敵艦船夜間攻撃のところ、天候不良のため引き返す。

一五日

偵三〇一飛行隊瑞雲1機、沖縄敵艦船昼間攻撃に淡水基地を発進、一二三〇那覇上空にて敵グラマン戦闘機と交戦、惜しくも未帰還となる。

損害　淡水基地に帰投、着水の際に擱坐して大破1機。（搭乗員1名戦死）

損害　未帰還1機。

一六日

（偵三〇二飛行隊瑞雲3機、湊川沖挺身連絡に発進し、天候不良で引き返す）

［戦況］この日より、次の菊水七号作戦までの間、沖縄方面の攻撃は専ら夜間攻撃部隊の実施となる。

一七日

偵三〇一飛行隊瑞雲1機、沖縄周辺の敵艦船夜間攻撃。

戦果　不明。

損害　なし。

(偵三〇二飛行隊瑞雲2機、零式水偵1機で湊川沖挺身連絡に発進したが、天候不良で引き返す)

一八日　偵三〇一飛行隊瑞雲1機、二〇三〇与論島南東5浬の地点で、敵駆逐艦を攻撃。

戦果　駆逐艦1隻撃破。

損害　なし。

偵三〇一飛行隊瑞雲2機、二三三〇名護湾にて大型輸送船を攻撃。

戦果　大型輸送船1隻直撃。

損害　なし。(1機エンジン不調で引き返す)

一九日　偵三〇一飛行隊の現状。

保有機	水爆瑞雲	4機	可動機　3機	搭乗員　名
	零式水偵	機	〃　機	〃　名

第一航空艦隊司令長官大西中将から、六三四空偵察三〇一飛行隊に、部隊感状を授与される。

(偵三〇二飛行隊瑞雲2機、湊川沖挺身連絡のため古仁屋基地で待機、瑞雲1機横浜基地で失い、搭乗員2名戦死)

二〇日　六三四空偵察三〇一飛行隊は、第一航空艦隊から第五航空艦隊に編入さる。

(偵三〇二飛行隊は六三四空の作戦指揮下に入る)

偵三〇一飛行隊瑞雲6機、一八三〇古仁屋基地発進、伊江島南方10浬の船団攻撃。

戦果　中型船1隻撃沈(25番命中)。中型船1隻爆破(25番1発、6番2発、至近弾)

損害　未帰還1機。

偵三〇一飛行隊瑞雲2機、二一三〇古仁屋基地発進、沖縄周辺の敵艦船攻撃に向かったが天候不良にて引き返す。

損害　なし。

偵三〇一飛行隊の現状。

保有機　水爆瑞雲　4機　可動機　3機　搭乗員　名

零式水偵　機　〃　機　〃　名

二二日　偵三〇一飛行隊瑞雲2機（第一次攻撃隊二〇三〇発進）瑞雲4機（第二次攻撃隊二三三〇発進）は、沖縄運天港外の輸送船及び伊江島西5浬の敵艦船を攻撃。

戦果　中型輸送船1隻爆弾命中、駆逐艦1隻轟沈、輸送船1隻大爆発轟沈。

損害　なし。

（偵三〇二飛行隊瑞雲1機、沖縄周辺の敵艦船夜間攻撃、駆逐艦1隻撃沈）

偵三〇一飛行隊の現状。

保有機　水爆瑞雲　5機　可動機　5機　搭乗員　名

零式水偵　機　〃　機　〃　名

二三日　偵察三〇一飛行隊瑞雲4機（第一次攻撃隊二〇三〇発進）瑞雲3機（第二次攻撃隊二三〇〇発進）瑞雲3機（第三次攻撃隊〇〇三〇発進）瑞雲2機（第四次攻撃隊〇二〇〇発進）瑞雲1機（第五次攻撃隊〇三〇〇発進）延べ13機で、伊江島北方28浬の地点の敵戦艦、駆逐艦8隻に護衛された船団50隻を捕捉、これに対し連続攻撃を実施。

戦果　駆逐艦1隻轟沈、巡洋艦又は輸送船1隻至近弾、大型輸送船1隻直撃炎上、大型輸送船1隻至近弾。

損害　未帰還1機。

二四日　偵三〇一飛行隊瑞雲4機、(一〇〇〇発進)瑞雲3機(二二三〇発進)で、伊平屋島西方10浬の敵艦船を攻撃。
戦果　大型巡洋艦1隻撃沈。
損害　なし。
二五日　[戦況]「菊水七号作戦」発令。
五月後半も天候に阻まれ、既に南西諸島は雨期に入り、我が航空部隊の作戦も思うようにゆかず、沖縄守備軍の地上戦を有利に展開する支援に至らなかった。
その上に、実用機も消耗して攻撃に支障を来して補給が間に合わず、特攻攻撃に練習機を投入しなければならない状態であった。
これに反して敵は強大な航空兵力を投入、南九州を戦場に組み入れて攻撃を加えて来たために、我が航空作戦は更に困難となり、基地を北九州、四国方面に後退しての作戦だったが、天候不良で敵を攻撃できずに、本作戦は不発となった。
偵三〇一飛行隊瑞雲4機、古仁屋基地を一九〇〇発進して、沖縄周辺の敵艦船攻撃。
戦果　不明。
損害　なし。
(偵三〇二飛行隊瑞雲5機、一九〇〇発進、沖縄周辺の敵艦船攻撃の途次、敵の夜間戦闘機に迎撃されて3機未帰還となる。
湊川沖挺身連絡で零水1機、目標地点上空に達したが連絡取れなかった)
二七日　[戦況]「菊水八号作戦」発令。
陸軍の第九次総攻撃に伴い、海軍の航空部隊は重爆10機、銀河7機、天山4機、白菊31機、零水11機、零観4機の計67機で沖縄周辺の敵艦船に特攻攻撃、陸軍は特攻機40機が参加した。

沖縄の敵艦船に対して、夜間攻撃が陸攻10機、銀河2機、瑞雲7機で実施された。

偵三〇一飛行隊の現状。

保有機　水爆瑞雲　6機　可動機　1機　搭乗員　名

零式水偵　機　〃　機　〃　名

（偵三〇二飛行隊瑞雲7機、沖縄周辺の敵艦船夜間攻撃、敵輸送船1隻、駆逐艦または巡洋艦1隻、駆逐艦1隻撃沈。未帰還3機、不時着機1機で、合計4機の損害があった。

この日、零式水偵2機、沖縄湊川沖挺身連絡に二四〇〇発進したが、連絡取れず不成功となり、未帰還1機）

二八日　［戦況］この日の攻撃は、銀河3機、天山4機、白菊5機の計12機の特攻攻撃。

偵三〇一飛行隊瑞雲3機、伊江島南方10浬の敵輸送船を夜間攻撃。

戦果　中型輸送船1隻撃沈。

損害　なし。

二九日～三一日　［戦況］天候雨天のため攻撃できず、台湾方面の基地より攻撃実施。

二九日、銀河2機、艦攻2機、陸攻3機の計7機で特攻攻撃。

三〇日、陸攻1機で通常攻撃を実施。

三一日、陸攻4機で通常攻撃を実施。

昭和二〇年六月　瑞雲隊の戦闘状況。

一日　［戦況］沖縄方面の天候不良にて、菊水九号作戦実施できず延期さる。

偵三〇二飛行隊瑞雲一機、奄美大島及び徳之島東方60浬を黎明索敵攻撃を実施したが、敵機動部隊の発

二日　見に至らず（陸軍の誤報と思われる）。
［戦況］敵の艦載機約150機が南九州の我が基地を攻撃してきた。
これに対して、夜間攻撃を実施したが、天候不良のために全機引き返した。
三日　［戦況］沖縄の北端、90度70浬と120度110浬に、それぞれ空母3隻を有する2群を発見。
偵三〇二飛行隊の零式水偵3機、二三一五発進して列島東方海面の索敵哨戒を実施したが、敵を発見するに至らず全機帰投する。
同隊の瑞雲12機、玄界基地より古仁屋基地へ進出、天候不良にて攻撃中止となる。
戦果　攻撃中止。
損害　九州南端にて敵機の攻撃を受けて瑞雲一機火災発生、不時着時に転覆して搭乗員2名戦死、古仁屋基地発進時に敵機の攻撃を受けて瑞雲一機が被弾し、不時着したが搭乗員一名戦死する。
四日　［戦況］米軍、小緑地区の湊川に上陸する。
五日　［戦況］「菊水九号作戦」発令。
偵三〇一飛行隊、偵三〇二飛行隊の瑞雲5機、二一〇〇古仁屋基地発進、沖縄周辺の敵艦船攻撃を実施。
戦果　慶良間に停泊中の敵戦艦を攻撃、火柱を認むるも戦果不明。
損害　瑞雲1機、攻撃時に被弾していたために、帰投して着水時に転覆、搭乗員2名戦死。
六日　［戦況］沖縄海軍司令官大田　実少将は、最後の訣別電を発して後に、海軍部隊は玉砕する。
偵三〇二零式水偵4機、〇〇五〇九州南方海域を夜間索敵哨戒に発進したが、天候不良にて引き返す。
同隊の瑞雲1機、古仁屋基地に向けて作戦輸送中に消息を断ち、未帰還となった。
七日　［戦況］菊水九号作戦にもとずき、銀河、天山、重爆の計12機と瑞雲6機で沖縄周辺の敵艦船夜間攻撃を実施。

同じく彗星15機、零戦6機で伊江島飛行場を攻撃、6ヶ所炎上と、中飛行場2ケ所炎上。
偵三〇二飛行隊瑞雲6機、二一〇〇古仁屋基地発進、沖縄周辺の敵艦船夜間攻撃を実施、伊平屋列島西方で敵巡洋艦、駆逐艦を発見してこれに攻撃を加える。
戦果　駆逐艦1隻轟沈、駆逐艦1隻至近弾。
損害　帰投時にエンジン停止して墜落したが、搭乗員は無事に救出され、別の1機は着水時に転覆、沈没したが搭乗員は無事に救出された。

八日
［戦況］黎明時、彗星10機、零戦6機で伊江島飛行場攻撃した。

夜間に、銀河、陸攻、天山、重爆、瑞雲の計22機で沖縄周辺の敵艦船を攻撃。

偵三〇二飛行隊瑞雲3機、〇三〇〇発進、都井岬南方海面の索敵攻撃を実施したが、敵を発見するに至らず、全機無事に帰投した。

偵三〇一飛行隊、偵三〇二飛行隊の瑞雲8機、一九三〇古仁屋基地を発進して沖縄周辺の敵艦船攻撃を実施、残波岬海面と伊平屋島北端で敵艦船を攻撃する。

戦果　残波岬　…　駆逐艦1隻撃沈、伊平屋島　…　大型船1隻大火災。

損害　攻撃後に1機徳之島に不時着、古仁屋基地に帰投の2機が被弾の為、着水時に転覆したが、搭乗員は無事に救出された。

偵三〇二零式水偵3機、二二〇〇発進、南西諸島の東方海面を索敵哨戒したが、敵を発見するに至らず、全機無事に帰投した。

九日
［戦況］重爆、天山、瑞雲の計14機で夜間攻撃を実施したが、天候不良のため瑞雲以外は攻撃を取り止め引き返した。
偵三〇二飛行隊瑞雲5機、二一〇〇古仁屋基地を発進し、慶良間、嘉手納沖の敵艦船攻撃、慶良間に2

機突入する。

戦果　慶良間の敵巡洋艦に突入を僚機が確認しているが、戦果は確認出来ず。

損害　３機未帰還となる。

一〇日　［戦況］天航空部隊では、夜間攻撃部隊に対し、急速な兵力の整備及び錬度の向上に努めると共に、一部兵力をもって連続沖縄方面の攻撃を下令。

六三四空は、第五航空艦隊の下令により、一〇日以降は「決号作戦」の準備体制に入ると共に、攻撃隊は沖縄周辺の敵艦船夜間攻撃を実施、それ以外は黎明、薄暮、夜間の降爆訓練等を行なって錬度の向上に努めた。

一一日　偵三〇二零式水偵６機、九州南東海面の索敵哨戒を実施したが、敵を発見するに至らず全機帰投した。

〜一四日　［戦況］南西諸島方面天候不良にて攻撃できず、一二日の一六一九に小緑司令部は最終電を発して連絡を絶つ。

一三日、沖縄方面海軍司令官大田実少将自決され、一四日小緑地区の組織的抵抗終了する。

六三四空は、一三日に古仁屋基地に残留の搭乗員全員を、玄界基地に引き揚げることになり、その引き揚げの途次に偵三〇二飛行隊瑞雲１機が鹿児島県出水の海岸に不時着したが、機材、搭乗員共に無事であった。

六三四空、一四日発進（機密第１４０９１８番）。

六三四空部隊電令作戦５号により、菊水十号作戦における当隊の航空戦要領は次の通り。

一、古仁屋基地隊　瑞雲３機で薄暮より全力反復攻撃を実施す。

二、桜　島基地隊　第一次攻撃隊　瑞雲６機　一八〇〇発進。

第二次攻撃隊　瑞雲6機　一九〇〇発進。
（攻撃後、古仁屋基地で燃料補給して、翌〇四〇〇発にて帰投せよ）

一五日　[戦況]南西方面の天候は雨、瑞雲隊2機のみの攻撃で終わった。
第一航空艦隊解散となり、高雄警備府29航空戦隊となる。
偵三〇一飛行隊瑞雲2機、沖縄周辺の敵艦船夜間攻撃を実施したが、
　戦果　1機は、伊江島付近で敵艦船を攻撃したが、戦果不明。
　　1機は、嘉手納沖の敵艦船を攻撃したが、火柱を認めるも戦果確認出来ず。
　損害　なし。

一八日　[戦況]天候は、連日雨だったが、米機約400機が南西諸島を空襲、翌日の夜B‐29が鹿児島を夜間焼夷弾攻撃、九日はB‐29が福岡を夜間焼夷弾攻撃をした。
偵三〇二飛行隊瑞雲1機、一八日、玄界基地で夜間降爆訓練中、二二〇〇海面に激突、搭乗員2名が殉職した。

二一日　[戦況]「菊水十号作戦」発令。
銀河、重爆、天山、瑞雲、白菊特攻、零観特攻の約60機で沖縄周辺の敵艦船並びに飛行場攻撃。
（総合戦果）巡洋艦1隻小破、駆逐艦1隻炎上、輸送船1隻撃沈、不祥1隻撃破。
偵三〇一飛行隊瑞雲8機で沖縄周辺の敵艦船夜間攻撃。
　戦果　不明。（総合戦果に含まれる）
　損害　なし。

二二日　[戦況]零戦66機、爆戦特攻8機、桜花特攻6機で昼間攻撃実施。
重爆6機、瑞雲8機で夜間攻撃実施。

偵三〇一飛行隊瑞雲8機で桜島基地を発進して沖縄周辺の敵艦船を夜間攻撃。
戦果　巡洋艦1隻炎上。
損害　なし。
二三日　偵三〇一零式水偵2機、東支那海の索敵哨戒に発進したが、敵を発見するに至らず、全機無事に帰投す。
［戦況］沖縄陸軍32群司令官牛島中将自決さる。
二四日　偵三〇一零式水偵2機、東支那海の索敵哨戒に発進したが、敵を発見するに至らず、全機無事に帰投す。
［戦況］天候不良のために攻撃行われず。
二五日　［戦況］沖縄守備の陸海軍の組織的抵抗が崩れ、最早戦局の挽回は難しくなっており、本土決戦の準備もあって、この日を持って最後の纏まった特攻攻撃を実施した。
彗星夜戦8機、陸攻6機で敵飛行場を制圧、銀河5機、天山3機、瑞雲8機で夜間攻撃を実施、白菊14機、水偵11機で夜間特攻攻撃を行なう。
偵三〇一飛行隊瑞雲8機で桜島基地を二〇〇〇発進、沖縄周辺の敵艦船夜間攻撃に向かったが、古仁屋基地着水時に2機転覆、〇〇〇〇に6機発進したが1機故障、1機が敵の夜間戦闘機の妨害をうけて引き返し、4機で攻撃した。
戦果　輸送船1隻轟沈。
損害　1機が未帰還となる。
二六日　偵三〇一飛行隊瑞雲1機が天候雨の中を沖縄周辺の敵艦船夜間攻撃を実施。
戦果　不明。
損害　なし。
二七日　偵三〇一飛行隊瑞雲1機が天候不良の中を沖縄金武湾の敵艦船を夜間攻撃を実施。

戦果　駆逐艦1隻撃沈、駆逐艦1隻直撃と至近弾。
損害　なし。

二九日　偵三〇一飛行隊瑞雲1機桜島基地を発進して、沖縄周辺の敵艦船を第一次攻撃、第二次攻撃を実施、また、別の瑞雲3機が敵艦船攻撃を実施。

戦果　巡洋艦1隻撃沈。（桜島基地発進の一機）
その他不明。
損害　1機が未帰還。（桜島基地発進の一機が第二次攻撃で突入自爆）

昭和二〇年七月　瑞雲隊の戦闘状況。

一日　［戦況］第五航空艦隊は、一部沖縄攻撃を続行しつつ「決号作戦」準備に入った。
TBF信電令作第215号（20、7、7、一一二九）より。
一、敵の新作戦開始の時機切迫し、敵の機動部隊は既に出動、当方面に来襲の算大なり。
二、当方面兵力配備並びに作戦要領左の如し。
（兵力配備標準）
イ、偵察部隊。

偵三部隊	鹿屋	彩雲		沖縄常時偵察。機動部隊索敵と触接。
八〇一〃	大分	陸攻	6機	夜間哨戒。
六三四〃	桜島	零水	6機	〃　。
詫間　〃	詫間	大艇	3機	〃　。

ロ、夜間攻撃部隊。

芙蓉部隊　岩川　夜戦　10機　機動部隊索敵攻撃。
九三一〃　串良　天山　8機　機動部隊攻撃。
六三四〃　桜島　瑞雲　6機　沖縄艦船攻撃。
ハ、機動部隊攻撃。（ただし7月8日の上奏文によって補足）
七二一部隊　鹿屋　爆戦　機　機動部隊攻撃。
国分一〃　国一　彗星　20機　〃　。
国分二〃　国二　彗星　全力機　〃　。
ニ、制空隊。
七二航戦　全力機　指揮官所定。

六三四空の戦闘状況。
（一）第五航空艦隊の下令により、「決号作戦」の準備に入る。
六三四空本部　玄界基地。
偵三〇一飛行隊　桜島基地（攻撃と索敵哨戒の任務）
（零式水偵隊の一部）
偵三〇二飛行隊　玄界基地（訓練と攻撃の任務）
（零式水偵隊の一部）
（二）七月一日、偵察三〇二飛行隊の瑞雲隊と水偵隊の全員が第六三四空に移され、ここに水爆瑞雲隊と水偵雷撃隊を持った攻撃部隊となった。
（三）七月七日、海軍総隊令第116号で零式水偵による夜間雷撃隊を編成、40機を六三四空に所属と下令。

九〇一空から12機、九〇三空から10機、九五一空から20機の計42機、これに加えて佐伯空から6機、詫間空から7機の計13機が転入、55機の雷撃隊が生まれた。

（偵察三〇一零水隊5機、偵察三〇二零水隊10が保有され、索敵哨戒に従事していた）

（四）七月九日、桜島基地から玄界基地に移動中の自動車事故により偵三〇一飛行隊の搭乗員2名戦死する。

（五）七月一九日、零水偵6機、九州東方海面哨戒するも天候不良にて引返す。

（六）七月二二日、瑞雲6機、済州島付近の索敵攻撃を実施したが、敵を発見するに至らず。

（七）七月二三日、瑞雲6機、桜島基地に進出。

昭和二〇年八月　瑞雲隊の戦闘状況。

［戦況］八月六日、広島に原子爆弾投下される。

八月九日、長崎に原子爆弾投下される。

八月一五日、大戦終結に関する大詔喚発され、この日第五航空艦隊司令長官宇垣　纏中将は、彗星艦爆11機の特別攻撃隊で沖縄に突入、長官自ら責任をとられる。

八月一六日、特別攻撃隊生みの親と言われ、統率の外道と断言されていた第一航空艦隊司令長官大西瀧治郎中将、特攻隊員の英霊とご遺族に感謝して割腹自刃さる。

六三四空の戦闘状況。

（一）八月三日、三二航空戦隊を編成、五航艦に編入。

（六三四空、七六二空、九三一空）

（二）八月二三日、最寄りの基地に飛行して、帰郷せよと命令されて、最後の飛行となる。
（大海令第51号を発し、二四日一八〇〇以降の一切の飛行は禁止された）

戦没者並びに殉職者御芳名録（一八四名）

戦没者の判名者は、今回の調査で一八四名だが、その当時は搭乗員の補充は、状況から望めなかったので、所属の航空隊が解散したために、キャビテ基地、東港基地、淡水基地等で集まっていた搭乗員を六三四空に編入された。その後の出撃命令により戦死された場合、これ等の搭乗員の旧所属・氏名も判明しないために探せなかった。比島、沖縄の空を血に染めて散華された仲間達に、心からご英霊に鎮魂の誠を捧げます。

若桜に手向けん

海軍大佐　増田　正吾
（空母「赤城」飛行長）

一、国の運命を極むべき　戦の数は傾きぬ
　我今にして征かざれば　祖国の土を如何せむ
二、若き命を捧げんと　汚れを知らぬ若人は
　桜のごとく散り急ぎ　嗚呼　征き征きて帰らざり
三、国破れて山河あり　来る年々に花は咲く
　清きがままに散り果てし　あわれ愛しと若きらや
四、荒野の草に眠る人　冥き千尋に沈む戦友

故国の夢は永久に　　覚め果つるべき期なけむ

五、嗚呼星霜は三十年　戦の跡はいづくぞや

物豊かさに酔い痴れて　人を忘るる事なかれ

六、後れし者も老い去きぬ　碑の時の名を撫して

心の花を手向くべし　心の花を手向くべし

（辞世）

大空の雲と消ゆとも悔ゆるなし

遺志を伝へむ　愛児ありとせば

第六三四海軍航空隊　水爆瑞雲隊

海軍少尉　　　山岸正三（新潟県）

（昭和二〇年一月七日、南西諸島方面にて戦死）

戦没者並びに殉職者の御芳名

戦没年	月日	所属	階級	氏名	出身期	出身地	作戦・行動・状況
一九	六・二六	六三四空	飛長	竹元 武徳	丙飛一一期特	鹿児島	瀬戸内海にて訓練中行方不明となり殉職
	六・二六	六三四空	二飛曹	中園 稔	甲飛一一期	大分	瀬戸内海にて訓練中行方不明となり殉職
	七・五	六三四空	二飛曹	伊藤 圭作	乙飛一六期	埼玉	東号作戦発令、横空へ進出時に浜空沖で不時着、戦傷死
	七・五	六三四空		（生還）			東号作戦発令、横空へ進出時に浜空沖で不時着（生還）
	七・一二	六三四空		（生還）			標的艦「摂津」に降爆訓練中に空中分解の為（生還重傷）
	七・一二	六三四空	飛曹長	吉野平八郎	甲飛二期	鹿児島	標的艦「摂津」に降爆訓練中に空中分解の為、殉職
	七・二六	六三四空	上飛曹	鈴木 定男	乙飛一三期	滋賀	呉基地にて降爆訓練中に空中分解の為、殉職
	七・二六	六三四空	上飛曹	中村 元章	甲飛一〇期	長崎	呉基地にて降爆訓練中に空中分解の為、殉職
	八・二二	六三四空	少尉	小林 茂弥	予学一三期	静岡	呉基地にて訓練中に殉職
	八・二二	六三四空		（生還）			呉基地にて訓練中（生還）
	九・二五	六三四空	一飛曹	皆上 次男	丙飛八期	熊本	呉基地にて訓練中、編隊離水時に翼端接触の為墜落、殉職
	九・二五	六三四空	一飛曹	森江 章雄	乙飛一六期	群馬	呉基地にて訓練中、編隊離水時に翼端接触の為墜落、殉職
	一〇・二三	偵三〇一	上飛曹	押川 重光	丙飛三期	宮崎	石垣島付近で戦死
	一〇・二三	偵三〇一	一飛曹	吉野 作造	乙飛一六期	神奈川	石垣島付近で戦死
	一〇・二四	六三四空	上飛曹	松原 五郎	操練四四期	兵庫	比島ラモン湾沖の敵空母を索敵攻撃の際に自爆、戦死
	一〇・二四	六三四空	中尉	水井 宗友	偵練二一期	福岡	比島ラモン湾沖の敵空母を索敵攻撃の際に自爆、戦死
	一〇・二四	六三四空	上飛曹	千頭 茂	甲飛六期	高知	比島ラモン湾沖の敵空母を索敵攻撃の際に自爆、戦死
	一〇・二四	六三四空	上飛曹	守山 智徳	甲飛八期	福岡	比島ラモン湾沖の敵空母を索敵攻撃の際に自爆、戦死

一〇・二四	六三四空	上飛曹	檀上 光男	乙飛一三期	広島	比島ラモン湾沖の敵空母を索敵攻撃の際に自爆、戦死
一〇・二四	六三四空	上飛曹	新井 守衛	甲飛九期	栃木	比島ラモン湾沖の敵空母を索敵攻撃の際に自爆、戦死
一〇・二四	六三四空	上飛曹	小松 馬吉	操練五六期	新潟	キャビテ基地進出時、北サンフェルナンドにて空戦、戦死
一〇・二四	六三四空	中 尉	斎藤 松紀	海兵七一期	富山	キャビテ基地進出時、北サンフェルナンドにて空戦、戦死
一〇・二五	六三四空	上飛曹	羽田野洋平	乙飛一五期	愛知	比島沖航空戦にてサマール島東方で敵戦闘機と交戦、戦死
一〇・二五	六三四空	上飛曹	加藤政次郎	乙飛一四期	北海道	比島沖航空戦にてサマール島東方で敵戦闘機と交戦、戦死
一〇・二六	六三四空	大 尉	田村与志男	予学四期	北海道	比島ラモン湾索敵攻撃の帰途ラグナ湖で敵機と交戦、戦死
一〇・二六	六三四空	飛曹長	古谷 博志	甲飛一期	兵 庫	比島ラモン湾索敵攻撃の帰途ラグナ湖で敵機と交戦、戦死
一〇・二六	六三四空		（生還）			比島ラモン湾索敵攻撃で敵機と交戦（生還）
一〇・二六	六三四空	上飛曹	稲葉 実	乙飛一二期	東 京	比島ラモン湾索敵攻撃で敵機と交戦、機上にて戦死
一〇・二六	偵三〇一	飛曹長	川手 行夫	甲飛三期	広 島	比島ラモン湾索敵攻撃で敵機と交戦により自爆、戦死
一〇・二六	偵三〇一	上飛曹	寺橋 重親	甲飛八期	宮 崎	比島ラモン湾索敵攻撃で敵機と交戦により自爆、戦死
一〇・二六	偵三〇一	上飛曹	島村 冨計	乙飛一三期	高 知	比島ラモン湾索敵攻撃で敵機と交戦により自爆、戦死
一〇・二六	偵三〇一	一飛曹	中村 節美	乙飛一六期	広 島	比島ラモン湾索敵攻撃で敵機と交戦により自爆、戦死
一〇・二六	偵三〇一	飛曹長	吉川 松義	操練三九期	熊 本	比島ラモン湾索敵攻撃で敵機と交戦により自爆、戦死
一〇・二六	偵三〇一	上飛曹	野中 行雄	乙飛一四期	静 岡	比島ラモン湾索敵攻撃で敵機と交戦により自爆、戦死
一〇・二六	偵三〇一	上飛曹	長谷川惣悟	甲飛八期	千 葉	比島ラモン湾索敵攻撃で敵機と交戦により自爆、戦死
一〇・二六	偵三〇一	飛曹長	小野 安民	乙飛三期	山 口	比島ラモン湾索敵攻撃で敵機と交戦により自爆、戦死
一〇・二六	偵三〇一	一飛曹	井上 一雄	丙飛一〇期	埼 玉	味方遊撃部隊の位置確認の途次、敵戦闘機と交戦、戦死
一〇・二六	偵三〇一	上飛曹	堀田 秀男	偵練五六期	佐 賀	味方遊撃部隊の位置確認の途次、敵戦闘機と交戦、戦死
一一・二	六三四空	二飛曹	小山 重雄	丙飛一二期	宮 城	タクロバン飛行場夜間攻撃の際天候不良にて山腹に激突、戦死

戦没年月日	所属	階級	氏名	出身期	出身地	作戦・行動・状況
一一・二	六三四空		(生還)			タクロバン飛行場夜間攻撃の際天候不良にて山腹に激突、(生還)
一一・三	六三四空	上飛曹	枝　林	操練五六期	栃木	レイテ湾敵艦船、タクロバン飛行場夜間攻撃の際、戦死
一一・三	六三四空	中尉	石野　正治	偵練二一期	新潟	レイテ湾敵艦船、タクロバン飛行場夜間攻撃の際、戦死
一一・三	偵三〇一	飛曹長	植木　正成	甲飛四期	高知	レイテ湾敵艦船、タクロバン飛行場夜間攻撃の際、戦死
一一・三	偵三〇一	(少佐)	(峰松秀男)	(海兵六四期)	佐賀	レイテ湾敵艦船、タクロバン飛行場夜間攻撃(生還)
一一・四	六三四空	上飛曹	古賀　実	甲飛八期	佐賀	ラモン湾東方海面索敵攻撃、戦死
一一・四	六三四空	上飛曹	野口　敏一	乙飛一六期	神奈川	ラモン湾東方海面索敵攻撃、戦死
一一・七	六三四空	上飛曹	大野　睦弘	甲飛八期	愛知	ラモン湾東方海面索敵攻撃、戦死
一一・七	六三四空	一飛曹	米田　次郎	甲飛一一期	大阪	ラモン湾東方海面索敵攻撃、戦死
一一・一一	偵三〇一	少佐	堀端　武司	海兵六二期	愛媛	スルアン島１３０度敵輸送船団の夜間攻撃で戦死
一一・一一	偵三〇一		(不明)			スルアン島１３０度敵輸送船団の夜間攻撃で戦死
一一・一二	六三四空	少尉	西浦　三治	乙飛三期	兵庫	スルアン島１３０度敵輸送船団の夜間攻撃で戦死
一一・一二	六三四空	上飛曹	沖　義雄	乙飛一二期	静岡	スルアン島１３０度敵輸送船団の夜間攻撃で戦死
一一・一二	六三四空	一飛曹	内田　幸重	丙飛八期	高知	スルアン島１３０度敵輸送船団の夜間攻撃で戦死
一一・一二	六三四空	飛長	上島　勝	丙飛一七期	大阪	スルアン島１３０度敵輸送船団の夜間攻撃で戦死
一一・一五	偵三〇一	上飛曹	工藤　与一	乙飛一五期	青森	レイテ湾内の敵輸送船団夜間攻撃で戦死
一一・一五	偵三〇一	飛曹長	戸川　一	操練三九期	岐阜	レイテ湾内の敵輸送船団夜間攻撃で戦死
一一・一七	六三四空	一飛曹	今泉　朝治	丙飛一二期	栃木	レイテ湾内の敵艦船攻撃時に被弾、セブ基地に帰投時戦死
一一・一七	六三四空		(生還)			レイテ湾内の敵艦船攻撃時に被弾、セブ基地に帰投(生存)
一一・一八	偵三〇一	上飛曹	反甫幸史郎	丙飛三期	大阪	レイテ湾内の敵輸送船団夜間攻撃で戦死

一一・一八	偵三〇一	飛曹長	桑原源太郎	偵練三四期	大分	レイテ湾内の敵輸送船団夜間攻撃で戦死
一一・一八	偵三〇一	上飛曹	伊藤 留一	丙飛六期	愛知	レイテ湾内の敵輸送船団夜間攻撃で戦死
一一・一八	偵三〇一	上飛曹	島崎 清	乙飛一六期	長野	レイテ湾内の敵輸送船団夜間攻撃で戦死
一一・二四	偵三〇一	上飛曹	稲村 茂	丙飛一〇期	千葉	レイテ湾内の敵輸送船団夜間攻撃で戦死
一一・二四	偵三〇一	上飛曹	大沼 健治	乙飛一三期	宮城	レイテ湾内の敵輸送船団夜間攻撃で戦死
一一・二四	偵三〇一	上飛曹	宮本 進	乙飛一二期	茨城	レイテ湾内の敵輸送船団夜間攻撃で戦死
一一・二四	偵三〇一	一飛曹	石賀 二一	丙飛九期	鳥取	レイテ湾内の敵輸送船団夜間攻撃で戦死
一一・二八	六三四空	一飛曹	石原 輝夫	甲飛一一期	愛知	オルモック湾内の敵魚雷艇攻撃の際に戦死
一一・二八	六三四空	少尉	堀川 哲司	予学一三期	長野	オルモック湾内の敵魚雷艇攻撃の際に戦死
一二・六	偵三〇一	上飛曹	飯田 芳男	乙飛一〇期	茨城	レイテ湾内の敵輸送船団夜間攻撃で戦死
一二・六	偵三〇一	上飛曹	戸塚 三郎	乙飛一五期	静岡	オルモックのカリガラ湾の敵船団、魚雷艇攻撃時に戦死
一二・六	偵三〇一	上飛曹	服部 英	乙飛一六期	長野	オルモックのカリガラ湾の敵船団、魚雷艇攻撃時に戦死
一二・七	六三四空		（生還）			オルモック湾内の敵艦船夜間攻撃、帰着の際転覆（生存）
一二・七	六三四空	中尉	難波 経弘	海兵七二期	神奈川	オルモック湾内の敵艦船夜間攻撃、帰着の際転覆戦死
一二・八	六三四空	飛曹長	田所 作衛	甲飛三期	埼玉	セブ基地発進、レイテ湾内の敵艦船夜間攻撃時に戦死
一二・八	六三四空	一飛曹	手島 栄一	甲飛一一期	静岡	セブ基地発進、レイテ湾内の敵艦船夜間攻撃時に戦死
一二・一二	偵三〇一	上飛曹	菊地 武久	乙飛一〇期	宮城	オルモックの敵上陸船団夜間攻撃時に戦死
一二・一二	偵三〇一	飛曹長	森 国雄	偵練四〇期	鹿児島	オルモックの敵上陸船団夜間攻撃時に戦死
一二・一二	六三四空		（生還）			オルモックの敵上陸船団夜間攻撃時（生還）
一二・一二	六三四空	少尉	松本 義雄	予学一三期	佐賀	オルモックの敵上陸船団夜間攻撃時に戦死

戦没年月日	所属	階級	氏名	出身期	出身地	作戦・行動・状況	
一二・一三	六三四空	一飛曹	橋本 保二	丙飛一四期	山口	オルモックの敵上陸船団夜間攻撃時に戦死	
一二・一三	六三四空	中尉	鬼武 良忠	予学一三期	山口	オルモックの敵上陸船団夜間攻撃時に戦死	
一二・一六	偵三〇一	上飛曹	森田 恵三	乙飛一三期	大阪	ミンドロ島南端で敵輸送船団夜間攻撃の際、戦死	
一二・一六	偵三〇一	上飛曹	西村 昇	甲飛八期	兵庫	ミンドロ島南端で敵輸送船団夜間攻撃の際、戦死	
一二・一九	六三四空	上飛曹	佐々木 基治	丙飛一期	岐阜	ミンドロ島サンホセ上陸の敵輸送船団夜間攻撃時に戦死	
一二・一九	六三四空	少尉	松井 清	予学一三期	北海道	ミンドロ島サンホセ上陸の敵輸送船団夜間攻撃時に戦死	
一二・二二	偵三〇一	上飛曹	桑島 良三	操練五一期	茨城	ミンドロ島サンホセ上陸の敵輸送船団夜間攻撃時に戦死	
一二・二二	偵三〇一	中尉	小椋 厳	偵練一八期	岐阜	ミンドロ島サンホセ上陸の敵輸送船団夜間攻撃時に戦死	
一二・二二	偵三〇一	一飛曹	奥野 公生	甲飛一一期	三重	ミンドロ島サンホセ上陸の敵輸送船団夜間攻撃時に戦死	
一二・二二	偵三〇一	上飛曹	富松 博	乙飛一一期	福岡	ミンドロ島サンホセ上陸の敵輸送船団夜間攻撃時に戦死	
一二・二三	偵三〇一	大尉	岡 俊夫	海兵七一期	愛知	タクロバン飛行場夜間攻撃時に オルモックに不時着ののち戦死	11．7の攻撃で不時着、地上戦死
一二・二三	偵三〇一	上飛曹	藤村 堅	乙飛一二期	山口	タクロバン飛行場夜間攻撃時に オルモックに不時着ののち戦死	11．7の攻撃で不時着、地上戦死
一二・二六	六三四空	一飛曹	小関 富雄	乙飛一七期	徳島	古仁屋基地発進、作戦中に石垣島西方にて消息を絶つ、戦死	
一二・二六	六三四空	一飛曹	安田 博	甲飛一一期	秋田	古仁屋基地発進、作戦中に石垣島西方にて消息を絶つ、戦死	
一二・三〇	偵三〇一	上飛曹	須沢 正夫	乙飛一五期	長野	ミンドロ島サンホセ敵輸送船団夜間攻撃の際、戦死	
一二・三〇	偵三〇一	一飛曹	太田 勝次	丙飛六期	静岡	ミンドロ島サンホセ敵輸送船団夜間攻撃の際、戦死	
一二・三〇	偵三〇一	上飛曹	東森 登	乙飛一六期	高知	ミンドロ島サンホセ敵輸送船団夜間攻撃の際、戦死	
一二・三〇	偵三〇一	一飛曹	高橋 邦雄	丙飛八期	愛知	ミンドロ島サンホセ敵輸送船団夜間攻撃の際、戦死	

二〇

一・三	六三四空	上飛曹	兵頭　尚	乙飛一一期	愛媛	スールー海、パナイ島西方の敵大部隊を夜間攻撃の際、戦死
一・三	六三四空	飛曹長	落合　正則	偵練四四期	北海道	スールー海、パナイ島西方の敵大部隊を夜間攻撃の際、戦死
一・三	偵三〇一	上飛曹	山崎　登	丙飛一〇期	石川	スールー海、パナイ島西方の敵大部隊を夜間攻撃の際、戦死
一・三	偵三〇一	上飛曹	亀田　清一	偵練五二期	埼玉	スールー海、パナイ島西方の敵大部隊を夜間攻撃の際、戦死
一・四	六三四空	一飛曹	沢飯　俊夫	予備練一四期	富山	スールー海、パナイ島西方の敵大部隊を夜間攻撃の際、戦死
一・四	六三四空	上飛曹	横江　靖夫	乙飛一六期	福岡	スールー海、パナイ島西方の敵大部隊を夜間攻撃の際、戦死
一・五	偵三〇一	上飛曹	大下　一与	甲飛八期	広島	スールー海、パナイ島西方の敵大部隊を夜間攻撃の際、戦死
一・五	偵三〇一	上飛曹	三田　武男	丙飛八期	岩手	スールー海、パナイ島西方の敵大部隊を夜間攻撃の際、戦死
一・六	六三四空	一飛曹	山本　利治	丙飛一一期	鳥取	リンガエン湾内敵上陸艦船薄暮攻撃の際に突入、戦死
一・六	六三四空	上飛曹	西山　房勝	甲飛八期	香川	リンガエン湾内敵上陸艦船薄暮攻撃の際に突入、戦死
一・七	六三四空	少尉	山岸　正三	操練二一期	新潟	新機材受領の為、マニラ発南西諸島にて敵機と交戦、戦死
一・七	六三四空	上飛曹	大野　一三	乙飛一〇期	東京	新機材受領の為、マニラ発南西諸島にて敵機と交戦、戦死
一・七	六三四空	一飛曹	手打　幸広	甲飛一一期	鹿児島	新機材受領の為、マニラ発南西諸島にて敵機と交戦、戦死
一・七	六三四空	一飛曹	米村　正三	乙飛一七期	広島	新機材受領の為、マニラ発南西諸島にて敵機と交戦、戦死
一・七	六三四空	少尉	黒田　之朗	予学一三期	愛媛	新機材受領の為、マニラ発南西諸島にて敵機と交戦、戦死
一・七	六三四空	上飛曹	江取　喜芳	乙飛一五期	長野	新機材受領の為、マニラ発南西諸島にて敵機と交戦、戦死
一・七	六三四空	上飛曹	新井　一雄	乙飛一四期	東京	新機材受領の為、マニラ発南西諸島にて敵機と交戦、戦死
一・七	偵三〇一	上飛曹	岩永　時男	乙飛一三期	熊本	新機材受領の為、マニラ発南西諸島にて敵機と交戦、戦死
一・七	偵三〇一	少尉	斎藤　忠一	操練二一期	山形	新機材受領の為、マニラ発南西諸島にて敵機と交戦、戦死
一・一三	六三四空	一飛曹	青木　幹彦	乙飛一七期	神奈川	作戦任務中、石垣島東方海面にて消息を絶つ
一・一三	六三四空	二飛曹	新井　清	乙飛一七期	長野	作戦任務中、石垣島東方海面にて消息を絶つ

戦没年月日	所属	階級	氏名	出身期	出身地	作戦・行動・状況
一・二七	六三四空	二飛曹	西原 季夫	丙飛一五期	愛媛	台湾東方海面索敵攻撃に淡水基地を発進、未帰還となる
一・二七	六三四空	二飛曹	竹林 千代吉	乙飛一七期	高知	台湾東方海面索敵攻撃に淡水基地を発進、未帰還となる
二・一五	六三四空	一飛曹	須藤 一郎	丙飛一五期	福岡	台湾東方海面索敵攻撃に淡水基地を発進、未帰還となる
二・一五	六三四空	一飛曹	永渕 実雄	甲飛一一期	佐賀	台湾東方海面索敵攻撃に淡水基地を発進、未帰還となる
三・一	偵三〇一		(生還)			台湾東港基地にて計器飛行訓練中の着水時に転覆（生還）
三・一	偵三〇一	上飛曹	飯野 信勝	偵練五一期	茨城	台湾東港基地にて計器飛行訓練中の着水時に転覆、戦死
三・二八	偵三〇二	上飛曹	青木 泰	乙飛一五期	京都	古仁屋基地発、沖縄周辺敵艦船夜間攻撃の際、戦死
三・二八	偵三〇二	少尉	重清 佐久馬	予学一三期	徳島	古仁屋基地発、沖縄周辺敵艦船夜間攻撃の際、戦死
三・二九	六三四空	飛曹長	富永 義雄	乙飛八期	三重	淡水基地発、沖縄周辺敵艦船夜間攻撃の際、戦死
三・二九	六三四空	上飛曹	坪内 重徳	甲飛九期	広島	淡水基地発、沖縄周辺敵艦船夜間攻撃の際、戦死
三・三一	偵三〇二	上飛曹	小梅 一	乙飛一六期	広島	古仁屋基地発、沖縄慶良間列島の敵艦船夜間攻撃の際、戦死
三・三一	偵三〇二	一飛曹	古川 富男	甲飛一一期	千葉	古仁屋基地発、沖縄慶良間列島の敵艦船夜間攻撃の際、戦死
四・四	偵三〇一	上飛曹	藤川 豊	丙飛一五期	兵庫	淡水基地発、索敵攻撃の途次、天候不良で山に激突、戦死
四・四	偵三〇一	大尉	今泉 馨	偵練二三期	大分	淡水基地発、索敵攻撃の途次、天候不良で山に激突、戦死
四・五	六三四空	上飛曹	丹辺 基雄	甲飛六期	熊本	沖永良部島付近の敵艦船攻撃の際、敵機と交戦、戦死
四・五	六三四空	一飛曹	内村 邦夫	乙飛一七期	東京	沖永良部島付近の敵艦船攻撃の際、敵機と交戦、戦死
四・五	偵三〇二	飛曹長	田代 虎吉	乙飛八期	鹿児島	古仁屋基地に帰投、発動機不調の為に海中に突入、戦死
四・五	偵三〇二	少尉	宮本 常雄	予学一三期	富山	古仁屋基地に帰投、発動機不調の為に海中に突入、戦死
四・一六	六三四空	飛曹長	中村 正光	甲飛三期	東京	淡水基地発、沖縄周辺敵艦船夜間攻撃の際、戦死
四・一六	六三四空	上飛曹	佐藤 源八郎	乙飛一一期	大分	淡水基地発、沖縄周辺敵艦船夜間攻撃の際、戦死

四・二三	偵三〇一	一飛曹	中桐 一夫	乙飛一七期	香川	沖縄敵艦船夜間攻撃後、淡水基地に帰投時山に激突、戦死
四・二三	偵三〇一	一飛曹	岩佐 金二	甲飛一一期	徳島	沖縄敵艦船夜間攻撃後、淡水基地に帰投時山に激突、戦死
四・二七	偵三〇二	中尉	八十島秋雄	予学一三期	福井	沖縄周辺敵艦船夜間攻撃の際、戦死
四・二七	偵三〇二	上飛曹	田中 好男	甲飛七期	広島	沖縄周辺敵艦船夜間攻撃の際、戦死
五・一三	六三四空	上飛曹	高橋 利次	乙飛一七期	岩手	沖縄周辺敵艦船夜間攻撃の際、戦死
五・一三	六三四空	上飛曹	植村 栄	甲飛十期	長崎	沖縄周辺敵艦船夜間攻撃の際、戦死
五・一三	偵三〇二	上飛曹	古賀 貞夫	丙飛八期	福岡	沖縄挺身連絡に出発、天候不良のために未帰還、戦死
五・一三	偵三〇二	少尉	楠林 徳雄	予学一三期	福岡	沖縄挺身連絡に出発、天候不良のために未帰還、戦死
五・一四	偵三〇一	上飛曹	宿野 信義	乙飛一七期	岡山	沖縄敵艦船夜間攻撃時、天候不良で帰着時に大破、戦死
五・一四	偵三〇一	上飛曹	小野 弘之	乙飛一七期	栃木	沖縄敵艦船夜間攻撃時、天候不良で帰着時に大破、戦死
五・一五	六三四空	一飛曹	田坂 昌平	丙飛一一期特	愛媛	淡水基地発、沖縄艦船昼間攻撃実施の際、戦死
五・一五	六三四空	上飛曹	原 有峰	甲飛一一期	新潟	淡水基地発、沖縄艦船昼間攻撃実施の際、戦死
五・一九	偵三〇二	飛曹長	新沼 武	操練四七期	岩手	横浜基地で戦死
五・一九	偵三〇二	一飛曹	井上 勇	乙飛一八期	京都	横浜基地で戦死
五・二〇	偵三〇一	上飛曹	三島 尚道	甲飛一一期	三重	古仁屋基地発、沖縄伊江島の敵艦船夜間攻撃の際、戦死
五・二〇	偵三〇一	上飛曹	高橋 喜代一	乙飛一七期	神奈川	古仁屋基地発、沖縄伊江島の敵艦船夜間攻撃の際、戦死
五・二三	偵三〇二	上飛曹	隈田 俊明	甲飛一一期	大分	古仁屋基地発、沖縄伊江島の敵艦船夜間攻撃の際、戦死
五・二三	偵三〇二	一飛曹	村上 和己	甲飛一二期	東京	古仁屋基地発、沖縄伊江島の敵艦船夜間攻撃の際、戦死
五・二五	偵三〇二	少尉	服部 修三	予学一三期	愛知	古仁屋基地発、沖縄周辺敵艦船夜間攻撃の際、戦死
五・二五	偵三〇二	上飛曹	古田 一	乙飛一二期	島根	古仁屋基地発、沖縄周辺敵艦船夜間攻撃の際、戦死
五・二五	偵三〇二	上飛曹	戸部 久男	甲飛九期	群馬	古仁屋基地発、沖縄周辺敵艦船夜間攻撃の際、戦死

戦没年月日	所属	階級	氏名	出身期	出身地	作戦・行動・状況
五・二五	偵三〇二	少尉	大谷　一雄	予学一三期	神奈川	古仁屋基地発、沖縄周辺敵艦船夜間攻撃の際、戦死
五・二五	偵三〇二	飛曹長	市川　貢	操練四九期	長野	古仁屋基地発、沖縄周辺敵艦船夜間攻撃の際、戦死
五・二五	偵三〇二	一飛曹	松田　弘	乙飛一八期	岐阜	古仁屋基地発、沖縄周辺敵艦船夜間攻撃の際、戦死
五・二七	偵三〇二	上飛曹	岩崎　真一	丙飛八期	新潟	古仁屋基地発、沖縄周辺敵艦船夜間攻撃の際、戦死
五・二七	偵三〇二	一飛曹	森元　松夫	乙飛一八期	広島	古仁屋基地発、沖縄周辺敵艦船夜間攻撃の際、戦死
五・二七	偵三〇二	上飛曹	西田　清	乙飛一六期	島根	古仁屋基地発、沖縄周辺敵艦船夜間攻撃の際、戦死
五・二七	偵三〇二		（不明）			古仁屋基地発、沖縄周辺敵艦船夜間攻撃の際、戦死
五・二七	偵三〇二	大尉	藁科　保	海兵六九期	山形	古仁屋基地発、沖縄周辺敵艦船夜間攻撃の際、戦死
五・二七	偵三〇二	少尉	河村　伝	偵練四〇期	山口	古仁屋基地発、沖縄周辺敵艦船夜間攻撃の際、戦死
五・二七	偵三〇二	上飛曹	渡辺　清	甲飛八期	千葉	古仁屋基地発、沖縄周辺敵艦船夜間攻撃の際、戦死
五・二七	偵三〇二	少尉	福原　春重	予学一三期	大分	古仁屋基地発、沖縄周辺敵艦船夜間攻撃の際、戦死
六・三	偵三〇二	中尉	杉浦　精一	予学一三期	神奈川	古仁屋基地へ進出中、南九州にて敵機と交戦、戦死
六・三	偵三〇二	上飛曹	津田　賢介	乙飛一六期	島根	古仁屋基地へ進出中、南九州にて敵機と交戦、戦死
六・三	偵三〇二	一飛曹	樋口　善久	丙飛一五期	高知	古仁屋基地へ進出中、南九州にて敵機と交戦、戦死
六・三	偵三〇二		（不明）			古仁屋基地へ進出中、南九州にて敵機と交戦、戦死
六・四	偵三〇二	上飛曹	安立　敬治	甲飛一一期	石川	古仁屋基地発、沖縄慶良間列島敵艦船夜間攻撃の際、戦死
六・四	偵三〇二	一飛曹	中西　邦雄	乙飛一八期	三重	古仁屋基地発、沖縄慶良間列島敵艦船夜間攻撃の際、戦死
六・六	偵三〇二	一飛曹	山中　篤司	甲飛一二期	青森	古仁屋基地に向け作戦輸送の途次消息を絶つ、戦死
六・六	偵三〇二	一飛曹	今西　恵洋	甲飛一二期	鳥取	古仁屋基地に向け作戦輸送の途次消息を絶つ、戦死
六・九	偵三〇二	上飛曹	田房　準一	丙飛六期	愛媛	古仁屋基地発、沖縄慶良間列島敵艦船夜間攻撃の際、戦死

六・九	偵三〇二	中尉	盛 嘉夫	予学一三期	青森	古仁屋基地発、沖縄慶良間列島敵艦船夜間攻撃の際、戦死
六・九	偵三〇二	上飛曹	長倉 祐行	甲飛一一期	宮崎	古仁屋基地発、沖縄慶良間列島敵艦船夜間攻撃の際、戦死
六・九	偵三〇二	一飛曹	萩野谷 清之	甲飛一二期	茨城	古仁屋基地発、沖縄慶良間列島敵艦船夜間攻撃の際、戦死
六・九	偵三〇二	上飛曹	坂根 俊夫	乙飛一六期	京都	古仁屋基地発、沖縄慶良間列島敵艦船夜間攻撃の際、戦死
六・九	偵三〇二	一飛曹	室崎 利行	乙飛一八期	広島	古仁屋基地発、沖縄慶良間列島敵艦船夜間攻撃の際、戦死
六・一八	偵三〇二	中尉	新井 一郎	予学一三期	埼玉	玄海基地で夜間降爆訓練中、殉職
六・一八	偵三〇二	一飛曹	森脇 剛	乙飛一八期	山口	玄海基地で夜間降爆訓練中、殉職
六・二六	偵三〇一	大尉	宮本 平治郎	海兵七一期	福岡	桜島基地発、沖縄周辺敵艦船夜間攻撃の際、戦死
六・二六	偵三〇一	上飛曹	大場 欣一	甲飛八期	宮城	桜島基地発、沖縄周辺敵艦船夜間攻撃の際、戦死
六・二九	偵三〇一	少尉	土山 重時	甲飛二期	神奈川	桜島基地発、沖縄周辺敵艦船夜間攻撃の際、戦死
六・二九	偵三〇一	上飛曹	西村 清作	甲飛一一期	滋賀	桜島基地発、沖縄周辺敵艦船夜間攻撃の際、戦死
七・九	偵三〇一	少尉	宝子丸 博道	甲飛一期	広島	桜島基地より玄海基地に移動中、自動車事故の為、殉職
七・九	偵三〇一	上飛曹	朝倉 清亀	丙飛七期	大阪	桜島基地より玄海基地に移動中、自動車事故の為、殉職

戦闘地域別、各隊戦没者集計表

地域・隊別	六三四空瑞雲隊	偵察三〇一飛行隊	偵察三〇二飛行隊	計
訓練中の殉職	八名		二名	一〇名
東号作戦に参加	一名			一名
比島に進出時	四名	四名		八名
ラモン湾方面	一三名	八名		二一名
サマール沖方面	六名	二名		八名
レイテ湾方面	六名	一三名		一九名
オルモック方面	七名	六名		一三名
ミンドロ島方面	六名	一六名		二二名
リンガエン湾方面	二名			二名
沖縄島周辺海面	一六名	一五名	四〇名	七一名
機材受領の往路	七名	二名		九名
計	七六名	六六名	四二名	一八四名

第六三四海軍航空隊・水爆瑞雲隊の搭乗員生存者名簿

終戦後の昭和四〇年頃より、水爆瑞雲隊の実情の把握に努めたが、なかなか思うようには進まなかった（戦死者名簿の整理も含む）。

六三四空瑞雲隊・偵察三〇一飛行隊の両隊は比島戦においてよく善戦したが、人員・機材の補充はほとんど受けられず、人員の補充はその時点にキャビテ基地在の他隊所属の搭乗員を編入して攻撃に参加させたと思われる搭乗員もいた。

その後、昭和二〇年一月八日、第一航空艦隊に所属を移されて台湾に転進、東港基地で水爆瑞雲隊は再建されたが、その折にも搭乗員の補充が行なわれた。

また、同日の夜に比島より最後の瑞雲一機に託された戦闘詳報・人事書類等は翌九日早朝に台湾東港基地の六三四空古川飛行長に無事に届けられたが、その後の不適切な取り扱いで紛失され、輝く瑞雲隊の歴史は消えてしまった。

欠落していると思われる比島戦・沖縄戦の瑞雲隊の活躍の実相を再現するために記録作成に務めた。

記録作成に当たり、可能な限り正確を期す努力を惜しまなかったが、両隊の生存者が少数だったので、ほとんど各個人宛に聞き込みで作成し、偵察三〇二飛行隊の生存者については、偵察三〇二飛行隊の記録「瑞雲」第一集によって収録されており、これを編集された方達の指導を得て、ここに、生存者名簿を収録する。

六三四空　指揮陣（昭和二〇年七月現在）

司令　　中佐　江村　日雄（兵五七期）
飛行長　少佐　伊藤　敦夫（兵六三期）

飛行隊長　少佐　山内順之助（兵六四期＝偵三〇一飛行隊）
飛行隊長　少佐　坂本　照道（兵六五期＝偵三〇二飛行隊）
整備長　少佐　岩元　盛高（機四七期）

旧六三四空水爆瑞雲隊　生存者名簿　（順序不同）

中　尉　阿川　孝行（予一三期）中　尉　相沢　正文（予一三期）中　尉　今成　晄次（予一三期）
中　尉　桜井　三男（予一三期）中　尉　加藤　正俊（予一三期）中　尉　飯井　敏雄（予一三期）
飛曹長　井藤　弥一（偵練五二期）

士官准士官　計　七名

上飛曹　山口　隆（乙一四期）上飛曹　小玉　晴幸（丙　四期）上飛曹　志戸　義治（乙一五期）
上飛曹　吉原　懋（甲一〇期）上飛曹　福丸冨士雄（丙一二期）上飛曹　川嶋　健一（丙　三期）
上飛曹　中島　宏（甲　九期）上飛曹　松尾　福三（乙一六期）上飛曹　可香鶴太郎（丙一〇期）
上飛曹　梶山　治（甲一一期）上飛曹　塚本　省三（甲一一期）上飛曹　大久保和一（乙一六期）
上飛曹　松永憲二郎（甲　八期）上飛曹　松平　直矩（甲一一期）一飛曹　中井　堰（丙一四期）
一飛曹　吉本　芳忠（丙一五期）一飛曹　伊藤　忠男（丙一五期）一飛曹　石田　三郎（丙一五期）

下士官　計　一八名

偵察三〇一飛行隊水爆瑞雲隊　生存者名簿　(順序不同)

少佐　峯松　秀男（兵六四期）大尉　山本　徳夫（操練二〇期）大尉　福岡　政治（偵練二二期）
中尉　田村　理吉（操練三九期）少尉　酒井　史朗（甲　三期）少尉　梅原　金吾（甲　四期）
士官　計　七名

上飛曹　野田　利幸（乙一〇期）上飛曹　米沢　大二（乙一一期）上飛曹　杉浦　幸雄（乙一二期）
上飛曹　山根　幸男（普電練五五期）上飛曹　脇山　忠秀（甲　七期）上飛曹　石橋　尊（丙一一期）
上飛曹　城　正義（乙一六期）一飛曹　東田　敏夫（乙一八期）上飛曹　加藤　虎雄（甲一〇期）
上飛曹　鈴木忠三郎（甲一一期）一飛曹　杉浦　友（特乙一期）一飛曹　大倉弘三郎（特乙一期）
二飛曹　原　正吾（特乙一期）
下士官　計　一三名

偵察三〇二飛行隊水爆瑞雲隊　生存者名簿　(順序不同)

大尉　相川　清（乙　一期）大尉　村中　豊彦（予　八期）大尉　吉田　修（兵七二期）
大尉　小林　鉄弥（予一一期）中尉　柴田　次郎（予一三期）中尉　谷内田一男（予一三期）
中尉　東海林　博（予一三期）中尉　遠藤　祐助（予一三期）中尉　和田　洲（兵七三期）
中尉　西尾　洋（予一三期）中尉　星賀　邦夫（予一三期）中尉　近藤　寿男（予一三期）
中尉　青木　一男（予一三期）中尉　山本　勝（予一三期）

中　尉　三島　恭一（予一三期）中　尉　沢田　満（予一三期）中　尉　浜田　一郎（予一三期）
中　尉　大川　兼二（予一三期）中　尉　山室　文男（予一三期）中　尉　小島　敦（兵七三期）
少　尉　内村　時雄（偵練三二期）少　尉　塚田　亮弁（甲　一期）少　尉　湯浅　正（　　）
飛曹長　坂本　兼徳（丙　四期）

下士官　　計　二五名

上飛曹　岡村信五郎（操練五四期）上飛曹　女屋　雄蔵（操練五四期）上飛曹　小川　文雄（操練五三期）
上飛曹　明神　茂男（乙一五期）上飛曹　位田　登（甲　八期）上飛曹　小石沢　博（乙一五期）
上飛曹　野中　八郎（乙一五期）上飛曹　武地　国光（甲　九期）上飛曹　三村　昇司（乙一六期）
上飛曹　石川　節雄（乙一六期）上飛曹　山内　四郎（乙一六期）上飛曹　河村　達夫（乙一六期）
上飛曹　飯山　章（甲一〇期）上飛曹　高塚　節朗（甲一一期）上飛曹　斎藤　六助（乙一七期）
上飛曹　橋本　喜三（乙一七期）上飛曹　高橋　八郎（乙一七期）一飛曹　杉江　信高（乙一八期）
一飛曹　加藤　貞男（乙一八期）一飛曹　生野　信義（乙一八期）一飛曹　立山　琢磨（乙一八期）
一飛曹　藤田　国一（乙一八期）一飛曹　上田　五郎（乙一八期）一飛曹　中島　稔（乙一八期）
一飛曹　西畑　米蔵（乙一八期）一飛曹　田村　晃（甲一二期）一飛曹　渡辺　智（甲一二期）
一飛曹　鷲坂　実（甲一二期）一飛曹　相馬　弘（甲一二期）一飛曹　武田　祐一（甲一二期）
一飛曹　香取　孝二（甲一二期）一飛曹　安井　敏二（甲一二期）一飛曹　友部　猛（甲一二期）
一飛曹　渥美　早苗（甲一二期）一飛曹　松井　保男（甲一二期）一飛曹　鈴木　武（甲一二期）
一飛曹　新井　省三（甲一二期）一飛曹　村田　幹雄（甲一二期）一飛曹　加藤　富之（甲一二期）
一飛曹　内田　政見（甲一二期）一飛曹　三宝　忠（甲一二期）一飛曹　小林　昭治（甲一二期）

一飛曹　三森　篤（甲一二期）一飛曹　満尾　哲弥（甲一二期）宮崎　忠（予備練一四期）
一飛曹　堂田　幸三（丙一五期）一飛曹　高橋　中（予備練一四期）一飛曹　的場　一（丙一六期）
一飛曹　柳　弘（丙一五期）一飛曹　松崎　聡（丙一五期）二飛曹　山岸　栄一（甲一三期）
二飛曹　金武　拙美（甲一三期）

下士官　計　五二名

（資料）

六三四空水爆瑞雲隊・搭乗員一覧表

所属隊	編成当時	補充	計	戦死	生存
旧六三四水爆瑞雲隊	四八名（二四機）	五三名	一〇一名	七六名	二五名
偵察三〇一飛行隊瑞雲隊	四八名（二四機）	三八名	八六名	六六名	二〇名
偵察三〇二飛行隊瑞雲隊	三六名（一八機）	八五名	一二一名	四二名	七七名
合計			三〇八名	一八四名（六〇％）	一二二名（四〇％）

私家版初版のあとがき

戦争が終わっていつの間にか三三年が経って定年を迎える頃、やっと、心にゆとりが生まれてきたとき、ふと、寂しい気持ちになって心の空洞を知り滅入ってしまった。

そうだったのだ、私の戦後は終わっていなかったことに気付いた。

昭和一九年五月、四航戦六三四空が編成されて、水上爆撃機瑞雲隊に所属となった。

その時、俺もいよいよ戦地部隊の一員となり、何時死んでもよいように心構えができていたことが思い出された。

新鋭機の瑞雲に搭乗しての訓練は、約半年間続いた猛訓練だった。

その間に、殉職者があって悲しい海軍葬も行なわれた。

その度に明日は我が身と思うと、胸がつまされて悲しい思いをしたが、それでも、訓練は続き悲しいことは自然と忘れてしまうようになった。

昭和一九年一〇月一九日、比島に進出して一息入れる間もなく、戦場に飛び立っていった。

それ以来、誰とも逢うことも語ることもなく、再び見えることもなく、多くの戦友は散華してしまった。

特に比島沖航空戦で左足を負傷した折、その際にグラマン戦闘機の攻撃で、二番機が白煙を引きながらサマール島沖の海に吸い込まれるように、墜ちていく光景が目に焼きついて、強烈な印象を私はうけた。

キャビテ基地に帰投後、隣接のキャビテ病舎に入院したが、その後マニラ海病に移され、戦況の悪化で内地送還と決まり、空襲の合間を縫ってマニラ港を出たが、北サンフェルナンド港外で沈められ、内地送還の夢は崩れた。

ちょうど、同じ頃にキャビテ基地の撤退が始まり、ルートは違ったが、北比のツゲガラオ基地に向かって飢餓地獄への道を歩いていた。

野山に飢餓地獄がつづき、戦わずして仆れた我が戦友の白骨がむなしく横たわり、同じ道を歩みながら傷病者約五〇〇名を連れた苦しい歩行だったが、六三四空に帰隊して瑞雲で飛ぶ希望を抱いて頑張り通した。

その望みが叶えられ、昭和二〇年五月五日に救出を受けて台湾淡水基地に帰投できた。

迎えてくれた戦友に比島戦は全滅に近い状況でほとんど戦没されていることを知り、無念の歯噛で涙を流した。

その戦歴を、比島戦最後の瑞雲一機に託されて、戦闘詳報他諸報告書類を無事に台湾東港基地に届けられたが、その後の取り扱いで失われ、この若い尊い血潮で購われた戦闘の有り様を綴った戦闘詳報が永久に消滅してしまった。

それだけでなく、沖縄戦の戦闘詳報も見当たらず、比島戦、沖縄戦を通じて約二〇〇名に達する尊い犠牲者によって海軍を支えていた記録が無く、海軍史から欠落する結果となった事は慚愧に耐えなかった。

そのためか、戦史を綴る関係図書には瑞雲隊の記載が無く、一般の戦記図書には「戦力にならなかった水上爆撃機」とか「幻の影武者」とか「最後は特攻機に使われた」と、書きたい放題の記事で扱われ、戦ってきた者の一人として無念の思いをしていた。

当時、私は一九才になったばかりの一番若輩の搭乗員で、下には誰もおらず上の先輩搭乗員を見ておればよかったから、ほとんど全員の顔や性質と諸動作をよく眺めよく覚えていた。

これ等先輩搭乗員の勇敢無比の突入を偲ぶとき、何としても水爆瑞雲隊の記録を作らねばと多年に亘って資料蒐集に努力を重ね、記録綴りに励んだが、その進展ははかばかしくなかった。

その当時から親交のあった偵察三〇二飛行隊水偵隊の高橋重男少尉と協同で資料の蒐集や交換等

をしていった。

その後、諸事情が重なって一時頓挫するもやむを得ないと思われたが、戦後五五年有余の経過をみても、我が胸の中に脈々と生きているあの強烈な戦場の日々は忘れられず、いま書き残しておかないと綴れる日はなくなり、また、あの戦場を経験した人も残り少なくなってゆき、中断は許されるものではなかった。

再び、記録作りに挑戦、出来るだけ詳細に調べた結果の真実を記録に残しておく事が、亡くなった戦友達に対する責務と考えて努力した。

比島戦・沖縄戦を通じて、少数の瑞雲を駆使して戦果を挙げていたが、数機以上の出撃は珍しくほとんど一機か二機の出撃で、戦場では常に単機での攻撃だった。

その上に天候に左右されての攻撃は、至難な技であった。闘志満々の若さ溢れる搭乗員は全力を絞って躊躇することなく暗闇の夜空に舞い上がり、敵撃滅に燃えての攻撃を続けていた。

この戦闘記録を綴っていると、日本海軍の航空隊で、こんな戦いをしていた航空隊が他にあったであろうかと思われ、全く悲惨で苛酷な戦いを強いられながら、作戦を支えていた全容が見えてきた。

ようやく、多年に亘った努力が実を結び、幸いにも戦闘詳報に近い戦闘記録が完成できたが、いまだ不備な箇所があっても、それは、後日に史家が研究されて、加筆・訂正を加えられればよいと思う。

ここに、本書を六三四空偵察三〇一飛行隊・偵察三〇二飛行隊の亡き戦友に捧げ、ご英霊の鎮魂を希求し、海軍航空史に欠落していると思われる水爆瑞雲隊の活躍を加えられることを願う次第です。

おわりに、趣旨に御賛同いただき、ご協力賜りました次の方々に厚く御礼申し上げます。

岩元盛高様（少佐＝整備長）　木下幹夫様（大尉＝整備分隊長）　渡辺元夫様（中尉＝整備士）
今成洸次様（中尉＝搭乗員）　飯井敏雄様（中尉＝搭乗員）　梅原金吾様（少尉＝搭乗員）
高橋重男様（少尉＝零水偵員）　土山牧群様（飛曹長＝搭乗員）
井藤弥一様（飛曹長＝搭乗員）　上田五郎様（一飛曹＝搭乗員）　土田八也様（二飛曹＝二河和）
福丸冨士雄様（上飛曹＝搭乗員）　田村晃様（一飛曹＝搭乗員）
江村千鶴子様（司令ご令室様）
田村正三様（瑞雲隊飛行隊長ご遺族）
森田利哉様（瑞雲製作＝学徒動員・現新潟県医師会）

加藤浩様（海軍航空史研究）
八巻聡様（鹿児島県航空遺跡著）

平成一四年五月　第六三四海軍航空隊　水爆瑞雲隊　上飛曹　梶山瑞雲（治）

参考文献として利用させていただきました。深く御礼と感謝を申し上げます。

海軍航空年表（海空会編　原書房）
栗田艦隊　レイテ沖海戦秘録（小柳冨次著　潮書房）
西山房勝君の最後（浦田哲男著）
軍艦　伊勢　上下巻（軍艦伊勢出版委員会編）
軍艦　熊野（軍艦熊野戦史編集委員会編）
日本の海軍機（航空ファン　株式会社文林堂）
全軍突撃　レイテ沖海戦（吉田俊雄・半藤一利著 オリオン出版社）
レイテ沖海戦（半藤一利著　ＰＨＰ出版）
運命の山下兵団　フィリピン作戦の実相（栗原賀久著　講談社）

戦争と人間の記録　北部ルソン戦　前後篇　（小川哲郎著　現代史出版会・徳間書店）
航空情報別冊　太平洋戦争　日本海軍機（酣燈社）
日本海軍艦艇写真集　戦艦・巡洋艦篇（出版協同社）
日本海軍艦艇写真集　空母・駆逐艦篇（出版協同社）
「瑞雲」（偵三〇二飛行隊搭乗員会編）
「瑞雲写真集」（六三四空、偵三〇一飛行隊瑞雲会編・梶山瑞雲著）
「乙十六期の戦闘の記録」（雄飛十六の会著）
鹿児島県の戦争遺跡　航空基地編（八巻聡著）
日本海軍水上機（モデルアート２０００年７月号臨時増刊）

私家版再版にあたって

平成一四年五月、「瑞雲飛翔」（第六三四海軍航空隊水爆瑞雲隊・戦闘記録・私記）を発刊。

瑞雲隊と関係のありました国・市町村の図書館に寄贈するとともに、ご遺族・隊員・関係者に配布、また、特別に希望者には若干の部数をおわけしました。

この「瑞雲飛翔」の一冊が、当時玄界基地であった福岡県糸島郡小富士村船越・久家・香月（現在の志摩町）を中心に近辺一帯が本土決戦の水上爆撃機「瑞雲」の秘匿基地として開設され、基地の開設から終戦までの玄界基地の歴史的経緯が判明したことから、地元では郷土の歴史として後世に引き継いで行くために、平成一五年一月発起人会を発足し「海軍航空隊玄界基地跡」の記念碑の建立が計画され、平成一五年八月九日除幕されました。

また、この秘匿基地の玄界基地に関心をもたれ「瑞雲飛翔」を希望される関係者ならびに若い人たちが多く、ここにその要望に応えるために自費再版することに致しました。

なお、今回の再版につきまして、次の方からご声援並びにご協力賜り、ここに厚く深謝申し上げます。

浦田哲男様（香川県）＝「西山房勝君の最後」著
加藤浩様（千葉県）＝日本海軍航空史研究家

↑記念碑全景（福岡県志摩町、旧小富士村船越）
当時の指揮所前に設置された。手前は砂浜だった

↑海軍航空隊桜島（牛根）基地跡記念碑

↑海軍航空隊玄界基地跡記念碑

↑ハンガー前にて

「瑞雲飛翔」発刊によせて

私が初めて梶山さんを訪ねたのは平成一三年（二〇〇一年）の事でした。当時、神雷部隊関係者への取材を進めていた中で、昭和二〇年四月に口之島に不時着した桜花隊隊員にお話を伺った際、浜には瑞雲が不時着しており、その搭乗員二名に加わる形で六月に救出されるまで島で共同生活を送ったとの事でした。そうなるとその搭乗員が誰であるか知りたくなり、「どなたか瑞雲隊の事を良くご存知の方はおられませんか」と、相談致しましたところ、「同期生（甲飛一一期）に梶山ってのがいてね、瑞雲隊の六三四空にいて、しかも海軍航空全般に詳しいから一度相談したほうが良いよ」と、ご紹介頂いたのがきっかけでした。

さっそく、梶山さん宛てに同期生のご紹介を頂いたこと（これが大事）と、取材の要旨とを記した手紙を出すと、折り返しお電話を頂き、さっそく伺う事となりました。

我が家から車で小一時間ばかりの所に住まわれていた梶山さん宅に伺うと、海軍航空のみならず海軍史全般に非常にお詳しく、その博学ぶりには圧倒されました。それもそのはずで、この時既に梶山さんはご自身が入隊された三重海軍航空隊を中心とした予科練関連の私家本を多数手がけられており、最後の仕事としてご自身が所属された第六三四海軍航空隊に関する著書を脱稿される寸前でした。結論として不時着搭乗員は偵察三〇二飛行隊の所属であろうという所までしか分からなかったのですが、行きがかり上、梶山さんの著書出版のお手伝いをする事となりました。

梶山さんは当時良く広告のあった「あなたの原稿を本にします」系の出版社に持ち込みを考えておられました。見積もりを取ったところ百万円単位の金額となり、とても出せる額じゃないしどうしようか？　と困っておられたので「じゃあ同人誌によくあるオフセット印刷にしましょう。原稿の面付と台割を自分でやれば安く済みますよ」と提案し、ワープロ打ちの原稿をペタペタと原稿用紙に貼り付ける作業を担当致しました。同人誌の編集は何度も関わっていたので、人生に無駄な経験はないなぁと思った次第です。

途中であれこれと原稿を追加したりして、入稿したのが翌年三月の事。入稿した直後に印刷所の女性社長さんから呼び出され、何事かと伺うと「こんな凄い原稿を持ち込んだ人なら話が出来るかなぁと思いましてねぇ」と。ご自身が新京でタイピストとして満鉄に勤めていた生活が敗戦で一転して内地に引き揚げる事となり、ソ連兵に襲われないように髪を切り顔に泥を塗って朝鮮半島を南下。ほうほうの体で内地に引き揚げて共産党活動に関わり、その伝手で印刷所を始めて今では同人誌の印刷専門になって云々と、図らずもまた半生記を伺う事となったのも忘れ難い思い出となりました。

五月に完成した「瑞雲飛翔」の初版は二〇〇部でした。梶山さんは戦友とご遺族への献本を最優先に済ませ、次に六三四空に所縁のある自治体の図書館や研究施設等の公共施設への寄贈を済まされたうえで、一般への頒布をする事となりました。結局、その後に追加された二版一〇〇部の計三〇〇部が世に出ましたが、一般読者に渡ったのは五〇部程度と思われます。

今までほとんど知られていなかった瑞雲の活動が初めて「瑞雲飛翔」としてまとまった形で出版された事は少なからぬ波紋を呼びました。特に桜島基地のあった鹿児島県垂水市と玄海基地のあった福岡県糸島市は、地元に航空隊の基地があった事は知られていたものの、その活動内容はほとんど知られていなかったため、本書によってようやくその全容が知られる事となりました。本書がきっかけとなり各基地の跡地に記念碑を建てようとの機運が高まりました。二〇〇三年に玄海基地跡に記念碑が建てられ、次いで二〇〇四年に桜島基地跡に建設された「道の駅たるみず」の敷地の一画に記念碑が建てられました。

私家本「瑞雲飛翔」三〇〇部は数年で全部数の頒布を終えてしまい、その後の問い合わせには梶山さんは全ページをコピーして提供されておりました。

編集の過程で梶山さんに伺ったお話で、本書に十分反映されていないエピソードには以下のようなものがありました。

①戦後最初に開かれた戦友会の懇親会の席で、古川元飛行長が戦闘詳報の紛失を問われて皆に囲まれて詰問される緊迫した状況となった。その時は江村元司令の「もうそのくらいにしてやれ」の一言で収まった。その後、江村元司令が「阿川中尉が提出しなかった」旨の発言をしたが、実際は古川飛行長が受け取った後の取扱いに問題があって失われたらしい。

②江村司令は人の好き嫌いが激しく、梶山さんはなぜか折に触れて声をかけられたりと、大事にされた。しかし、ある搭乗員に対しては、明らかに天候不良で飛行不能の状況なのに出撃を厳命して出撃させ、結果その搭乗員は機位を失して山に激突し戦死してしまった。下士官達は陰で「エグムラ司令」と呼んでいた。

③比島では艦隊搭載の水偵が艦隊の前路警戒のため降ろされて各所に配備されたが、レイテ沖海戦で戻る艦を失った搭乗員の多くがそのまま六三四空に異動している。しかし、人事異動の書類が確認できなかったため、「瑞雲飛翔」に盛り込む事が叶わなかった。未帰還機に対し戦死者の数が合わない個所はその現地編入の搭乗員であろう。

④呉基地で最初に装備した瑞雲は下面が銀色だったが、沖縄戦で乗った瑞雲の下面は汚らしい灰色に塗られていた。勤労学徒が作っていることもあって工作も荒くなり、自動消火装置も省略

されていた。フロートの防水性も悪くなって水漏れがひどく、スベリに上がった瑞雲のフロートに溜った水を整備員がホースで吸い出していた。

⑤射出訓練の際に乗り込んだ伊勢の格納庫は窓もなく蒸し暑く、腰の高さにレールがあった。射出の際は格納庫内からあらかじめ瑞雲に乗り込んでエレベーターで飛行甲板に上げられた。射出訓練は右舷側のカタパルトだけを使って行なわれた。

⑥伊勢乗組ではなく、比島進出が決まった際は、皆一様に安堵した。一度攻撃で発艦した場合、無事に帰投しても、戦艦時代からのクレーン一基を使い、大洋の真ん中で戦艦を停めてのんびりと揚収など出来るものではない事ぐらい皆承知していたので、いざ攻撃となったら片道攻撃で突っ込むのは暗黙の了解だった。なので、比島進出が決まった時は「これで一回で使い捨てにされずに反復出撃が出来る」と、士気が上がった。

⑦比島戦で使った爆弾は開戦時に鹵獲した米軍のものだった。三年ばかり放置されていたせいか不発だった。

その後も折に触れお話を伺う事も多かったのですが、二〇〇八年頃より体調を崩され、電話での会話も大儀そうで伺う事も差し控えるようになり、二〇一一年一〇月一八日にご自宅で亡くなられました。享年八六歳。

それから八年が経過し、オンラインゲームに瑞雲が取り上げられて話題となり、実寸大の瑞雲の模型が製作されて公開されるや、多くの見学者でにぎわう等、刊行当時は夢想だにしなかった時代となりました。これによって従来の読者層ではない新しい読者が増え、ネットオークションで「瑞雲飛翔」を探す方も随分と増えたようです。

この度、ご縁があって「瑞雲飛翔」が一般書籍として販売される事となり、私家本出版に関わった者として、再度お手伝いさせて頂きました。一般書籍化にあたりましては一部文言の修正と明らかな誤記は修正、補足致しましたが、基本的な構成や記述は原著に準じたものとなっております。このため、同様の記述が重複している個所がありますがご容赦願います。また、文中に登場致します搭乗員の氏名、出身期、出身地等は海軍搭乗員研究の第一人者である吉良敢氏に御検証頂き、確実を期しました。

本書をご覧頂くことで、戦後永らく不明であった水爆瑞雲の粘り強い戦いの様子と往時の方々に想いを馳せて頂ければ、亡き梶山さんもさぞや本望であろうと思われます。

令和元年五月　加藤浩

瑞雲飛翔

第六三四海軍航空隊 水爆瑞雲隊 戦闘記録

HOBBY JAPAN
軍事選書

STAFF
企画協力／加藤浩
吉良敢
編集協力／吉祥寺怪人
図版作成／明昌堂
イラスト／胃袋豊彦
写真提供／織田祐輔、加藤浩
画像提供／ NHK
協力／日本航空協会
スタジオインタニヤ

瑞雲飛翔《ずいうんひしょう》
第六三四海軍航空隊 水爆瑞雲隊 戦闘記録

梶山瑞雲《かじやまずいうん》

HJ 軍事選書　003

2019 年 6 月 22 日　初版発行

編集人　星野孝太
発行人　松下大介
発行所　株式会社ホビージャパン
〒 151-0053　東京都渋谷区代々木 2-15-8
Tel.03-6734-6340（編集）
Tel.03-5304-9112（営業）
URL;http://hobbyjapan.co.jp/
印刷所　株式会社大日本印刷

定価はカバーに記載されています。

乱丁・落丁（本のページの順序の間違いや抜け落ち）は
購入された店舗名を明記して当社パブリッシングサービス課までお送りください。
送料は当社負担でお取り替えいたします。
ただし、古書店で購入したものについてはお取り替えできません。

ISBN978-4-7986-1903-3 C0076

Publisher/Hobby Japan Co., Ltd.
Yoyogi 2-15-8, Shibuya-ku, Tokyo 151-0053 Japan
Phone +81-3-5304-7601 +81-3-5304-9112